Antje Wagner
VAKUUM

Antje Wagner

VAKUUM

MEIDE DEN NEBEL

Thriller

ULRIKE **HELMER** VERLAG

Der Roman *Vakuum* wurde u. a. mit dem Leipziger Lesekompass und dem Mannheimer Feuergriffel ausgezeichnet.

Sämtliche Orte in diesem Roman sind fiktionalisiert.

Gedruckt auf FSC-zertifiziertem Frischfaserpapier

ISBN 978-3-89741-468-6

Covergestaltung: Atelier KatarinaS / NL
unter Verwendung einer Fotografie von © Kseniya Iv / Adobe Stock
Druck und Bindung: CPI GmbH, Germany

Ulrike Helmer Verlag
Klosterhofstr. 3, 65843 Sulzbach
info@ulrike-helmer-verlag.de

www.ulrike-helmer-verlag.de

Dennoch – es bleibt die Ahnung einer Größe.
Das Schweigen in mir sagt so oft:
Einmal streift ihr Flügel jeden,
Schweigen kann deutlich reden!
Und wer hören kann,
Erfährt von ihm alles – alles!
Wir aber wissen, wenn wir singen,
Wenn unsere Spinnwebsitars klingen:
Das Leben kann von innen neu beginnen.

(Aus dem Finale in *Hair*)

STILLE VOR DEM STURM

KORA

Donnerstag, 15. August, Schwäbisch Gmünd

Die Sirene heulte los.

Kora war noch nicht fertig. Nur noch fünf Bahnen. Höchstens sechs. Sie stand auf der Leiter, die Arme hoch über dem Kopf, die Malerrolle in den Händen. Sie hasste die Sirene, obwohl ihr Signal die Pausen ankündigte. Aber jedes Mal zuckte sie zusammen und fürchtete einen Moment lang, irgendwo wäre ein Feuer ausgebrochen.

Kaum war die Sirene verstummt, heulte sie erneut los. Einmal hätte auch gereicht, dachte Kora. Die Sirene war so laut, dass garantiert auch die Toten in der Erde sie noch hörten. Sie war im Glockenturm angebracht. Direkt über der Glocke. Die Glocke selbst hatte sie noch nie gehört.

Die Sirene ging das dritte und letzte Mal los. Kora arbeitete stoisch weiter. Sie hasste es, mittendrin abzubrechen. Hasste es. Da sie mit der Leiter am Fenster stand, konnte sie sehen, wie jetzt die Frauen aus den Gebäuden kamen, aus der Waschküche, der Schneiderei, dem Mutter-Kind-Trakt im ehemaligen Beichthaus, und wie sie durch den strömenden Regen über den Hof zur Kantine liefen. Sie liefen schnell und zogen sich im Gehen Tüten und Kapuzen über die Köpfe.

Als die Sirene endlich verebbte, hörte Kora ein Räuspern hinter sich. Unwillkürlich spannten sich ihre Muskeln an. Sie konnte sich auf der Leiter nicht umdrehen.

»Keinen Hunger?«

Sie erkannte die Stimme und entspannte sich wieder. Hebrecht. Ihr Ausbilder. Sie lernte hier Malerin und Lackiererin. Zusammen mit drei anderen Mädchen, die aber gerade mit Lehmann den Gang im Mutter-Kind-Trakt strichen.

»Ich seh schon«, sagte Hebrecht, »du willst noch die Decke zu Ende machen.«

»Hm«, machte Kora nur und tauchte die Rolle wieder in den Eimer. Hebrecht war in Ordnung. Jeder andere würde darauf bestehen, dass die Arbeitsmaterialien Punkt zwölf Uhr hingelegt wurden. Abmarsch in die Kantine. Vorschrift. Keine weitere Diskussion. Hebrecht war anders. Sie hörte, wie er den Raum verließ und im Nebenraum etwas hin und her schob.

Kora strich die Rolle am Sieb ab, während sie wieder kurz aus dem Fenster sah. Die Türen und Tore der umliegenden Wirtschaftsgebäude spuckten keine Frauen mehr aus. Sie hob die Arme erneut weit über den Kopf. Setzte die Rolle an der Decke an. Ein dicker weißer Streifen folgte der Rolle. Er überdeckte das schmutzige Grau. Überdeckte Risse, Löcher und Spinnendreck, den ganzen alten Scheiß, dachte sie und presste die Lippen zusammen, als etwas Farbe auf ihre Stirn klatschte. Nach fünf Bahnen war die Decke makellos weiß. Kora stieg von der Leiter, wickelte die Rolle in eine Plastiktüte ein, damit sie während der Pause nicht hart wurde, und ging in den Nebenraum, wo Hebrecht immer noch Löcher in der Wand zuspachtelte.

»Bin fertig«, sagte sie.

Als sie über den Hof gingen, fiel der Regen in den Nackenausschnitt ihres Sweatshirts. Sie zog die Kapuze über den Kopf. Er ließ sie vorgehen. Sie spürte seinen Blick. Nur kurz. Neutral. Nicht zugrapschend, wie sie es von anderen Blicken kannte, aber es reichte, damit ihr Kiefer sich für einen Moment verhärtete. Sie sah nicht zurück. Sie wusste ja, dass Hebrechts Aufgabe nicht nur war, ihr zu zeigen, wie man speckige Wände weiß malerte, sondern dass er auch auf sie aufpassen sollte. Sie im Auge behalten. Sie bewachen. Als ob sie hier irgendwohin könnte. Haha.

Sie warf einen kurzen Blick auf die hohen Gebäude ringsum, aus deren Dächern Antennen wuchsen, Scheinwerfer und Kameras, und alle schienen sie anzuglotzen.

»Scheißsommer!«, sagte sie.

»Soll besser werden«, sagte Hebrecht.

Glaub ich nicht, dachte Kora. Der Regen knallte in fetten Tropfen auf den Boden. In den Pfützen schäumte der Dreck. Es regnete tatsächlich schon seit Wochen. Ununterbrochen. Dabei war es Mitte August. Ihr war es gleichgültig. Sie watete einfach durch die Pfützen. Dass ihre Schuhe dabei durchweichten, war ihr egal. Alles war egal.

Der Weg hier hieß Kastanienweg. Aber es gab keine Kastanie weit und breit, die ihre Stachelbälle in die öden Tage warf und unter der man während der einen Stunde Hofgang, die ihnen zur Verfügung stand, hätte sitzen können. Vielleicht gibt es hinter der Mauer Kastanienbäume, dachte sie. Hinter der Mauer führte der Weg weiter, in die Stadt hinein.

***

Die Kantine war rappelvoll, und alle schrien quer durch den Saal. Es roch dunstig nach Kartoffeln. Hinter der Theke stand Janine aus ihrer Station. Janine war fünfzehn, ein Jahr jünger als sie, und machte hier eine Hauswirtschaftslehre. Sie klatschte eine braungrüne Masse und einen Batzen Gelb neben ein paar Kartoffeln auf einen Teller und schob ihn dann zu Kora rüber. *Spinat und Ei* stand auf der kleinen Tafel an der Wand.

»Das kann man essen?« Kora starrte auf den Teller.

»Bis jetzt sind noch alle am Leben«, schrie Janine zurück. Kora sah über Janines Schulter in die Küche hinein. Zwei ältere Frauen aus ihrer Station arbeiteten auch dort. Kora sah Dampf aus dem riesigen Geschirrspüler aufsteigen, sie sah das Glänzen der metallenen Arbeitsflächen, und zwischen den Schöpfkellen, Kartoffelstampfern und Schneebesen sah sie die Messer an einer Hakenleiste an der Wand hängen. Die Messer, hatte sie Janine mal im Aufenthaltsraum erzählen hören, wurden nach Arbeitsschluss gezählt und weggeschlossen.

Hebrecht, der ebenfalls einen Teller voll Grüngelb über den

Tresen geschoben bekommen hatte, drehte sich zu Kora um, formte mit den Lippen »Bis nachher« und ging zum Tisch der Mitarbeiter. Kora sah kurz über die Köpfe im Saal und entdeckte Miriam. Sie saß an einem besetzten Mitteltisch und redete mit großen Gesten.

Kora drehte sich rigoros um und ging zu einem Tisch, an dem noch niemand saß. Sie setzte sich, sah stur auf ihren Teller und schlang Gabel um Gabel hinunter.

Jeden Mittag war es das Gleiche. Der einzige Gedanke, der sie beherrschte, sobald sie hier hereinkam, war, möglichst schnell fertig zu werden und wieder zu verschwinden. Zurück zu ihren Eimern mit weißer Farbe. Sie schmeckte nicht, was sie aß. Im Grunde war es ganz egal, ob Spinat und Rührei oder Fleisch auf dem Teller lagen. Das Geschrei um sie herum schien nicht nur die Ohren, sondern auch ihre Geschmacksnerven zu betäuben.

»An den Lärm musst du dich schon gewöhnen«, hatte Miriam am Anfang zu ihr gesagt.

Wer sich daran gewöhnt, kommt nie hier raus. Koras Knastweisheiten, Seite 1.

Wenn sie alle in ihren Zellen eingeschlossen wurden, versuchten die Frauen und Mädchen, die unterbrochenen Gespräche von Fenster zu Fenster weiterzuführen. Da die Fenster hoch lagen, mussten sie sich dazu auf einen Stuhl stellen.

Miriam stand oft in ihrer gemeinsamen Doppelzelle auf dem Stuhl und brüllte jemandem etwas durchs Fenster zu. Kora schaffte es nie, nachzudenken. Geschweige denn etwas Längeres als einzelne Gedanken in ein kleines Heft zu schreiben. Nicht einmal, wenn das Fenster geschlossen und Miriam still war. Dann drangen die Rufe und das Kreischen durch die dünnen Wände.

»He, Vicky!« Eine Faust boxte gegen ihre Schulter, dann krachte ein Tablett neben ihren Teller auf den Tisch. Kora war zusammengezuckt, als der Name fiel. Sie sah hoch.

Susette. Susette in Top und rosa Jogginghose.

Alle unter achtzehn hatten Glück – sie durften eigene Klamotten tragen. Alle über achtzehn trugen ockerfarbene Einheitskleidung. Zwischen den fünfundneunzig Prozent Ocker hier in der Kantine fanden sich fünf Prozent Farbtupfer. Unter diesen fünf Prozent gab es vorsichtige und grelle Farbtupfer. Susette gehörte zur Kategorie *Grell.*

Susette grinste ein lippenstiftrotes Lächeln und warf ihr Haar zurück. Weißblond diesmal. Kora roch die noch frische Färbung. Susettes Hände wirkten zierlich, waren es aber nicht. Der Schulterhieb hatte gesessen. Neben ihr stand Kristina. Auch sie war auffällig geschminkt. Als ob es hier irgendjemanden gibt, den man beeindrucken könnte, dachte Kora. Hebrecht etwa? Oder Gruber, den Hausmeister? Haha.

»Mach doch nicht so 'n Gesicht«, rief Susette.

»Ich mach kein Gesicht«, sagte Kora. »Das *ist* mein Gesicht.«

»Was?« Kristinas Stimme stemmte sich gegen den Lärm. Kora antwortete nicht. Was wollten die beiden? Ihr was verticken? Sie starrte auf ihren Teller, auf die grüngelbe Landschaft darauf – und aß weiter. Die zwei standen immer noch da. Susette bohrte jetzt den Zeigefinger in Koras Schulter. Gleich ... gleich reichte es. Kora lehnte sich abrupt zurück und die Hand fiel ab.

»Kannst ruhig mal lächeln«, sagte Susette. »Wär doch mal 'ne Abwechslung, oder? Ich hab eine Neuigkeit: Du kriegst heut noch Post. Einen Brief. Was *Privates.*« Kora sah erstaunt hoch, da drehten die beiden schon ab, Richtung Ausgang. Das Tablett mit dem leeren Geschirr hatten sie für Kora zum Wegräumen stehen lassen. Als Bezahlung für die Information.

»Wie, einen Brief?«, rief sie noch hinterher, doch der Lärm sprengte ihre Stimme.

Es waren die anderen, die Briefe bekamen. Nicht sie, Kora. Aber Susette arbeitete an der Quelle, in der Bücherei. Sie katalogisierte die Bücher. Sie tippte Namen und Titel der Buchspenden, die von der Kirche oder von Privatpersonen kamen, in den Computer, und wenn sie mal eine Frage hatte, ging sie zur Brandstätter ins Büro. Das lag gleich nebenan.

Die Brandstätter kontrollierte dort die eingehende Post. Sie schnitt die Umschläge auf, las die Briefe und löste dann die Briefmarke vom Umschlag ab, denn dahinter konnte Heroin verborgen sein. Dann steckte sie die Briefe zurück in die Umschläge und – leitete sie weiter. Entweder an die Empfängerin oder an die Gefängnisleitung.

Die Briefe, die Kora bisher bekommen hatte, stammten allesamt vom Sozialamt. Sobald man einen Behördenbrief bekam, musste man ihn vor Frau Brandstätters Augen lesen, damit sichergestellt war, dass man ihn nicht einfach weglegte. Etwas Privates war noch nie für sie dabei gewesen. Einmal hatte sie versucht, die *Bravo Girl* zu abonnieren, damit auch für sie mal etwas Schönes mit der Post kam, aber man brauchte massenhaft Genehmigungen dafür. Kora hatte so viele Anträge schreiben sollen, dass sie es aufgegeben hatte.

Ein Brief also. Privat.

***

»Und – von wem ist er?«, fragte Miriam ungeduldig. Es war achtzehn Uhr, die Freizeit hatte begonnen. Sie durften die Zellen verlassen. Die Post war gerade ausgeteilt worden, und Kora hatte, genau wie von Susette angekündigt, einen Brief bekommen.

Sie waren im Aufenthaltsraum, dessen Mittelpunkt ein Fernseher bildete. Hier sahen diejenigen fern, die sich keinen eigenen Fernseher in der Zelle leisten konnten. Ein paar Stühle standen so lieblos herum, als hätte jemand sie zu Hause aussortiert und dort abgeladen. In der Ecke kämpfte eine verstaubte Palme um ihr Leben. Die meisten trafen sich hier gar nicht zum Fernsehen, sondern zum Quatschen und Spielen. Es gab ein paar zerfledderte Kartensets und eine Sammlung abgenutzter Brettspiele.

»Verzieh dich.«

»Jetzt mach's nicht so spannend!«, sagte Miriam nur. Kora hatte sich nicht aussuchen können, mit wem sie zusammen wohnen würde, aber *wenn* sie die Wahl gehabt hätte, wäre sie garantiert nicht auf Miriam gefallen. Miriam war eins dieser Mädchen, die man auch als Röntgengerät einsetzen könnte. Sie durchleuchtete einfach alles. Jedenfalls probierte sie es. Kora versuchte, ihr aus dem Weg zu gehen, aber nach dem Einschluss um einundzwanzig Uhr bot ihre Vierzehn-Quadratmeter-Zelle mit zwei Betten, einem Tisch, zwei Stühlen, zwei Spinden, einem Regal, einem Waschbecken und einer Toilette nicht eben viele Rückzugsmöglichkeiten. *Wohnklo* nannte Miriam die Zelle. Im Grunde konnte man keine drei Schritte geradeaus gehen, ohne irgendwo anzustoßen. Sobald die Tür verschlossen wurde, hatte Kora bei jedem tieferen Atemzug das Gefühl, dass der Raum um ihren Körper spannte.

Auf die Vorderseite des Briefs war ein Luftballon gestempelt. Kora lächelte gegen ihren Willen.

»Nun sag schon«, drängelte Miriam. Ihre Stimme klang immer, als würde sie mit zugehaltener Nase sprechen. Polypen, hatte sie mal erklärt. Kora wusste nicht, was Polypen eigentlich waren. Tiere? In der Nase? Wahrscheinlich nicht. Was für eine gruselige Vorstellung. »Von wem ist er? Hast du doch 'n Freund?« Kora drehte den Brief um. Die Rückseite war leer. Bis auf lauter kleine Zahlen, die jemand an allen vier Rändern entlang geschrieben hatte. Rund um den ganzen Umschlag. Eine 41 war rot, alle anderen Zahlen waren schwarz.

41 9 4 7 9–23 24 3 9 15 35 139 28 6–15 9 12–139 137 3 9 101!

– 28 9 30–1 39 69 20 21 22–74 53

23 5. 83 90 40 71 9–4 13–7 14 113–48 49 122 71 4 11 12–53

2 133–121 114 124 114 27 114!!

»Es steht kein Absender drauf«, sagte Miriam, die ihr über die Schulter sah. Kora ließ den Brief betont gleichgültig in ihrer Gesäßtasche verschwinden.

»He, willst du ihn denn gar nicht lesen?«, kreischte Miriam, als Kora sich umdrehte und den Aufenthaltsraum verließ.

»Doch«, murmelte sie. »Allein.«

***

Sie lief den Gang entlang. Fensterlos, mit gelbem Linoleum ausgelegt und von Neonlicht erhellt. Hoffentlich kam Miriam nicht auf die Idee, ihr zu folgen. Aber bis einundzwanzig Uhr hatten sie Freizeit. Sie durften zwar nicht mehr raus auf den Hof, aber sie konnten sich innerhalb der Station frei bewegen. Miriam war es wichtig, während der Freizeit bei den anderen zu sein. Kora hingegen war es wichtig, endlich einmal ohne die anderen und vor allem: ohne Miriam zu sein!

Der Gang war lang und schnurgerade. Das Linoleum fühlte sich klebrig unter den Schuhen an. Ein paar Frauen standen vor ihren Zellen und redeten miteinander. Die Türen hinter ihnen waren offen. Fernsehgeräusche drangen heraus.

Kora kam an der Gemeinschaftsküche vorbei, wo eine Gruppe Frauen zusammen kochte. Es gab nicht viele Möglichkeiten, seine Freizeit zu verbringen. Und Kochen war eine dieser Möglichkeiten. Da war es ganz egal, dass das reguläre Abendessen jeden Tag bereits um sechzehn Uhr ausgeteilt wurde.

Das Abendbrot bestand aus einem kleinen Tablett, das sie gleich nach dem Hofgang auf die Zellen bekamen und für später aufhoben. Das Brot war dann trocken geworden, auch wenn es mit Alufolie abgedeckt war, der Käse schwitzte und der Tee in der Kanne war kalt. Nach sechzehn Uhr bekam man nichts mehr bis zum nächsten Morgen.

Der enge Gang bebte vor Lärm. Aus irgendeinem Zimmer rappte Nina Chuba immerzu: *Ich glaub, ich hass dich! Ja, ja!*

Man war nie allein. Nie. Nicht mal auf Zelle. Einzelzellen bekamen, wenn überhaupt, dann die, die schon richtig lange hier waren. Ansonsten musste man eine beantragen und die Bearbeitung des Antrags dauerte Monate.

Endlich war sie da. Neben jeder Tür war ein Namensschild angebracht. *Klaasen.* Miriams Name stand zuerst. Darunter kam ihrer: *Ronnfeld.* Schwarz eingestanzte Buchstaben auf weißem Untergrund. Haarfeine Risse durchzogen das Plastik. Kora ging durch die Tür und ließ sie offen. Miriam würde nicht kommen.

Miriam hasste die Zelle so sehr, dass sie Krankheiten erfand, um für einen oder zwei Tage auf die Krankenstation verlegt zu werden. Außerdem hatte sie sich für die Gesprächsgruppe angemeldet und für Seelsorgertermine. Sie würde sich auch für eine Häkelstunde anmelden, wenn es so etwas geben würde, hatte sie gesagt. Aber Miriam war schon länger hier. Vielleicht würde sie, Kora, bald genauso werden.

Sie ging zu ihrem Bett und setzte sich. Schob sich das Schaumstoffdreieck in den Rücken, das sie hier anstelle eines Kissens hatten. Richtige Kissen waren verboten. Zu leicht ließen sich Drogen darin verstecken. Und dann zog sie endlich den Brief aus dem von der Brandstätter bereits aufgeschnittenen Umschlag heraus.

***

Ein einzelnes Blatt Papier. Orangefarben.

Sie faltete es auf. Ein Frosch grinste sie an. Jemand hatte ihn in die linke obere Ecke gestempelt.

Sie las die wenigen Worte gleich mehrmals hintereinander.

> Liebe Kora!
> Du bist die Sonne, die nicht untergeht.
> Sprich mit Fallersleben.

Sie drehte das Blatt um, drehte auch den Umschlag um. Es gab nichts weiter. Nichts, was diese drei Zeilen erklären würde.

***

Die Enttäuschung kam jäh. Und sie war so heftig, als würde ihr jemand mitten im Lauf die Füße wegtreten. Erst jetzt, als sie diesen absurden Brief sinken ließ, merkte sie, dass sie mit etwas gerechnet hatte.

Aber womit eigentlich? Mit den Leuten aus ihrer alten Wohngruppe war sie nie richtig warm geworden. Nicht mal mit Annika. Obwohl die nett gewesen war. Ihre Eltern? Die waren froh, nichts mehr mit ihr zu tun zu haben. Was verdammt hatte sie also erwartet? Das hier war eine Scheißgemeinheit!

Die drei Zeilen ergaben keinen Sinn. Sie kannte keinen Fallersleben und was sollte das mit der Sonne? Wer schrieb ihr so eine bescheuerte Nachricht?

»Alles Idioten!«, rief sie wütend. »Scheißidioten!«

Sie knüllte das Papier zusammen und schleuderte es gegen die Wand. Es prallte ab und fiel auf den Boden. Es machte nicht mal ein Geräusch.

Neben ihr auf dem Bett lag noch der Umschlag. Sie wollte ihn gerade dem Brief hinterherschicken, als sie doch noch einmal genauer hinsah. Es gab zwar keinen Absender, aber es gab ... es gab einen Stempel! Sogar einen Sonderstempel. Auf den normalen Poststempeln stand nur *Briefzentrum 1* oder *Briefzentrum 17*.

Sie verfluchte die Brandstätter dafür, dass sie die Briefmarken ablöste. Damit hatte sie auch die rechte Hälfte des Stempels abgelöst. Die Hälfte nämlich, die auf der Briefmarke gewesen war. Die andere Hälfte sagte:

Zehn J...

POPA...

Na toll. Zehn J... – das hieß bestimmt: Zehn Jahre. Aber was war POPA? Als sie das dachte und noch einmal den Umschlag betrachtete, fiel ihr etwas auf, was sie vorher übersehen hatte. Auf dem Umschlag stand: *An Viktoria Ronnfeld.*

Der Name stand auch in ihrem Ausweis.

Kora bückte sich nach dem zusammengeknüllten Papier. Dabei hatte sie plötzlich wieder die Stimme der Richterin im Ohr. *Viktoria Ronnfeld, ich verurteile Sie zu zwei Jahren Haft.* Sie erinnerte sich, dass sie in dem Moment, als die Richterin diesen Satz sagte, das Gefühl gehabt hatte, ein uralter, eingerosteter Hebel in ihrem Hirn wäre in Bewegung gesetzt worden. Sie hatte etwas begriffen. Kein normales Begreifen, nein. Es war eine dieser blitzartigen Erkenntnisse gewesen, die vom Herz direkt ins Hirn schießen: Sie hatte, als die Richterin diesen Satz mit ihrem Namen an der Spitze sagte, begriffen, dass sie ihren Namen hasste. *Hasste!*

Viktoria war *sein* Name, nicht ihrer.

Er hatte ihn im Mund herumschwimmen lassen, als wäre er ein Bonbon. *Viktoria. Vicky. Vickylein.*

Wenn sie hier rauskam, in anderthalb Jahren, würde sie achtzehn sein. Das Allererste, was sie dann tun würde, wäre nicht, sich um einen Job zu bemühen, nein. Sie würde sich endlich darum kümmern, diesen verdammten Namen loszuwerden.

Kora. *Das* war ihr Name, ihr eigener. Von Viktoria, an deren drei Silben er gelutscht hatte, hatte sie sich schon lange verabschiedet.

Dieser Viktoria war alles Mögliche passiert. Kora konnte auf sich aufpassen.

Der Name war ihr Geheimnis. Sie hatte nie, niemals mit jemandem darüber gesprochen. Sie faltete den zerknüllten Zettel wieder auseinander, und es durchfuhr sie, als sie noch einmal die Anrede las: Liebe Kora!

Freitag, 16. August

Der Weg führte in Kurven hinauf. Endlich war sie oben. Kora stand auf einem Berg. Sie lachte. Gerade wollte sie losrennen, durch diese gleißende Sonne ins Tal, das fettgrün vor ihr lag, mit diesen kleinen gelben und weißen Blumen überall, als plötzlich etwas hinter ihr loskreischte. Sie erschrak und fuhr herum. Dabei stieß sie sich am Kopfteil des Holzbettes. »Scheiße.«

Kora rieb sich den Kopf und warf einen Blick auf ihren Wecker. 6:00 Uhr, blinkten die roten Zahlen. Die Sirene setzte ein weiteres Mal an. Es war wie immer zu früh. Viel zu früh. In dem Bett an der anderen Wand stöhnte Miriam auf. Selbst ihr Stöhnen klang, als würde sie sich dabei die Nase zuhalten.

Gleich nachdem die Sirene verstummt war, begann die Gegensprechanlage an der Tür zu knarzen. Wie jeden Morgen.

»Guten Morgen«, drang eine blecherne Stimme in die Zelle. »Es ist Freitag, der sechzehnte August.«

Miriam stöhnte wieder. Kora setzte sich auf, sah zur Tür und wartete auf den Aufschluss.

***

Diese Geräusche, mit denen der Aufschluss sich ankündigte, würde sie nie vergessen. Das wusste sie jetzt schon. Sie würden bleiben, auch wenn sie hier wieder raus war. Sie würden sich eingenistet haben in ihrem Kopf, eingenistet in einer Ecke, die sie nicht wegschneiden konnte.

Das Klirren der Schlüssel, das quietschende Aufschwingen der sieben Gittertüren auf dem Gang, dann das metallene Schaben im Schloss, wenn die Zellentür geöffnet wurde. Und das zackige oder gemütliche, das fragende oder neutrale, das herzliche oder gleichgültige »Guten Morgen!«, das ins Zimmer geschmettert, gerufen oder einfach nur gesprochen wurde.

Miriam streckte dann immer einen Arm unter der Decke hervor und wedelte damit durch die Luft. Kora rief: »Morgen.« Ein Zeichen zu geben, war wichtig. Sie nannten es *Lebendkontrolle.* Wenn man kein Zeichen gab, kam die Beamtin bis zum Bett und klopfte laut an das Kopfteil oder schüttelte einen an der Schulter, bis man einen Ton von sich gab. Danach das hallende Geräusch im Gang, wenn die Beamtenschritte sich entfernten, an der nächsten Tür anhielten, wieder das metallene Schaben, das *Guten Morgen.* Die gemurmelte Antwort. Nach einer Weile kam ein Rollwagen durch die Station und das Frühstück wurde verteilt.

Kora wäre so gern noch liegen geblieben, aber sie gehörte zu denen, die Glück hatten, genau wie Miriam: Sie durften jeden Tag raus aus der Zelle, konnten sich bewegen, sich beschäftigen, die Zeit *sinnvoll* verbringen. Miriam und sie hatten Arbeit, sie machten hier sogar eine Ausbildung.

Mehr als die Hälfte der Frauen hatte nicht so viel Glück. Arbeit war rar und begehrt, und hier drin arbeitslos zu sein, bedeutete neunzehn oder, wenn der Hofgang mal ausfiel, sogar zwanzig Stunden auf Zelle bleiben zu müssen. Zwanzig Stunden! Die Vorstellung war monströs. Gleich nachdem das Frühstück auf den Zellen verteilt worden war, wurden diese Frauen wieder verschlossen, bis es Mittagessen in der Kantine gab, und dann erneut bis zum Hofgang um fünfzehn Uhr. Nach dem Hofgang kamen sie erst wieder um achtzehn Uhr zur Freizeit heraus.

Sie stellte sich vor, zwanzig Stunden mit Miriam, deren aggressiver Neugier und mit den Polypen in ihrer Stimme eingesperrt zu sein, und schüttelte den Gedanken sofort wieder ab. Sie *wollte* sich das gar nicht vorstellen. Sie empfand es ja trotz des halben Tags Bewegung schon als den blanken Horror, wenn die Tür hinter ihnen ins Schloss fiel. Und gleich zweimal versperrt wurde. Als könnten sie und Miriam eine klinkenlose Stahltür irgendwie aufstemmen. Etwa mit den Nägeln? Haha.

Mit Miriam allein auf vierzehn Quadratmetern. Diese Enge. Das Gefühl, trotz des Fensters keine Luft zu bekommen. Sie hatte vorher nie über so etwas nachgedacht. Als sie noch draußen war.

Als sie noch nicht getan hatte, was sie getan hatte. Jetzt wüsste sie, wie sie jemandem das Eingesperrtsein erklären würde: Du musst in den kleinsten Raum der Wohnung gehen. Wahrscheinlich ist das die Toilette. Dort musst du die Tür schließen. Dich auf den Klodeckel setzen. Und warten. Und dir vorstellen, diese Tür da ginge erst in elf Stunden wieder auf.

***

»Wir fangen heute im Bürotrakt mit Abkleben im Gang an«, sagte Hebrecht im Materiallager. Lehmann und die anderen drei Azubis waren schon mit Leitern in den Mutter-Kind-Trakt abgezogen. Kora war es recht. »Mal sehen, wie weit wir kommen. Wenn wir nicht fertig werden, machen wir Montag weiter.« Hebrecht reckte sich, gähnte. Dann straffte er sich wieder.

»Na, dann mal los«, sagte er und stapfte voraus. Der Bürotrakt lag im neuen Flügel.

Kora folgte ihm. Seinen ruhigen Schritten. Dass er sie hinter sich gehen ließ, machte sie irgendwie froh. Sie sprachen nie über so etwas, aber es war ein Vertrauensbeweis. Wenn sie hinter ihm lief, überwachte er sie nicht.

Sie sah, wie er sich hin und wieder über den Schädel strich. All dies erinnerte sie an ein großes Tier. Pflanzenfresser. Kamel vielleicht, dachte sie. Oder Büffel. Er rieb sich den Nacken, sah sich kurz nach ihr um und murmelte: »Junge, Junge, ich bin wirklich reif fürs Wochenende.«

Wochenende. Kora fühlte, wie sich ihr Gesicht versteifte. Sie schaute schnell nach unten, sagte nichts.

Die Wochenenden hier drin waren brutal. Zwar konnten sie alle länger schlafen – bis acht –, aber was nützte das, wenn man zwei ganze Tage vor sich hatte, an denen man nicht rauskonnte? Sie hatten an den Wochenenden natürlich mehr Zeit als sonst, aber nicht mehr Freizeit. Alle Freizeitangebote – wie Sport, Bibliotheksstunde, Gesprächskreise – fielen weg. Ganz einfach deshalb, weil die Mitarbeiter natürlich auch Wochenende hatten. Für die Inhaftierten bedeutete das, das ganze Wochenende auf Zelle bleiben zu müssen.

Zwei Tage mit einem schier unerschöpflichen Vorrat an Stunden, Minuten und Sekunden, die man mit nichts verbringen konnte. Sie schlugen einem die Füße weg. Das war das Erschreckende: Hier drin verbrachten nicht sie das Wochenende, dieses früher einmal so wertvolle Gut, nicht *sie* brauchten es auf, sondern das Wochenende verbrauchte sie. Miriam stellte schon am Morgen den Fernseher an, und wenn sie ihn spätabends wieder ausmachte, war das Gehäuse heiß und Kora hatte Kopfschmerzen. Zwischendurch hatten sie nur den einstündigen Hofgang und etwas Freizeit, die sie in der Station auf den Fluren, beim Kochen in der Gemeinschaftsküche oder im Aufenthaltsraum verbringen konnten.

An den Wochenenden wachte sie nachts von seltsamen Träumen auf. Sie träumte, dass Miriams Polypen aus der Nase gekrabbelt waren und in der Zelle herumkrochen. Sie *hörte* sie sogar. Dann griff sie panisch nach ihrem Kugelschreiber mit der eingebauten Taschenlampe und leuchtete in der Zelle herum, obwohl sie wusste, dass das albern war, aber sie konnte nicht anders. Sie hasste die Dunkelheit. Sie hasste es, nachts nichts sehen zu können, hasste es, wenn das, was sie nicht sah, sich in den Ecken der Zelle zusammenrottete und mit den Füßen scharrte, bereit, sie besuchen zu kommen, sobald sie nicht aufpasste. Und irgendwann keifte Miriam los, bis sie die Taschenlampe ausmachte. Dann war sie wieder allein mit dieser Dunkelheit, in der etwas Furchtbares verborgen war.

Sobald ein Wochenende anfing, zählte Kora die Minuten, bis es endlich vorbei war, bis der Montag anbrach und sie rauskonnte. Endlich wieder mit Hebrecht verdreckte Wände weiß malern.

***

Es war kurz vor Feierabend. Sie mussten ungefähr tausend Meter Abklebeband verbraucht haben, jedenfalls fühlte es sich so an. Aber sie hatten es fast geschafft. Noch ein paar Lichtschalter, dann waren die Wände endlich fertig vorbereitet fürs Malern am Montag. Noch immer verblüffte es sie, wie lange so etwas dauerte. Am Anfang hatte sie gedacht: Abkleben? Pillepalle ... pfff.

Sie musste erst lernen, *was* alles abzukleben war: die Fensterrahmen und Scheuerleisten, die Steckdosen und Türen, die Heizungen, die Feuerlöscher an der Wand und die Halterungen für die Jalousien. Als sie endlich fertig waren, war der Arbeitstag vorbei, und sie sah, wenn sie die Augen kurz schloss, nur noch Abklebeband vor sich. Weißes und gelbes, schmales und breites. Und extrabreites.

»Herr Hebrecht?«, fragte Kora, als sie eine Bürotür abklebte, hinter der jemand lautstark telefonierte. »Kennen Sie jemanden hier in der JVA, der Fallersleben heißt?«

Hebrecht sah auf.

»Fallersleben? Also, bei den Mitarbeitern gibt's keinen Fallersleben. Vielleicht unter den Inhaftierten? Da frag am besten Frau Brandstätter.«

Sie hatte sowieso in die Bibliothek gehen wollen. Sie brauchte ein Lexikon. Sie musste wissen, was es mit *POPA...* auf sich hatte. Wenn sie das herausfand, hätte sie einen Anhaltspunkt, aus welcher Stadt der Brief abgeschickt worden war. Wer dahintersteckte. Und vielleicht verstand sie die Nachricht dann. Falls es eine Nachricht war. Und kein Scheißwitz.

Jetzt war jedoch erst einmal der Hofgang dran. Heute regnete es nicht, das erste Mal seit einer Ewigkeit! Sie brauchte endlich einmal nicht mit Regenjacke und übergestülpter Kapuze raus, aber sie hatte irgendwie nicht die Ruhe dafür, in dem Viereck hin und her zu laufen, den Himmel anzustarren und die Abwesenheit von Kastanien zu bedauern. Egal – sie steckte die Hände in die Hosentaschen und ging die erste Runde. Sie achtete darauf, dass der Abstand zu der Frau vor ihr und der zu den beiden hinter ihr nicht kleiner wurde. Sie wollte auf keinen Fall in ein Gespräch verwickelt werden.

Kora *wollte* niemanden kennenlernen oder sich gar anfreunden. An Freundschaft glaubte sie nicht. Schon gar nicht hier drin. Sie wollte nicht über sich reden, wollte auch nichts von den anderen hören, sie wollte einfach ihre Ruhe. *Je weniger du erzählst, desto weniger kann gegen dich verwendet werden.* Koras Knastweisheiten, Seite 2.

Sie wäre gern gejoggt, und an ihrem allerersten Tag hier hatte sie das sogar versucht – aber es war einfach zu wenig Platz dafür. Genauso gut hätte sie versuchen können, in einer Badewanne zu kraulen. Hier ging man. In Grüppchen, zu zweit oder allein, aber man *ging*, man lief nicht.

Dabei war sie immer schon gejoggt. Vier- bis fünfmal die Woche. Es war für sie die beste Methode, loszuwerden, was sich an Müll in ihr angesammelt hatte. Immer wenn sie wütend, frustriert, traurig oder gallebitter gewesen war, hatte sie einfach ihre Joggingsachen angezogen und war losgelaufen. Auch bei Regen. Danach war es ihr immer besser gegangen. Das Joggen fehlte ihr. Sehr. Sie hatte einen Antrag ausgefüllt, um in eine der Sportgruppen zu kommen. Es war ihr ganz egal, ob Fußball, Turnen oder Kraftraum. Hauptsache Sport, Bewegung.

Sie hatte einen Platz bekommen. Im Kraftraum. Und sie hatte ihr Glück kaum fassen können. Die Sportgruppen waren extrem begehrt, die Plätze begrenzt, die Wartelisten sehr lang. Vielleicht war sie eine der Auserwählten gewesen, weil sie erst sechzehn war.

Jedenfalls durfte sie nun zweimal in der Woche während ihrer Freizeit für eine Stunde in den Kraftraum. Den wenigsten Frauen, die im Kraftraum trainierten, ging es darum, fit zu bleiben. Die meisten wollten dasselbe wie sie: einfach etwas *tun*, sich bewegen, sich körperlich auspowern.

Kora versuchte immer, als eine der Ersten an der Tür zum Kraftraum zu sein, sie drängelte sich mit Gewalt durch, wenn es sein musste. Viele trainierten am Rudergerät und auf den Laufbändern oder griffen zu den Hanteln. Sie fuhr Rad. Zwar auf der Stelle, aber das war egal. Irgendwie passte es ja zu ihrer Situation hier.

Es gab nur zwei Spinningbikes und eins davon erkämpfte sie sich jedes Mal aufs Neue. Sie fing mit kleinem Widerstand an, nach einer Weile erhöhte sie ihn, und während sie trat, versuchte sie, all die keuchenden Frauen um sich herum wegzudenken und einen Rhythmus zu finden. Einen Rhythmus ohne Musik, denn Musik gab es nicht. Sie schloss die Augen und erfand ihn, atmete einen Rhythmus, sog ihn in sich hinein, stieß ihn aus, sog ihn ein, stieß ihn aus, sog, stieß, holte ihn aus der Erinnerung und setzte ihn zusammen, einen Song, der sie trieb, elektronisch, hypnotisch, der ins Hirn stieg wie *On Repeat* von Robin Schulz & David Guetta.

***

Gruber, der Hausmeister, lief die winzige Rasenfläche ab, die der Hof zwischen all dem Beton bot, und murmelte vor sich hin. Das Gras stand wadenhoch. Kein Wunder nach den Wassermassen in der letzten Zeit.

Als Kora wieder bei ihm vorbeikam, sagte er: »Das werde ich nicht mähen können. Zu hoch. Das muss ich sensen. – Und das Gras nehm ich für meine Hühner mit. Da werden die Eidotter schön gelb.«

Kora antwortete nicht, sie lächelte auch nicht, aber sie zog die Augenbrauen hoch, zum Zeichen, dass sie ihn gehört hatte. Gruber war harmlos, doch was Gespräche anging, war er eine Plage. Sobald man sich darauf einließ, wurde man ihn nicht mehr los. Das Schlimmste daran war, dass er nicht zuhörte. Er wollte nur reden. Und er kannte nur ein Gesprächsthema: seine Hühner.

Sie ließ ihm keine Zeit, sie direkt anzusprechen, sondern drehte wieder in Richtung Mauer ab, über die sich ein langer Sandstrand und türkisfarbenes Wasser zogen. Ein Projekt von

Hebrecht. Er, Kora und die drei anderen Azubis hatten die Mauer bemalt. Hunderte von Metern. Einmal ringsum. Sie hatten Wellen, Palmen und steile Klippen entworfen, ein untergegangenes Schiff und einen Schatz. Kora hatte sogar einen Walrücken gemalt, obwohl die anderen Azubis glaubten, es wäre ein Stein.

Sie lief von den Palmen zu den Steilklippen, dann zum Meer und weiter zum Wal und konnte nicht fassen, wie die Zeiger heute schlichen. Sonst war der Hofgang doch immer so schnell vorbei! Kaum waren sie draußen, mussten sie schon wieder hinein.

»Is 'n schöner Tag heute, nicht?«, probierte es Gruber noch einmal, als sie nach einer weiteren Runde wieder bei ihm angelangt war. Er blinzelte in den Himmel. »Keine Wolke weit und breit. – Nach dem Scheißwetter der letzten Zeit nur gerecht, wenn du mich fragst. Die Hühner waren heute Morgen schon ganz aufgeregt. Sind rumgeflattert. Vor allem die Laila.«

Kora presste die Lippen zusammen. Was interessierte sie das Wetter, wenn sie ja doch keinen Ausflug machen konnte? Es war grässlich, wenn die Sonne schien und sie sie nur durchs vergitterte Fenster sehen konnte. Und das auch nur, wenn sie dafür auf einen Stuhl stieg. Sie atmete tief ein und drehte wieder ab. Hinter ihr Gruber und die anderen Frauen, vor ihr die Mauer. Der Blick konnte nirgendwohin. Nur nach oben hin war er frei. Hoffentlich gibt es ein Lexikon in der Bibliothek, dachte sie. Hoffentlich wusste die Brandstätter, wer Fallersleben war. Als sie wieder bei Gruber ankam, der jetzt tatsächlich mit einer Sense auf dem Rasen stand, war die Stunde fast vorbei. Sie blieb stehen.

Er sah sie sofort erwartungsfroh an.

»Kennen Sie jemanden, der Fallersleben heißt? Kann ein Mann sein oder 'ne Frau.«

Gruber stützte sich auf der Sense ab. »Fallersleben ... Fallersleben? Also, nicht dass ich ... obwohl ... vor etlichen Jahren gab's doch diesen Koch hier ... ach nein, der hatte anders geheißen, Falkenhafen oder so. Oder war's Falkenhagen? Namen sind einfach nicht meine Stärke. Die bringe ich immer irgendwie durcheinander.« Er lachte und kratzte sich dabei sein schlecht rasiertes Kinn. »Nur meine Hühner, die halt ich alle auseinander! Für jemanden, der sie nicht kennt, sehen sie alle gleich aus, aber nicht für mich. Nee, nicht für mich. Ich würd' nie die Alex mit der Käthe verwechseln oder gar mit der Heidi. Da gibt's so viele Unterschiede, das glaubst du nicht. Die Federlänge, die Farbe vom Kamm oder wie dick die Zehen sind. Und die Laila, die müsstest du mal sehen, die hat gelbe ...«

Da plärrte die Sirene los, und Kora ließ Gruber einfach stehen und stürzte in die Station. Jetzt wurden sie erst einmal wieder eingeschlossen, bis um achtzehn Uhr die *Freizeit* anfing und sie in die Bibliothek konnte.

***

Punkt achtzehn Uhr, gleich nachdem ihre Zellentür geöffnet wurde, lief sie durch den Gang, an den Stahltüren vorbei, durch eine geöffnete Gittertür, eine Treppe hinunter, viele Stufen, alle niedrig und blitzblank. Der Weg hinab war mit Neonlicht ausgeleuchtet. Dieses grelle Licht und die keimfreie Krankenhausatmosphäre waren typisch. Nirgends gab es ein Fitzelchen Dreck auf den Gängen, nirgends eine dunkle Ecke. Am Fuß der Treppe befand sich ein weiteres Gittertor. Es war normalerweise geschlossen, doch donnerstags und freitags stand es für eine Stunde offen. Die blaue Plastikplakette an der Wand verkündete: *Bibliothek.*

Diese Bibliothek hier war ein kleiner, abweisend kühler Raum und unterschied sich sehr von der Bibliothek, in die sie in Mannheim manchmal gegangen war. Die befand sich in luftiger Höhe in einem riesigen Glaskasten in N1, mitten im Zentrum. Die Gefängnisbibliothek hingegen lag im Keller in einem ständigen Dämmer. Die Sicht nach draußen war durch ein Stahlgitter geneuntelt. Außerdem lag das einzige Fenster so tief, dass kaum Sonne hereinfiel und der Raum auch im Sommer mit elektrischem Licht beleuchtet werden musste.

Die Bibliothek in Mannheim befand sich über einem Einkaufszentrum. Auf der Fensterseite sah man in die Stadt, auf einen Platz mit einem Brunnen und Gras drumherum, und auf dem Gras lagen meist ein paar Leute. Schaute man zur anderen Seite, sah man eine Treppe, die ins Erdgeschoss führte, wo ein Café seine Tische aufgestellt hatte. Man konnte das Geschirr klappern hören, während man am Computer nach einem bestimmten Buch suchte, man hörte Babygeschrei oder einen Streit, am meisten aber *roch* man das Café. Oft hatte es nach Kaffee gerochen, manchmal aber auch nach Pizza oder Gulasch. Bekam sie deshalb eigentlich immer Hunger, sobald sie eine Bibliothek betrat? Ihr Magen knurrte jedenfalls schon wieder. Sie schnupperte. Hier roch es nach Klorix. Und nach Kölnisch Wasser.

Sie trat ein. An zwei Wänden entlang standen Bücherregale, vor der dritten Wand ein Schreibtisch, hinter dem die Brandstätter saß. Weiter hinten gab es eine kleine Leseecke mit einem Tisch, dessen Oberfläche zerkratzt war, als hätte jemand einen Zirkel daran gewetzt. Kora trat an den Schreibtisch.

»Biiitte?«

Die Brandstätter sprach immer langsam und sie hatte die Angewohnheit, bestimmte Vokale lang zu ziehen. Sie kam nicht von hier, das merkte man, vielleicht war sie aus Österreich? Obwohl sie angeblich schon seit fünfundzwanzig Jahren hier arbeitete, hatte sie jedenfalls ihren Akzent nicht verloren.

»Haben Sie ein Lexikon?«

Die Brandstätter hob die Hand und wies in die hinterste Ecke des Raums. Ein Schwall Kölnisch-Wasser-Duft schwappte dabei auf Kora zu. »Gaaaanz links«, sagte sie. »Sie müüüüssen neben den Reiseführern schauen.«

Die Brandstätter war eine der wenigen Erwachsenen hier, von der sie nicht geduzt wurde. Irgendwie fand sie das gut. Manchmal hatte Kora das Gefühl, sie ging auch deshalb so oft in die Bibliothek, um gesiezt zu werden.

Es gab Bücher in der Bibliothek, die fast unberührt, und andere, die zerfleddert und abgegriffen waren. Die Reiseführer gehörten zu den zerfleddertsten. Es war ganz egal, welche Landstriche und Städte sie beschrieben – ob griechische Inseln, Chile oder New York –, alle Reiseführer sahen aus, als würden sie gleich auseinanderfallen. Jede hier drin schaute sich gern Reiseführer an. Borgte sie aus. Nahm sie mit auf Zelle. Wenn man schon nicht in echt und in Farbe rauskonnte, wie Hebrecht sagen würde, dann wenigstens im Kopf.

Kora schnappte sich Band *P–Z* des Lexikons und ging damit zur Leseecke. Sie setzte sich. Auf dem Stempel hatte gestanden: *Zehn J… POPA…* Sie schlug den Band auf.

***

POPA…

Vielleicht war das irgendwas Schweinisches? Eine verschleierte Beschreibung für ein Bordell vielleicht? *Zehn Jahre PoParadies!*

Nein, dafür würde keine Stadt einen Sonderstempel anfertigen lassen. Aber was für ein Wort begann sonst mit POPA?

Nach zwei Minuten schlug sie das Lexikon zu. Zwischen *Popafälle* (Wasserfälle in Namibia) und *Popalzai* (Paschtunenstamm in Afghanistan) gab es nur noch ein Wort: *Popakademie*. Und die stand in Mannheim. Ihrer Heimatstadt. Das machte den Brief leider nicht verständlicher. Wer in Mannheim wusste ihren Namen?

Sie ging zurück zum Schreibtisch der Brandstätter.

»Biiiitte?«

»Wissen Sie zufällig, wo Herr oder Frau … äh … Fallersleben arbeitet?«

»Meinen Sie hiiiier in der Anstalt?«

Kora nickte.

»Daaaa arbeitet kein Fallersleben.«

»Gibt's hier sonst jemanden, der so heißt?«

Die Brandstätter schüttelte unmissverständlich den Kopf.

»Danke«, murmelte Kora und drehte sich um Richtung Ausgang. War ja klar. Ein Scheißwitz. Es war alles nur ein Scheißwitz.

»Ich kenne nur den Schriftsteller Faaallersleben.«

»Wie – Schriftsteller?« Kora drehte sich wieder um.

Erneut hob sich der Arm, eine weitere Kölnisch-Wasser-Wolke schwebte auf sie zu, und der Finger wies diesmal nach rechts.

Kora folgte ihm zögernd und fand sich vor dem Regal mit den Romanen wieder. Und dann merkte sie, dass ihr Atem plötzlich schneller ging. Dass sie durch den Mund atmete. Ein Schriftsteller also! Das könnte möglich sein.

Vielleicht war der Brief von Annika aus ihrer Wohngruppe? Sie konnte es sich zwar nicht vorstellen, aber es war momentan die einzige Erklärung. Vielleicht wollte Annika ihr etwas mitteilen, was sie auf normalem Weg nicht schreiben konnte, weil der Brief dann nicht durch die Kontrolle gekommen wäre? Deshalb dieser Trick. Vielleicht fand Kora die Erklärung für alles in einer Geschichte von diesem ... diesem Fallersleben!

Sie legte den Kopf schräg und las die Autorennamen. Faber, Falb, Falk ... zwischen Falk und Faulkner war nichts. Verdammt!

»Fallersleben war ein Diiiichter«, rief die Brandstätter. »Sie müssen bei den Gediiiichten schauen, nicht bei den Romanen. – Daaaa, auf dem obersten Regal.«

Kora schaute auf das oberste Regal. Es gab nur eine Handvoll Gedichtbände und die sahen alle aus wie neu. Kein Vergleich zu den zerfledderten Reiseführern, Krimis und Liebesromanen. Kora hatte die paar Titel schnell durchgeschaut. Morgenstern, Goethe und irgendwas Modernes, das *Metastasen des Glücks* hieß. Von Fallersleben keine Spur.

Sie spürte, wie die Aufregung, die sie eben so überraschend gepackt hatte, sank. Einfach wegsackte wie ein ins Wasser geworfener Stein. Wie die Hitze in ihrem Innern nachließ. Wie sie starr wurde. »Hier steht kein Fallersleben!«

»Schauen Sie ruhig einmaaaaal bei den Buchspenden!«, sagte

die Brandstätter. »Aber bringen Sie nichts durcheinander. Biiiiitte.«

Kora trat an die Buchstapel, legte wieder den Kopf schräg und ließ den Blick über die Titel und Autorennamen fliegen. *Die Tudors*, *Typberatung* und *Tiere Europas* lagen übereinander. *Agatha Christie, Deutsche Gedichte, Conni auf dem Bauernhof.* Kein Fallersleben. Sie sah alle Stapel durch. Nichts. Gerade wollte sie frustriert aufgeben, als ihr Blick noch einmal auf *Deutsche Gedichte* fiel.

Vielleicht hatte sie ja Glück. Wenn Fallersleben ein Dichter gewesen war, dann standen vielleicht Gedichte von ihm da drin.

Das Buch war so alt, dass der Buchschnitt schon ganz fleckig war, es hatte ein nichtssagendes Cover, und als sie es aufschlug, strömte es diesen typischen Deutschstundenmief aus. Eine dieser Schwarten, die niemand freiwillig las, weil sie einem mit ihrer Dicke den ganzen Mut nahmen. Auf der ersten Seite stand ein Namenszug. *Kühlberg, Bettina.* Offenbar die Buchspenderin. Kora ging mit dem Finger die Autoren durch und landete bei ... Fallersleben! Danke, Bettina Kühlberg, dachte sie, danke, dass Sie das Buch gespendet haben!

August Heinrich Hoffmann von Fallersleben.

Ein Adliger. Er hatte ebenfalls kein Glück gehabt. Drei Vornamen und alle waren scheiße. Geboren 1798. Über zweihundert Jahre älter als sie.

Das Lied der Deutschen. Das klang staubtrocken und nach Geschichte, ein Fach, das sie in der Schule gehasst hatte. Jahreszahlen, Könige, Schlachten, Verträge, wieder Jahreszahlen. Es gab noch ein Gedicht von ihm: *Bienchen, summ herum.* Das soll derselbe Mann geschrieben haben? Das war doch ein Kinderlied. Dann fiel ihr Blick auf das dritte und letzte Gedicht von Fallersleben in diesem Buch ... Sie stockte kurz ... *Du bist die Sonne.* Genau dieser Satz stand in ihrem Brief!

»Das hier will ich haben!«, rief sie der Brandstätter zu.

»Das iiiiist noch nicht katalogisiert, das können Sie nur hier aaaanschauen.« Kora unterdrückte eine Erwiderung und sagte sich, dass so viel Glück auf einmal auch irgendwie unnatürlich gewesen wäre, ging wieder zu einem der Holzstühle und warf die Schwarte auf den zerkratzten Tisch.

»Viktoooria. Sie wiiiiissen doch, dass wir hier vorsiiiichtig mit Büchern umgehen!«

Sie seufzte und schlug die Seite auf.

Du bist die Sonne, die nicht untergeht,
Du bist der Mond, der stets am Himmel steht,
Du bist der Stern, der, wann die andern dunkeln,
Noch überstrahlt den Tag mit seinem Funkeln.

Du bist das sonnenlose Morgenrot,
Ein heiterer Tag, den keine Nacht bedroht,
Der Freud' und Hoffnung Widerschein auf Erden –
Das bist du mir, was kannst du mehr noch werden!

Ein Liebesgedicht?

Sie las es noch einmal. Streng dich an, Kora, sagte sie sich. Versuch, den Hinweis zu verstehen.

Die Sätze waren schön, aber sie lösten weder eine Erinnerung noch eine Idee aus. Abgesehen davon konnte sie sich auch keinen einzigen Menschen vorstellen, der von ihr denken würde: *Du bist die Sonne, die nicht untergeht.* Sie war immer jedem aus dem Weg gegangen. Auch Annika aus der Wohngruppe, und das, obwohl sie sie gemocht hatte. Für ihre Eltern war sie schon gar keine Sonne und auch kein Mond, sondern einfach die Pest. Ihre Familie war kaputt und sie war schuld. So sah es aus.

»Kann ich einen Kugelschreiber von Ihnen borgen?«, fragte sie die Brandstätter.

»Biiiitte«, sagte diese und schob ihr einen hin. Kora ging zurück zu ihrem Platz und schrieb das Gedicht Zeile für Zeile ab. Sie drehte dazu das orangefarbene Blatt mit den drei Zeilen um und schrieb auf die Rückseite. Immer noch regte sich nichts in ihrem Hirn. Hatte sie etwas in dem Brief übersehen? Sie las noch einmal die drei Zeilen in der schön geschwungenen Schrift: *Liebe Kora! Du bist die Sonne. Sprich mit Fallersleben.*

Ja, und?

Oder war das verschlüsselt?

Im selben Moment, als sie *verschlüsselt* dachte, fiel ihr Blick wieder auf die Zahlengirlande, die die Rückseite des Briefumschlags umrahmte. Und da passierte es endlich: Es machte *Klick* in ihrem Kopf.

Das war eine Geheimschrift! Diese Zahlen dort waren ein Code. Sie starrte hoch konzentriert auf die Zahlen.

41 9 4 7 9–23 24 3 9 15 35 139 28 6–15 9 12–139 137 3 9 101!

– 28 9 30–1 39 69 20 21 22–74 53

23 5. 83 90 40 71 9–4 13–7 14 113–48 49 122 71 4 11 12–53

2 133–121 114 124 114 27 114!!

Nach einer Weile hatte sie mehrere Dinge herausgefunden: Das war alles andere als eine beliebige Zahlengirlande. Dass die 41 rot war, hatte bestimmt eine Bedeutung, vielleicht war es der Beginn der Nachricht. Eine Menge Zahlen kamen doppelt und dreifach vor. Und dann waren da Satzzeichen zwischen den Zahlen! Ausrufezeichen, Gedankenstriche und auch ein Punkt. So, als handle es sich gar nicht um Zahlen, sondern um … Sätze!

Sie grübelte. Vielleicht musste sie die Zahlen als Wörter ausschreiben und dann die Anfangsbuchstaben verbinden?

Sie schrieb: Einundvierzig, Neun, Vier, Sieben, Neun, und unterstrich die Anfangsbuchstaben. Zusammen gelesen ergaben sie: E N V S N. Das war Blödsinn. Vielleicht waren es die Endbuchstaben? Einundvierzig, Neun, Vier, Sieben, Neun. Das ergab G N R N N. Genauso ein Schwachsinn. Verdammt. Sie biss vor Ärger auf der Kuppe des Stifts herum, bis das Plastik knackte, und fing sich einen warnenden Blick der Brandstätter ein. Das konnte doch nicht so schwer sein! Wenn der Absender wollte, dass sie die Nachricht auch verstand, würde er doch keinen Code nehmen, für den sie zu blöd war. Wo lernte man das Entschlüsseln von Geheimschriften überhaupt? Bei den Pfadfindern?

Sie faltete den Umschlag wütend zusammen und stopfte ihn mit dem Gedicht in ihre Hosentasche. Sie würde niemanden hier drin um Rat fragen. Schon gar nicht Miriam. Jemanden um einen Gefallen zu bitten, bedeutete immer auch, als Gegenleistung etwas von sich erzählen zu müssen. Aber je weniger die anderen von ihr wussten, desto besser. Aus irgendeinem Grund hielt sich das hartnäckige Gerücht, dass sie in eine Betrugssache verwickelt gewesen war. Sie schwieg dazu. Sollten sie glauben, was sie wollten. Sie hatte jedenfalls noch niemandem erzählt, warum sie hier war. Mit einer heftigen Bewegung stand sie vom Tisch auf, legte den angeknacksten Stift bei der Brandstätter ab und verließ die Bibliothek. Sie stürmte die Stufen nach oben und betrat den Gang. Sie würde es auch ohne Hilfe herausbekommen! Sie musste einfach nachdenken. Der Gang – ein zwanzig Meter langer, schnurgerader, gelber Bereich. Die Gitter, die sonst in Abständen den Gang verriegelten, waren während der Freizeit geöffnet. Sie hatte freie Bahn.

Sie ging los. Zwanzig Meter lagen vor ihr. An den offenen Zellentüren vorbei, aus denen wie immer Fernsehgeräusche plärrten, an der Küche, dem Aufenthaltsraum vorbei. Dann drehte sie um und stürmte zurück. Am Aufenthaltsraum, der Küche, den offenen Zellentüren vorbei. Drehte um und stürmte wieder zwanzig Meter geradeaus.

»Was'n los, Viktoria?«, rief Susette ihr aus der Küche hinterher.

Es roch nach angebratenen Zwiebeln, wahrscheinlich machten sie und Kristina Bratkartoffeln. »Hast du Speed im Arsch?«

Sie beachtete Susette gar nicht. Hin. Und her. Gehen war gut. Gehen hieß, das Hirn auf Trab zu bringen. Sie musste nachdenken. Später, auf der Zelle, würde sie keinen Schritt gehen können.

»He, Vic, willst du mit uns kochen?«, fragte Susette, als sie wieder an der Gemeinschaftsküche vorbeikam. »Wir machen gefüllte Paprika.«

Kora ging einfach weiter. Was bedeuteten die Zahlen? Was bedeuteten die verdammten Zahlen?

Zahlen bedeuteten gar nichts! Buchstaben hingegen ergaben Wörter. Und Wörter einen Sinn.

Es gab nur sechsundzwanzig Buchstaben, aber hundert Millionen Wörter. Sechsundzwanzig, dachte sie, sechsundzwanzig von A bis Z ... Sie blieb abrupt vor zwei Frauen stehen, die an der Wand neben ihrer Zellentür lehnten und quatschten. Jetzt starrten sie zu ihr und tuschelten. Egal! Was, wenn die Zahlen die Buchstaben des Alphabets darstellten? Dann war eine 1 ein A. Und eine 26 ein Z! Sie zog das Gedicht aus der Hosentasche und starrte auf den Zettel.

Die rote 41 sprang ihr als Erstes entgegen. Verdammt. Es gab keinen einundvierzigsten Buchstaben im Alphabet! Und schon gar keinen hundertneununddreißigsten!

***

Nach dem Einschluss um einundzwanzig Uhr saß sie mit Miriam beim Abendbrot. Am Tisch! Das hatte Kora eingeführt. So richtig konnte sie nicht sagen, warum. Früher war sie eigentlich genau wie Miriam gewesen, die es albern fand, am Tisch zu sitzen, und sich lieber aufs Bett warf, um vor dem Fernseher zu essen. Früher – das hieß, bevor sie hierhergekommen war.

Der Fernseher lief auch jetzt im Hintergrund. Der Fernseher lief immer. Er gehörte nicht zur Standardausstattung, er musste beantragt werden und dann wurden Mietkosten fällig. Als Kora zu Miriam in die Zelle gesetzt wurde, hatte diese verlangt, die Kosten zu teilen. Das verschlang ein Drittel ihres Taschengelds. Kora bekam dreißig Euro im Monat auf ihr Haftkonto eingezahlt. Aber Miriam war zuerst da gewesen, sie war die Zellenchefin, sie bestimmte die Regeln, das hatte Kora akzeptieren müssen. Ihr blieben noch zwanzig Euro für vier Wochen.

Sie warteten mit dem Abendbrot jeden Tag bis zum Einschluss um einundzwanzig Uhr, obwohl es schon um sechzehn Uhr verteilt wurde. Der Abend war noch lang, und so hatten sie wenigstens am Anfang etwas zu tun.

»Sag mal«, sagte Miriam plötzlich und richtete ihren Röntgenblick auf Kora. »Die anderen denken, du bist wegen Betrugs hier, aber ich hab heut gehört, dass das nicht stimmt.«

Kora spürte, wie die Farbe aus ihrem Gesicht wich. Ihr Herz holperte einen Moment, bevor es losraste. »Ach ja?«, sagte sie und schmierte sich betont gelangweilt etwas Streichkäse auf ihre Brotscheibe. Sie tat so, als würde etwas im Fernsehen sie interessieren.

»Es ist durchgesickert, dass du wegen Drogenhandel drin bist. *Schwerem* Drogenhandel.«

Kora sah erleichtert auf. Sah Miriam gerade ins Gesicht. Sie sagte: »Mir ist völlig wurscht, was irgendwer denkt oder erzählt.« Dann biss sie in ihr Brot und dachte: Ja, ich hab eine Beziehung zu Drogen, zu einer bestimmten Form von Drogen, aber die ist vollkommen anders, als du denkst. Und dir werde ich es bestimmt nicht erzählen. Niemandem werde ich das erzählen!

Da ließ Bohlen einen seiner blöden Sprüche los und machte ein dickes Mädchen nieder, das sich ganz in Glitzer gekleidet hatte.

Miriam grölte los. »Der war gut, oder?«

»Klar«, sagte Kora. »Macht bestimmt Spaß, jemanden fertigzumachen, der dreimal jünger ist und noch nicht weiß, wie's läuft.«

Samstag, 17. August

Die Sirene kreischte auf. Der Ton schnitt in Koras Ohr, schnitt sich bis zu ihrem Hirn durch.

8:00, blinkte der Radiowecker.

8:00. 8:00. 8:00.

Die Sprechanlage rauschte, dann sagte eine Stimme, die blechern und hallend klang wie auf einem Bahnhof: »Guten Morgen. Es ist Samstag, der 17. August. Hier spricht Fallersleben. F = 1, A = 2, L = 3, L = 4, E = 5, R = 6, S = 7, L = 8, E = 9, B = 10, E = 11, N = 12. *Fallersleben.*«

Kora schlug die Augen auf.

Es war finster. Miriam atmete laut mit offenem Mund. Der Radiowecker blinkte: 3:40.

Sie hatte geträumt.

Was hatte sie da geträumt?

Die Zahlen waren nicht mit dem Alphabet verbunden! Die Zahlen waren mit dem Gedicht verbunden! Verdammt, das war es! Wieso war sie nicht eher darauf gekommen?

Sie setzte sich auf und beugte sich bis zur Fußende des Bettes vor. Dort stand das Regal, das sie als Raumteiler nutzten, um einen Mini-Schlafbereich von einem Mini-Essbereich abzutrennen. Sie bräuchten eigentlich noch ein zweites Regal, um auch das Waschbecken und das Klo mit seiner dünnen Sichtschutzwand besser abschirmen zu können, aber dann würden sie vor Platzangst wohl nicht mehr atmen können. Sie tastete im Dunkeln über ihre Regalseite, tastete über Salzstreuer, Kakaodose und Tasse und fand schließlich den Kugelschreiber mit der eingebauten Taschenlampe, den sie als einzigen persönlichen Gegenstand hatte behalten dürfen. Entweder ein Foto oder ein anderes Erinnerungsstück, mehr war ihnen in der Zelle nicht erlaubt. Ein Foto hatte sie nicht, wollte sie nicht, brauchte sie nicht. Aber den Taschenlampenkuli brauchte sie.

Sie kroch zurück ins Bett und tastete auf dem Boden herum,

wo ihre Hose lag, fummelte das abgeschriebene Gedicht heraus und zog sich die Bettdecke über den Kopf. Dann machte sie das Licht an dem Stift an und nummerierte Buchstabe für Buchstabe die erste Strophe des Gedichts durch.

Den ersten Buchstaben des Gedichts beschriftete sie mit 1, den zweiten mit 2 und immer so weiter. Wahrscheinlich ergab das alles wieder Buchstabensalat, aber vielleicht ja auch nicht. Vielleicht auch nicht …

Bald stand ein riesiges Zahlen-Buchstaben-Gewirr auf der Seite:

Du bist die Sonne, die nicht untergeht

D = 1, U = 2, B = 3, I = 4, S = 5, T = 6, D = 7, I = 8, E = 9, S = 10, O = 11, N = 12, N = 13, E = 14, D = 15, I = 16, E = 17, N = 18, I = 19, C = 20, H = 21, T = 22, U = 23, N = 24, T = 25, E = 26, R = 27, G = 28, E = 29, H = 30, T = 31

Du bist der Mond, der stets am Himmel steht

D = 32, U = 33, B = 34, I = 35, S = 36, T = 37, D = 38, E = 39, R = 40, M = 41, O = 42, N = 43, D = 44, D = 45, E = 46, R = 47, S = 48, T = 49, E = 50, T = 51, S = 52, A = 53, M = 54, H = 55, I = 56, M = 57, M = 58, E = 59, L = 60, S = 61, T = 62, E = 63, H = 64, T = 65

Du bist der Stern, der, wann die andern dunkeln

D = 66, U = 67, B = 68, I = 69, S = 70, T = 71, D = 72, E = 73, R = 74, S = 75, T = 76, E = 77, R = 78, N = 79, D = 80, E = 81, R = 82, W = 83, A = 84, N = 85, N = 86, D = 87, I = 88, E = 89, A = 90, N = 91, D = 92, E = 93, R = 94, N = 95, D = 96, U = 97, N = 98, K = 99, E = 100, L = 101, N = 102

Noch überstrahlt den Tag mit seinem Funkeln

N = 103, O = 104, C = 105, H = 106, Ü = 107, B = 108, E = 109, R = 110, S = 111, T = 112, R = 113, A = 114, H = 115, L = 116, T = 117, D = 118, E = 119, N = 120, T = 121, A = 122, G = 123, M = 124, I = 125, T = 126, S = 127, E = 128, I = 129, N = 130, E = 131, M = 132, F = 133, U = 134, N = 135, K = 136, E = 137, L = 138, N= 139

Jetzt brauchte sie die Zahlenreihe nur noch zu decodieren! Sie fummelte den Briefumschlag aus ihrer Hose heraus. Anfangen sollte sie offenbar bei der 41, weil die rot war.

Die 41 war ein »M«. Die nächste Zahl war eine 9. Der neunte Buchstabe im Gedicht war ein »E«. Langsam schrieb sie Buchstabe um Buchstabe auf.

M

E

I

D

E

Dann kam ein Strich. Das nächste Wort war länger.

UNBEDINGT

Okay. Es stimmte, es stimmte! Weiter.

DEN

Langsam wurde sie geschickter und schneller.

NEBEL

Dann kam ein Ausrufezeichen. Sie hatte jetzt *Meide unbedingt den Nebel!* Welchen Nebel?

GEH

NICHT

RAUS

Haha, sehr witzig.

WARTE

IN

DER

STATION

Das wurde ja immer blöder.

AUF

TAMARA

Dann kamen zwei Ausrufezeichen und dann nichts mehr. Sie las die Nachricht im Ganzen: *Meide unbedingt den Nebel! Geh nicht raus. Warte in der Station auf Tamara!!*

Sie hatte tatsächlich den Code geknackt, aber die geheime

Nachricht war der totale Schwachsinn! Welcher Nebel denn bitte schön? Selbst wenn es welchen geben würde, war Nebel nichts Schlimmes. Und rausgehen konnte sie sowieso nicht, das brauchte ihr niemand zu schreiben. Und sie kannte verdammt noch mal auch keine Tamara! Noch einmal verglich sie die Zahlen und Buchstaben. Die Nachricht blieb so rätselhaft, wie sie war. Irgendjemand wollte sie verarschen. Und sie war auch noch darauf reingefallen! Sie biss die Zähne zusammen, bis ihr Kiefer schmerzte. Welcher Idiot, welcher Idiot war das gewesen?

»Sag mal, spinnst du? Jetzt mach endlich das bescheuerte Licht aus! Das leuchtet voll durch die Decke durch!«, kam es plötzlich wütend von Miriams Bett.

»Mann, lass mich in Ruhe«, blökte Kora zurück. Sie war wütend. Und sie war wach. Hellwach. Wenn sie jetzt in der Wohngruppe gewesen wäre, wäre sie aufgestanden und leise in die große Wohnküche gegangen. Sie hätte sich einen Vanilletee gekocht, dann die Küchenlampe ausgeknipst und nur ein Teelicht angemacht. Sie hätte sich mit einem Kissen auf den Boden gesetzt und im Halbdunkel den Tee getrunken. Ganz langsam. Sie hätte dabei Musik mit Kopfhörern gehört, bis sie ihre Angst vor der Dunkelheit im Griff gehabt hätte und irgendwann müde geworden wäre. Dann wäre sie wieder ins Bett gegangen.

Als Miriam Luft holte, um erneut loszukeifen, machte Kora die Taschenlampe aus, und die Dunkelheit schnappte nach ihr.

HANNES

Freitag, 16. August, Jungbusch in Mannheim

Es klingelte. Hannes blinzelte und sagte: »Stopp!«

Nichts passierte. Es klingelte einfach weiter. Es war nicht der Wecker.

Augenblicklich setzte er sich auf. Neunzehn Uhr, verrieten die Zeiger der Wanduhr. Er hatte drei Stunden geschlafen. Es war Freitagabend. Und es klingelte an der Tür. Es klingelte Sturm.

Die Polizei!, dachte er und war sofort hellwach. *Jetzt haben sie mich.* Er hatte es gewusst. Drei Monate waren vergangen, aber das Verbrechen war wie ein frischer Schnitt in ihm. Es verheilte nicht, es verschorfte noch nicht einmal. Er presste die Augen zusammen, als könnte das auch die Polizei draußen halten.

Das Klingeln hörte tatsächlich auf.

Hannes machte die Augen vorsichtig wieder auf und atmete durch. Er hatte sich geirrt. Wenn es die Polizei wäre, würden jetzt schon schwere Schritte durch den Hausflur poltern. Die Polizei ließ sich nicht von einer Haustür aufhalten. Es musste ein Kurier gewesen sein.

* * *

Hannes versuchte, sich zu motivieren, aufzustehen, aber er fühlte sich so zermatscht. Er hatte in der Nacht wieder nicht schlafen können, stattdessen hatte er *Stranger Things* gesehen. Fünf Folgen hintereinander, weil die Zeit sich sonst ins Unendliche gedehnt hätte. Er hätte sein Herz schlagen hören, seine Atemzüge gezählt und immer nur diesen Moment am Golfplatz vor sich gesehen. Diesen Moment an dem Abend vor drei Monaten, um zwanzig Uhr dreißig. Immer wieder dieselben Bilder, die sich seit

Wochen in seinem Kopf drehten wie ein Film in Endlosschleife, während sein Herz raste und er wie ein Wahnsinniger schwitzte. Irgendwann war er so verzweifelt gewesen, dass er nachts den Computer hochfuhr und angefangen hatte, bis zum Morgengrauen Serien zu sehen. Er konnte die Bilder in seinem Hirn nicht löschen. Aber er konnte sie mit anderen Bildern überdecken.

Auch heute Morgen hatte er sich hundemüde zur Schule geschleppt, so wie alle anderen Morgen zuvor, und in Ethik war er kurz auf seinem Platz eingeschlafen. Er hatte sich vorgenommen, diesmal nicht nachzugeben, sich nicht am Nachmittag hinzulegen, sondern erst am Abend, damit er nachts endlich einmal so erschöpft war, dass er einschlafen konnte. Aber es hatte nicht funktioniert. Gleich nach dem Nachhausekommen war er ins Bett gefallen. Und hatte durchgepennt. Bis eben.

Dieses Ritual vollzog sich jetzt seit drei Monaten. Seine Nächte zogen sich in seinem Kopf um den Moment am Golfplatz zusammen, und er schlief nicht mehr nachts, sondern nachmittags, nur dass Holger ihn nachmittags selten schlafen ließ. Holger dachte, was er immer dachte: dass Hannes ein fauler Sack war. Und reden konnte man mit Holger nicht. Im Grunde waren ihnen die Gesprächsthemen schon an dem Tag ausgegangen, als Holger eingezogen war.

Sobald Holger merkte, dass Hannes sich hingelegt hatte, war es vorbei mit der Ruhe. Holger fing an, Staub zu saugen. Rammte dabei mit dem Sauger immer wieder gegen die Tür. Oder er holte die Bohrmaschine aus dem Keller und das Bücherregal im Korridor wurde durch einen weiteren Winkel an der Wand gesichert. Stand Hannes dann immer noch nicht auf, riss er irgendwann die Tür auf. Einer seiner Weckrufe lautete: *Tagsüber schlafen nur Bekloppte und Frauen!* Hannes hatte sich schon oft gefragt, was seine Mutter bloß an diesem Typen fand. Bei ihm, Hannes, hatte er sich jedenfalls schon am allerersten Tag disqualifiziert, in dem Moment, als er sich ihm offiziell als neuer Freund seiner Mutter vorstellte: »Hi, ich bin Holger. Meier. Vorne M und hinten … na, kommste selber drauf, was?« Dann sein komisch fiependes Lachen.

Hannes hatte diesem Holger keine drei Wochen gegeben, bevor seine Mutter ihn in den Wind schießen würde. Aber unbegreiflicherweise hatte der Typ sich gehalten.

Jetzt war Hannes zum Glück allein. Ab heute zwei Wochen lang sturmfreie Bude! Holger hatte einen Spanienurlaub spendiert. Seine Mutter hätte Hannes gern dabeigehabt. »Dir würden ein paar Sonnenstrahlen und ein bisschen Erholung guttun«, hatte sie gesagt. »Du bist so nervös und abwesend in der letzten Zeit. Gar nicht mehr du selbst. Es ist doch irgendwas mit dir! Hannes! Red' doch mit mir!«

»Nichts ist«, hatte er abgewehrt. Und gedacht: Wenn ich dir sage, was ich getan hab, wäre ich dann noch derselbe für dich?

»Ist etwas mit Emma?«, hatte sie weitergebohrt. »Ich hab sie schon lange nicht mehr gesehen.«

Er hatte geschwiegen.

»Hast du Probleme? Vielleicht Geldprobleme? Drogen? Wir können über alles reden, das weißt du doch, oder?« Sie hatte ihn mit diesen behutsamen Schwester-Bettina-Blicken gemustert, was sie nur tat, wenn er krank war. Ansonsten ließ sie das Krankenschwesterngesicht in der Arztpraxis.

Er hatte sich immer tiefer in sein Schweigen zurückgezogen.

»Komm doch mit«, hatte sie weich gesagt. »Hier wärst du ganz allein.«

»Ich bin sechzehn, Mom«, hatte er gesagt. »Ich komm schon klar. Außerdem kann ich nicht mitten in der Schulzeit zwei Wochen fehlen. Das gibt Probleme.«

Sie war nicht überzeugt. Er hatte ihr angesehen, dass sie sich um ihn sorgte. Ihre Schwester-Bettina-Blicke waren über ihn gestrichen, Blicke wie kühle Hände auf einer heißen Stirn, und für einen kurzen Moment war er schwach geworden, hatte vor sich gesehen, wie er sich diesen Händen überließ, wie er weinte und ihr alles, alles sagte.

Aber dann hatte er sich innerlich verhärtet und sie abgewehrt, als sie ihm über den Rücken streichen wollte. »Es ist alles okay«, hatte er gesagt und war wieder in seinem Zimmer verschwunden. Eigentlich war es logisch, dass sie sich Sorgen machte. Seit drei Monaten verließ er sein Zimmer nicht mehr. Er hatte die Hautfarbe einer aufgewärmten Leiche. Und bis auf den einen Tag, an dem er die vier Schilder für den Golfplatz gebaut hatte, hatte er im Grunde die ganzen Ferien in seinem Zimmer verbracht, schlafend oder am Computer, und nur kurz nach zwanzig Uhr hatte er diese Totenhöhle für eine Stunde verlassen, weil er um zwanzig Uhr dreißig am Golfplatz sein musste. Nachsehen, ob mit den Schildern alles in Ordnung war. Dann war er zurückgekehrt und wieder in seinem Zimmer verschwunden. Es war ein wiederkehrendes Ritual. Jeden Tag um halb neun der Golfplatz und jede Nacht Filme bis zum Umfallen, weil er sonst nicht schlafen konnte.

»Lass ihn doch, Bettina!«, hatte Holger aus der Wohnstube gerufen. So laut, dass Hannes es in seinem Zimmer hören konnte. »*Ich* hab jedenfalls keine Lust auf so ein miesepetriges Gesicht im Urlaub.«

Und ich hab keine Lust auf dich, hatte Hannes gedacht. Auf keinen Fall wollte er zwei Wochen auf engstem Raum mit Ätz-Holger verbringen. Es schüttelte ihn, wenn er nur daran dachte. Außerdem war es ein Bergdorf. Genauer gesagt ein Bauernhof in einem Bergdorf. Mit Hühnern und Kuhfladen vor der Haustür. Ganze achtzig Einwohner. Der jüngste wahrscheinlich sechsundfünfzig. Wenn Emma hätte mitkommen können, dann, ja dann ... Mit Emma war es überall schön. Sogar Streit mit ihr hatte sich nicht krank oder kaputt angefühlt. Aber Emma war ... Emma war vorbei. Und Holger hätte es sowieso nie erlaubt. Der konnte Emma von Anfang an nicht leiden. Emma und ihre *Schlampenfamilie*. Seine Worte.

Zweimal in der Woche fuhr ein Bus aus diesem Kaff in die nächste Stadt, hatte seine Mutter begeistert aus dem Reisekatalog vorgelesen. Wahrscheinlich hätte Holger von ihm verlangt, die Milch für den Frühstückskaffee auch noch selber zu melken. Damit er *tat, was ein Mann tun musste.* Noch so ein Holger-Spruch.

Das aggressive Klingeln setzte wieder ein. Wer zum Teufel ... Hannes fuhr endgültig aus dem Dämmerschlaf hoch, in den er gerade wieder gesunken war. *Die Polizei. Die Polizei!* Das Schrillen der Klingel setzte sich in seinem Kopf fort, schlug gegen die Wände seines Schädels.

Hannes schwang die Beine aus dem Bett. Er lief aus dem Zimmer, den Korridor hindurch bis zum Schlafzimmer. Nur das Schlafzimmerfenster wies nach vorn zur Haustür heraus. Er zog den Vorhang einen Spalt auf und spähte hinunter.

***

Emma! Sie stand im Regen mit hochgezogener Kapuze. Und sie wartete.

Er war hinter dem Vorhang erstarrt und hatte das Gefühl, jemand würde eine Ladung Steine über ihn kippen. Er konnte nicht. Er konnte sie nicht reinlassen.

Das Klingeln hörte auf. Nur das ewige Saxofonspiel aus der Nachbarswohnung war noch zu hören. Es kam ihm gerade richtig beruhigend vor.

Zeeeehn ... neuuuun ... aaaacht ..., schrie es plötzlich hinter ihm. Er fuhr herum.

Es war nur sein Handy. Er atmete aus und griff in seine Gesäßtasche. Emma hatte ihm das Jingle draufgespielt, weil sie es zum Brüllen lustig fand. Er sollte es endlich löschen. Er sah aufs Display. Emma. Wieso war sie so? Wieso war sie so mutig? Er hatte sie wie ein Arsch behandelt. *Geh ran, Mann ... siiiieben, seeeeechs, füüüüünf,* schrie es, *das ist deine letzte Chance...*

Hannes steckte das Handy zurück in die Hose. Er griff nervös nach der Flasche Wasser, die seine Mutter sich jeden Abend ans Bett stellte und die sie vergessen hatte wegzuräumen. Er trank den muffigen Geschmack weg. Dabei fiel sein Blick aufs Bett. Auf das Kissen seiner Mutter, das prall und fröhlich am Kopfende prangte. Daneben Holgers Kissen, schmal und lang. Irgendwie eingetrocknet. Der Bezug viel zu groß.

Hannes drehte sich wieder zum Fenster, sah durch den Spalt nach unten. Emma im Regen, die Finger auf den Tasten ihres Handys. Sein Handy gab ein kurzes *Kling* von sich. Eine Nachricht.

Lass mich rein, Hannes, du bist doch zu Hause! Wir müssen reden! Sag mir endlich, was los ist!

Sofort schaltete er das Handy aus. Er konnte einfach nicht rangehen.

***

Er sah noch, wie Emma zu ihrem Fahrrad ging. Ihr Rücken war gerade wie immer, aber die Art, wie sie ging, stimmte nicht. Ihr Gang hatte etwas Schleppendes. Als zöge sie etwas Schweres hinter sich her. Es schnitt ihm ins Herz. Sie setzte sich auf ihr Rad und fuhr ab.

Es war richtig, sagte er sich, als er Richtung Küche ging. Sie durfte nie erfahren, was passiert war. Nie. Und dann schloss er die Tür in seinem Kopf hinter Emma. Sperrte sie aus.

Als er am Wohnzimmer vorbeikam, klatschte der Wind die nassen Zweige der Grünpflanze gegen die Balkontür. Es war richtig dunkel da draußen. Als würde die Welt untergehen. Angeblich sollte morgen der Sommer endlich einsetzen. Mitte August! Wer's glaubte …

Je näher er der Küche kam, umso lauter wurden die Saxofonklänge. In der Küche schaltete er die Lampe an und zog die Cornflakes aus dem Regal. Wenn Holger hier wäre, würde er jetzt wieder irgendeinen blöden Spruch loslassen. Dass Cornflakes als Abendessen völlig indiskutabel wären, ob er zum Mädchen mutieren wollte? Er sei ja sowieso schon auf dem besten

Weg dahin mit seiner *Kosmetikkollektion*. Damit meinte er Hannes' Gesichtscreme und die Körperlotion. Er solle nur aufpassen, stichelte Holger bei jeder Gelegenheit, dass ihm nicht bald Titten wachsen würden. Oh Mann. Als ob alle mit einem Y-Chromosom mit naturschuppiger Lederhaut herumrennen müssen und Hirsche zum Abendessen erlegen ...

Er griff nach einer Müslischüssel. Die Schüssel war weiß und in fetten blauen Buchstaben stand darauf *Actonel Filmtabletten*. Seine Mutter brachte ständig solche Exemplare aus der Arztpraxis mit. Werbegeschenke von Pharmaunternehmen für die Krankenschwestern. Er schüttete die Schüssel bis zum Rand voll mit Cornflakes, öffnete den Kühlschrank und holte die Milch heraus. Das Saxofon war immer dann am lautesten, wenn die Tür offen stand. »Cool. Das Ding kann nicht nur kühlen, sondern ist auch ein prima Resonanzverstärker!«, hatte Emma mal gesagt.

Emma. Schon wieder ...

Hannes goss Milch in die Schüssel, warf die Tür des Saxofon spielenden Kühlschranks wieder zu und verzog sich in sein Zimmer. Auch dort war die Musik zu hören.

Der Nachbar spielte in einer Jazzband und er übte inbrünstig. Jeden Tag und zu jeder halbwegs möglichen Stunde. Holger regte sich ständig darüber auf. Aber Hannes hatte sich daran gewöhnt. Das Saxofon gehörte einfach dazu. Genau wie der Geruch nach Schokolade, der von der Schokoladenfabrik am Flussufer kam und durch das ganze Jungbusch-Viertel waberte, und wie das Getrampel der drei Kinder über ihnen.

Sein Blick streifte die grüne Buchreihe in seinem Regal, die er als Zehnjähriger verschlungen hatte und von der er sich irgendwie nicht trennen konnte. Selbst heute noch blieb er gleich wieder an den Seiten kleben, sobald er den Fehler machte, eins der Bücher aufzuschlagen. Das war ihm fast peinlich. Schließlich waren es Kinderbücher. Nacheinander betrachtete er *Der Zauberer der Smaragdenstadt, Der gelbe Nebel* und die anderen Bände. Manchmal fragte er sich, ob diese grüne Reihe der Auslöser dafür gewesen war, dass er nach und nach das BMX-Fahren hatte sein lassen und angefangen hatte, Geschichten aufzuschreiben. Oder ob das auch so passiert wäre. Erst waren es Tiergeschichten gewesen, dann Abenteuergeschichten, bis er schließlich bei denen gelandet war, die er am meisten mochte: Horrorgeschichten.

Im Gegensatz zu Holger hatte Emma es ihm nicht übelgenommen, dass er keinen Sport mehr machte. Sie hatten sich seltener draußen, dafür öfter bei ihm zu Hause getroffen. Emma hatte sich in den blauen Sitzsack geworfen und gesagt:

»Na los – lies vor!« Sie hatte seine Horrorgeschichten geliebt, vor allem die, die mit ekelhaften Krankheiten zu tun hatten. Sie hatte nicht genug davon bekommen können, hatte sich abwechselnd gegruselt, geekelt und kaputtgelacht. Sie war seine ideale Zuhörerin gewesen.

Sein Wissen über Krankheiten war gut abgesichert. Er brauchte sich nichts auszudenken, er konnte hemmungslos aus der Realität schöpfen, weil die Realität in dieser Hinsicht eine widerliche Fantasie hatte. Man konnte sich gar nicht so schreckliche Krankheiten ausdenken, wie es schon gab! Gleich neben der grünen Reihe stand sein Lieblingsbuch: ein fettes, gelbes Ding mit dem Titel *Pschyrembel.* Zweitausendzweihundert Seiten. Das dickste Buch, das er kannte. Es war das medizinische Lexikon. Das Standardwerk für jeden Arzt und jede Krankenschwester.

Seine Mutter hatte es jahrelang im Bücherregal im Wohnzimmer der alten Wohnung stehen gehabt, zwischen Tierbüchern, dem Duden und dem dicken *Deutsche-Gedichte*-Band, und von Anfang an hatte dieser *Pschyrembel* eine nahezu magische Faszination auf Hannes ausgeübt. Wenn seine Mutter ihn damit erwischt hatte, hatte sie es ihm erschrocken aus den Händen gerissen. Sie hatte Angst gehabt, er könnte Albträume bekommen von all den abgebildeten Haut-, Augen- und Mundkrankheiten. Sie hatte versucht, den *Pschyrembel* irgendwo in der kleinen Wohnung zu verstecken – im Küchenschrank bei den Kochbüchern, im Waschbeckenunterschrank, sogar in der Wäschetruhe –, aber er hatte ihn jedes Mal gefunden und sich sogleich wieder verzückt darin versenkt. An seinem zwölften Geburtstag hatte sie schließlich aufgegeben und ihm das Buch geschenkt. »Vielleicht wirst du ja Pfleger oder Arzt«, hatte sie gesagt.

»Weißt du, dass du ganz schön bedenkliche Vorlieben hast?«, hatte Emma später gesagt und die Schwarte dabei in der Hand gewogen. »Dieses Teil hier ist tonnenschwer und prall gefüllt mit den abartigsten Gebrechen. Und du steckst ständig deine Nase hinein! Igitt!« Sie hatte ihm lachend das bleierne Buch zugeworfen: »Damit solltest du deinen Bizeps trainieren!«

Emma ... immer musste er an sie denken. Er sah nach oben, damit sie hinausfiel aus seinem Hinterkopf. Dabei rutschte sein Blick auf die Modelleisenbahn in ihrem Karton, ganz oben auf dem Regal. Ein Geschenk von Holger. Hannes hatte sich nie dafür begeistern können. Allein das Aufbauen: Tausend Teile, die alle zusammengesteckt und auf eine riesige Holzplatte geklebt werden wollten, Schienen, Tunnel, jede Menge Häuser, Bäume, und ein Ende war nie in Sicht gewesen – schon der Gedanke hatte stets einen Schwall Überdruss in ihm ausgelöst. Neben dem Regal hing das Plakat von Mat Hoffman. *The King of BMX*. Es hing noch da, obwohl Hannes selbst nicht mehr fuhr. Links von Mat Hoffman klebten zwei Fotos. Eins zeigte Emma bei den Bundesjugendspielen im Flug vom Stufenbarren. Man sah nichts Genaues von ihr, nur einen leicht gebogenen, flirrenden, blauen Streifen in der Luft, aber dass dieser Streifen Emma war, fand er sagenhaft schön.

Er stellte die Müslischüssel ab und ging hin. Sah das zweite Foto an. Sah Emma darauf an und sich. Sie hatten mit Emmas Familie einen Nachmittag im Luisenpark verbracht, und Emma und er waren in einem dieser Kähne über den See geschippert und hatten sich über die Monsterkarpfen amüsiert, die den Kahn mit gierig aus dem Wasser gereckten Mäulern begleiteten ... Das Foto hatte Emmas Mutter vom Ufer aus aufgenommen. Emma saß neben ihm auf die schmale Bank gequetscht und grinste in die Kamera. Sie trug ein schwarzes Cap mit weißem Schriftzug: *Yep!*

Ihr Lächeln. Wie ein Geschoss. Es raste auf ihn zu. Knallte in ihn rein. Scharf sog er die Luft ein, wendete sich ab.

I miss you. I miss you. I miss you.

***

Als er sich gegen zwanzig Uhr auf seine Vespa setzte und losknatterte wie jeden Abend, regnete es noch immer. Den Schokoladengeruch vertrieb der Regen jedoch nicht. Er hing träge in der Luft, nur etwas wässrig. Hannes hatte seine Regenjacke angezogen, trotzdem war er nach wenigen Minuten ganz durchgeweicht. Egal. Um zwanzig Uhr dreißig musste er am Golfplatz in Neckarau sein. Das war wichtig. Wichtig. Wichtig.

Vor drei Jahren hatten sie noch in Neckarau gewohnt. Damals hatte es Holger noch nicht gegeben. Da gab es Eike. Sie hatten zu dritt in Eikes Wohnung gelebt.

Als seine Mutter mit ihm zu Eike gezogen war, war er elf gewesen. Als sie wieder ausgezogen waren, war er dreizehn. Von allen Freunden, die seine Mutter gehabt hatte, hatte er Eike am meisten gemocht.

Eike war sieben Jahre jünger gewesen als seine Mutter – fünfundzwanzig, als die beiden zusammenkamen. Und er war der Einzige gewesen, der Hannes nicht nur als Anhängsel gesehen hatte, das man wohl oder übel akzeptieren musste. Wenn es nach Hannes gegangen wäre, wäre er nach der Trennung bei Eike geblieben. Aber davon hatte seine Mutter nichts wissen wollen.

Wenn Eike und seine Mutter sich gestritten hatten, war Hannes immer auf sein Rad gestiegen und hatte Stunts geübt. Damals war BMX seine größte Leidenschaft gewesen. Er hatte das Rad von Eike zu seinem elften Geburtstag bekommen. Nur leider war er der einzige BMX-Fahrer in seiner Klasse gewesen. Und blöderweise auch der einzige in Neckarau.

Dabei gab es eine Skaterbahn ganz in der Nähe. Dort trafen sich aber nur die Inlineskater und Skateboarder, übten Sprünge und Tricks und perfektionierten ihre Fahrkünste. Er hätte sich gern mit dem BMX-Rad zu ihnen gesellt, aber er traute sich nicht. Vor allem, weil da immer so viel Publikum war. Die Skaterbahn war ein beliebter Treffpunkt für alle Kids des Viertels, nicht nur für die Skater. Sie standen oder saßen in Grüppchen um die knallbunt besprayte Bahn, rauchten, unterhielten sich und gaben hin und wieder Kommentare zu den Fahrkünsten der Skater ab. Hannes aber war noch total unsicher auf seinem BMX-Rad gewesen und wollte sich auf keinen Fall blamieren. Wenn wenigstens ein einziger anderer BMX-Fahrer da gewesen wäre …

***

Während er durch die Straßen von Neckarau knatterte und der Regen ihn duschte, dachte er daran, wie er als Elfjähriger mit dem BMX-Rad durch diese Straßen gefahren war, wie er es aufs Hinterrad gerissen und bereits beim Barspin – dem Lenkerdreh – versagt hatte, denn meist hatte er dabei die Kontrolle über das Rad verloren.

Jetzt fuhr er an der Skaterbahn vorbei – überall standen die Pfützen. Kein Skater weit und breit.

Er hatte noch fünf Minuten, bis es zwanzig Uhr dreißig war. Er musste sich beeilen, wenn er rechtzeitig am Golfplatz sein wollte! Trotzdem drehte er kurz den Kopf und sah zu dem Schild neben der Skaterbahn.

Eines Tages hatte dieses Schild dagestanden. Es musste tagsüber angebracht worden sein, während er in der Schule gewesen war. Ein Riesenschild direkt neben der Skaterbahn, das in schwarzen, fetten Buchstaben verkündete: *Das Befahren der Anlage mit Fahrrädern ist verboten!*

Er erinnerte sich, wie sehr ihn das Schild geärgert hatte. Geärgert, weil er in der ganzen Zeit, wo das Schild noch nicht gestanden hatte, zu feige gewesen war, die Skateranlage zu benutzen. Und jetzt durfte er es nicht mehr! Von diesem Moment an hatte er sich doppelt ausgeschlossen gefühlt. Er, Hannes, der einzige BMX-Fahrer in Neckarau.

Allein dauerte es lange, bis man endlich den Dreh für einen Stunt raushatte. Zu zweit konnte einer den anderen dabei beobachten, die Haltung, die Bewegung der Arme und Beine, und konnte so feststellen, was man anders machen musste.

Er erinnerte sich an den Abend, als er in einer der Seitenstraßen ewig versucht hatte, einen Bar Hop hinzubekommen. Er hatte es immer und immer wieder probiert. Doch jedes Mal, wenn er die Beine über den Lenker ziehen wollte, hatte er das Gleichgewicht verloren.

Als dann plötzlich mit einem leisen Knacken alle Straßenlaternen um ihn herum angegangen waren, hatte er erschrocken auf seine Uhr gesehen. Er wusste noch genau, wie er durch die Straßen nach Hause gerast war. An der Skaterbahn vorbei, die leer gewesen war bis auf die Bier und Coladosen am Rand. Er war stehend und mit offenem Mund gefahren, als ihm plötzlich ein anderer BMX-Fahrer entgegenkam.

Rotes Rad, roter Helm – dann war er vorbei. Ein anderer BMX-Fahrer!

Hier, in seinem Viertel!

Er hatte abrupt gebremst und sich umgedreht.

Hannes sah alles wieder vor sich, als wäre es nicht fünf Jahre, sondern fünf Minuten her: wie der Fahrer das BMX-Rad aufs Hinterrad gezogen hatte und so weitergefahren war, wie er den Lenker dabei um 360 Grad gedreht hatte. Wie er sich dann nach vorn hatte fallen lassen, um auf dem Vorderrad zu hüpfen. Er war sanft wieder zurück auf beide Räder gefallen und hatte Fahrt aufgenommen. Und dann hatte er den Bar Hop gemacht! Er zog die Beine dabei problemlos über den Lenker, kam auf den vorderen Pegs zu stehen, rollte eine Weile und schwang die Beine dann über den Lenker wieder zurück. Bei dem sieht das so einfach aus, hatte Hannes gedacht, *beneidenswert* einfach. Der Typ war unterdessen auf die Skaterbahn zugefahren. Hannes dachte nicht nach. Er folgte ihm.

Nachdem der Typ die erste Wölbung hochgefahren war, warf er sich oben elegant in die Luft, drehte sich um seine eigene Achse, landete mit dem Vorderrad wieder auf der Wölbung, fuhr abwärts und dann die zweite Wölbung hoch. Flog wieder in die Luft. Und machte plötzlich ... er machte einen ... nein, das konnte nicht möglich sein! *Der machte einen verdammten Frontflip!*

Wenn im selben Moment ein Ufo auf der Skaterbahn gelandet wäre, hätte Hannes nicht geschockter gewesen sein können. Nie, *niemals* hatte er einen ganz normalen BMX-Fahrer einen Frontflip machen sehen! Nur im Fernsehen. Oder im Internet. Aber der Typ machte einen Frontflip in der Luft, als wäre er mit einem BMX-Rad zwischen den Beinen zur Welt gekommen!

In Hannes' Erinnerung war der Frontflip mehrere Minuten lang, dabei hatte das Ganze bestimmt nicht länger als eine halbe Sekunde gedauert. Und der Typ war nicht im Rollstuhl, sondern wieder sicher auf der Betonwölbung gelandet und war dann rückwärts hinabgerauscht.

Das alles war so dermaßen phänomenal gewesen, dass Hannes, wie von einem Magneten angezogen, geblieben war. Den drohenden Zoff zu Hause hatte er einfach ausgeblendet.

Der Statur nach musste der Typ so alt sein wie er selbst. Elf. Vielleicht sogar jünger. Sein BMX-Rad sah aus, als hätte es schon größere Unfälle hinter sich, was kein Wunder wäre, denn der Typ selbst – der schien einfach komplett verrückt zu sein.

Und während Hannes jetzt, fünf Jahre später, an der leeren Skaterbahn vorüberknatterte, sah er vor seinem inneren Auge, wie der Typ damals sein BMX-Rad mitten auf der Wölbung abgebremst hatte. Wie er sich umgedreht und das Kinn vorgestreckt hatte. »Nur vom Glotzen wirst du auch nicht besser!«, hatte er Hannes zugerufen. »Probier doch selber mal!«

Aus einem Impuls heraus hatte Hannes sein Rad herumgerissen und war davongerast.

Er erinnerte sich noch genau, wie wild er in die Pedale getreten war und dass er dabei überhaupt nicht an das verpasste Abendessen gedacht hatte, nicht an seine Mutter, die zu Hause wahrscheinlich schon kurz vor einem Nervenzusammenbruch stand, sondern nur an die Stimme des BMX-Fahrers: Der verrückte Typ war ein Mädchen gewesen!

***

Am nächsten Tag war er wieder zur Skaterbahn gefahren, aber niemand war da gewesen. Kein Wunder: Es graupelte. Auch er hatte eigentlich keinen Bock gehabt, draußen herumzukurven. Er hatte nur nachschauen wollen, ob … na ja … ob dieses BMX-Mädchen zufällig da war.

Er hatte sein BMX-Rad auf den Boden gelegt, war zur Rampe gegangen und die Wölbung hochgestiegen. Von oben sah alles viel gefährlicher aus als von unten. Er stellte sich vor, mit dem Rad runter- und auf der anderen Seite wieder hochzubrettern und dann einen Frontflip zu machen. *Wahnsinn …*

Der Graupel sprühte ihm ins Gesicht. Instinktiv schloss er die Augen. Dann rannte er die Rampe hinunter. Mit geschlossenen Augen.

Was wäre, hatte er in diesem Moment gedacht, was wäre, wenn ich mir alles nur eingebildet habe: den Typen, der ein Mädchen war, den Frontflip, einfach alles?

Und als er unten angekommen war und die Augen wieder geöffnet hatte, war sie da gewesen.

Es war wie im Film. Eben noch hatte er die Szene ganz allein bewohnt, und dann, plötzlich, stand sie da. Neben seinem BMX-Rad.

Sie hatte ihr eigenes Rad nicht dabei, hatte den Helm nicht auf und trug einen grünen Anorak statt dem Sweater vom Vortag.

Er erkannte sie eigentlich nur an der Art, wie sie das Kinn vorstreckte. Ihr Haar war zu einem Pferdeschwanz gebunden. Der Pferdeschwanz war dunkel und dünn und sah eher aus wie ein Rattenschwanz.

»Und – genug geglotzt?«, fragte sie.

Er sah schnell weg von ihr, dann wieder hin. Der Graupel fiel knisternd rings um sie auf den Boden, schlug gegen seine Stirn, hüpfte über den Stoff seiner Jacke. Sie sah sein BMX-Rad an. Taxierte es von oben bis unten. Sie hatte diesen Kennerblick. Dann sah sie wieder zu ihm.

Er hatte Schiss, dass sie sagen würde: »Na los, fahr mal die Rampe!«

Sie aber zog den Mund zu einem Grinsen breit und sagte: »Ich wollte bloß schauen, ob du da bist. Hab mich gestern echt gefreut, noch einen BMX-Fahrer zu sehen!« Kein Wort zu seiner peinlichen Flucht.

Er wollte etwas sagen, egal was, irgendwas, aber es fiel ihm überhaupt nichts ein. Da trat sie einen Schritt vor und hielt ihm die Hand hin. Richtig altmodisch. Als er nicht reagierte, schnappte sie sich einfach seine Hand. »Hi«, sagte sie. »Wir sind vor drei Tagen hergezogen. Ich bin Emma.«

***

Immer wenn ihm jemand sympathisch war, mutierte er von einem eigentlich ganz akzeptablen Typen zu einem glupschenden Fisch.

»Bist du stumm?«, fragte sie nach einer Weile interessiert.

Leider war sie ihm sympathisch.

»Huhu!« Sie wedelte mit der linken Hand vor seinem Gesicht herum. »Du kannst jetzt wieder loslassen.«

Erschrocken ließ er ihre rechte Hand los. Peinlich! Nicht nur Glupschfisch, auch noch bescheuert!

Sie sah nach oben, in den Himmel.

»Ich bin Hannes«, fand er seine Sprache wieder. »Du fährst echt total gut.«

»Das kannst du auch«, sagte sie. »Mit ein bisschen Übung.«

»Hier ist für Fahrräder eigentlich verboten«, sagte er, zeigte auf das neue Schild und kam sich im selben Moment unglaublich blöd vor.

»Ja, ich weiß«, sagte sie ernsthaft. »Ein BMX-Rad ist ja auch kein Fahrrad. Das da …«, sie zeigte auf das Schild, »… geht nach DIN-Norm, und danach ist ein BMX-Rad ein Rollsportgerät. Genau wie ein Skateboard oder Inlineskates.«

»Ach so«, sagte er. DIN-Norm? Was war das denn?

Sie lächelte nur. Dann sagte sie: »Ich muss nach Hause. Ich bin heute dran mit Kochen.«

Er schnappte sich das BMX-Rad und lief neben ihr her. Einfach so. Er, Hannes, lief neben einem Mädchen her! Nein, nicht neben irgendeinem. Neben der Schwester von Mat Hoffman!

Er verehrte Mat Hoffman. Der war zwar schon alt, über fünfzig, aber er war der *King of BMX*. Er hatte sich Videos von ihm im Internet angeschaut und seine Stunts studiert. Gerade als er Emma fragen wollte, ob sie Mat Hoffman kannte, sagte sie: »Das mit dem Kochen war nicht meine Idee, sondern Evas. Jeden Tag soll jemand anderes kochen. Schrecklich! Ich finde Kochen schwer. Und dieser ganze Aufwand! Bei mir gibt's immer nur Eierkuchen oder Milchnudeln. – Maja macht sich's noch einfacher: Toast Hawaii. Wenn keine Ananas da ist, gibt's Pfirsich dazu oder Banane.«

»Wie viele seid ihr denn?«, fragte er.

»Vier. Meine Schwester Maja, meine Mutter und Eva.«

»Du hast zwei Schwestern?«

»Eine. Reicht auch. Eva ist nicht meine Schwester. Sie ist die Freundin von meiner Mutter.«

»Wie, Freundin?«, fragte er. »Eine Freundin von deiner Mutter lebt mit in eurer Wohnung?«

»Nicht *eine* Freundin. *Die* Freundin meiner Mutter.«

Er wollte antworten, brauchte aber erst mal einen Moment, um zu verstehen. »Meinst du damit ... sie ... ich meine, diese Eva ist so was wie ... äh ... der Mann deiner Mutter?«

»Quatsch. Sie ist ihre Frau.« Emma lachte. »Hast du denn *keine* Freundin?«

Er wurde rot. Er spürte es. Die Hitze stieg ihm schwallartig ins Gesicht, als hätte jemand ein Thermostat aufgedreht. Er gab keine Antwort. Stattdessen fragte er: »Auf welche Schule gehst du denn?«

»Humboldtschule.«

»Ich auch«, freute er sich. Dann stockte er wieder. »Wie alt bist du eigentlich?«

»Dreizehn«, sagte sie.

Oh nein! Wenn sie erfuhr, dass er erst elf war, ließ sie ihn links liegen. Garantiert. Es lagen Welten zwischen ihnen. Was hieß Welten – Universen! Schnell straffte er sich und versuchte, sich so groß wie möglich zu machen.

»Wie alt bist du?«

Dreizehn, wollte er sagen. Aber das Wort kam nicht über seine Lippen, es war viel zu groß. *Zwölf* – das ist leichter, dachte er, das ist ja im Grunde fast schon die Wahrheit.

»Fast zwölf«, sagte er leise und zog die Schultern ein.

»Mit elf hab ich gerade mit der Rampe angefangen«, sagte sie. Und dann hielt sie plötzlich an. »Hier wohne ich.« Sie standen vor einem Mehrfamilienhaus. Es sah genauso aus wie das, in dem Hannes mit Eike und seiner Mutter wohnte, nur grau statt gelb.

Das war's, dachte Hannes. Jetzt geht sie da rein und danach redet sie nie wieder mit mir.

»Ich bin das ganze Wochenende bei meinem Vater«, sagte sie. »Aber hast du Montag Zeit? – Wir könnten ein bisschen BMX fahren. Ich zeig dir was, wenn du willst.«

***

Bis Montag hatte er noch zwei Tage Zeit, um das Rampenfahren wenigstens einmal zu üben. Nur wo? An der Skaterbahn zu üben, traute er sich nicht. Die würden ihn auslachen.

Wo dann? Er brauchte eine andere Rampe. Und da waren ihm die Hügel auf dem Golfplatz eingefallen.

Als er damals auf dem Golfplatz angekommen war, waren nur vereinzelt ein paar Golfspieler zu sehen gewesen. Relativ weit weg. Hannes hatte gewartet, bis der Spieler, der ihm am nächsten war, mit seinem Rollwagen hinter ein paar Büschen verschwunden war, dann war er schwungvoll auf den nächstgelegenen Hügel gefahren. Auf der Spitze wollte er sich aus einem Bunny Hop heraus in die Höhe drehen und dann eine 180-Grad-Wendung in der Luft probieren.

Dass der Hügel auf der Rückseite jäh abbrach und in eine Sandgrube überging, wusste er da noch nicht. Erst als er oben zum Bunny Hop ansetzte und den Lenker hochzog, sah er den Abgrund, doch da war es schon zu spät. Er flog.

Und dann war er auch schon unten. In der Sandgrube. Beim Aufprall schienen all seine Knochen gegeneinanderzuknallen, sein Hinterrad rutschte kurz weg, aber er behielt das Gleichgewicht, hatte jedoch zu viel Schwung drauf und raste weiter, über den Rasen. Dann rutschte das Vorderrad weg, und er krachte endgültig auf den Boden. Nach einer ganzen Weile erst hatte er es gewagt, sich zu bewegen, hatte gestöhnt und den Kopf gehoben.

Direkt vor ihm, im Gebüsch, hatte er gelegen: sein erster Golfball.

* * *

Als er in die Wohnung gehumpelt war, hatte seine Mutter schon ärgerlich gewartet. Er war natürlich schon wieder zu spät zum Abendessen. Sie kam mit einer gelben Kochschürze, auf der die Aufschrift *Analgin – bei Schmerzen und Fieber* prangte, aus der

Küche gelaufen und sah aus, als wollte sie ihn gleich mit Donner und Blitzen beschießen.

Doch dann bemerkte sie seine zerrissene Hose, die aufgeschürften Knie und sein Hinkebein, und sofort verwandelte sie sich in Schwester Bettina. »Oh nein!«, rief sie. »Sag nicht, dass du schon wieder gestürzt bist!« Sie lief zu ihm und untersuchte seine Beine und die Schulter, die ihm wehtat. Erst als sie sicher war, dass er nicht ernsthaft verletzt war, sagte sie: »Das ist doch nicht normal! Kannst du nicht *ein Mal* ordentlich Fahrrad fahren? Wie kann das denn sein, dass du so viel stürzt beim Radfahren?«

»Ein BMX-Rad ist kein Fahrrad! Es ist ein Rollsportgerät!«, platzte er mit seinem neuen Wissen heraus.

Sie war völlig unbeeindruckt, wusch die Aufschürfungen aus und klebte eine Kompresse auf sein linkes Knie.

Eike saß mit Kopfhörern auf der Couch und spielte PlayStation. Er hatte nur kurz hochgesehen, als Hannes hereingehumpelt war, hatte gegrinst und sich wieder in sein Spiel vertieft. Cool. Eike behandelte ihn nie wie ein Baby.

Überhaupt hatte Eike etwas, was ihn von allen bisherigen Freunden seiner Mutter unterschied: Er mochte lauter Sachen, die auch Hannes gern mochte. Er spielte PlayStation, er hörte krasse Musik, und er kochte superleckere Sachen.

Heute war jedoch Freitag, da kochte seine Mutter, und die legte Wert auf Gesundes: viel Gemüse und Fisch. Aber wenn sie Spätschicht hatte, herrschte Eike im Küchenreich. Dann gab es dick überbackene Käsemakkaroni, an denen kein Fitzelchen Gemüse klebte. Dazu einen Riesentopf voll heißem Kakao, in den er Marshmallows warf. Rosa Marshmallows! Überflüssig zu sagen, dass seine Mutter nicht viel von Eikes Kochkünsten hielt. Ganz im Gegensatz zu ihm, Hannes.

Nachdem er die Klamotten gewechselt und sich gewaschen hatte, hatte er sich zu Eike auf die Couch geschoben und ihm den Golfball hingehalten. »Hab ich gefunden«, flüsterte er. »Auf dem Golfplatz.«

»Hey, cool«, hatte Eike gesagt und danach gegriffen. Er hatte ihn hin- und hergedreht. »Ein *Taylor Made* – nicht schlecht«, sagte er. »Ist ein sehr guter Ball. Einer der besten. Weißt du, dass du Golfbälle wieder verkaufen kannst? Für'n gebrauchten *Taylor Made* kriegst du so um die fünfzig Cent.«

»Ehrlich?«, sagte Hannes. »Is ja Wahnsinn!« Er war elektrisiert. Mit elf waren die Möglichkeiten, Geld zu verdienen, ziemlich beschränkt. Um genau zu sein, hatte er nur eine einzige: Für jede Eins, die er in der Schule bekam, gab ihm seine Mutter fünfzig Cent. Selbst als Musterschüler würde es nie für ein Flugticket nach Amerika reichen. Er würde Mat Hoffman nie persönlich kennenlernen.

Auf der anderen Seite: Er kannte ja jetzt seine Schwester.

***

»Diese komischen Bälle sind also wirklich teuer, wenn man die neu kauft?«

Emma fuhr neben ihm und warf ihm skeptische Blicke von der Seite zu. Sie hatten zur selben Zeit Schluss gehabt und sie hatte tatsächlich am Schultor auf ihn gewartet. Es war ihr offenbar völlig egal, dass die anderen sie zusammen sahen.

»Megateuer«, sagte Hannes. »Vor allem die, die *Taylor Made* heißen. Fünf Euro im Laden. Neu. Und nicht das Sechserpack, sondern *pro Ball.*«

Emma sah ihn an, als wollte er sie verarschen. »Und du glaubst wirklich, die liegen dort in den Gebüschen rum?«

»Eike meinte, ja. Da liegen bestimmt welche.« Hannes wollte Emma unbedingt dazu überreden, lieber zum Golfplatz statt zur Skaterbahn zu fahren. Er hatte Angst, sich vor ihr zu blamieren. Gegen sie konnte er rein gar nichts auf dem BMX-Rad, und was beim Rampenfahren herauskam, hatte er vorgestern deutlich zu spüren bekommen. Er trug lange Hosen, damit Emma seine aufgeschürften Beine nicht sah.

»Ich kann mir das nicht vorstellen!«, sagte sie, trat in die Pedale und war ihm innerhalb von Sekunden fünfzig Meter voraus. Es schien, als hätte er Glück. Sie fuhr Richtung Golfplatz, nicht Richtung Skaterbahn. Dann ließ Emma sich zurückfallen, wartete, bis er da war, und fuhr wieder auf gleicher Höhe. »Ich meine, stell dir doch mal vor, du spielst mit Fünf-Euro-Scheinen«, sagte sie. »Du faltest sie zu Flugzeugen und nimmst an einem Weitfliegewettbewerb teil. Und dann landet dein Flugzeug in irgend so einem blöden Gebüsch. Mal ehrlich, würdest du es da hängen lassen und dir einfach ein neues basteln? Oder würdest du nicht hingehen und es dir schnappen? Ich meine: Hä? Das sind fünf Euro!«

»Ich weiß ja auch nicht«, überlegte Hannes fieberhaft.

»Na ja, ein typischer Fall für Kommissar Zufall, würd ich mal sagen.«

»Wir werden ja sehen!«, sagte er und provozierte sie, indem er wie wild davonbrauste. Das letzte Stück bis zum Golfplatz fuhren sie um die Wette. Als sie da waren, schlossen sie die Räder aneinander und liefen auf die Gebüsche zu, die den Golfplatz wie ein wuchernder Gürtel umschnürten.

Emma bog die Zweige des ersten Gebüschs zur Seite und er schlüpfte in die entstandene Lücke. Zum ersten Mal fand er es praktisch, dass er etwas kleiner war als sie. Nach kurzer Zeit kam er schon zurückgekrochen. Stolz. Vier erdverschmierte Bälle lagen in seiner Hand.

Emma hatte eine ganze Weile schweigend daraufgestarrt. Dann hatte sie gesagt: »Entweder sind Golfer tatsächlich so reich, wie meine Moms immer sagen, oder …« Sie hob den Blick und sah ihn triumphierend an: »… oder hier spielt die Blindenliga!«

Als er loslachte, fing auch sie an zu lachen, sie lachten sich schlapp, bis sie ihn leicht in die Seite boxte und sagte: »Dann lass uns mal die goldenen Eier aufsammeln! Für fünfzig Cent kann man die verkaufen, hat dein Vater – ich meine Eike – gesagt? Was kaufen wir uns davon eigentlich?«

Wir?

Während sie durchs Geäst krochen, sich die Arme zerkratzten und ihre Taschen mit Bällen füllten, steckte sie immer mal den Kopf aus den Büschen und rief »Putt, putt, putt« in Richtung der Golfspieler. Rief: »Los, legt noch ein paar goldene Eier für uns«, und tauchte jedes Mal schnell unter, sobald einer verärgert den Kopf in ihre Richtung drehte. Und wieder prusteten sie los, bis sie nicht mehr konnten.

Es war dieser Tag gewesen, an dem Hannes gespürt hatte, dass etwas in seinem Leben zu Ende gegangen war. Dass hier, mit Emma, etwas Neues anfing. Etwas Unbekanntes. Etwas, was sich gut anfühlte. Zum Schreien gut.

* * *

Jetzt, fünf Jahre später, war alles anders. Daran dachte Hannes, als er seine Vespa aufbockte. Es war Punkt halb neun. Er warf einen kurzen Blick auf das Feld. Kein Spieler weit und breit. Logisch, erstens dämmerte es schon und zweitens war das Feld klitschnass.

Zielstrebig ging er am Straßenrand entlang zu einem Schild. Es war aus Brettern und einem Besenstiel gefertigt. Es stand schief und er richtete es wieder auf. Er kontrollierte, ob die Schrift auf dem plakatgroßen Blatt Papier, das er mit einer durchsichtigen Folie vor dem Regen geschützt hatte, trocken geblieben war. Dann ging er zwanzig Meter weiter am Straßenrand entlang zu einem zweiten solchen Schild. Kontrollierte auch dieses. Dann zu einem dritten und schließlich zu einem vierten. Bei dem vierten war die Folie undicht. Der Regen hatte die fetten, schwarzen Buchstaben verschmiert. Er nahm seinen Rucksack ab, packte ein neues Blatt aus, das er zu Hause schon bedruckt hatte, und tauschte die Blätter aus. Tauschte auch die Folie aus. Dann machte er eine kleine Runde durch die Gebüsche. Weniger, um Golfbälle zu finden, als vielmehr, um sich selbst eine Art von Normalität vorzutäuschen. Normalität, die für ihn vor drei Monaten aufgehört hatte zu existieren. Er ging durch die Gebüsche, weil er sich nicht eingestehen wollte, dass er seit drei Monaten nicht mehr wegen der Bälle hier war, sondern nur wegen der Schilder.

Obwohl heute sicher niemand gespielt hatte, brach er einen längeren Ast von einem Baum und begann seine Runde. Er leuchtete nur in bestimmte Gebüsche hinein, an anderen ging er einfach vorbei. Nach fünf Jahren erfolgreichen Aufspürens von Golfbällen wusste er genau, wo die Schwachstellen der Golfer waren, wo man also Bälle im Gebüsch erwarten konnte und wo nur selten einer lag.

Nie wieder hatten Emma und er so viele Bälle gefunden wie damals vor fünf Jahren, in jenen legendären ersten Wochen, nachdem sie angefangen hatten zu sammeln. Schon nach vier Tagen hatten sie einhundert Stück zusammengehabt. Nach zwei Wochen zweihundert. Dann wurden es weniger. Sie schienen die alten abgesammelt zu haben.

Als sie die 400er-Marke erreicht hatten, hatte er gefragt: »Was meinst du, soll ich Eike bitten, mit dem Golflehrer zu reden und sie für uns zu verkaufen?«

»Quatsch, das mach ich selbst«, hatte Emma gesagt. »Da brauchen wir doch keinen Babysitter!« Und dann war sie auf den Golfplatz gestiefelt und in der Holzhütte verschwunden, in der sich die Anmeldung befand.

Schon fünf Minuten später war sie wieder da gewesen. Wutschnaubend.

»Der denkt echt, wir sind Kleinkinder«, hatte sie geschimpft.

»Was ist denn passiert?«, hatte Hannes nervös gefragt.

»Was passiert ist? – Zehn Cent hat er geboten«, sagte sie und kickte wütend einen Stein aus dem Weg. »Und als ich gesagt hab, das kommt nicht in die Tüte, meinte er: *Zwanzig und keinen Cent mehr.* Ich hab ihn einfach stehen lassen!«

»Echt, du hast ... Nein gesagt?«

Hannes sah ihre unglaubliche Möglichkeit, Geld zu verdienen, sich in Luft auflösen. Nach einer Weile, während der Emma sich ihr BMX-Rad geschnappt hatte und ein paar Meter auf dem Hinterrad und dann ein paar Meter auf dem Vorderrad hüpfte, sagte er vorsichtig: »Aber ... na ja ... zwanzig Cent sind doch eigentlich nicht sooo schlecht, oder?« Emma hatte sofort aufgehört zu hüpfen. »Ich meine, bei vierhundert Bällen wären das ...« Er rechnete. »Achtzig Euro.«

»Na und?«, sagte Emma und ließ ihren Blick glitzern. »Das sind hundertzwanzig zu wenig! Der verkauft die teuer weiter und steckt sich den Rest einfach in die eigene Tasche!«

»Also war alles umsonst«, hatte er am Boden zerstört gesagt.

»Quatsch«, sagte Emma. »Wir verkaufen sie selbst an die Golfer!«

Und dann waren sie, so oft sie konnten, zum Golfplatz gefahren, hatten auf dem Parkplatz eine Decke ausgebreitet und die gewaschenen Bälle daraufgelegt. Die ankommenden oder abfahrenden Golfer hatten interessiert Halt gemacht, sich mit ihnen unterhalten und ihnen die Bälle für fünfzig Cent das Stück abgekauft.

***

Selbst nach fünf Jahren brachte die Erinnerung daran ihn noch zum Lächeln.

Die Wege waren weich vor Nässe, Hannes sackte richtig ein. Kein Wunder, da steckte ein ganzer Sommer voll Regen in der Erde. Hannes hatte es aufgegeben, seine neuen Turnschuhe schonen zu wollen. Stoisch lief er weiter, auch als er spürte, wie die Nässe durch die Schuhe und durch seine Socken drang. Sein Blick folgte dem Taschenlampenstrahl.

Aber er war nicht bei der Sache.

Seit diesem schrecklichen Abend vor drei Monaten hatte sich alles verändert. Seither fuhr er nicht mehr zum Golfplatz, um Bälle zu sammeln, sondern um die Schilder zu kontrollieren und auf Motorengeräusche zu lauschen, und immer wenn ein Auto sich näherte, hielt er inne, richtete sich auf und starrte dem näherkommenden Fahrzeug entgegen, starrte, bis es an ihm vorbeigefahren und hinter einer Kurve verschwunden war, und blieb so lange stehen, bis auch der Motor nicht mehr zu hören war. Glücklicherweise fuhren hier nur wenige Autos entlang. Dieser entsetzliche Abend vor drei Monaten. Eigentlich nur ein Moment. Punkt zwanzig Uhr dreißig. Er hatte niemandem davon erzählt, auch Emma nicht.

Samstag, 17. August

Etwas kratzte an seinem Traum. Kratzte, bis er die Augen aufschlug. Es war hell im Zimmer und es roch muffig. Er hatte vergessen, das Fenster aufzumachen, bevor er den Computer heruntergefahren hatte. Da war es schon Morgen gewesen. Sieben weitere Folgen *Stranger Things* hintereinander.

Er hatte etwas höchst Beunruhigendes geträumt, etwas Erschreckendes, und es hatte diesmal nichts mit *Stranger Things* zu tun gehabt. Diesmal war es etwas völlig anderes gewesen. Die Worte *Nebel* und *Lauft!* kamen ihm in den Kopf, und das Gefühl, eben noch gerannt zu sein, ballte sich in seinem Körper, in seinen Oberschenkeln. Fast, als wäre er wirklich gerannt. Auch sein Atem ging schnell und sein Herz holperte. Verrückt, wie real Träume sich anfühlen konnten …

Wie spät war es jetzt? Er sah zur Wanduhr. Nachmittags. 15:07 Uhr.

Echt? Erst kurz nach drei? Er hätte gedacht, es wäre schon später.

Er schloss die Augen wieder. Wollte warten, bis sein Herz sich beruhigte, sein Atem wieder normal floss. An nichts denken. Nicht an Emma und vor allem nicht daran, warum er jeden Abend um halb neun zu diesem verdammten Golfplatz fuhr. Sich vom Regen bis auf die Knochen durchweichen ließ. Warum er auf die Motorengeräusche lauschte.

Und plötzlich blitzte der Traum wieder in seinem Kopf auf und er riss die Augen auf. Das war nicht einfach irgendein abgefahrener Traum, das war eine Idee. Es war *die* Idee für seinen Horror-Roman! Sie stand ihm plötzlich glasklar vor Augen. Und dann fiel ihm auf, dass es genau das gewesen war, was ihn aufgeweckt hatte: diese Idee. Sie hatte in seinem Hirn gehockt, hatte sich offenbar über Nacht als Traum zusammengebraut und angefangen, von innen gegen seine Schläfen zu klopfen. So lange, bis er endlich aufwachte, damit er sie aufschrieb. Er griff nach dem Notizbuch auf dem Nachtschrank. Er war elektrisiert. Er setzte sich im Bett auf, drückte die Kugelschreibermine aus dem Stift, legte kurz Zeigefinger und Daumen an die Nasenwurzel, versuchte, sich zu erinnern, und dann schrieb er auf das Cover des Hefts: GRAUEN IM SCHWIMMBAD und darunter: *Horror-Roman von Hannes Kühlberg*. Dann schlug er die erste Seite auf und schrieb stichpunktartig und ohne innezuhalten, weil er Angst hatte, die Erinnerung und den Faden zu verlieren:

- eine Handvoll Leute (Jugendliche! Wie alt?)
- Ort: Schwimmbad. Chlorgeruch, blaue Fliesen, Riesenrutsche etc.
- Da ist niemand außer ihnen.
- finden es am Anfang noch lustig, schwimmen, rutschen die Riesenrutsche runter, albern rum
- plötzlich der Schock: SIE SIND NICHT ALLEIN IM SCHWIMMBAD! (Geräusch? Atmen? Sehen sie irgendwas Verdächtiges?)
- »Jemand« ist bei ihnen!! Ein Psychopath! (Wie ist das passiert? – ACHTUNG: Saunabereich – vielleicht hat er sich dort in einer der Saunen versteckt??)
- Aus irgendeinem Grund sehen sie ihn nicht. (Dunkelheit? Nein: Nebel!)

- Er greift einen aus der Gruppe an, die anderen hören nur seine Schreie.

Die Worte *Schwimmbad, Psychopath* und *Schreie* unterstrich Hannes, dabei riss die Spitze des Kugelschreibers das Papier ein. Er hielt inne. Sah auf. Erst beim Wort *Schreie* war ihm aufgefallen, dass es für Samstagnachmittag ziemlich still war. Die Familie, die über ihnen wohnte, war erstaunlich ruhig. Um diese Zeit tobten die drei Kids eigentlich immer durch die ganze Wohnung.

Auch Saxofon-Man nebenan war still. Selbst vom Hinterhof war nichts zu hören. Er stand auf, zog sich schnell seine Jeans an und tappte zum Fenster. Als er die Rollläden hochzog, schloss er geblendet die Augen. Die Sonne brüllte vom Himmel. Wahnsinn, die hatten also doch recht gehabt mit dem Wetterbericht! Der Sommer war endlich da.

Im Hinterhof war kein Mensch. Auch das war ungewöhnlich. Vor allem bei diesem Wetter. Keine Kinder, die sich um einen Ball stritten. Niemand, der Wäsche aufhängte und sich ein plärrendes Radio danebengestellt hatte.

Hannes lief zum Schlafzimmer. Immer noch kein Geräusch. War Saxofon-Man vielleicht krank? Er öffnete das Schlafzimmerfenster und sah auf die Straße.

Die Stille war ein Schwall. Sie kam durchs Fenster herein, füllte das Zimmer, umgab ihn wie Dämmmaterial. Er beugte sich weit übers Fensterbrett. Nicht mal ein Auto war zu hören. Was war los?

Eigentlich verwandelte sich die Beilstraße regelmäßig am Wochenende in eine Art italienische Piazza. Was kein Wunder war – es gab einfach sehr viele italienische Familien hier. Aber auch türkische, russische und natürlich deutsche. Der halbe Jungbusch traf sich hier auf der Straße, Klappstühle und Tische wurden auf die Gehwege gestellt, die Grills angeheizt, selbst der Kaffee wurde aus den Fenstern gereicht, und am Abend roch die ganze Straße nach Bratwurst, Steak und Paprika.

Hannes sah nach rechts und nach links. Ein paar Fenster in den gegenüberliegenden Häusern standen offen, aber niemand sah heraus, nirgends waren Fernseh- oder Radiogeräusche zu hören. Keiner schimpfte, keiner lachte, keiner heulte. Nichts. Einfach gar nichts. Nur Zeitungspapier, das leise durch die Straße schleifte, von einem kurzatmigen Windchen angetrieben, das schnell die Lust verlor.

Hier stimmte etwas nicht. Hannes spürte, wie sein Mund trocken wurde. Instinktiv tastete er nach dem Handy in seiner Gesäßtasche, aber als er merkte, dass es Emma war, die er anrufen wollte, steckte er es schnell wieder zurück.

***

Innerhalb von einer Minute hatte er seinen Rucksack geschnappt, Handy und Notizbuch hineingeworfen und war aus der Wohnung gelaufen.

Er blieb einen Moment lang im Hausflur stehen und lauschte. Die Wohnungstüren waren dünn, man hörte normalerweise jedes Husten, jeden Seufzer im Fernseher, zumindest aber das Hundegebell aus der Wohnung gegenüber. Nichts.

Die Neonlampe an der Decke hinterließ ein knisterndes Sirren in der Stille. Es war eine seltsame Stille, eine Stille, die nur Gegenstände ausströmten.

Hannes lief die Treppe nach unten und stieß die Haustür auf.

TAMARA

Freitag, 16. August, Groß Nemerow

Regen, Regen, Regen.

»Groß Nemerow«, kündigte die automatische Stimme die nächste Station an. Tamara drückte auf den Halteknopf. Der Bus bremste. Tropfen prasselten aufs Dach.

Tamara stieg aus und landete geradewegs in einer Pfütze. Der Regen warf sich ihr stürmisch entgegen, und sie zog den Kopf ein, hielt sich an den Trägern ihres Rucksacks fest und rannte durch die fallenden Wassermassen nach Hause. Sie rannte bergauf, spürte ihre Muskeln protestieren, und keuchte.

Als Ellen, Thomas und sie letzten Winter im Schwarzwald im Urlaub gewesen waren und Tamara den Pensionswirten von den Bergen in Mecklenburg erzählt hatte, hatten diese ihr kein Wort geglaubt. Sie hatten tatsächlich noch nie etwas von der Mecklenburgischen Schweiz gehört. Mecklenburg? Das war doch nur plattes Land! Schön wär's. Jetzt hatte sie zusätzlich Seitenstechen. Noch ein paar Meter.

Sie hielt kurz an, um die Klappe vom Briefkasten hochzuheben, und atmete auf, als sie sah, dass die Postfrau noch nicht da gewesen war.

Drinnen empfing sie wie immer Radio Alzheimer. Während sie ihre quatschnassen Schuhe mit Zeitungen ausstopfte, die Ellen schon unter der Garderobe bereitgelegt hatte, sang Roger Whittaker: *Aaaabschied ist ein schaaaarfes Schwert, das so tiiiiief ins Herz dir fäääääbrt …*

Thomas schien ohne Musik nicht leben zu können, was ihr im Grunde gefiel. Das Problem war: Er hatte einen schauderhaften Geschmack. Schlager, vor allem Schlager auf Deutsch, waren sein Ein und Alles. Außerdem liebte er es laut.

Sie mochte Thomas ja wirklich, nur diese Schlagermanie ging ihr auf die Nerven. In jedem Zimmer des Hauses waren Radios installiert, selbst auf dem Klo und an der Garderobe. Sie waren alle auf denselben Sender eingestellt, und Thomas machte sie nacheinander an, wenn er von der Arbeit kam und seine Jacke aufhängte (Garderobenradio), dann in die Küche ging, um ein Glas Wasser zu trinken (Küchenradio), das Bad durchquerte, um sich die Hände zu waschen (Duschradio), ins Schlafzimmer schaute, um die Wolldecke zu holen (Bettradio), um es sich schließlich im Wohnzimmer gemütlich zu machen (Hi-Fi-Anlage). Er zog seine Schlagerspur hinter sich her wie einen Geruch.

»Hi!«, rief sie laut.

»Hi, Tami!«, kam es im Duett aus Wohnzimmer und Küche von Thomas und Ellen zurück.

Duuuuu bist getroffen und kannst Dich nicht weeeeehren, gab Roger Whittaker seinen Senf dazu.

Sie hängte ihre tropfende Jacke auf einen Bügel, obwohl sie wusste, dass Ellen schimpfen würde, aber darunter war eine Heizung. Die Heizung war an. Die Jacke würde vielleicht trocknen, bevor Ellen etwas merkte.

Ja, es war Mitte August und die Heizungen liefen. Draußen war es einfach ekelhaft kalt. Die Sonne war verstockt und der Himmel dick bepackt mit Wolken. Tamara nahm, begleitet von Roger Whittakers Flehen, die Treppe nach oben in ihr Zimmer, warf ihre Tür zu und sperrte Roger endgültig aus. Ihre Schultasche schleuderte sie in die Ecke. Ab jetzt war Wochenende und sie war die Schule und vor allem Fiona für zwei Tage los!

Oh Mann, war das heiß! Ellen hatte doch nicht ... Oh doch, sie hatte! Als Tamara sich der Heizung näherte, die die Wärme wie ein Kraftwerk abstrahlte, sah sie, dass Ellen das Zimmer mal wieder den ganzen Tag vorgekocht hatte. Das Thermostat war auf Fünf gestellt, obwohl sie Ellen schon hundertmal gesagt hatte, dass sie es hasste! Sie drehte die Heizung auf Eins und riss sofort ein Fenster auf. Als ihre Knie dabei gegen die Heizungsrippen stießen, sprang sie quiekend zurück. Es war ein Wunder, dass ihre Knie nicht verkohlt waren!

Dann sah sie nach draußen. Sie durfte die Postfrau nicht verpassen! Hinter dem Garten begannen die Felder. Das Getreide sah grau aus und war verregnet. Das Korn war kaum gewachsen in diesem Sommer. Es taugte nur noch als Viehfutter, hatte Thomas gesagt. Aber selbst dafür müsste es aufhören zu regnen, sonst verdarb es noch ganz, denn die Mähdrescher konnten nicht ernten.

Der Sommer hatte dieses Jahr wirklich alles andere als eine Glanzleistung zustande gebracht. Dass es im Juni kühl und ungemütlich war – okay. Aber im Juli und August dann kühl, ungemütlich *und* Regen? Das war definitiv zu viel. Seit zwei Wochen hatte die Schule nun wieder angefangen. Die ganzen, das musste man sich mal vorstellen, die *ganzen* Sommerferien über hatte es nur geregnet!

Ellen hatte ihr eines Tages noch zusätzlich die Elektroheizung aus der Laube ins Zimmer geschleppt, und Tamara hatte gekreischt und sie wieder zurückgewuchtet.

»Du sollst doch nicht krank werden!«, hatte Ellen vorwurfsvoll gesagt.

»Ich will vor allem kein Dörrfleisch werden!«, hatte Tamara geantwortet.

Sie beugte sich weit nach draußen, hielt ihren heißen Kopf in den Regen. Die Haare waren ohnehin nass. War das Postauto schon zu hören? Zum Glück kam die Post bei ihnen erst am Nachmittag, sodass sie die Postfrau abfangen konnte, sobald sie aus der Schule kam.

In den Gemüsebeeten stand das Wasser, es sickerte schon lange nicht mehr in die Erde. Die Regentonnen platzten fast, der Weg zu den Gewächshäusern war schlammig. Wenn sie jetzt hinausgehen und durch den Garten stapfen würde, würde die Erde unter ihren Füßen quatschen, und überall wären Schnecken. Daumendicke, braune Nacktschnecken mit schwarzen Fühlern.

Die kleinen Schleimis waren mutig geworden in diesem Sommer. Während sie sich sonst nur auf und in und neben der Komposttonne herumtrieben, hatten sie seit ein paar Wochen auch die Wiese überfallen. Sie sah die vielen braunen Striche im Grün sogar von hier oben aus. Bis über den Kiesweg kamen sie jetzt schon gekrochen und wagten sich zum Haus vor!

Gestern Nachmittag, als sie die Briefträgerin wieder abgefangen hatte, hatte Tamara die silbrigen Schleimspuren sogar auf den Treppenstufen gesehen! Wo wollten sie denn bloß hin? Wollten sie wirklich ins Haus hinein? Und wenn ja, was genau suchten sie dort?

Da drang das Motorengeräusch des Postautos durch das Plätschern des Regens. Sofort schoss Energie in ihre Beine. Sie stieß sich vom Fensterbrett ab, drehte sich um und stürzte aus dem Zimmer. Den Korridor entlang und dann die Treppe nach unten. Thomas war jetzt offenbar im Wohnzimmer, denn der Wetterbericht schallte ihr von dort aus entgegen. Eine unerträglich gut gelaunte Moderatorenstimme sagte Bombenwetter voraus. Traumtemperaturen für morgen. Traumtemperaturen? Großartiger Witz, dachte Tamara, während sie an der Küche vorbeischlich, wo Ellen herumklapperte. *Ich bin wie duhu, wir sind wie Sand und Meer ...*, juchzte Marianne Rosenberg aus dem Wohnzimmer. Tamara schlüpfte schnell in ihre Gartenlatschen. *... und darum brauch ich dich so seheeehr ...*

»Es pladdert, Tami!«, rief Ellen aus der Küche. Offenbar hatte sie sie doch gehört. »Wir können doch nachher die Post holen!« Schnell weg! Tamara riss die Haustür auf und rannte hinaus, bevor Ellen sie noch aufhalten würde. Die Jacke hatte sie hängen lassen.

Der Regen prasselte nicht hart herunter wie vorhin. Er strömte. Er strömte fein und dicht aus dem Himmel – wie das Wasser aus der Gartendusche an der Laube. Innerhalb von Sekunden war sie völlig durchnässt.

Tamara hetzte durch den Regen die Auffahrt entlang und

dann um die Ecke und sah das Postauto den Hügel herauffahren und am Zaun anhalten. Die Gartenlatschen waren viel zu groß und schlackerten um ihre Füße. Sie trat auf eine Schnecke, zermatschte sie aber nicht, wie sie befürchtet hatte, sondern rutschte an ihrem braunen Körper ab, weil die Schnecke fest war und gar nicht schwabbelig. Fest und stark wie ein Muskel. Tamara verlor kurz das Gleichgewicht, ruderte mit den Armen und wäre beinahe gefallen, aber dafür hatte sie jetzt keine Zeit! Wild winkend lief sie auf die Postfrau zu, die gerade aus dem gelben Auto stieg und den Briefkasten ansteuerte. Sie trug Gummistiefel und ein gelbes Regencape mit Kapuze. Es hüllte sie vom Kinn bis zum Knöchel ein.

»Nicht reinwerfen!«, rief Tamara. »Ich nehme Ihnen alles ab.« Es gab nur einen Schlüssel für den Briefkasten und den hatte Ellen. Tamara erwartete einen Brief und Ellen durfte ihn auf gar keinen Fall in die Hände bekommen!

Die Postfrau lachte, als sie Tamara heranstürzen sah. »Ist fast nur Werbung«, sagte sie und hielt ihr einen kleinen Packen hin.

»Danke«, sagte Tamara, wartete, bis die Postfrau wieder in den Wagen gestiegen und abgebraust war, lief zurück und stellte sich kurz unter das Vordach des Schuppens, um rasch den Stapel durchzusehen.

Sofas, Sessel und Matratzen – Radikal günstig!

Supersauna für zu Hause – an einem Tag geliefert und montiert!

Ein Handzettel für eine Kleidersammlung.

Innerhalb von Sekunden hielt sie nur noch nasse Lappen in der Hand. Flüssigbriefe, dachte sie. Sie musste sie auf jeden Fall erst mal auf die Heizung legen, wenn sie wieder drinnen war.

Und da! Tamaras Herz holperte und sie musste sich kurz an der Schuppenwand abstützen. Da war er tatsächlich! Endlich! Der Brief, auf den sie gewartet hatte. Absender: *Solveig Morbach – Adoptionsbehörde.*

Sie schob ihn, nass wie er war, unter ihren Pullover und ihr

Hemd. Er war eiskalt und sie erschauderte. Dann rannte sie durch den Regen zurück zum Haus und wich dabei den Schnecken aus. Schnecken, Schnecken, Millionen Schnecken überall, dachte sie, und im selben Moment rülpsten in ihrem Kopf plötzlich Tubas los.

Als es vor Wochen zu regnen angefangen und nicht mehr aufgehört hatte und die Schnecken begonnen hatten, sich invasionsähnlich auszubreiten, hatte sie darüber nachgedacht, wie sich eine Schnecke wohl als Geräusch ausdrücken ließ. Sie hatte sich alle möglichen Instrumente auf YouTube angehört und war schließlich beim fetten, breiigen Klang einer Tuba hängen geblieben. Eine Tuba klang wirklich genauso, wie eine Schnecke aussah und sich bewegte.

Seit sie *Schnecke = Tuba* in ihrem Geräuschbuch notiert hatte, hörte sie ständig Tubas im Kopf blasen, wenn sie wieder auf eine Schnecke traf.

Im Korridor legte sie den nassen Poststapel auf die Heizung neben der Garderobe. Sie wollte ihren Brief lesen, aber sie wollte nicht riskieren, dass Ellen unerwartet im Zimmer stand.

So beschloss sie, in die »sichere Zone« zu gehen: in eins der Gewächshäuser. Sie musste nur schnell noch zwei neue CDs heraussuchen, denn wenn keine Musik von den Gewächshäusern herüberdrang, während sie sich darin aufhielt, würde Ellen Verdacht schöpfen.

Ellen wusste, dass sie Studien an den Tomatenpflanzen durchführte. Seit vier Wochen testete sie, wie die Pflanzen auf Musik reagierten. Für das eine Gewächshaus hatte sie stets klassische Musik ausgesucht, für das andere Rockmusik. Sie maß täglich das Wachstum der Stängel, zählte die Tomaten, die an den Pflanzen wuchsen, achtete darauf, ob sich Blätter verfärbten, kräuselten oder übermäßig zu wachsen begannen, und notierte alles.

Ellen verirrte sich nicht mehr zu den Gewächshäusern, seit sie Tamara einmal während ihrer Studien dort besucht hatte. Sie hatte Tamara etwas zugeschrien, aber Tamara hatte Lärmschutzkopfhörer aufgehabt, hatte nur mit den Schultern gezuckt und auf ihre Ohren gezeigt. Seitdem war Ellen nie wieder dort aufgetaucht. Tamara würde den Brief von Solveig Morbach aus der Adoptionsbehörde ungestört lesen können. Sie ging die Treppe hoch, indem sie zwei Stufen auf einmal nahm, verschwand in ihrem Zimmer und lief zum CD-Ständer. Tamara hatte am Anfang angenommen, dass die Lautstärke eine Rolle spielen würde. Dass die Pflanzen laute Musik hassen und leise Musik lieben würden. Aber es war nicht die Lautstärke, es war die Tonart, die wichtig war. Die Tomaten liebten C-Dur. Und am liebsten mochten sie Klassik. Besonders Vivaldi.

Für Ellen war ihr Experiment Spinnerei, für Tamara nicht. Thomas sagte nur: »Musik hat noch keinem geschadet.«

Sie zog die Kiste mit den alten CDs unter dem Bett hervor, schnappte sich das Adagio in g-Moll von Albioni und suchte als Rockvariante nach Melissa Etheridge, da rief Ellen. »Tami?«

Oh nein. Sie wollte jetzt nicht mit Ellen reden! Sie wollte ihren Brief lesen. Sie stellte sich taub, ließ ihren Finger weiter über die CDs gleiten, las die Titel.

»Ich hab dir einen Kakao gemacht, mit Sahne«, sagte Ellen plötzlich hinter ihr. Hatte sie etwa schon vor der Tür gestanden?

»Das ist doch das Beste bei so einem Mistwetter, oder?«, fuhr sie fröhlich fort.

Tamara reagierte immer noch nicht. Sie sah starr auf die CDs, den Kopf schräg gelegt. Wie oft hatte sie Ellen eigentlich gesagt, dass sie keine Milch mochte? Dass sie ein Mensch und kein Kalb war und ihr der Gedanke, Kuhmuttermilch zu trinken, irgendwie ... eklig war?

»Tami?«

Tamara drehte sich um und lächelte. »Ist gut«, sagte sie und griff nach der Tasse. »Danke.« Hoffentlich verzog sich Ellen schnell wieder.

Ellen lächelte zurück. »Zieh das nasse Zeug aus«, sagte sie. »Du wirst noch krank.«

Tamara nickte genervt und zog sich den Pullover über den Kopf, um ihn über die Heizung zu hängen. Dabei fiel ihr der Brief unter ihrem Unterhemd wieder ein, und sie passte auf, dass er nicht hervorrutschte. Sah man ihn durch den Stoff drücken?

»Warum ziehst du bloß immer so triste Farben an?«, fragte Ellen mit Blick auf ihren Pullover und auf das Unterhemd, das sie trug. Ihr Pullover war tarngrün, das Unterhemd grau. Ellen schien überhaupt nicht daran zu denken, sie allein zu lassen.

»Ein kräftiges Orange würde dir so gut stehen! Bei deinen tollen Haaren.«

Tamara hatte kurzes, rotes Haar, und das war die einzige Farbe, die sie an sich akzeptierte.

»Die Farben sind nicht trist«, sagte Tamara und strich kurz über ihren Pullover auf der Heizung. »Wenn ich Orange tragen würde, dann würden alle nur meinen Pullover anstarren. Wenn ich Grau anhabe, sehen sie mir ins Gesicht.«

Ellen sah sie skeptisch an. Ellen liebte Knallfarben: Pink, brüllendes Gelb, krachiges Blau, Alarmrot. Es hatte zahlreiche Kämpfe gegeben, bis Tamara endlich Klamotten in Farben bekam, die sie mochte.

»Ist alles in Ordnung mit dir?«, fragte Ellen. »Du wirkst so nervös.«

Tamara lächelte gezwungen, spürte den feuchten Brief an ihrem Bauch und überlegte fieberhaft, wie sie Ellen loswerden konnte. »Mir geht's super«, sagte sie.

»Fiona hat vorhin angerufen«, sagte Ellen und wechselte das Thema. »Sie kommt vorbei.«

Tamaras Lächeln erstarb sofort. »Du solltest mich doch ans Telefon holen, falls Fiona anruft«, sagte sie. »Ich will nicht, dass sie herkommt!«

»Aber ihr seid doch Freundinnen«, sagte Ellen.

»Sind wir nicht«, unterbrach Tamara. »Wir *waren* Freundinnen! In der Grundschule. Bis Fiona Schluss gemacht hat. Mensch, tu doch nicht dauernd so, als ob du dich nicht mehr erinnerst!«

Ellen sagte: »Ach was, du dramatisierst das alles zu sehr. Luise und mich hat keiner auseinandergebracht. Wir haben zusammengehalten wie Pech und Schwefel.« Jetzt lag dieses glühende Erinnerungslächeln auf Ellens Gesicht. Luise war Fionas Mutter, und sie war früher Ellens beste Freundin gewesen. »Wir haben gemeinsam unsere Röcke gekürzt und ...«

»... und ihr habt Zigaretten im Dorfkonsum geklaut. Ich weiß«, sagte Tamara, die die Geschichte dieser Freundschaft schon fünfzigtausendmal gehört hatte.

»Es war jedenfalls eine verrückte Zeit mit viel Gefühl«, schloss Ellen mit ihrem Lieblingssatz und sah sie strahlend an.

»Fiona hat so viel Gefühl wie Tiefkühlbrokkoli«, sagte Tamara trocken.

»Sei doch nicht so negativ. Diese Zeit kommt nicht wieder! Was gäb ich darum, noch mal dreizehn zu sein ... Macht euch einfach einen schönen Nachmittag!«

Tamara verdrehte innerlich die Augen. Ellen wollte sie einfach nicht verstehen! Einen schönen Nachmittag! Wer es schaffte, sich einen schönen Nachmittag mit Fiona Heumann zu machen, konnte sich wahrscheinlich auch einen schönen Nachmittag mit einer Mückenplage machen. Jedenfalls war Fiona Heumann genau das für sie, zumindest, wenn sie sie als Geräusch darstellen sollte: das Sirren eines Mückenschwarms. Dieses zirpende, nervtötende Versprechen eines Stichs.

Am Anfang war alles anders gewesen. Da waren sie wirklich Freundinnen gewesen. Sie hatten in der Grundschule nebeneinandergesessen, sie hatten voneinander abgeschrieben und am Nachmittag war Fiona mit zu ihr gekommen. Sie hatten im Frühjahr Kaulquappen im Teich gefangen und im Winter Quarkwaffeln gebacken. In den Sommerferien hatten sie mit den Schlafsäcken in der Laube neben den Gewächshäusern übernachtet. Dort hatten sie sich Gruselgeschichten erzählt und sich dann nicht mehr getraut, nach draußen zu gehen, um in die Büsche zu pinkeln.

Aber dann war etwas passiert. Mit ihnen beiden.

Tamara war in der vierten Klasse zu oft krank gewesen. Sie hatte zu viele Fehlstunden gehabt. Und als sie dann beide nach den Sommerferien wieder in die Schule gingen, musste Tamara die vierte Klasse wiederholen und blieb in der Grundschule, während Fiona in das Schulgebäude gegenüber wechselte, in die Sekundarstufe eins.

Bereits im Schulbus hatte es angefangen. Fiona war am ersten Schultag nicht an der Bushaltestelle gewesen. Erst als sich alle schon in den Bus drängten, war sie um die Ecke gebogen. Tamara war schon eingestiegen und hatte wie immer den Platz neben sich für Fiona freigehalten. Die kam als Allerletzte in den Bus, zeigte ihre Monatskarte vor und dann … ging sie einfach an dem Platz vorbei.

»Fiona, hier!«, hatte Tamara noch gerufen, weil sie gedacht hatte, dass sie sie übersehen hatte. Aber Fiona war zielstrebig auf Jenny zugegangen. Tamara hatte beobachtet, wie Jenny hochsah, als Fiona sie ansprach, und wie sich das Erstaunen auf ihrem Gesicht ausbreitete, rot und schnell wie ein Waldbrand. Wie sie rasch nach dem Rucksack gegriffen und ihn vom Nebensitz auf ihren Schoß gezogen hatte, um Platz zu machen. Und Fiona hatte sich neben sie gesetzt. Neben Jenny!

Jenny, die Fiona immer bloß *Madame Sahnetorte* genannt hatte, weil sie dick war und ausschließlich Sachen trug, die rosa und weiß waren, genau wie eine Hochzeitstorte. Jenny, über die sie sich immer lustig gemacht hatte, weil sie vor Schüchternheit nicht mal laut sprechen konnte, ohne zu stottern.

Es muss einen Grund dafür geben, hatte Tamara damals gedacht, als sie aus dem Bus ausgestiegen war und sich, eingekeilt zwischen den anderen, durch das Schultor quetschte, während Madame Sahnetorte zusammen mit Fiona zum Gebäude gegenüber tänzelte.

Die Grundschule und die Sekundarstufe lagen sich gegenüber. Sie teilten sich sogar einen Schulhof, der allerdings durch eine hüfthohe Hecke geteilt war. Tamara hatte damals am ersten Schultag kaum die große Pause erwarten können. Sie hatte sich fremd gefühlt in ihrer neuen Klasse zwischen den Jungs und Mädchen, die alle ein Jahr jünger und mindestens einen Kopf kleiner waren als sie. Sobald es klingelte, war sie nach draußen auf den Schulhof gestürzt, zur Hecke gelaufen und hatte nach Fiona Ausschau gehalten.

Aber die sah, wie schon am Morgen, durch Tamara hindurch. Mit Jenny im Schlepptau kam sie aus dem Schulgebäude, sah Tamara hinter der Hecke stehen und drehte einfach zum anderen Ende des Schulhofs ab.

Am Nachmittag, als Tamara sie wütend von zu Hause aus angerufen hatte, war Fionas Stimme am anderen Ende der Leitung zwei Etagen höher geklettert und hatte ihr ins Ohr gezirpt, dass sie ja nicht wüsste, wie es bei Tamara in der vierten Klasse sei, aber sie selbst hätte viele Hausaufgaben auf. Und dann legte sie auf. Einfach so.

Tamara hatte mit dem Telefonhörer in der Hand dagestanden, sie hatte Fionas hohe Stimme immer noch im Ohr gehabt, und da war ihr das erste Mal deren Ähnlichkeit mit einer Mücke aufgefallen.

Tage später, als Tamara mit Ann-Kathrin, mit der sie sich ein bisschen angefreundet hatte, an der Hecke vorbeikam, wo zufällig Fiona und Jenny standen, hatte Fiona das erste und einzige Mal reagiert. Sie hatte Tamara frontal ins Gesicht gestarrt. Mit einem langen Blick auf Ann-Kathrin hatte sie zu der mit Satinschleifchen aufgeplusterten Jenny gesagt: »Also ich würde mir ja ziemlich blöd vorkommen, plötzlich wieder im Kindergarten rumzuhampeln …«

Jenny hatte hysterisch gekichert und ihre zuckergussfarbenen Jackenärmel lang gezogen. Tamara war einen Schritt schneller gegangen und hatte die protestierende Ann-Kathrin mitgezerrt. Fionas Lachen kam hinter ihr hergesirrt: ein feiner, spitzer Mückenstachel.

Tamara war danach nie wieder zur Hecke gegangen. Fiona

war für sie gestorben. Und selbst als sie im nächsten Schuljahr auf die Seite der »Großen« wechselte, gingen sie sich weiter aus dem Weg.

Ellen hatte das nie verstehen wollen. Obwohl Tamara ihr erklärt hatte, was passiert war. Sie hatte trotzdem immer wieder nachgefragt.

»Wie geht's Fiona?«

»Keine Ahnung.«

»Bring sie doch mal wieder mit. Freunde sind doch wichtig!«

»Wir sind schon lange keine Freunde mehr.«

»Ach, Tamara.«

»Fiona hat keine Freunde. Sie hat Opfer.«

Ellen hatte dann gelächelt. Als ob Tamara einen Witz gemacht hätte.

***

Und vor zwei Wochen war sie in die siebte Klasse gekommen. Sie hatte sich in den vergangenen Jahren in ihrer Klasse eingelebt. Die Jungs waren größer geworden, die Mädels sahen schon lange nicht mehr weg, wenn sie sich zu ihnen stellte, im Gegenteil, sie war eine von ihnen geworden. Sie spürte den Unterschied von einem Jahr gar nicht mehr. Obwohl sie immer noch die Größte war. Mit ihren langen, dünnen Armen und Beinen, als hätte jemand alle Kraft einzig und allein darauf verwendet, sie möglichst groß zu machen, und alles andere wäre nebensächlich.

Das Einzige, was neben ihrer Größe auffiel, war ihr fuchsrotes, kurzes Haar, das sich, ganz egal, was sie damit machte, immer so verrückt lockte, als hätte sie in eine Steckdose gefasst.

Manchmal fand sie es schrecklich, dass sie aussah wie ein Streichholz: ein wildroter Schopf und der Rest dünn und weiß. Aber dann sagte sie sich: besser so als ohne Haare.

Damals, am ersten Tag in ihrer neuen Klasse, hatte sie sich ein Tuch um den Kopf gebunden, weil ihr während der Krankheit die

Haare ausgefallen waren. Jetzt hatten sich alle längst an Tamara gewöhnt und sie sich an sie. Sie hatte nicht damit gerechnet, dass sie sich plötzlich unwohl fühlen könnte.

Doch vor zwei Wochen, am ersten Schultag des neuen Schuljahrs war etwas passiert: Neben der Klassenlehrerin hatte noch jemand vor der Klasse gestanden. Den Rucksack lässig über eine Schulter gehängt und mit dieser bestimmten Art Lächeln auf den Lippen, als würde gleich ein Fotograf auftauchen.

»Das ist Fiona, eure neue Mitschülerin«, hatte Frau Berg gesagt. »Sie ist letztes Schuljahr hängengeblieben. Einige kennen sie sicher und können ihr helfen, sich bei uns einzuleben.«

Keiner, kein Einziger hatte eine blöde Bemerkung gemacht. Nicht mal die Jungs.

Fiona war hübsch. Sie hatte runde Brüste und glatte Haare bis über die Schultern, hellblond. Wenn Sonne darauf fiel, sah es aus, als wäre ihr Haar aus Licht. Überhaupt hatte sie etwas Strahlendes an sich. Als hätte jemand ein Feuer unter ihrer Haut gelegt. Und genau das war sie: feurig. Feurig und unberechenbar. Wie fliegende Zigarettenglut im Wald während des Hochsommers. Sie trug die neuesten weißen Sneaker zu der engen Jeans. Zwischen Crop-Top und Hosenbund blitzte ein Stück Haut hervor. Eins dieser Mädchen, die man anstarrte.

»Setz dich zu Vanessa in die dritte Reihe, Fiona.«

Fiona bewegte sich nicht. Sie ließ den Blick über die Klasse streifen, drehte sich dann zu Frau Berg und lächelte.

»Ich würde lieber neben Tamara sitzen«, sagte sie. »Darf ich?« Ihre Stimme klang so weich, dass man sich am liebsten hineinlegen wollte, aber Tamara wusste, dass das eine Strategie war. Fiona hatte früher schon immer mit dieser Federbettstimme gesprochen, wenn sie etwas von ihr haben wollte: die Ohrringe aus himbeerrotem Plastik, die Matheaufgaben, Ellens Schminkzeug.

Hübschen Menschen ist man selten böse. Man lässt vieles einfach durchgehen. Vordrängeln zum Beispiel. Man gestattet es ihnen einfach. So wie man automatisch auch einem Hochzeitsauto

Platz macht und das Gespräch kurz unterbricht, wenn ein Pfau ein Rad schlägt.

Und Frau Berg fiel wie alle auf den hellblonden Pfau herein.

»Ihr kennt euch noch aus der Grundschule, oder?«, sagte sie und lächelte ebenfalls. »Na gut. Ann-Kathrin, setz du dich bitte zu Vanessa.«

»Ich möchte nicht neben Fiona sitzen«, protestierte Tamara.

»Tamara, jetzt enttäuschst du mich aber. Du müsstest doch am besten wissen, wie das ist. Als du damals neu warst, hättest du dich sicher gefreut, wenn da jemand gewesen wäre, den du kennst! Mach es Fiona nicht noch schwerer!«

Und da stand Fiona auch schon vor ihr und sagte sanft: »Hallo, Tamara.«

***

Tamara hatte Fiona die ganze Stunde lang nicht beachtet. Sie hatte starr geradeaus auf die Tafel gesehen, und als es zur Pause klingelte, hatte sie ihre Sachen zusammengepackt, war zu Ann-Kathrin gestürzt und dann Arm in Arm mit ihr auf den Schulhof gegangen.

Aber während Fiona mit dieser Methode Tamara damals schnell und leicht aus ihrem Leben getilgt, sie *ausgerissen* hatte, wie ein Haar, das an der falschen Stelle wuchs, gelang es Tamara bei Fiona nicht. Die schüttelte Tamaras Ablehnung einfach ab.

Nach dem Unterricht hatte Fiona am Schultor gestanden. An die Mauer gelehnt und Kaugummi kauend, hatte sie Tamara aus halb geschlossenen Augen entgegengesehen. Nichts an ihr bewegte sich, nur ihre Kaumuskeln. Und ihr Haar, denn der Wind hatte darin gespielt. Als würde er Sonnenstrahlen zum Schweben bringen. Ob Fiona eigentlich wusste, wie sie wirkte? Wahrscheinlich schon. Was Äußerlichkeiten anging, war Fiona eine Meisterin. Und so, wie sie da an der Mauer lehnte, sah sie aus wie eine Diva aus einem alten Kinofilm. Eine, die auf ihren Liebsten wartet.

Tamara war einfach an ihr vorbeigegangen, zur Bushaltestelle. Als der Bus gekommen war, war sie eingestiegen und wie immer ganz nach hinten gegangen, zum letzten Sitz rechts am Fenster. Sie hatte demonstrativ aus dem Fenster gesehen.

Fiona stieg ein, setzte sich aber nicht wie sonst nach vorn, sondern ging nach hinten durch. Sie schob Tamaras Rucksack zur Seite und warf sich auf den Sitz neben sie. Sie zog die Knie hoch, stützte sich mit ihren schicken weißen Sneakern am Vordersitz ab und öffnete ihren Rucksack. Nach kurzem Herumkramen zog sie eine Packung Kaugummis hervor. Zwei Streifen wickelte sie aus und schob sie sich in den Mund. Dann hielt sie Tamara die Packung hin.

»Erdbeere mit Pfeffer«, sagte sie. »Probier mal.« Eine Stimme, so süß wie Ahornsirup. Man hätte sie über Milchreis gießen können. Und nach einer Weile, als Tamara immer noch schwieg, sagte Fiona: »Wollen wir heute zusammen Hausaufgaben machen? Na los, jetzt nimm schon einen Kaugummi.«

Da war Tamara herumgefahren und hatte ihr die Packung aus der Hand geschlagen. Die roten Streifen flogen durch die Luft und landeten auf dem dreckigen Boden. »Lass mich in Ruhe!« Ein paar Köpfe hatten sich zu ihnen umgedreht.

»He, reg dich ab«, hatte Fiona gesagt und gleichmütig die Streifen auf dem Boden betrachtet. Dann hatte sie den Kopf an die Rückenlehne gelehnt, Kaugummi gekaut und nach oben gesehen. »Ich finde einfach, wir sollten zusammenhalten in dem ganzen Kindergarten.«

Tamara hatte nicht mehr geantwortet, sondern aus dem Fenster gesehen. Fiona hatte sich nicht daran gestört. Sie hatte ihr Handy hervorgeholt, die Kopfhörer angeschlossen, und während Tamara vor Wut innerlich kochte, hatte Fiona die Augen geschlossen und Musik gehört. Ab und zu war eine hellrote Kaugummiblase zwischen ihren Lippen aufgegangen und laut geplatzt.

***

Ellen war immer noch da! Wollte sie Wurzeln schlagen in ihrem Zimmer? Tamara wollte endlich, endlich ihren Brief lesen!

»Wann kommt Fiona?«, fragte sie. »Ich wollte vorher eigentlich noch zu den Gewächshäusern rüber.«

»Das lohnt nicht mehr. Sie wird gleich da sein«, sagte Ellen.

»Ich finde es richtig gut, dass ihr euch wieder versteht.« Sie strahlte, als hätte sie nichts, aber auch gar nichts davon mitbekommen, was Tamara von Fionas Besuch hielt.

Darin war Ellen gut. Im Überspielen, Schönreden, Alles-positiv-Sehen. Bei Ellen war immer alles »toll«. Das Problem war, dass Tamara sich daneben wie eine miesepetrige Pessimistin fühlte. Dabei war sie überhaupt nicht pessimistisch! Sie war realistisch.

»Und überhaupt, die Tomaten«, fuhr Ellen lächelnd fort. »Die können doch auch ganz gut ohne deine Musik wachsen. Endlich kommt dich mal jemand besuchen, und du hast nur die Tomaten im Kopf. Ein bisschen Gesellschaft tut dir mal ganz gut! Du hast schließlich schon die ganzen Ferien allein in der Bude rumgehockt.«

Tamara holte Luft. Dann platzte es aus ihr heraus: »Wenn ich mit Ann-Kathrin und den Planwagenleuten mitgekonnt hätte, hätte ich jede Menge Gesellschaft gehabt!«

Ellen ließ sich nicht beeindrucken. Sie lächelte einfach weiter. Widerspruch prallte an ihr ab. Glas-Ellen. In der Hinsicht war sie ein bisschen wie Fiona. Genauso glatt und undurchdringlich.

»Du weißt doch, warum du nicht mitdurftest. Du warst gerade erst krank gewesen. Du musst dich ein bisschen schonen«, sagte Ellen und drehte sich zum Fenster. »Die ganze Zeit im offenen Planwagen … es hat pausenlos geregnet …« Ihre Stimme veränderte sich übergangslos. Wie ein Wollfaden, der am Anfang dick und reißfest war und nun plötzlich ausdünnte. Tamara mochte es nicht, wenn Ellen so sprach. Mit dieser porösen Stimme. Dann lieber die Glas-Ellen. Denn bei der porösen Ellen bekam sie ein schlechtes Gewissen und hatte keinen Mut mehr, ärgerlich zu sein. Dabei hatte sie allen Grund dazu.

Ellen drehte sich noch nicht um, sie sah stumm aus dem Fenster, wartete offenbar darauf, dass Tamara einlenkte, aber sie war nun mal sauer! Ewig hatte sie sich auf die Planwagentour gefreut! Und dann war Ann-Kathrin allein gefahren!

Der Regen klatschte gegen die Scheiben. Es klang wie Applaus. Tamaras Blick folgte Ellens und sie sah in den Himmel. Grau, dachte sie, schlammgrau, putzlappengrau. Wäre dieses Grau da oben ein Geräusch, wäre es einfach nur ein Rauschen.

Ellen drehte sich wieder um. »Es wäre unverantwortlich gewesen, wenn wir dich hätten fahren lassen«, sagte sie mit dieser ausgedünnten Stimme. »Vielleicht hättest du eine schwere Lungenentzündung bekommen ... Ich hätte mir hier die ganze Zeit nur Sorgen gemacht ...« Jetzt sah sie aus, als würde sie gleich weinen.

Das war Ellen. Optimistisch bis zum Platzen, und das vierundzwanzig Stunden am Tag. Bis zu dem Moment, wo alles ins pure Gegenteil kippte. Wo sie in allem nur noch das Schwarze sah, die Gefahr. Es gab bei Ellens Gemütslagen immer nur Extreme. Schwarz oder weiß. Freund oder Feind. Fröhlich oder am Boden zerstört. Keine friedliche Mitte. Jetzt weinte Ellen wirklich.

»Ist schon gut«, brummte Tamara gegen ihren Willen. »Ich wäre nur gern ...«

Da klingelte es an der Haustür.

»Fiona! Ich mach auf!«, sagte Ellen, und ihre Traurigkeit schnellte jäh in pure Begeisterung zurück.

An ihrem Bauch spürte Tamara den regennassen Brief von Solveig Morbach. Verdammt, wann konnte sie ihn endlich lesen? Sie musste Fiona so schnell wie möglich wieder loswerden!

»Trink deinen Kakao«, sagte Ellen beim Rausgehen. »Der wärmt dich schön durch!« Dann lief sie in den Korridor dem Türklingeln entgegen und rief noch auf der Treppe: »Ja-ha, ich komme!«, mit einer Stimme, klingelnd wie die Glasglöckchen im Weihnachtsbaumschmuck.

Als Ellen weg war, machte Tamara das Fenster wieder auf. Sie schüttete den Kakao in den applaudierenden Regen hinaus, direkt in die klatschnassen Hortensien.

***

»Morgen werden's dreißig Grad«, fing Fiona an. Sie saß auf Tamaras Bett und feilte sich die Nägel.

Tamara reagierte nicht. Sie wusste: Die einzige Methode, Fiona schnell wieder loszuwerden, war, sie zu ignorieren. Nichts fand Fiona schlimmer, als ignoriert zu werden.

»Hast du gehört?«, sagte Fiona.

Ihre Nägel waren lang und spitz. Der feine Nagelstaub fiel auf Tamaras Decke, auf ihr Kissen. Tamara musste, wenn Fiona weg war, das Kissen ausschütteln, sonst würde sie nachts den Staub einatmen, und Fiona würde in ihr sein. Sie schüttelte sich unwillkürlich.

»Das Sauwetter ist endlich vorbei, ab morgen wird es Sommer!« Fiona gab nicht auf.

»Quatsch«, sagte Tamara und ärgerte sich im selben Moment, dass sie reagiert hatte. Sofort setzte Fiona sich auf und schnappte nach dem einen Wort wie ein Hai nach einem Stück Fleisch.

»Doch!«, beharrte sie, blies sich den Staub von den Nägeln und testete mit dem Daumen, ob alles glatt war. »Haben sie im Wetterbericht angesagt! Blauer Himmel und strahlende Sonne. Cool, oder? Es sieht ja jetzt schon ganz gut aus!« Sie wies zum Fenster.

Tamara sah gegen ihren Willen hin und glaubte ihren Augen nicht zu trauen: Die grauverklebte Wolkendecke riss gerade auf! Einzelne Sonnenstrahlbündel fielen aus den Löchern auf die Erde. Sie sahen aus wie Spotlights. Es hatte aufgehört zu regnen. Sie starrte wie hypnotisiert in diesen Himmel, der sich wie im Zeitraffer aufklarte. Als würde die Sonne die Wolken wegfressen. Nicht zu fassen!

»Wollen wir morgen zum Augustabad fahren?«, fuhr Fiona fort.

Nicht reagieren, sagte Tamara sich. Nicht reagieren!

»Am Augustabad trifft sich morgen jedenfalls die 10b«, sagte Fiona. »Hab ich auf dem Schulhof mitgekriegt. Kennst du eigentlich Jonas und Ben?«

Tamara sah vom Fenster weg. Die Sonne kam jetzt ins Zimmer und hüllte Fiona in einen Lichtmantel. Sie feilte hier und da noch etwas und hielt dann die Finger ausgestreckt vor ihre Augen. Was wollte Fiona bloß von ihr? Jedes andere Mädchen in der Klasse – außer natürlich Ann-Kathrin – hätte sich gefreut, ihre Freundin zu werden. Warum hängte Fiona sich ausgerechnet an sie?

Vor einer Woche war Schulanfangsparty gewesen. Alle siebten und achten Klassen hatten eine Disco im Schulklub gemacht. Tamara hatte mit Ann-Kathrin und Vanessa am Rand der Tanzfläche gestanden und die Tanzenden beobachtet, als Fiona sich zu ihnen stellte. Sie hätte zu ihrer alten Klasse gehen können, zu Jenny oder irgendeiner anderen, aber nein, sie kam zu ihnen. Sie fing an, über das Make-up, die Klamotten und Frisuren der anderen zu lästern und zu lachen. Vanessa hatte höflich zugehört und vorsichtig mitgelacht, anders als Tamara und Ann-Kathrin, die Fiona überhaupt nicht beachteten. Dann hatte Fiona Vanessa an die Bar geschickt, um Cola zu holen, und die war so überrumpelt von Fionas selbstverständlichem Befehlston gewesen und vielleicht auch davon, dass jemand wie Fiona überhaupt mit ihr redete, dass sie tatsächlich losging.

Als sie mit den Colas zurückkam und sie verteilte, hatte Fiona plötzlich einen Flachmann in der Hand gehabt und je einen Schluck Schnaps in die vier Colas geschüttet. Dann hatte sie reihum angestoßen und gerufen: »Eins, zwei, drei, Prostata!«

Ann-Kathrin hatte nur zögernd getrunken. Sie, Tamara, hatte kaum genippt. Vanessa hatte große Schlucke genommen. Fiona hatte dann noch mal nachgegossen, bevor sie den Flachmann wieder in ihrem Stiefel verschwinden ließ. Auf diese Weise war sie damit auch durch die Taschenkontrolle gekommen.

»Hey!« Fiona wedelte mit ihren frisch gefeilten Fingernägeln vor Tamaras Augen herum. »Erde an Tamara! Hast du gehört? Morgen wird's heiß!«

Tamara sah ein, dass sie nicht ewig schweigen konnte, auch wenn sie es gern getan hätte, und brummte: »Na toll, jetzt, wo die Ferien vorbei sind …«

Sofort, als Tamara gesprochen hatte, war Fiona wie elektrisiert.

»Bist du eigentlich sauer, dass du nicht bei der Planwagentour mit dabei warst? Das ist echt mies von den beiden gewesen, dich nicht hinzulassen, oder? – Ich war mit meiner Mutter auf Mallorca«, protzte sie. »Wir hatten die ganze Zeit Sonne. Und abends waren wir zusammen in der Disco. Stell dir mal vor!« Sie hatte sich Tamaras Kissen in den Rücken gestopft und sich wieder zurückgelehnt. Ob sie es wirklich bewusst tat, war Tamara nicht klar, aber Fiona beherrschte bestimmte Posen. So wie jetzt. Den Kopf gegen die Wand gestützt, das Kinn nach oben gereckt, während das lichtweiße Haar über ihre Schultern floss …

Fiona sah immer gut angezogen aus, aber irgendwie schien alles, was sie trug, einen Tick zu klein zu sein. Wie zufällig quoll hier und da etwas Busen oder Bauch zwischen den zarten Stoffen hervor.

»Dürfen die das eigentlich? Dir einfach die Reise verbieten?«

»Das dürfen doch alle Eltern, Miss Wunderblume«, brummte Tamara, aber der Stich hatte genau getroffen.

»Eltern schon, aber …« Fiona brach ab, als hätte sie sich zu weit vorgewagt. Doch ihre Blicke glitten flink über Tamaras Gesicht. Sah sie die haarfeinen Risse in Tamaras Lächeln?

Tamara sagte: »Da ist kein Unterschied.«

»Vermisst du sie eigentlich, deine Eltern?«

Nur dieser Satz, und in ihrem Innern ging eine Naht auf. So leicht, dass Tamara es allein am Schmerz merkte. Sie presste automatisch die Faust zwischen ihre Brüste, ließ sie dann schnell auf ihren Bauch rutschen, damit Fiona es ihr nicht ansah, und spürte dort den Brief von der Adoptionsbehörde, der immer noch klamm war.

»Ich kenne sie nicht mal, wie soll ich sie da vermissen«, sagte Tamara und wunderte sich über sich selbst.

***

Zwei nervige Stunden später lief Tamara durch den Garten in Richtung Gewächshäuser. Endlich konnte sie ihren Brief lesen! Sie eilte unter den Bäumen entlang, die das erste Mal seit Ewigkeiten nicht mehr tropften. Fiona war endlich weg, aber sie war erst gegangen, nachdem Tamara ihr versprochen hatte, morgen Nachmittag mit ihr zum Augustabad zu fahren. Bis dahin musste sie sich noch eine glaubhafte Ausrede einfallen lassen.

Die Abendsonne legte sich ordentlich ins Zeug, sie trank die Pfützen weg. Der Garten hatte seine graue Farbe abgelegt, die Büsche sahen grün aus und nicht mehr fahl. Tamara war vorsichtig darauf bedacht, den Schnecken auszuweichen, aber die schienen den Wetterumsturz bemerkt zu haben und hatten sich bereits in die schattigen Bereiche des Gartens zurückgezogen.

Als sie die Tür zum Gewächshaus öffnete, waberte ihr die feuchtwarme Luft entgegen. Sie ging in den gläsernen Raum hinein.

Kondenswasser rann von innen die Wände entlang. Die Sonne spiegelte sich in den Tropfen. Sie sehen aus wie Pailletten an einem Glaskleid, dachte Tamara und überlegte einen Augenblick, wie sich so ein Anblick wohl mit Instrumenten ausdrücken ließe. Mit Metall-Xylofon (nur die hohen Töne) und mit Triangel, dachte sie.

Die Luft war schwer zu atmen und fühlte sich tropisch an. Sie spürte, wie die Luftfeuchtigkeit sich auf ihre Arme legte. Die Tomatenpflanzen wuchsen rechts und links und bildeten in der Mitte einen Gang. Sie befanden sich in allen Wachstumsstadien. Es gab zahlreiche kleine, noch hellgrün und verletzlich, und es gab große mit dicken Stängeln, deren Blätter sich wie dunkle Fächer ausbreiteten und die sie im Vorübergehen mit den Fingerspitzen berührte. Manche blühten, andere setzten gerade Früchte an, wieder andere taten beides gleichzeitig. Tamara ging bis ganz nach hinten durch.

Dort standen die Lautsprecherboxen. Sie hatte Melissa Etheridge mitgenommen, schloss den alten Discman an, den Ellen früher benutzt und ihr geschenkt hatte, und drückte auf Start.

Is it so hard to satisfy your senses, brüllte Melissa aus den Boxen. Die Blattspitzen der Tomatenpflanzen zitterten. *You found out to love me you have to climb some fences.*

Ellen würde es in der Küche hören und sofort die Fenster schließen. Tamara zog den feuchtwarmen Brief unter ihrem Hemd hervor.

Liebe Tamara,
um die Identität deiner biologischen Eltern zu erfahren, musst du das sechzehnte Lebensjahr erreicht haben. In Anbetracht der besonderen Umstände, die du mir geschildert hast, bin ich aber zu dem Entschluss gekommen, eine Ausnahme zu machen.

Ich darf dir rein rechtlich den Namen deiner Eltern nicht nennen, aber vielleicht kann dir Kora Ronnfeld weiterhelfen. Sie wohnt in Schwäbisch Gmünd, Herlikofer Straße 19.

Viel Erfolg und herzliche Grüße,
Solveig Morbach

Tamara ließ den Brief sinken.

Schwäbisch Gmünd? Hieß das, das lag in Schwaben? Wo war eigentlich Schwaben? In Bayern? In Hessen? Oder in Baden-Württemberg? Auf jeden Fall irgendwo im Süden. Weit weg von Mecklenburg.

Scratching and crawling along the floor to touch you, schrie Melissa.

Ellen würde ihr das nie erlauben. Schon gar nicht, wenn sie wüsste, zu wem sie wollte. Aber sie musste ihre Mam kennenlernen. Vielleicht hatte sie sogar Geschwister?

Gestern Nacht hatte sie wieder geträumt. Sie hatte geträumt, ihre Mam wäre in das Haus nebenan eingezogen. Tamara hatte sie von ihrem Fenster aus beobachtet. Hatte beobachtet, wie sie Stühle und Kisten aus dem Möbelwagen heraustrug und ins Haus brachte, wie sie Vorhänge anbrachte und ihr von der anderen Straßenseite her zuwinkte.

Tamara war im Traum über die Straße gegangen. Unter einem fadenscheinigen Vorwand hatte sie geklingelt. Mehl. Sie wollte sich Mehl ausborgen. Nach einer Weile hatte sie Schritte gehört, dann war die Tür aufgegangen und die Frau hatte sie angelächelt. Tamara hatte ihr die Schüssel hingehalten und gesagt: »Unser Mehl ist alle.« Und da hatte die Frau die Brauen zusammengezogen, hilflos ausgesehen und etwas Unverständliches geantwortet. »Was?«, hatte Tamara gesagt.

»Ich kann dich nicht verstehen, Mam. Ich kann dich nicht verstehen ...«, aber da zuckte die Frau schon mit den Schultern und schloss ganz langsam die Tür ...

Tamara war aufgewacht, wie sie immer aus dieser Art Träume aufwachte: abrupt und nach Luft schnappend. Wieso, verdammt noch mal, konnte sie sich nicht richtig erinnern? Schließlich war sie schon vier gewesen, als ihre Mam sie zur Adoption freigegeben hatte. Es musste doch irgendetwas in ihrem Hirn geben, das zurückgeblieben war! Wie ihre Mam aussah, ob sie Geschwister hatte, und wenn ja, ob es ein Bruder oder eine Schwester war? Aber sie hatte keine Erinnerung! Sie hatte nur diese Wünsche, diese Sehnsucht, während das, was wirklich gewesen war, wie mit dem Messer von ihrer Erinnerung abgetrennt war.

Ellen hatte Tamara am Anfang gebeten, sie Mutti zu nennen. Aber das konnte sie nicht. Nicht mal mit vier Jahren. Das hatte nichts mit Ellen zu tun. Ellen war okay, wenn sie nicht gerade ihre Fiona-ist-supertoll-und-du-solltest-Orange-tragen-Phase hatte. Sie mochte Ellen sogar sehr gern. Aber sie war eben nicht ihre Mam.

Nur – Ellen verstand das nicht. Immer, wenn sie nach ihrer Mam gefragt hatte, war Ellen eingeschnappt. So als hätte Tamara sich über sie, Ellen, beklagt. Oder als würde Tamara ein Problem machen, wo eigentlich keins war. Aber das stimmte nicht. Es *gab* ein Problem. Doch weder sie noch Ellen waren schuld daran. Aber sobald sie fragte, ob Ellen oder Thomas etwas über ihre Mam wussten, ob sie ein Foto, einen Ring oder ein Buch von ihr hätten, sagte Ellen mit ihrer ausgedünnten Stimme: »Bist du denn unglücklich hier?«

Irgendwann hatte Tamara aufgehört zu fragen. Es machte Ellen traurig, und Tamara machte es ein schlechtes Gewissen, wenn Ellen traurig war. Traurig wegen ihr.

And just when it feels right you say you found someone to hold you, brüllte Melissa, *does she like I do?*

***

Nach dem Abendessen ging Tamara gleich in ihr Zimmer. Sie machte das Fenster auf. Die Abendluft strömte herein. Mild und weich.

Sie berührte den Brief von Solveig Morbach. Sie hatte ihn wieder unter ihr Hemd gesteckt. Nicht nur, um ihn vor neugierigen Blicken zu schützen, sondern auch, um ihn näher bei sich zu haben. Vielleicht sollte sie dieser Kora Ronnfeld schreiben. Oder versuchen, ihre Telefonnummer herauszufinden. Auf jeden Fall musste sie Kontakt zu ihr aufnehmen!

Mit der lauen Abendluft kam auch ein stetiges Brummen ins Zimmer. Auf den Feldern in der Ferne sah Tamara drei riesige, plumpe Gebilde, die je einen Lichtkreis vor sich herschoben, sich langsam über das Feld bewegten und Getreide fraßen. Sie waren von innen beleuchtet und sahen aus wie Raumschiffe, aber es waren Mähdrescher. Sie hatten am frühen Abend angefangen zu mähen. Der Nachmittag war regenfrei geblieben, es war sogar heiß gewesen, und die Pfützen waren abgetrocknet. Niemand wusste, wie lange dieses Glück anhalten würde und ob man dem Wetterbericht trauen konnte. Sie versuchten, von der Ernte zu retten, was zu retten war. Möglicherweise würden sie die ganze Nacht hindurch mähen, hatte Thomas beim Abendessen gesagt.

Ob die Mähdrescher jetzt eigentlich auch in Schwaben fuhren? Dort, wo Kora Ronnfeld lebte? Aus irgendeinem Grund mochte sie den Gedanken, dass das Brummen der Erntemaschinen sie beide vielleicht verband. Jetzt, in dieser Minute. Sie ließ das Fenster auf und legte sich ins Bett.

***

In dieser Nacht träumte sie, sie würde ihrer Mam hinterherreisen.

Im Traum war ihre Mam eine berühmte Musikerin, die von einem Auftritt zum nächsten tourte. Sie gab ein Konzert aus Geräuschen. Das Konzert hieß: *Der Garten.*

Es begann mit einem tiefen Brummlaut, der langsam in Regen überging. Das Orchester bildeten fünfzig Menschen, die den Regen flüsterten. Sie saßen im Orchestergraben und flüsterten. Flüsterten feinen, strömenden Regen, flüsterten etwas lauter, als die Tropfen dicker wurden, flüsterten hektischer, als der Regen sich verstärkte, begannen zu murmeln, als er zum Sturzbach wurde, und tippten zusätzlich mit den Fingern über die Mikros, als er als Platzregen herabkam. Tamara hörte, wie ihre Mam das Rauschen der Äste im Sturm vertont hatte: Das Orchester ließ Plastiktüten vor den Mikros knistern. Fünfzig raschelnde, zischelnde, kruschelnde Tüten – es war schon fast ein Orkan. Sie hörte das silbrige Seegras schwanken, als ihre Mam über den Rand eines Glases strich, bis es sang, hörte Vögel, Hasen, Rehe. Hörte Pilze, Gräser, Büsche. Hörte Donner, Wind und am Schluss wieder Regen. Regen aus fünfzig Mündern. Regen, der als Flüstern aus dem Orchestergraben in den Himmel aufstieg.

Als das Konzert zu Ende war, ging Tamara nach vorn und reihte sich in die Schlange der Wartenden ein, die eine CD mit Autogramm kaufen wollten. Sie ließ die nach ihr Kommenden vorgehen, um dann, wenn sie an der Reihe war, allein zu sein mit ihrer Mam. Endlich stand sie an dem Tisch. Und ihre Mam lächelte. Sie lächelte sie genauso an, wie sie jeden anderen Fremden angelächelt hatte. Tamara war so aufgeregt, dass ihre Hände schwitzten. Erkannte sie sie? Erkannte sie sie denn nicht?

»Für wen soll es denn sein?«, fragte ihre Mutter.

»Für Tamara.«

»Das ist ein schöner Name«, sagte sie und schrieb. Und noch während sie schrieb, begann sich ihre Hand vor Tamaras Augen aufzulösen, dann der Arm, und als sie den Blick hob, war die ganze Gestalt nur noch Dunst.

»Mam!«, schrie Tamara, aber da war nur noch der Tisch. Ihre Mam war weg.

Weg. Weg.

Samstag, 17. August

Der nä-hächste Halt ist Fra-hankfurt/Main Hauptbahnho-hof.

Es war vierzehn Uhr fünfundvierzig und seit Braunschweig litt der Lautsprecher unter Husten. Als Tamara um neun Uhr in Neustrelitz eingestiegen war, war er noch in Ordnung gewesen.

Dann schien er sich erkältet zu haben. Das war auch kein Wunder. Es war klapperkalt im Abteil.

Tamara fluchte. An alles Mögliche hatte sie in der Eile heute Morgen gedacht. An ihr Handy, an ihre Medikamente natürlich, an frische Socken und sogar an ein Handtuch. Aber sie hatte keine warme Jacke eingesteckt! Wer konnte auch wissen, dass die Bahn ihre Klimaanlage mitten im Sommer auf Frostschutz einstellen würde.

Draußen waren es mittlerweile mindestens dreißig Grad. Die

Leute trugen Shorts, und trotz der getönten Scheiben sah Tamara, wie blau der Himmel war. Knallblau. Die Sonne ein Glutblock. Aber das verdammte Zugfenster ließ sich nicht öffnen. Es hatte keine Griffe.

A-hausstieg in Fahrtrichtung … li-hinks.

Als der Zug langsamer wurde und durch das Bankenviertel von Frankfurt rollte, stand sie auf, machte Kniebeugen und hüpfte dann ein paar Mal. Sie war seit Fulda allein in dem Abteil mit den sechs Sitzen. Gott sei Dank, denn so konnte sie wenigstens auf der Stelle laufen und sich dabei mit den Händen auf die Oberarme schlagen, ohne dass jemand sie blöd ansah. Kurz spielte sie mit dem Gedanken, einfach in Frankfurt auszusteigen. Das ist natürlich Quatsch, versuchte sie sich zu motivieren. Nur noch eine halbe Stunde bis Mannheim, dann musste sie sowieso umsteigen. Der nächste Zug war dann hoffentlich nicht so ein Gefrierschrank auf Rädern! Wenn Ellen ahnen würde, dass sie gerade zum Eiszapfen mutierte, wäre sie jedenfalls außer sich.

Aber Ellen und Thomas wussten hoffentlich noch gar nicht, dass sie weg war. Sie waren Nachteulen. Sie gingen spät ins Bett und schliefen am Wochenende aus. Bis zehn, mindestens. Sie hatte einen Zettel hinterlassen, dass sie bei Fiona war. Sie wusste, dass allein der Name ausreichen würde, Ellen glücklich zu machen und jegliches Misstrauen einfach wegzufegen. Dies war das einzige Mal, dass Fiona ihr eine Hilfe war. Auch wenn sie nichts davon wusste.

Tamara hatte frühmorgens auf den Bus nach Neustrelitz gewartet. Nur eine alte Frau hatte noch dagestanden, die wahrscheinlich jemanden im Krankenhaus oder auf dem Friedhof besuchen wollte, denn sie hatte Blumen dabeigehabt. Tamara hatte schon dort, an der Haltestelle, gefroren und sich geärgert, dass sie ihre Jacke vergessen hatte, aber im Bus würde es wärmer sein, hatte sie gedacht, und im Zug sowieso. Um sich abzulenken, war sie ein bisschen neben dem Bushäuschen hin- und hergegangen. Sie war bis zum Apfelbaum gelaufen, der an einer Last winziger Früchte trug. Der Regen der letzten Wochen hatte etliche ins Gras und auf die Straße geschlagen. Die Wespen, die die ganzen langen Sommerwochen über gefehlt hatten, waren plötzlich wieder da. Hatten gesummt und gebrummt und sich in die Früchte hineingefressen. Auch die Grillen waren wieder da, und sie hatten nicht gezirpt, dachte sie, sondern gezischelt, geischelt, gekischelt. Tamara hatte dagestanden, auf der Wiese an der Bushaltestelle, die Hände um die Oberarme geschlungen, und unter dem Zischeln und Summen und dem entfernten Brummen der Autos war ihr der Traum von ihrer Mam, der berühmten Geräuschemusikerin, wieder eingefallen. Sie hatte gelauscht, wie man einem Konzert lauschte, hatte den Rucksack auf dem Rücken gespürt und sich leicht und glücklich gefühlt. Die Sonne war gestiegen, und in der Luft hatte schon eine Ahnung von der Hitze dieses Tages gelegen.

Da hatte sie noch nichts von diesem Zug gewusst, der offenbar fest entschlossen war, die Lebensumstände der Eisbären nachzuempfinden.

Aus Verzweiflung versuchte sie gerade, sich den Vorhang an der Schiebetür umzuwickeln, aber jetzt konnten die Leute, die draußen im Gang vorüberkamen, sie so sehen. Sie ließ den Vorhang wieder los. Da vibrierte das Handy in ihrer Gesäßtasche. Sie zog es hervor.

Fiona. Bloß nicht!

Sie wollte bestimmt fragen, ob sie jetzt zum Augustabad fahren würden. Tamara drückte sie weg. Gerade wollte sie das Handy wieder einstecken, da fiel ihr ein, dass Fiona jetzt garantiert Ellen und Thomas anrief, um zu erfahren, was los war. Hastig tippte sie eine Nachricht an Fiona: *Hi, sitze gerade beim Arzt. Blutuntersuchung. Spezialtermin. Kann noch ewig dauern, fahren morgen zum Augustabad, ja? Ich geb eine Runde aus. Sorry, Tamara.*

Sie hoffte, dass das reichte. Dass ihr die Krankheit mal etwas nützen würde, hätte sie nicht gedacht.

Als der Zug schließlich am Frankfurter Hauptbahnhof hielt, schob Tamara die Abteiltür auf und ließ sich mit den Aussteigenden bis zur Zugtür mittreiben. Eine Menge Leute stieg aus und eine Menge wieder ein, und ein Schwall heißer Luft drang durch die Tür in den Zug. *Heiße* Luft! Als endlich alle drin waren, stellte sie sich mitten in den offenen Einstieg, und die Sonne legte sich auf jeden Millimeter ihrer Haut, auf jeden Millimeter ihres Gesichts. Sie drang wie ein Steppenbrand durch die dünne Haut ihrer Lider direkt ins Gehirn. Tamara merkte richtig, wie ihr Hirn die Sonne einsaugte, sie wegsoff. Gelb. Dick. Süß. Heiß.

***

Es piepte ein paar Mal, dann schloss sich die Zugtür mit einem Knall und der Polarexpress setzte sich wieder in Bewegung. Sie ging zurück in ihr Abteil, das immer noch leer war. Dort zog sie ihr Handtuch aus dem Rucksack und wickelte sich darin ein. Die ganze Zeit hatte sie sich zu sehr geschämt, um zu dieser letzten aller Möglichkeiten zu greifen. Das Handtuch war einfach peinlich.

Es war rosa und zeigte ein riesiges Monchichi mit Kussmund. Herzen schwebten um seinen Kopf. Ellen hatte schon immer eine sehr konkrete Vorstellung davon, was Tamara gefallen sollte. Dabei hätte sie sich über ein Handtuch im Armylook wesentlich mehr gefreut! Aber diese Kälte hier erlaubte keine Scham mehr! Sie steckte das Tuch überall fest und rollte sich dann wie ein Igel auf dem Sitz zusammen, damit möglichst wenig von ihr hinausguckte.

Irgendwo draußen im Gang saß ein Musiker oder jemand, der sich dafür hielt. Jedenfalls hörte sie, wie Gitarrenklänge und eine verzweifelte Stimme bis zu ihr drangen. *Get out of my conscience!*, jammerte der Sänger. Er knödelte auf eine Weise, als würde er in Kürze sterben. Oder explodieren. *Get out of my brain!*

Ja, bitte, dachte sie, *get out there,* und die Kälte und die Müdigkeit drängten sie noch mehr zur Kugel zusammen, und dann musste sie tatsächlich eingeschlafen sein.

Sie träumte davon, auf einem Huskygespann durchs tief verschneite Alaska zu fahren, während hinter ihr am Horizont jemand knödelte. Doch langsam verlor sich die Stimme und nur das Hecheln der Hunde und das Gleiten des Schlittens im Schnee blieben. Sie fuhr zu ihrer Mutter, die dort im Schnee auf sie wartete und komponierte, indem sie gegen Eiszapfen schlug, während ringsumher der Himmel dröhnte.

Er dröhnte und dröhnte, und als er jäh damit aufhörte, riss das Gespann, die Hunde schnellten wie abgeschossene Pfeile davon, und sie stand da – in der Kälte, der Stille, ganz allein.

***

Tamara schlug die Augen auf. Der Zug stand. Augenblicklich war sie hellwach, fuhr hoch und rückte zum Fenster. Hatte sie Mannheim etwa verpasst?

Da war gar kein Bahnhof. Der Zug stand mitten auf der Strecke. Wiesen waren zu sehen. Dahinter Felder und Bäume. Gut. Sie sah auf ihre Armbanduhr. 15:07 Uhr. Sie hatte gerade mal zehn Minuten geschlafen. Um fünfzehn Uhr dreißig sollten sie in Mannheim ankommen. Wahrscheinlich sagte der Schaffner gleich durch, was los war.

Sie wartete. Nichts passierte. Der Zug stand. Die Stille drückte. Die Kälte hatte kleine Zähne. Sie konnte eigentlich auch noch ein bisschen auf dem Gang hin- und hergehen. Sich warm laufen. Sie stopfte das peinliche Badetuch zurück in den Rucksack, schnallte ihn um und zog die Abteiltür auf.

So ein stehender Zug wirkt unheimlich reglos, dachte sie, als sie mit schnellem Schritt an den anderen Abteilen vorüberlief, um ihr Blut in Bewegung zu bringen. Das erste Abteil war leer, das nächste auch, das dritte ebenso. So ein Zufall. Weiter. Sie wollte wenigstens bis zum Großraumwagen laufen und dann wieder zurück. Jetzt hüpfte sie ein bisschen. Langsam wurde ihr etwas wärmer. Als sie am Großraumwagen angekommen war und gerade wieder umdrehen wollte, fiel ihr Blick durch die Glastür. Sie blieb abrupt stehen.

Der Wagen war leer.

***

Sie hörte ihre Schritte auf dem Teppich, als sie den Wagen durchquerte. Das waren hundert Sitze. Mindestens. Und alle leer. Überall hingen Jacken, lagen Taschen. Wo waren denn die ganzen Leute? Etwa alle im Bordbistro? Gab's da etwas umsonst?

Ein Pfeil an der Wand zeigte, dass sie sich dem Bordbistro näherte. Eine Glastür glitt lautlos auf, ein Gang, dann wieder eine Glastür. Sie roch den Kaffee schon von Weitem. Aber kein Geräusch. Kein Gläserklirren, kein Murmeln, kein Lachen. Rein *gar nichts*. Nur ihr eigener Atem, ihre Schritte. Beides kam ihr zu laut vor.

Im Bordbistro war es totenstill. Auch der Tresen, hinter dem die Kaffeemaschine mit einem roten Blinken anzeigte, dass sie in Betrieb war, war verlassen. Unter dem Zapfhahn stand ein Glas Bier mit Schaum. Gläser trockneten auf einem Geschirrtuch. Daneben lag ein aufgeschlagenes Sudokuheft, darauf ein Kugelschreiber.

Hatte sie die Durchsage überhört und alle hatten den Zug verlassen?

Sie stürmte vom Bordbistro weiter durch den engen Gang und in die ebenfalls gähnend leere erste Klasse, bis sie endlich am Anfang des Zugs angekommen war und nicht mehr weiterkam. Eine Wand versperrte die Sicht auf die Lok.

Jemand hat sich vor den Zug geworfen, dachte sie. Unbegreiflich, dass sie die Durchsage überhört haben sollte, aber *das* war die einzige Erklärung. Der Zug war komplett leer. Er stand auf freier Strecke. Es konnte nur ein Unfall passiert sein. Die Passagiere waren weggebracht worden. Vielleicht mit Bussen. Zum nächsten Bahnhof. Nur sie hatte man vergessen.

Panisch rüttelte sie an der Zugtür. Sie musste raus! Die verdammte Tür ließ sich nicht öffnen, die Verriegelung war blockiert!

Sie hätte nie gedacht, dass sie das mal tun würde, aber sie riss an dem Hebel für die Notentriegelung. Dann drückte und schob sie wie wild an den Türgriffen herum und mit viel Kraft und Geruckel ließ die Tür sich aufschieben.

***

Sie stieg die drei Stufen hinab und sprang auf den Schotter. Sie sah nicht Richtung Lok, keinesfalls Richtung Lok! Sie sah auf die Wiese. Der Gedanke, dass sich jemand vor den Zug geworfen hatte und sie Blut oder gar Leichenteile erblicken könnte, machte sie ganz krank.

Ein paar Meter balancierte sie über den Schotter, dann spürte sie das weiche Gras unter den Sohlen. Sie würde sich nicht umdrehen. Nein, nein. Irgendwo beim Zug musste die Polizei sein, um Spuren zu sichern. Sie würden sie schon gleich entdecken und ansprechen.

Sie wartete.

Mit dem Rücken zum Zug blickte sie über die Wiese und dann auf den Waldrand, der sich scharfgezackt vom Horizont abhob. Ganz in der Ferne trieb Nebel, dick wie Rasierschaum, vom Waldrand her übers Feld.

Nichts passierte. Wahrscheinlich sahen sie sie nicht, weil sie auf der anderen Seite suchten. Ann-Kathrin, deren Vater Polizist war, hatte ihr mal erzählt, dass der menschliche Körper über eine längere Strecke mitgeschleift wurde, bevor der Zug zum Stehen kam. Die Polizisten mussten also ein größeres Areal absuchen. Noch immer drehte sie sich nicht um, aber sie hob die Arme, winkte und rief: »Haaallooo, ich bin hieeer! Hööört mich jemand?«

Totenstille.

Sie spürte, wie sie zu schwitzen anfing. Nach der Kälte im Zug kam es ihr vor, als wäre sie in eine Sauna gesteckt worden. Es war so heiß, als hätte jemand den Himmel in Brand gesetzt. Sie hob den Blick. Eine Wucht Blau. Das Blau wirkte nicht durchsichtig, nicht wie Luft, sondern hart. Wie Porzellan.

Nach weiteren fünf Minuten atmete sie tief durch, kniff die Augen zusammen, sodass sie nur durch einen winzigen, verschwommenen Spalt schaute, damit sie möglichst nichts Genaues erkannte, wenn da eine Leiche sein sollte, und – drehte sich schnell um. Obwohl ihre Sicht jetzt völlig verschliert war, sah sie eins genau: Da war keine Polizei am Zug. Sie riss die Augen todesmutig auf. Da war *niemand!*

***

Kurzentschlossen rannte sie direkt vor die Lok auf die Schienen und sah schaudernd aufs Metall – kein Blut, Gott sei Dank! – und dann schaute sie hoch, in die Lok.

Die Lok war leer.

Sie war ganz ruhig. Ihr Herz schlug nicht schneller, sie fühlte sich nicht nervös, obwohl sie allen Grund dafür hätte. Ihre Gedanken waren klar wie Fensterglas, und auch ihre Wahrnehmung erschien ihr irgendwie klarer, so als würde sie alles um sich herum wie durch eine Lupe sehen.

Sie schaute den ganzen Zug entlang, erst die eine Seite, dann die andere. Dann sah sie sich noch einmal um, sah über die leicht hügelige Landschaft, über die Wiese und das Feld dahinter, über den in der Ferne liegenden Waldrand. Den rasierschaumfetten Nebel.

Irgendwas war eigenartig. Obwohl diese Landschaft aussah wie aus einem Urlaubsprospekt, spürte sie, wie die Härchen in ihrem Nacken sich aufstellten. Und das lag nicht mehr an der Kälte.

Etwas stimmte nicht mit dieser Landschaft. Vielleicht war es diese Abwesenheit von Geräuschen.

Leblos. Das Wort war plötzlich da, sprang sie aus ihrem Kopf heraus an. Die Landschaft wirkte, als wäre alles, was Beine oder Flügel hatte, aus ihr geflüchtet. Und mit ihnen die Geräusche.

Es gab verschiedene Formen von Stille.

Es gab die zittrige Stille nach einer peinlichen Bemerkung, kurz bevor man losprustete. Es gab die von raschelnden Schatten umgebene Stille, wenn man nachts aufwachte. Es gab die brodelnde Stille nach einem Streit.

Und es gab eine Stille, die unversöhnlich war. Die sich wie eine flüssige Lawine über alles ergoss. Diese Stille hier war so.

***

Weit und breit kein Anzeichen dafür, dass panische Menschenmassen ausgestiegen waren. Dort, wo sie selbst aus dem Zug gestiegen und bis hierher gelaufen war, war das Gras niedergetreten. Aber sonst war die Rasenfläche unversehrt. Nirgends eine Fußspur außer ihrer! Was war passiert, während sie geschlafen hatte? Sie ging noch weiter rückwärts in die Wiese hinein, begann, sich um ihre eigene Achse zu drehen. Und dann rief sie. Sie schrie in alle Richtungen. »Haaaaaallooooo!« Die Landschaft schluckte ihre Stimme einfach. »Haaaaaaallooooooo? Ist hier irgendjemaaaaaaand?«

Und dann tat sie das Einzige, was ihr vernünftig vorkam: Sie ging auf den Schotter zurück. Zwischen die Schienen. Und lief einfach los. Irgendwann würden die Schienen sie nach Mannheim führen. Dort würde sie Hilfe bekommen. Und vor allem: erfahren, was passiert war!

Der Schotter bohrte sich hart in ihre dünnen Schuhsohlen. Aber das störte sie nicht. Im Gegenteil. Diese spitzen Steine an den Füßen zu spüren, gab ihr das Gefühl, dass zumindest noch irgendwas normal war: Steine sind eben hart.

Sie lief, während der Zug hinter ihr immer kleiner wurde. Während die Landschaft vor ihr in die Breite zu laufen schien wie grüner Brei. Während die Sonne auf Kopf und Schultern herunterknallte.

Wenn diese Sonne ein Geräusch wäre, dachte sie und schnallte den Rucksack noch etwas enger, dann wäre es ein heftiger Schlag auf ein Becken.

ALISSA

Samstag, 17. August, Mannheim

Morning has broooooken!

Die Blechstimme plärrte Alissa begeistert ins Ohr. Was? Was war los? Alissa schlug die Augen auf.

Like the first mohohooooor…, plärrte die Stimme sich gerade in Ekstase, da schnellte Alissas Hand unter der Decke hervor und erschlug den Wecker.

…ning!, quäkte er noch einmal beleidigt. Was für ein Nervteil. Ein Geschenk ihrer Eltern. Typisch. Sie wünschte sich einen stinknormalen Wecker und bekam eine singende Nervensäge. Hoffentlich war niemand wach geworden. Alissa lag mit offenen Augen im Bett und lauschte.

Nichts war zu hören. Weder aus dem Elternschlafzimmer noch aus Leons Zimmer. Ihr Blick ging zum Fenster. Es war noch dunkel. Kein Wunder – es war erst fünf Uhr. Aber es regnete nicht. Kein Tröpfeln, kein Rauschen, kein Geprassel gegen die Scheiben. Sie atmete auf. Gestern Abend hatte es doch tatsächlich noch mal angefangen zu regnen. Dabei war es tagsüber das erste Mal in diesem Sommer richtig schön gewesen. Hoffentlich war das der endgültig letzte Gruß von Petrus' schlechter Laune gewesen!

Sie glitt aus dem Bett und schlüpfte in ihre Sachen, die sie schon am Abend bereitgelegt hatte. Sie setzte sich an den Schreibtisch und schrieb eine kurze Nachricht. Dann schob sie die Zimmertür auf. Sie quietschte wie immer. Verdammt. Sie hielt den Atem an. Lauschte. Nichts.

Sie schlich durch den Korridor bis in die Küche, legte die Nachricht auf den Tisch, schlich dann ins Bad und ließ das Licht aus. Die Tür zum Zimmer ihres Bruders lag gleich gegenüber, und sie hatte ein Glasfenster, so wie auch die Badezimmertür und überhaupt alle Türen der Wohnung. Wozu brauchte eine Tür eigentlich ein Fenster? Sie musste endlich einen Vorhang bei sich anbringen. Mit achtzehn sollte ein bisschen Privatsphäre gestattet sein!

Sie hielt die Hände unter den Hahn und schaufelte sich das Wasser ins Gesicht. Schnappte nach Luft, weil es so kalt war. Wenigstens war sie jetzt wach. Die Zähne putzte sie, so leise sie konnte, und schlich dann wieder aus dem Bad in ihr Zimmer. Als sie sich ihr Handy und den Rucksack schnappte und gerade gehen wollte, ging das Licht in Leons Zimmer an.

Schnell zog sie ihre Tür wieder zu. Das Quietschen fuhr in die Stille wie eine Kreissäge ins Holz. Shit. Sie stand im Dunkeln und beobachtete durch das Fenster in der Tür, wie Leon aus seinem Zimmer kam. War ja klar, dass er genau dann aufs Klo musste, wenn sie verschwinden wollte. Der Blick auf die Uhr sagte, dass Göran und Samira in zehn Minuten unten sein würden.

Leon kam wieder aus dem Bad heraus, und gerade wollte sie aufatmen, da kam er direkt auf ihr Zimmer zu! Noch bevor sie irgendeinen Gedanken fassen konnte, stand er schon mittendrin. Rasch zog er die Tür hinter sich zu. Lautlos, dachte sie. Ohne Quietschen.

»Man muss sie ganz schnell aufreißen und zuziehen«, flüsterte er. »Wenn du es langsam machst, quietscht sie.«

Klugscheißer, dachte sie.

»Was willst du?«

»Das wollte ich *dich* fragen«, flüsterte er. »Willst du weg?«

»Nur kurz raus ... eine rauchen.« Schon in dem Moment, als sie es aussprach, merkte sie, wie schwachsinnig das klang.

»Um kurz nach fünf?« Und dann ging Leons Blick zum Boden, wo ihre Ausrüstung stand. »Mit Rucksack, Isomatte und ’nem Gaskocher?«

»Na und?«, fauchte sie.

»Du gehst campen«, sagte er langsam. Und leiser: »Cool ...«

Sie antwortete nicht. Sie sah wieder auf die Uhr und dachte kurz nach. In fünf Minuten würden Göran und Samira da sein. Bis dahin würde sie es nie schaffen, Leon davon zu überzeugen, wieder schlafen zu gehen. Sie würden diskutieren, ihre Eltern würden aufwachen und –

»Du bist die Seuche!«, flüsterte sie wütend. »Mach schon, zieh dich an, schnapp dir deinen Schlafsack und komm mit. Aber wenn du nicht in …«, sie sah wieder auf die Uhr, »… vier Minuten fertig bist, bleibst du hier.«

»Echt? Du nimmst mich mit?«

***

Leon brauchte nicht mal zwei Minuten. Kaum war er in seinem Zimmer verschwunden, stand er auch schon wieder vor ihr. Fertig angezogen, mit gepacktem Rucksack, seinem Schlafsack und sogar seinem Zelt in der Hand. Selbst seinen bescheuerten roten Hut hatte er auf.

Sie zog die Augenbrauen hoch. Warf ihm einen scharfen Blick zu. »Du warst vorbereitet!«, flüsterte sie.

Er sah sie schuldbewusst an. »Ich hab gestern gesehen, wie du den Gaskocher aus dem Keller gekramt hast.«

»Mann, musst du mir eigentlich ständig hinterherspionieren?«

»Tut mir leid.« Er ließ den Kopf hängen. »Bist du sauer?« Sauer? Sie hasste es, wenn er ihr auf Schritt und Tritt hinterherkroch, und er raffte es einfach nicht. Er klebte ihr am Pelz. Hielt ihr die Schere hin, noch bevor sie sich richtig darüber klar war, dass sie eine brauchte, holte ihr Milch, wenn sie sich einen Kaffee gemacht hatte. Und immer dieser Welpenblick. Er ging ihr tierisch auf die Nerven.

Sie schob ihn zur Seite, machte die Tür auf – sie quietschte – und ging wieder in die Küche. Leon folgte ihr wie ein Schatten. Genau das, dachte sie. Genau das meine ich.

»Schreib das um«, sagte sie nur und schob ihm den Zettel rüber.

Dann warf sie ihm den roten Filzstift aus dem Regal zu, den ihre Mutter für die Einkaufsliste benutzte. Sie zielte nicht und Leon konnte ihn gerade noch auffangen.

»Du bist *doch* sauer«, flüsterte er.

Sie zuckte nur mit den Schultern. Dann tippte sie auf ihre Uhr. Leon veränderte: *Bleibe**n** Samstag und Sonntag bei Samira, helfe**n** beim Swimmingpool-Saubermachen! Bis dann, Alissa* ***und Leon.***

Als er fertig war, hörte sie draußen auch schon das Moped heranknattern. Sie verließen die Wohnung durch die Tür zum Garten. Dort stand ihr Moped. Dummerweise stand dort auch der Pavillon ihres Vaters, es war sein Atelier. Wenn sie Pech hatten, hatte er gerade seine kreative Phase und fotografierte seine Suppenschüsseln. Als sie durch die Pforte in den Garten traten, warf sie einen prüfenden Blick hinüber zum Pavillon. War er drin?

Kein Licht drang von dort aus in die Dämmerung, aber das musste nichts heißen. Er konnte die Vorhänge zugezogen haben, damit das graue Morgenlicht nicht sein Kunstlicht störte.

»Er schläft«, sagte Leon.

Aber bei Künstlern war man nie sicher, wusste Alissa. Sie ging einen Schritt näher zum Pavillon. Nein, die Vorhänge waren aufgezogen, das Atelier war dunkel. Ihr Vater lag in seinem Bett.

»Okay«, sagte sie. »Wir können! – Mach hinter mir das Tor wieder zu.«

Als sie das Moped um die Ecke schob, sah Alissa Göran und Samira schon vor dem Haus stehen. Samira nahm gerade den Helm ab und schüttelte ihr Haar aus. Alissa sah kurz in den Himmel, der nicht mehr so grau verstopft war wie all die Tage zuvor. Er war offen und dunkel. Tief wie ein Brunnenschacht. Die Luft war klar. Es roch nicht nach Regen. Gott sei Dank.

»Was ist denn mit dir los?«, sagte Samira und lachte. »Hast du'n Furz gefrühstückt?«

Alissa wies nur mit dem Kinn in Richtung Hausecke, wo jetzt Leon auftauchte, und verdrehte die Augen.

»Oh«, sagte Samira grinsend. »Little Brother was watching you?«

»Was hast du denn in diesem riesigen Teil drin?«, fragte Leon und starrte auf Samiras Rucksack. »Wir bleiben doch bloß einen Tag.«

»Meine Schallplattensammlung«, sagte Samira.

Göran sagte: »Ich wusste gar nicht, dass du mitkommst, Leon.«

»Ich bis eben auch nicht«, murmelte Alissa und schob ihr Moped vom Ständer.

»Wo geht's eigentlich hin?«, fragte Leon, als er hinter Alissa aufsaß.

Alissa antwortete nicht. Sie hatte den Helm schon auf und tat so, als hätte sie nichts gehört.

»Lass dich überraschen«, rief Samira. »Es war Alissas Idee!«

***

Ja, es war ihre Idee gewesen.

Es hatte einfach zu lange geregnet. Nicht nur ein paar Tage. Nein, wochenlang nur Regen, Kälte und Matsch. Da wurde man irgendwann ganz hohl im Kopf. Dabei war Mannheim eigentlich total warm. Die wärmste Stadt in Deutschland. Nach Freiburg. Sagte man jedenfalls. Sie konnte das nicht beurteilen, sie wohnten jetzt erst das zweite Jahr hier.

Der letzte Sommer war tatsächlich heiß gewesen, doch der diesjährige war ins Wasser gefallen. Buchstäblich. Und mit ihm die Sommerferien. Dabei hatte sie so viel vorgehabt. Rad fahren mit Samira, paddeln, campen. Aber wer paddelte, campte oder fuhr schon gerne Rad bei strömendem Regen? Und gestern Abend hatte es endlich, endlich aufgehört! Knall auf Fall.

Der Stadtteil, durch den sie jetzt fuhren und in dem sie inzwischen fast zwei Jahre wohnten, hieß Vogelstang. Am Anfang hatte sie tatsächlich gedacht, sie würden ins Grüne ziehen. Sie kannte Mannheim ja nicht. Mannheim, das hatte fünf Stunden Richtung Westen gelegen. Sonst nichts. Sie hatte noch nicht einmal etwas von den *Quadraten* gewusst. Sie hatte sich Verkehr, Lärm, Geschäfte und Dreck vorgestellt. Und fremde Menschen. Und wenn sie ehrlich war: Genau das hatte sie gewollt. Verkehr, Lärm, Geschäfte und Dreck. Und fremde Menschen. Möglichst viele davon. Möglichst viele verschiedene. Bloß keine Ruhe. Bloß kein Tannwalde mehr, keinen Bäcker auf Rädern, der dreimal die Woche für zwei Stunden auf dem verwaisten Markt parkte, vor allem aber nicht mehr dieses Getuschel, wenn sie sich an der Schlange angestellt hatte, um wie alle anderen Pflaumenkuchen zu kaufen. *Ist sie das? ... Ja, und ihr Bruder ist ... In der Haut von denen möchte ich nicht ...* Die Blicke. Im besten Fall mitleidig. Im schlechtesten sensationslüstern. Im Normalfall: beides.

Sie hatte es nicht mehr ausgehalten. Das Angestarrtwerden, die triefenden Sätze, ihre Freunde, die sich plötzlich nicht mehr zu verhalten gewusst hatten. Die verlegen geguckt hatten, wenn sie vorgeschlagen hatte, tanzen zu gehen. Als ob sie das nicht mehr dürfte. Als ob es etwas Unanständiges war.

Mannheim Vogelstang – das hatte in ihren Ohren allerdings nicht nach Verkehr, Lärm, Geschäften und Dreck geklungen. Sie hatte schon den Wald vor sich gesehen, das Gras und eben: Vögel. Sie hatte den Bäckerwagen schon wieder klingeln hören. Ihr Gesicht musste vor Horror geglüht haben, denn ihre Eltern hatten hastig gesagt: »Es ist eine Plattenbausiedlung.«

Eine Plattenbausiedlung. Gut, warum nicht? Alles war besser als Tannwalde, das kleine Elbdorf, in das sie nie mehr zurückwollte. Es war sogar viel besser, weil es auch noch weit weg war. Weit weg von allen. Von ihren Verwandten, ihren Freunden, den ganzen Dorfbewohnern. Und Nina. Ja, auch von Nina. Sollte sie dort bleiben! Fünf Stunden weit weg von dem neuen Zuhause, von Mannheim.

Zwischen den Plattenbauten von Vogelstang gab es drei winzige Straßen, die aus der Reihe fielen. Dort standen Häuser, die nicht in die Höhe gingen, sondern sich flach am Boden ausstreckten, mit Gärten hinten dran. Diese drei Straßen mit ihrem Grün, den Kompostern neben den Büschen und den Katzen auf den Treppenstufen wirkten fremd, so als wären sie klammheimlich über Nacht von einem ganz anderen Ort dorthin gebracht worden.

In einer dieser Straßen stand das Haus, das ihre Eltern gekauft hatten. Amerikanischer Bungalow-Stil. Es stand im Gothaer Weg.

Es gab noch den Apoldaer Weg, die Magdeburger Straße, den Erfurter Weg und den Eberswalder Ring in Vogelstang. Alles Namen, die Alissa vertraut waren. Dass sie jetzt mitten im Westen wieder im Osten wohnten, war schon absurd.

* * *

Vogelstang lag im Norden der Stadt, die Reißinsel im Süden, in einem ausgedehnten Waldgebiet. Sie mussten einmal quer durch die Stadt. Alissa fuhr vorneweg, Göran folgte und Samira fuhr hinten. Sie war froh, dass Leon nicht versuchte, mit ihr zu reden. Nur wenige Menschen waren unterwegs. Logisch. Es war Samstag, kurz nach sechs. Da schliefen selbst die besonders frühen Jogger noch.

Als sie den Waldpark erreichten und die einsamen Wege entlangknatterten, hätte Alissa gern den Helm abgenommen. Die Sonne ging gerade auf. Sie tastete sich zwischen den Bäumen hervor, noch ganz dünn, leckte über die Borke, dann über die Blätterkronen. Selbst durch den Helm hindurch roch Alissa die Walderde. Weit vor ihnen flitzte ein Eichhörnchen über die Straße. Sein buschiger Schwanz wehte hinter ihm her und hinterließ einen leuchtend orangefarbenen Fleck in ihrem Hirn. Sie lächelte. Und dann passierte es wieder.

Es passierte immer. Jedes Mal, wenn sie etwas Schönes erlebte, musste sie prompt an Nina denken. Und im selben Moment verwandelte sich das Schöne. War plötzlich nicht mehr schön, sondern wie mit Schlamm überzogen. Nina. Shit. Was drängte sie sich dazwischen!

Alissa schüttelte den Kopf, um das Gesicht loszuwerden, bevor es wieder anfing, wie ein wütender, eingesperrter Vogel in ihrem Kopf herumzuschießen. Sie gab einfach Gas. Leon quiekte hinter ihr und klammerte sich fest. Ihre Muskeln versteiften sich sofort. *Fass mich nicht an!* Leon, der wohl merkte, was sie dachte, ließ auch gleich wieder los und versuchte, sich nur an ihrer Jacke festzuhalten. So, dass sie es kaum spürte. Es störte sie trotzdem. Es störte sie. Störte sie! Sie wäre so gern abgerückt. Ganz weit weg. Aber auf einem Moped war das nicht möglich. Sie spürte einen Druck im Magen, dabei hatte sie noch gar nichts gegessen. Dann fing ihr rechter Arm an zu kribbeln. Nicht darauf achten, sagte sie sich. Fahr einfach. Fahr!

Sie atmete jetzt durch den Mund.

Die Reißinsel war ein Naturschutzgebiet. Eingefasst vom Rhein und einem alten Rheinarm. Um einen Teil der Insel breitete sich der Park aus. Zweihundert Hektar Wald mitten in der Stadt. Angeblich gab es sogar echte Hirsche.

Als sie am Eingang der eingezäunten Insel ankamen, stand das hohe Gittertor weit offen, genau wie sie erwartet hatte. Sie fuhr direkt auf die Insel. Göran und Samira folgten. Es war verboten. Auf der gesamten Insel waren motorisierte Fahrzeuge verboten, aber sie wollten die Mopeds nicht draußen stehen lassen.

Sie hielten einige Meter weiter an und stiegen ab. Leon tauschte natürlich sofort den Helm gegen seinen roten Hut. Die Mopeds schoben sie hinter ein paar Büsche, damit man sie von draußen nicht sah. Alissa hatte die grüne Hülle der Hollywoodschaukel mitgebracht und deckte jetzt die Mopeds damit ab. Perfekt getarnt. Dann gingen sie zurück zum Gittertor. »Also … ich hab das hier dabei«, sagte sie, holte eine Papierrolle aus ihrem

Rucksack und zog sie auseinander. Es war ein Plakat, das sie gestern noch am Computer erstellt hatte.

»Teichrohrsänger? Gibt's die wirklich?«, fragte Samira.

Alissa nickte. »Sieht echt gut aus. Richtig offiziell«, sagte Göran anerkennend. »Vor allem mit dem Logo vom Naturschutzbund.«

»Hoffentlich ist es respekteinflößend genug«, sagte Alissa, als sie das Plakat mit Kabelbinder an den Gitterstäben befestigte. Leon war natürlich sofort zur Stelle und hielt das Plakat fest.

»Stimmt«, sagte Samira. »Wie will man sich auch als einsamer Robinson fühlen, während die halbe Stadt zwischen den Zelten herumspaziert, ihre Campingstühle aufstellt und die Picknickkörbe auspackt?«

Alissa zog jetzt das Tor zu und sah auf das Schloss. »Ach, blöd«, sagte sie, »wir hätten irgendwas zum Zusperren mitbringen sollen. Ein paar Neugierige gibt es immer.«

»Ich hoffe, das hier reicht«, sagte Samira, öffnete ihren gigantischen Rucksack und zog etwas heraus, was seinen Umfang erklärte.

Es war eine Kette. Aber nicht irgendeine, nein. Es war ein richtig schweres Eisenteil mit dicken Kettengliedern. Das Ding nahm kein Ende.

»Krass. Wo hast du *das* denn her?«, fragte Leon. Und nach einer Weile: »Sag mal, wie lang ist das Teil eigentlich?«

»Zwanzig Meter«, sagte Samira, die immer noch nicht beim Ende angelangt war. »Hab ich aus der Werkstatt meines Vaters geklaut. Was Handlicheres gab's da mal wieder nicht.«

»Zwanzig Meter! Wahnsinn! Damit können wir das Tor ja gleich dreimal *komplett* umwickeln«, sagte Leon.

»Na ja, Hauptsache, es hält uns die Störenfriede vom Leib, oder? – Hilf mal!«

Gemeinsam zogen sie die Kette durch die Stäbe und wickelten und fädelten und fädelten und wickelten, bis ein riesiger Kettenklumpen vor der Klinke hing.

»Ist das nicht ein bisschen auffällig?«, fragte Leon skeptisch, als sie fertig waren. »Ich meine, das sieht jetzt so aus, als gäb's hier etwas zu verheimlichen.«

»Na ja, stimmt doch auch. Wir sind das Geheimnis!«, sagte Samira und grinste Leon an. Alissa konnte es nicht ändern – sie mochte es nicht, dass Samira ihren Bruder anlächelte. »So – und zum Abschließen gibt's das hier!«, sagte Samira und zog erst ein kolossales Schloss aus ihrem Rucksack, dann ein Monster von Schlüssel.

»Wow«, sagte Leon beeindruckt. »Hat dein Vater nur solche Prachtexemplare in seiner Werkstatt?«

»Nicht nur in der Werkstatt«, sagte Göran. »Auch in der Wohnung! Du solltest den Kühlschrank sehen! Damit könntest du halb Mannheim versorgen.«

»Halt mal die Enden, du Spinner«, sagte Samira.

»Und die Badewanne! Die ist so groß wie das Saarland«, sagte Göran, während er die Enden der Kette zusammenhielt, die Samira sorgsam verschloss. Den Schlüssel ließ sie zurück in den Rucksack gleiten, der jetzt ganz schlaff war.

Alissa trat noch einmal an das Tor und wackelte daran. Keine Chance. Die Kette saß bombenfest. Hier kam keiner mehr rein.

»Na dann«, sagte sie. »Willkommen in der Wildnis! Lasst uns

einen schönen Platz für die Zelte suchen.« Sie atmete die Luft tief ein und versuchte, sich zu freuen, indem sie nur an das dachte, was vor ihr lag: ein Wochenende mit ihren Freunden. Und, na ja, mit Leon.

***

In den Frühjahrsmonaten, wenn das Tor der Reißinsel wegen der brütenden Vögel tatsächlich versperrt war, holte sich die Natur alles zurück. Efeu überwucherte dann den von Menschenfüßen getrampelten Rundweg, Gräser wuchsen die Holzbänke empor. Moos kroch über die Sitzflächen und Lehnen. Die Papierkörbe verschwanden in einem schwankenden Wald aus Disteln. Im Unterholz nisteten Vögel und im flachen Wasser am Ufer laichten Frösche. Der Wind riss Äste von den Bäumen, fegte sie übers Land und tilgte alle von Menschenhand gemachte Ordnung. Die viermonatige Auszeit – das wusste Alissa, weil sie im letzten Jahr gleich am ersten Tag nach der Öffnung hier gewesen war – machte die Insel wild und störrisch und wunderschön.

Wenn im Juli das Tor wieder geöffnet wurde, veränderte sich alles. Die Mannheimer joggten den Rundweg entlang, sie saßen mit ihren Picknickkörben auf den Bänken, sie schoben das Gestrüpp aus dem Weg. Doch in diesem Jahr war alles anders. Das Grünzeug stand noch immer kniehoch, von einem Trampelpfad war nichts zu sehen.

»Ich hab das Gefühl, hier war überhaupt noch niemand«, sagte Alissa nach einem langen, sorgfältigen Blick über die Landschaft. »Obwohl die Vogelschutzzeit längst vorbei ist.«

»Logisch, dass hier keiner war. Hättest *du* Lust, auf einer klatschnassen Wiese zu picknicken?«, fragte Samira. »Bloß gut, dass wir das Tor abgesperrt haben. Heute ist der erste schöne Tag seit … äh … Monaten? Wenn es offen wäre, wäre hier in drei Stunden die Hölle los!«

Als sie durch das hohe Gras der Streuobstwiese staksten,

fühlte sich Alissa wie an einem noch unentdeckten, fremden Ort. Mannheim schien plötzlich ganz weit weg. Die Stadt, das merkte sie jetzt, war in dem Moment von ihr abgefallen, als sie die Insel betreten hatte. Ein Geräusch zog ihren Blick nach oben. Ein Dreieck aus Zugvögeln kreuzte den Himmel. Ihre kurzen Orientierungsschreie durchschnitten die Luft. Sie wusste, dass sie das Ende des Sommers ankündigten. Das Ende eines Sommers, der noch nicht einmal begonnen hatte …

»Hier«, sagte sie. Sie befanden sich auf einer Lichtung zwischen lauter Apfelbäumen. »Hier ist es perfekt!« Sie stellte ihr Gepäck ab.

»Wenn du willst, bau ich dein Zelt mit auf, Alissa«, sagte Leon sofort.

»Lass mich einfach in Ruhe, ja?«

»Okay, ihr baut die Zelte auf – ich koche einen Kaffee«, sagte Samira.

»Und danach erkunden wir die Insel«, sagte Göran.

»Gibt's zufällig auch Tee?«, fragte Leon und suchte den Boden nach Steinen ab, bevor er sein Igluzelt ausrollte.

»Klar«, rief Samira ihm zu. »Pflück dir was.«

»Davon hab ich keine Ahnung«, sagte Leon. »Da kennt sich nur Alissa aus.« Er schaute zu ihr rüber.

Alissa sah auf die Wiese. Ein einziger schneller Blick verriet ihr, dass hier Schafgarbe, Kamille und Johanniskraut wuchsen. Alles Kräuter, aus denen sich Tee machen ließ. Aber sie sagte nichts.

»Ich nehme dann auch Kaffee«, sagte Leon. »Sag mal, Samira, wie groß sind eigentlich die Kaffeetassen bei euch zu Hause?«

***

Nach dem Morgenkaffee zogen sie los.

Sie wollten den Rundweg suchen. Nach einer Weile fanden sie ihn auch. Oder das, was sie dafür hielten, denn ein Weg war das eigentlich nicht. Zum ersten Mal sah Alissa die Redewendung *Über alles wächst Gras* mit anderen Augen.

»Ich hätte bessere Schuhe mitnehmen sollen«, sagte Samira, als sie den mit Brombeerranken überdeckten Pfad betraten.

»Da reißt man sich ja Löcher in die Socken! – Wenigstens du hast das Richtige mitgenommen«, sagte sie zu Leon.

Der verglich seine Turnschuhe mit Görans festen Wanderstiefeln. »Doch nicht die Schuhe«, sagte Samira. »Der Hut! Damit kannst du im Wald nicht verloren gehen.«

»Rotkäppchen wäre echt neidisch!«, feixte Göran.

Alissa sah, wie Leon rot wurde und seinen Hut noch ein bisschen tiefer ins Gesicht zog. Er hatte seine Kamera um den Hals gehängt und fummelte daran herum. Aus irgendeinem Grund nervte Alissa gerade alles, was er machte. Das Ziehen am Hut, das Gefummel an der Kamera.

Diese Kamera hatte er von Nina zu Weihnachten bekommen. Leon hatte sich schon, seit er sieben war, eine gewünscht, aber ihr Vater war der Meinung gewesen, dass man mindestens zwölf sein musste, bevor man so ein wertvolles Gerät bekommen sollte. Nina war anderer Meinung gewesen und hatte ihm einfach eine gekauft. Seitdem waren Leon und seine Kamera wie verheiratet.

Nina, Nina – wieso dachte sie ständig an Nina! Sie bückte sich nach einem Stock, hob ihn auf und schlug leicht damit übers Gras, schlug den Pusteblumen die Schirmchen ab, dann die Köpfe.

Der Rundweg war fünf Kilometer lang. Bevor er in den Wald führte, schlängelte er sich am Ufer entlang. Dort lief es sich noch ganz gut. Nur manchmal versperrten Steine und Schwemmholz den Weg und sie mussten ausweichen. Samira und Göran liefen Hand in Hand. Die beiden waren zusammen, seit sie vierzehn waren, jetzt vier Jahre. Sie wirkten aber nicht wie ein Vier-Jahre-Paar, sondern wie frisch verliebt. Sie ließen sich nicht mal los, wenn sie über einen Baumstamm klettern mussten. Leon fotografierte irgendwelche angeschwemmten Sachen am Strand.

Der Sand war nicht fein und hell, wie Alissa ihn aus dem letzten Jahr in Erinnerung hatte. Der Sand war einfach gar nicht mehr da. Er war begraben unter einer grünlichen Schlickschicht. Alissa ließ sich zurückfallen, Leon schloss zu Samira und Göran auf und die drei verschwanden hinter den herabhängenden Zweigen einer Trauerweide. Sie folgten dem Pfad, der jetzt vom Ufer weg Richtung Wald führte.

Alissa watete noch ein bisschen durch den Schlick. Zog eine Spur hinein. Riss ihn auf, wie ein Schiff das Wasser aufreißt. Schlick. Er bedeckte nicht nur den Ufersand, sondern auch die herabgefallenen Äste, die Steine am Rand, er schob sich die Stämme der Bäume empor, die dicht am Wasser standen. Kein Wunder, dass Leon das fotografierenswert fand. Es sah ... bizarr aus. Wie eine grüne Krankheit, die an allem hochkroch. Als sie sich bückte und den Schlick mit den Fingern berührte, war er feucht, leicht schleimig. Aber das würde nicht so bleiben, wusste sie. Die Sonne holte bereits Atem. Sie stieg und mit jeder Minute wurde sie wärmer und kräftiger. Sie saugte nicht nur den Tau von der Wiese, sondern würde nach und nach auch die Feuchtigkeit aus dieser Schlickschicht saugen. Bis der Strand, die Steine, die Äste und die Unterseite der Stämme nicht mehr schleimig-grün wären, sondern nur noch grün. Das Grün wäre trocken, staubig, und es würde sich langsam mit Rissen überziehen. Und irgendwann könnte man es mit einer Handbewegung abwischen. Es würde hochstauben und wäre – weg.

Ob Erinnerungen auch so funktionierten? Waren sie erst feucht und lebendig, um dann eines Tages auszutrocknen, sodass man sie einfach wegwischen konnte? Nina einfach wegwischen? Ihre Hand zuckte an ihren Hals, zu ihrer Kette, berührte sie kurz. Vergewisserte sich, dass der Anhänger unter ihrem T-Shirt verborgen war.

***

Sie hörte Samira lachen. Die anderen waren schon weit vorgelaufen. Nur noch einen Moment, dachte sie. Den Strand anschauen. All das Angeschwemmte. Das Schlickgrün. Atmen.

In den Ästen eines Baums am Ufer hingen Algen, braun und tot. Wieso hingen da Algen? Algen gehörten ins Wasser. Sie flogen nicht durch die Luft, um in Bäumen hängen zu bleiben! Alissa ging einen Schritt auf den Baum zu, dann noch einen, sie wollte sich das ansehen, da hörte sie auf einmal ein komisches Geräusch hinter dem Stamm, eine Art Zischen. Als würde jemand Luft aus einem Reifen lassen.

Und dann ging alles ganz schnell. Sie hörte ein Platschen und Klatschen, dann stürzte ein Monster hervor.

Ein gigantischer Schwan!

Im ersten Moment tat sie gar nichts. Sie stand da wie schockgefroren und starrte ihm entgegen. In Schreckmomenten scheint die Zeit sich zu dehnen. Sekunden fühlen sich wie Minuten oder gar Stunden an. Der Moment zwischen dem Aufstören des Schwans und ihrer Flucht war sicher nur eine Sekunde lang, aber was sie in dieser Sekunde alles fühlte, dachte und wahrnahm, passte normalerweise nur in mehrere Minuten: dass der Schwan, der doch im Wasser eins der elegantesten und schönsten Tiere war, sagenhaft hässliche, schwarze Füße hatte. Füße, auf denen er entsetzlich plump herangerannt kam. Dass sein Hals irgendwie aufgepumpt wirkte. Dass er den Kopf nach vorn gestreckt hatte und ihn immer wieder hervorzucken ließ wie einen Dolch. Dass sich in dem aufgerissenen Schnabel eine richtige Zunge bewegte. Und dass er fauchte! Dass sie irgendwo einmal gelesen hatte, dass diese im Wasser sanftmütig wirkenden Tiere äußerst gefährlich werden konnten, wenn man ihren Zorn geweckt hatte. Und dieser Schwan hier *war* zornig. Er musste am Strand hinter dem Baum gedöst haben, bevor sie ihn versehentlich aufgeschreckt hatte. Zornige Schwäne, auch das hatte sie gelesen, konnten einem Menschen mit Leichtigkeit einen Arm brechen. Und dann verschob sich etwas in ihrem Hirn. Der Schwan und ein Mädchengesicht, an das sie nicht mehr denken wollte, gingen ineinander über, wurden eins, und plötzlich war es kein Schwan mehr, der auf sie zustürzte, sondern Nina!

All dies dachte sie in der einen Sekunde, in der die Schreckstarre sie festhielt, ein Prasselregen an Gedanken, Wahrnehmungen und Schlussfolgerungen, und dann durchbrach ein biologisches Überlebenssignal den Moment, und Alissa drehte sich um und stürzte davon.

Sie rannte vom Strand fort auf die Wiese, doch der Schwan mit Ninas Gesicht folgte ihr und er war schnell. Verdammt schnell. Sie hörte ihn ganz nah hinter sich fauchen und mobilisierte ihre Kräfte.

Weil sie nicht wusste, wie dicht er schon hinter ihr war, drehte sie sich um und verlor auf diese Weise wieder an Vorsprung. Sie fluchte. Aber sie machte dadurch auch die Entdeckung, dass er zwar auf freier Strecke schnell laufen konnte, mit Ästen und anderen Hindernissen im Weg jedoch Schwierigkeiten hatte. Und so machte sie endlich einen Bogen und rannte Richtung Wald.

Zum ersten Mal seit ihrer Ankunft war sie froh über die vom Sturm umgerissenen Bäume und über das Gestrüpp, das den Pfad überdeckte. Sie sprang über die Hürden, flüchtete tiefer und tiefer in den Bannwald hinein, merkte, dass die Vegetation sich immer dichter um sie schloss, dass es mit jedem Schritt dämmriger um sie her wurde, weil die Baumkronen den Himmel verdeckten, merkte aber auch, dass der Abstand zwischen ihr und dem Killerschwan größer wurde. Als sie schon fünfzig Meter in den Wald hineingelaufen war, drehte sie sich endlich um und sah zurück. Der Schwan stand am Waldrand vor einem umgestürzten Baum und sah ihr hinterher. Er hatte aufgegeben. Sie hatte Nina abgehängt. Vorerst.

Alissa atmete auf. Sie lief jetzt etwas langsamer. Versuchte, sich zu orientieren, lauschte. Nach einer Weile hörte sie das hicksende Lachen von Samira weit vor sich. Gut. Wenigstens hatte sie nicht aus Panik den falschen Weg eingeschlagen.

Sie betrachtete die Bäume ringsumher. Dachte: *Ulmen.* Sie wusste nicht, wie Ulmen aussahen, was sie unbedingt ändern würde, wenn sie zurück waren, aber der Name hatte einen so eigentümlichen, düsteren, uralten Klang, dass die Bäume links und rechts einfach Ulmen sein mussten.

Die drei waren ein ganzes Stück voraus. Nach zwei, drei Biegungen sah sie wenigstens schon Leons bescheuerten Hut zwischen wolkigem Gestrüpp und hellgrünen Farnen auftauchen, rot wie eine Leuchtboje.

Als sie noch näher herankam, sah sie, wie Leon die beiden fotografierte. Samira und Göran posierten, wobei Göran seine Freundin hielt, als würde sie beim Tanzen nach hinten kippen. Samira hatte ein Bein in die Luft gereckt und ihre Hand wies mit elegant gestreckten Fingern auf den Boden. Dann lachten alle drei und gingen weiter. Alissa beschleunigte ihren Schritt. Dort, wo Leon lief, sollte sie sein! Er hatte ihren Platz eingenommen. Dass das nicht ganz stimmte, weil sie freiwillig am Strand zurückgeblieben war, war ihr egal. Sie riss sich von den Ranken los, die sich in ihrer Jacke festgehakt hatten, und rupfte im Gehen ein paar Kletten vom Ärmel. Der Pfad war nicht nur von allen Seiten zugewachsen und glich eher einer grünen Röhre als einem Weg – diese Röhre lebte auch noch! Überall kroch, flatterte oder wischte etwas über den Weg, flüchtete ins Unterholz oder brach daraus hervor. Endlich erreichte sie die anderen.

»He!«, rief sie. »Wartet mal!«

Die drei drehten sich um.

»Mann, du siehst aus, als hättest du 'n Geist gesehen!«, sagte Samira.

»Nur einen Schwan«, sagte Alissa, schob sich an Samiras Seite und drängte Leon weg.

***

Am Ende des Rundwegs landeten sie wieder beim Ufer. Alissa reckte rechtzeitig den Hals und versuchte, das Ufer zu überblicken. Sie hatte keine Lust, doch noch von dem Schwan zu Hackfleisch gemacht zu werden.

»Wartet!«, sagte Göran, der Alissa beobachtet hatte, und ging vor, bewaffnet mit einem starken Ast.

»Herzliche Grüße nach Neandertal!«, rief Samira ihm nach.

»Entwarnung!«, brüllte er ihnen nach einer Weile vom Strand her zu.

Alissa hatte den Schwan längst gesehen: weit draußen im Wasser, wo er aufrecht und schön dahintrieb wie eine in Tiergestalt verwandelte Wolke. Aber sie wusste, dass die Wolke sich von einer Sekunde auf die andere in einen giftschäumenden Albtraum verwandeln konnte.

Sie setzten sich auf die blankgewaschenen Stämme von zwei umgestürzten Bäumen.

»Wie kommen die Algen an die Äste da?«, fragte Alissa nach einer Weile. Sie wies auf die Bäume am Ufer. Die Algen wehten an den Ästen wie braunes Lametta.

»Von so Naturzeugs hab ich keine Ahnung«, sagte Göran.

»Ich hab Bio abgewählt.«

»Vielleicht tragen die Vögel sie dahin?«, schlug Samira vor.

»Ja klar«, sagte Göran. »Von ihrem Winterquartier aus Afrika.« Er stieß Samira spielerisch in die Seite und feixte.

Leon und Alissa sahen sich an und schwiegen.

Auf dem Wasser schwammen Wasserlinsen wie dünne, grüne Tücher. Wo keine Linsen waren, war das Wasser dunkel und still. Man konnte nicht auf den Grund sehen. Eine Libelle mit blaugeäderten, durchsichtigen Flügeln blieb wenige Zentimeter vor Alissas Gesicht reglos in der Luft stehen.

Alissa atmete nicht. Dann flog die Libelle weiter, und sie holte wieder Luft und stellte sich vor, jemand anderes zu sein, nicht mehr sie. Der Gedanke machte sie so leicht. Leicht wie Glück. Plötzlich kreischte es über ihnen, ein Möwenschrei, und der

Schatten eines Mädchengesichts strich über den Sand, fiel ins Wasser und ging nicht unter. Alissas Lächeln erstarb.

Mücken summten in Wolken um sie herum, stachen aber nicht. Nur die Weibchen stachen. Sie brauchten ein bestimmtes Enzym aus dem Blut für ihre Eier, hatte Alissa mal gelesen. Seit sie das wusste, fiel es ihr schwer, eine Mücke einfach zu erschlagen. Sie stach schließlich nicht aus Blutgier, sondern weil sie schwanger war.

Im Gebüsch tschilpte ein Zilpzalp. Sie sah ihn nicht, doch sein Gesang war alles andere als unscheinbar. Eigentlich war es kein richtiger Gesang, sondern ein einziger lang gezogener, schriller Ton, den der Vogel in kurzen Abständen unterbrach, um dann wieder anzusetzen. Die Vögel in der Stadt waren viel leiser. Als würden sie nicht auffallen wollen. Dabei stimmte das gar nicht, wusste sie. Sie waren genauso laut, nur wurden sie überdeckt von anderen Geräuschen, Stadtgeräuschen.

Es waren nur fünf Minuten mit dem Moped von hier bis zum Menschengewühle. Nur fünf lausige Minuten! Und hier auf der Insel war nichts davon zu hören. Hier schrien die Zilpzalps so laut, dass man sie auch als Alarmanlage einsetzen könnte, und in den winzigen Pausen, die sie brauchten, um Luft zu holen, hörte man das leise Gluckern im Wasser, wenn ein Karpfen von ganz unten an die Oberfläche kam und mit einer schnellen Wendung wieder abtauchte.

»Hier sollten wir heute Abend sitzen!«, sagte Samira. »Der Platz ist einfach perfekt. Wir können zusehen, wie die Sonne untergeht. – Hat jemand Musik dabei?«

»Ich hab meine Mundharmonika mit«, sagte Göran.

»Ich meinte Musik, Süßer, nicht Ruhestörung«, sagte Samira, kniff Göran in den Hintern und lachte.

»Vielleicht können wir ja ein Lagerfeuer machen, ganz ohne Musik«, schlug Alissa vor.

»Ich sammle schon mal Holz!«, rief Leon sofort.

»Ich hab jetzt tierischen Knast«, sagte Göran zu Samira.

»Kochst du was Leckeres?«

»Iss Äpfel«, sagte Samira nur, streckte sich auf dem weißgespülten Stamm aus, und das T-Shirt rutschte dabei ein Stück hoch und gab ein paar dunkelbraune Zentimeter Haut und ihren Bauchnabel frei. »Die ganze Wiese liegt voll davon.«

»Ihr seid so grausam, meine Königin«, sagte Göran und beugte sich vor, um Samiras Bauchnabel zu küssen.

Samira stieß ihn weg. »Keine Unzucht vor dem Kinde, Mylord«, sagte sie.

»Meint ihr mich? Ihr meint doch nicht mich, oder?«, fragte Leon empört. Er schob seinen Hut höher. »Ich bin zwölf, keine fünf. Das mit den Bienen und den Blumen hab ich schon mal gehört.«

»Na dann«, sagte Göran und beugte sich wieder über Samiras Bauch. Sie prustete laut los.

Die Grillen zirpten. Angeblich machten sie das nicht mit ihren Mundwerkzeugen, sondern mit den Beinen. Sie rieben sie aneinander, bis dieser Zirpton entstand. Damit lockten sie Weibchen an. Merkwürdige Methode, dachte Alissa.

»Ich mach dann mal Spaghetti«, sagte sie und stand auf. »Ihr könnt ja noch hierbleiben. Dauert bestimmt 'ne Weile, bis die auf dem Kocher gar sind.«

»Ich helfe dir.« Leon.

Warum lässt er mich nicht in Ruhe?

***

Alissas Kopf zuckte hoch. Was war das? Etwas hatte sie geweckt. Die Wiese, die Zelte. Der Wald dahinter, friedlich im Nachmittagslicht. Alles sah genauso aus wie vorhin, als sie sich für einen Mittagsschlaf hingelegt hatte, als Göran und Samira zum Abwaschen an den Fluss gegangen waren und Leon zum Holzsammeln im Wald verschwunden war. Als sie selbst die Decke auf der Wiese ausgebreitet und sich in die Sonne gelegt hatte. Schließlich war sie es, die für alle gekocht hatte. Da war eine Pause mehr als verdient.

Wie lange war das her? Zehn Minuten? Eine halbe Stunde?

Sie schaute auf ihre Armbanduhr und stöhnte ärgerlich auf. Die Uhr war stehen geblieben. Murphys Gesetz, dachte sie. Kaum war man mitten in der Walachei und kein Laden in Sicht, beschlossen die Batterien, die sonst nie rumzickten, dass genau jetzt der Zeitpunkt gekommen war, den Geist aufzugeben. Und ihr Handy lag im Zelt, dreißig Meter entfernt. Die Uhr zeigte 15:07 an. Kurz vorher war sie eingeschlafen.

Sie streckte sich und versuchte, die Taubheit aus ihrem Kopf zu atmen. In der prallen Sonne einzuschlafen, war gefährlich. Aber es war so verführerisch gewesen. Vor allem, weil es in diesem Jahr noch nicht einen Tag lang sonnig gewesen war. Sie hatte etwas geträumt. Aber was? Die Algen kamen ihr plötzlich in den Kopf. Die Algen, die am Strand in den Baumkronen hingen. Sie hatte im Traum gewusst, wie sie da hingekommen waren. Jetzt war natürlich wieder alles weg.

So verpennt, wie sie sich fühlte, hatte sie mindestens zwei Stunden geschlafen. Sie hasste das. Warum waren die anderen nicht gekommen, um sie zu wecken?

Leon hatte die beneidenswerte Fähigkeit, sich hinzulegen, sofort einzuschlafen und nach zehn Minuten wieder aufzuwachen. Ausgeruht und hellwach wie ein junger Hund. Sie konnte das nicht.

Wenn sie sich mittags mal hinlegte, schlief sie meist gar nicht erst ein, aber *wenn* es ihr doch gelang, dann war es so, als hätte jemand sie niedergeschlagen. Sie schlief dann stundenlang und kam nur mühsam wieder an die Oberfläche zurück. Mehr eine Bewusstlosigkeit als gesunder Schlaf.

Wo waren die anderen überhaupt? Abwaschen dauerte schließlich keine zwei Stunden. Holz sammeln eigentlich auch nicht. Vielleicht sonnten sie sich am Strand? Badeten?

Die Blätter im Apfelbaum über ihr raschelten. Sonnenflecken

spielten auf dem Gras. In der Luft lag ein leichter Geruch nach Heu und etwas Sumpfigem. Guter Geruch, dachte sie, Sommergeruch. Endlich. Trotzdem schlug das Herz eigenartig hart in ihrer Brust. Sie setzte sich auf. Sah wieder hin und her. Ihre Hand tastete nach der Kette um ihren Hals, ertastete den Anhänger unter dem Shirt. Sie drückte auf den kleinen Huckel, und das scharfkantige Metall bohrte sich in ihre Haut. Der Schmerz war gut. Sie wurde ruhiger.

Es ist nichts, dachte sie. Gar nichts. Sie musste damit aufhören, bei jeder Kleinigkeit gleich an das Schlimmste zu denken!

Aber sie waren hier allein auf einer menschenleeren Insel.

»Samira?«, rief sie. Keine Antwort. Nur das Wispern des Windes über dem Gras. Nur die reglose Helligkeit. Sie rief noch einmal. Lauter diesmal. »Samira? Göran? Leon?«

* * *

Sie stand auf und kam sich plötzlich merkwürdig exponiert vor, so hoch aufgereckt auf der Wiese. Ein weithin sichtbares Ziel. Von Wald umzingelt.

Sichtbares Ziel. Umzingelt. Was denke ich für einen Scheiß, dachte sie und setzte sich in Bewegung. Sie schwankte und vor ihren Augen wurde für einen Moment alles schwarz. Sie blieb stehen und atmete durch. Ihr Körper strahlte Hitze ab, als hätte sie eine kleine Sonne verschluckt. Verdammt, warum hatten die anderen sie bloß so lange in der prallen Hitze schlafen lassen! Sie wischte sich über die Stirn, auf der sich kleine Schweißtröpfchen gebildet hatten.

Noch einmal ließ sie den Blick über die Wiese schweifen, über die drei Zelte: ihr eigenes Spitzdachzelt, silberfarben und schief, Leons tarngrünes Igluzelt und das blaue Doppelzelt von Samira und Göran. Der Tüpfelschatten der Bäume auf dem Gras.

Ihr Blick ging zum Waldrand, der die Wiese von allen Seiten einschloss, dann einmal ringsherum, den gesamten Waldrand ab.

Etwas fehlte. Sie wusste nicht, was es war, aber es fehlte.

»Aliiiiissa!«

Sie fuhr herum.

***

Leon kam aus dem Wald. Nicht von dort, wo er verschwunden war, um Holz zu sammeln, sondern von der Uferseite. Und er ging nicht, er rannte.

»Gott ... sei ... Dank«, keuchte er, als er vor ihr stand. »Du bist hier!«

Einen Moment lang sah er tatsächlich aus, als wollte er sie umarmen, und vorsichtshalber trat sie einen Schritt zurück. Er stützte die Hände auf die Oberschenkel und atmete.

»Wo soll ich denn sonst sein«, sagte sie kühl, ließ den Anhänger los und setzte sich auf die Decke zurück. »Was machst du überhaupt für einen Stress? Hast du Angst bekommen, so allein im Wald, oder was?«

Leon sah sie an. Dann sagte er: »Sie ... sie sind weg. Göran und Samira sind verschwunden!«

***

»Mann, jetzt mach dir mal nicht ins Hemd«, sagte Alissa, als sie beide am Ufer standen. Da lagen die Töpfe und die Teller, und auf einem Stein sah sie die Bauchtasche von Samira.

Dann fiel ihr Blick auf das rote Tuch am Boden. Görans Tuch, das er ums Handgelenk trug. Dass er es zum Abwaschen abgenommen hatte, war verständlich. Aber die Teller waren noch genauso schmutzig wie nach dem Mittagessen. Sie sah noch einmal über alles. Geschirr, Bauchtasche, Tuch. Es war wie eine Szene im Film, in der alles stimmte, nur die Menschen, die diese Szene bewohnen sollten, fehlten.

Sie sagte: »Die hatten wohl keine Lust abzuwaschen, haben

sich lieber 'ne Lichtung gesucht ... du weißt schon. Die Bienen und die Blumen.«

Leon sah sie an. Dann griff er in seine Hosentasche.

»Das hier war in der Bauchtasche«, sagte er.

Sie sah auf seine Handfläche. Dort lag eine daumengroße, schmale Metalldose. Sie wusste, was es war. Und sie wusste auch, dass Samira keinen Schritt ohne das Ding machen würde. Es war ihr Asthmaspray.

***

Leon griff erneut in seine Hosentasche, zog Alissas Handy hervor und reichte es ihr. »Lag im Zelt«, sagte er.

Sie wählte Samiras Nummer. Hielt es sich ans Ohr. Nichts.

»Offenbar im Funkloch«, sagte sie. »Oder sie hat es ausgestellt.« Görans Nummer wusste sie nicht.

»Göran hat *mein* Handy«, sagte Leon. »Ich hab's ihm gegeben, weil er gesehen hat, dass ich *Block Breaker* drauf hab. Er wollte eine Runde spielen.«

Alissa wählte Leon an.

Im selben Moment hörten sie ein Klingeln. Es kam von der Wiese. Sie rannten und folgten dem Klingelton, bis sie vor dem Doppelzelt standen. Alissa zog den Reißverschluss auf. Das Zelt war leer. Auf Görans Schlafsack lag Leons Handy. Shit.

»Also gut«, sagte Alissa. »Wir gehen jetzt den Rundweg noch mal ab. Du linksrum, ich rechtsrum. Wir treffen uns in der Mitte.«

***

Dass eine Landschaft sich so verändern konnte. Alissa lief den Rundweg entlang und rief: »Samiiiiiira! Göööööran!« Noch vor wenigen Stunden war ihr die Insel vorgekommen wie ein Geschenk, offen, sonnig und nur für sie vier da.

Jetzt, als sie über die Äste und Stämme kletterte, die den Weg versperrten, und mit dem Blick das Unterholz scannte, hatte die Insel ihr Gesicht gewechselt. Sie war düster geworden, verschlossen, bösartig. »Samiiiiira!« Sie hielt inne, lauschte, ob jemand antwortete.

Von weiter weg hörte sie Leon rufen: »Gööööran! Samiiiiraaaa?« Dann war es wieder still. Anders still als sonst. Unnatürlich still.

Und dann, einen Herzschlag später, als sie anhielt und lauschte, folgte die zweite Erkenntnis: Es gab auch keine Vögel. Wenn Vögel verstummten, bedeutete das nur eins: dass ein Unwetter kam. Sie hob sofort den Kopf und sah nach oben. Der Himmel war klar und blau. Kein Wölkchen irgendwo.

***

»Ich versteh das einfach nicht«, sagte Leon, als sie wieder zusammen auf der Streuobstwiese standen. »Vielleicht soll das ein Joke sein?« Aber er sah nicht aus, als würde er seine eigenen Worte glauben.

»Solche Jokes macht Samira nicht«, sagte Alissa. Und endlich fiel es ihr ein. »Sie sind nicht im Wald!« Plötzlich ergab alles einen Sinn: das zurückgelassene Asthmaspray, das Tuch. »Sie wollten vielleicht schwimmen. Ins Wasser nimmt man weder Asthmaspray noch Tücher mit.«

Sie drehte sich um und rannte zum Wasser. Leon kam hinter ihr her. Sie hatte seinen Atem im Ohr, sein Keuchen, oder war es ihres?

Als sie am Strand stand und sich umsah, hatte Leon schon sein T-Shirt über den Kopf gezogen und streifte die Hose ab. Er wollte gerade ins Wasser hechten, als sie »Nein!« rief.

Sie wies auf die Schlickschicht, die den Sand bedeckte. Überall, wo jemand von ihnen gelaufen war, war die Schlickschicht zerstört, und der Sand darunter kam zum Vorschein. Doch am

Ufer war die Schicht unberührt. »Sie sind nicht ins Wasser gegangen«, sagte sie. »Es gibt keine Spuren. Außerdem müssten ihre Klamotten dann irgendwo hier liegen. Lass uns nach den Mopeds schauen«, sagte sie. Vielleicht hatten die beiden eine dringende Nachricht bekommen und waren nach Hause gefahren? Was das jedoch für eine Nachricht gewesen sein könnte, war ihr ein Rätsel. Trotzdem war sie erleichtert. Es war immerhin eine Möglichkeit.

Die Erleichterung hielt an, bis sie in dem Gebüsch verschwunden war, wo sie die Fahrzeuge versteckt hatten. Sie hob die grüne Plane an.

Die Mopeds waren noch da. Verdammt.

Vielleicht waren sie zu Fuß weg? Sie lief an Leon vorbei zum Tor. Die Kette hing an ihrem Platz. Genauso verknotet wie heute Morgen. Das Schloss war zu. Versteckten die beiden sich irgendwo? Das war nicht witzig!

Alissa spürte, wie Wut heiß in ihr hochstieg, und dann schlug sie mit der Faust auf die Kette. Sie schlug mit voller Kraft. Wieder. Und wieder. *Wo – sind – sie! Wo – sind – sie! Wo –*

»Alissa, hör auf!« Leon stand plötzlich hinter ihr und zog ihre Hand weg. Sie wirbelte herum und stieß ihn mit voller Wucht von sich. Er taumelte rückwärts.

»Tut mir leid«, stammelte er.

Sie drehte sich um und lief zurück zum Rundweg. »Wir müssen tiefer in den Wald rein«, sagte sie.

Was auch immer passiert war, die beiden waren noch auf der Insel.

***

Sie blieben nicht auf dem Rundweg, sondern brachen durchs Unterholz, um auch in dem unzugänglichen Waldbereich zu suchen. Alissa wusste nicht genau, wie lange sie gesucht hatten, aber anderthalb Stunden waren es sicher. Sie sahen furchtbar aus, alle beide, hatten Schürfwunden an Armen und Beinen, und sie waren heiser vom Schreien, als sie wieder am Ausgangspunkt gelandet waren.

Alissa zog ihr Handy heraus. Sie wählte 110.

Nach einer Weile senkte sie das Handy wieder und wählte erneut.

»Was ist los?«, fragte Leon nervös.

»Bei 110 hebt keiner ab.«

LEON

Samstag, 17. August, Mannheim

»Was?«, sagte er und seine Stimme kippte in der Mitte der Silbe ab. Er hasste es, wenn er sich so piepsig anhörte, aber die Panik war wie ein Mageninfekt. Ihm war schlecht, hundeübel.

»Ich sagte, bei 110 hebt keiner ab«, wiederholte Alissa. Ihre Stimme klang ruhig und kalt.

»Aber das …«, fing er an, dann knickte seine Stimme wieder um. Aber das kann nicht sein, hatte er sagen wollen. Bei 110 hob immer jemand ab. Das war so etwas wie ein Naturgesetz.

»Vielleicht zu viele Anrufe«, sagte sie. »Es kommt nicht mal ein Freizeichen.«

»Was sollen wir denn jetzt machen?«

»Hilfe holen«, sagte Alissa, drehte sich um und stapfte zum Unterholz, zu den Mopeds. »Hol Samiras Rucksack aus dem Zelt«, rief sie ihm zu. »Da ist der Schlüssel für die Kette drin!«

Wieso weiß sie immer, was zu tun ist, und wieso ist sie so ruhig?, dachte er. So schrecklich ruhig und gar nicht panisch, während in seinem Kopf alles drunter und drüber ging?

* * *

Der Fahrtwind war nicht kalt. Heiß war er. Heiß wie sein Kopf, sein ausgedörrter Mund. Er schnappte nach Luft.

Es ist wie damals!

Der Gedanke fiel ihn an. Biss sich fest. Schüttelte ihn. *Nein!* Aber da sah er sich schon laufen. Damals, vor zwei Jahren.

Die schlimmsten drei Kilometer seines Lebens. Vorbei an Wiesen und Feldern, und kein Auto, kein einziges Auto war vorbeigekommen, das er hätte anhalten können. Und während er gerannt war, hatte er etwas gespürt, was von da an nie wieder weggegangen war: dieses Gefühl, als steckte er in einer riesigen Faust fest, die langsam das Leben aus ihm herausquetschte. Jeder Schritt war ein Gedanke gewesen. Immer derselbe: *Hilfe ... Hilfe ... Hilfe ...*

Er war gerannt, bis er Blut geschmeckt hatte, bis sein Herz fast kollabiert war, bis seine Lunge krampfte und nicht mehr atmete, sondern pfiff und er anhalten musste, die Hände auf die Knie gestützt. Atmen. Atmen. Dann weiter. Rennen. Rennen. Schneller!

Leon presste die Augen zusammen, aber diese Bilder waren nicht außen, sie waren *in* ihm, sie waren auf die Innenseiten seiner Lider, die Innenwände seines Schädels tätowiert, und er sah sich rennen, immer sah er sich rennen, bis er endlich im Dorf angekommen war.

Er war krank gewesen, danach. Hatte tagelang im Bett gelegen. Nicht gesprochen. Er hatte nie mehr sprechen wollen.

Das Gerede kam später. Das Gerede der Lehrer, die ihn behandelt hatten, als wäre er aus Sprengstoff, die ihn nicht mehr direkt angesehen, ihn nur leise angesprochen hatten. *Leon, das ist das Leben.*

»Nein!«, hatte er sagen wollen. Schreien. »Das ist *nicht* das Leben!« Aber er hatte nichts gesagt, hatte nicht geschrien. Er hatte nur dagesessen im Unterricht und die unsicheren Blicke seiner Mitschüler und Lehrer über sich hinwegziehen spüren. Nie wieder, hatte er gedacht. Nie wieder werde ich ein Wort sagen.

Alissa fuhr durch ein Schlagloch und er war wieder im Hier und Jetzt. Er spürte ihre Anspannung. Sie hatte den Rücken durchgedrückt. Dieser Rücken wirkte wie ein Ausrufezeichen. Und Leon verstand und hielt Abstand, atmete ganz flach.

Alissa fuhr schnell, aber nicht schneller, als man fahren durfte. Selbst in so einer Situation blieb sie überlegt. Selbst in so einer Situation hielt sie sich an die Verkehrsregeln und ließ sich nicht aus der Ruhe bringen. Er biss die Zähne zusammen.

Vielleicht war alles ja auch gar nicht so schlimm. Vielleicht hatten Göran und Samira sich nur verlaufen. Aber warum hatten sie dann nicht gerufen? Sie hätten sie hören müssen. Die Insel war klein. Es war im Grunde unmöglich, auf der Insel ungehört zu bleiben! Es sei denn …

Es sei denn, sie konnten nicht mehr rufen, sprang ihn wieder der bissige Gedanke an. »Lass los!« Alissas Stimme schnitt durch die Luft.

Er merkte, dass er die Hände zu Fäusten zusammengepresst hatte, dass er Alissas Jacke an den Seiten zusammenknäulte. Er ließ sofort locker. Er musste ruhig werden. Er konzentrierte sich auf das Motorengeräusch, auf Alissas Fahrstil. Ihre Vorsicht.

Ihre Arschruhe, wie Nina immer gesagt hatte.

Nina war anders gefahren. Sie hatte ihn gefragt, ob er ihr »Gewicht« sein wollte. Sie brauchte einen Beifahrer, als sie für ihre Mopedprüfung übte, um das Gewicht richtig einschätzen zu können. Natürlich hatte er gewollt. Sie waren über den Acker vorm Sportplatz geheizt.

»Ist das nicht verboten?«, hatte er von hinten gerufen, schließlich hatte sie noch gar keinen Führerschein gehabt.

»Siehst du hier irgendwo ein Verbotsschild?«, hatte sie zurückgerufen und sich in die Kurve gelegt, dann war eine Ackerscholle dazwischengekommen und sie waren lang hingebrettert. Und nicht nur einmal.

Wieso dachte er jetzt an Nina? Sie hatte nichts mit dem hier zu tun.

Sie fuhren immer noch durch den Waldpark. Die Landschaft streckte sich an den Straßenrändern entlang und breitete sich wild wuchernd in beide Richtungen aus. Die Sonne stand hoch. Der Wald wirkte anders als in dem verwischten Dämmerlicht am Morgen. Greifbarer. Realer.

Und in diesem Moment fiel es ihm auf. Es fiel ihm auf, weil er einen Moment lang so geschaut hatte, als wollte er ein Foto machen. Da war ein Fehler. Ein Fehler in der Landschaft. Etwas passte nicht hierher. Er sah hin und her, über Büsche und Farne, Wurzelholz und Waldboden. Er war verwirrt. Eben hatte er es doch noch gewusst! Er schob den Helm höher und schaute ins Unterholz, das dichter wurde, je tiefer es in den Wald hineinging. Sah über die mageren Stämme bis nach oben in die Kronen. Die Sonne knallte ihm in die Augen. Geblendet senkte er den Blick. Es war weg! Es war wie kurz nach dem Aufwachen, wenn die letzten Reste des Traums sich umso schneller zurückzogen, je dringender er versuchte, sich an sie zu erinnern.

Alissa fuhr scharf um eine Kurve, und der Waldpark lag hinter ihnen. Sie waren wieder zurück in der Stadt. Er spürte das Vibrieren des Motors im Körper. Wie lange hatte eine Polizeistation auf? Wie spät war es überhaupt? Er streckte den Arm aus, sodass der Ärmel hochrutschte, und sah auf seine Uhr.

Fünfzehn Uhr sieben.

Toll, stehen geblieben! Es musste längst achtzehn Uhr sein. Mindestens.

Und da ging ein Ruck durch seinen Kopf, und der Mechanismus, der sich vorhin beim Betrachten des Waldes festgefahren hatte, schnurrte wieder. Setzte die Teile zusammen. Die überfließende Sonne auf den Waldwegen, die glitzernden Blattspitzen in den Baumkronen. Der scharfe Kontrast zwischen hellen und schattigen Arealen im Wald.

Der Fehler war … das Licht.

Seit er fotografierte, wusste er, wie das Licht zu bestimmten Zeiten war. Und dieses Licht hier war zu hell. Außer natürlich – es war noch gar nicht so spät. »Wie spät ist es eigent…«

»Verdammt!«, unterbrach sie ihn. »Wie bescheuert kann man eigentlich sein?«

Im ersten Moment dachte er, sie meinte ihn.

***

Die Stille fiel ihm sofort auf, als er abstieg und den Helm absetzte. Dann vergaß er den Gedanken gleich wieder und folgte Alissa zu den beiden Autos, die alles blockierten.

Ein Audi. Er beugte sich hinunter und sah hinein.

»Leer«, sagte er. Bis auf die Handtasche auf dem Beifahrersitz, dachte er noch. Alissa war schon bei dem anderen Auto, das auf der Gegenfahrbahn stand. Ein Seat. Ebenfalls leer. Als er hinkam und hineinschaute, sah er eine Jacke und einen Rucksack auf dem Rücksitz. Es sah aus, als hätten die beiden mitten in einem Überholmanöver gebremst und wären dann ausgestiegen, um ... ja, um was? Pinkeln zu gehen? Was sollte das? Wer parkte denn bitte schön mitten auf der Straße? Und dann auch noch so, dass keiner mehr durchkam?

Er stellte sich wieder gerade hin, hob die Hand vor die Augen, weil die Sonne so blendete, und schaute über die ganze Straße. Überall standen Autos. Er drehte sich zu Alissa um. Nichts verriet, was sie dachte. »Verstehst du das?«

»Ja«, sagte sie. Er starrte sie an.

»Bombenalarm«, sagte sie. »Etwas anderes kann es nicht sein. Alle sind evakuiert worden.«

***

Die selbstsichere Art, in der Alissa sprach, beruhigte ihn. Selbst ihr genervter Tonfall, als wäre er ein Kleinkind, das die einfachsten Zusammenhänge nicht verstand, beruhigte ihn. Er sah sich um, die stille Straße, die leeren Autos. Ja, ganz sicher. Bombenalarm. *Das* erklärte alles. Je mehr er darüber nachdachte, desto logischer erschien es ihm.

Aber warum hatten die Leute ihre Autos verlassen müssen? Sie hätten doch auch in ihren Autos evakuiert werden können? Alissa hatte in der Zwischenzeit den Helm an den Lenker gehängt und lief mit großen Schritten zu dem Bäckergeschäft an der Ecke. Sie schob die Ladentür auf, und er hörte noch, wie ein schepperndes Klingeln ertönte, das offenbar von einem Metallgehänge über der Tür stammte. Dann fiel die Tür hinter ihr ins Schloss.

***

Nach nur zehn Sekunden war sie wieder draußen, lief zielstrebig zum nächsten Laden, einem Handyshop, und verschwand darin. Diesmal ging Leon ihr nach. Kurz vor dem Eingang drehte er sich noch einmal um und fotografierte die Straße.

Als er die Ladentür öffnete, verschwand Alissa gerade in dem Raum hinter dem Verkaufstresen.

Er folgte ihr.

Es war ein winziges, fensterloses Büro mit zwei Arbeitsplätzen. Niemand war zu sehen. Aber die Schreibtischlampen waren an, die Monitore der Computer zeigten die Bildschirmschoner – alles wirkte, als wären diese Plätze noch vor einer Sekunde besetzt gewesen.

Er drehte sich einmal im Kreis und schaute die Wände entlang, bis er die kleine Tür entdeckte, die er gesucht hatte. Sie war rechts neben einem Aktenschrank. *WC* stand in dünnen Buchstaben darauf. Er riss sie auf. Ein enger, hellgrün gekachelter Raum mit einem Becken und einer Kabine.

»Ist hier irgendwer?«

Mit zwei Schritten war er bei der Kabine. Sie war leer.

***

Als er zurück in das kleine Büro kam, stand Alissa an einem Schreibtisch und hielt einen Telefonhörer ans Ohr gepresst. Er wollte schon aufatmen, da legte sie wieder auf und schüttelte nur den Kopf. »Es lag nicht am Handy«, sagte sie. »Es kommt einfach kein Freizeichen. Weder bei 110 noch bei 115 oder 112.«

»Vielleicht sind sie ja alle im Einsatz?«, versuchte Leon es.

»Sodass überhaupt keiner mehr ans Telefon gehen kann, meinst du?« Sie hatte wieder diesen Tonfall drauf. »Und wo genau sind diese vielen Polizisten und Feuerwehrleute und Krankenwagen dann? Es wimmelt ja nicht gerade von Einsatzwagen da draußen.« Sie wies aus dem Fenster in den reglosen Nachmittag.

»Auf der Toilette ist niemand«, sagte er überflüssigerweise.

»Aber mir ist ... etwas aufgefallen«, fing er an und brach kurz ab, um dann neu anzusetzen. »Das Licht ist ... ich glaube, es ist zu hell draußen. Ich meine –«

»Ich probiere es bei der Hauptwache«, unterbrach sie ihn. Sie hatte gar nicht zugehört. Mit einer Hand hielt sie den Hörer ans Ohr, mit der anderen blätterte sie rasch durchs Telefonbuch.

Keine halbe Minute später steckte sie den Hörer in die Station zurück. »Auch kein Freizeichen! Haben die alle die Stecker rausgezogen, oder was ist los?« Sie sah noch einmal ins Telefonbuch. »Die Hauptwache ist in L6, 1. Mitten im Zentrum. Los, wir vergeuden hier viel zu viel Zeit.«

Sie lief an ihm vorbei in den Verkaufsraum und er folgte ihr. Als sie die Tür nach draußen aufstieß, schlug ihnen der heiße, starre Nachmittag entgegen. Wieder fiel ihm die Stille auf. Kein Motorengeräusch, *überhaupt* kein Geräusch.

Als sie am Moped waren und Alissa ihm den Helm zuwarf, ging sein Blick noch einmal zurück zum Handyladen. Er hatte das Gefühl, dass sie ein wichtiges Detail übersehen hatten.

Und dann fiel es ihm endlich ein.

»Du ... Alissa?«, sagte er. »Weißt du, was merkwürdig ist?« Er wies auf den Laden. »Ich meine, selbst wenn hier alles total schnell evakuiert werden musste ... würdest du deinen Laden einfach ... ähm ... auflassen?«

Alissa wirkte das erste Mal nicht tödlich genervt von ihm. »Da sind doch lauter wertvolle Sachen drin«, fuhr er fort, mutiger geworden. »Die ganzen Handys, Tablets und Laptops. Wir hätten alles klauen können!«

Alissa brummte etwas, setzte den Helm auf und schob das Moped vom Ständer. Sie schob es auf den Fußgängerweg, wahrscheinlich weil sie auf der Straße wegen der stehenden Autos nur schwer durchkommen würden. Leon stieg auf. Bevor sie den Motor anließ, drehte sie sich noch mal zu ihm um und sagte: »Die Kasse war auch noch drin.«

***

Sie fuhren den Fußgängerweg entlang, überquerten eine Straße und fuhren auf den nächsten Fußgängerweg wieder auf.

Kein Mensch. Kein Polizeiwagen. Nichts. Leon sah mal nach rechts, mal nach links. Die Gehwege waren leer. Die Läden. Die Autos.

Er stellte sich vor, wie Polizisten mit Megafonen durch die Straßen gefahren waren, wie sie die Bewohner aufgefordert hatten, ihre Häuser so rasch wie möglich zu verlassen. Wie viele Leute lebten eigentlich im Lindenhof-Viertel? Er sah sich die Häuser an, alle mehrere Etagen hoch. Tausend Leute? Zehntausend?

Sie fuhren weiter durch die Wohngebiete vom Lindenhof, an einsamen Grasflächen vorbei, an stillen Spielplätzen, am Rheinufer entlang, durch ausgestorbene Straßen. Sie näherten sich dem Hauptbahnhof, dahinter lagen die Quadrate. Wie groß war denn dieses Evakuierungsgebiet? Oder sollte er eher fragen: Wie groß war diese Bombe?

Als sie am Bahnhof vorbeifuhren, kam jemand aus dem Schatten geschossen und rannte schreiend in ihre Richtung. Alissa machte eine Vollbremsung.

Ein Mädchen!

Sie schwenkte die Arme und schrie etwas. Sie rannte über den Bahnhofsvorplatz, dann über die Straßenbahnschienen auf sie zu. Leon sprang vom Moped.

Es dauerte nur wenige Sekunden, dann stand das Mädchen vor ihnen. Sie war total außer Atem. Leon wollte sie gerade fragen, was hier passiert war, als sie loskeuchte: »Endlich ein Mensch!«

***

»Der ganze verdammte Bahnhof ist leer!«, sagte das Mädchen. Sie sah nicht ihn, sondern Alissa an. Ihr Blick verweilte auf Alissas Gesicht, dann sagte sie: »Du weißt bestimmt, wie ich hier wegkomme? Ich habe eine dringende –«

Alissa unterbrach das Mädchen und fragte: »Weißt du, was passiert ist?«

»Gar nichts weiß ich! Ich dachte, ihr könnt mich aufklären! Mein Zug hatte offenbar einen Schaden, ich bin bis hierher gelaufen, aber hier ist auch kein Mensch!«

»Wo sind die anderen aus dem Zug?«, fragte Alissa.

»Keine Ahnung. Ich hab's verpennt. Sie waren schon weg, als ich aufgewacht bin.«

Alissa sagte zu Leon: »Wir müssen weiter!« Und er gehorchte und stieg wieder auf.

»He, wartet«, rief das Mädchen. »Was soll das denn jetzt? Ihr könnt nicht einfach abhauen!«

Alissa sagte: »Lass dir von irgendwem helfen.« Sie ließ den Motor an.

»*Ihr* müsst mir helfen«, rief das Mädchen. Sie griff nach Leons Arm und hielt ihn einfach fest. »Hier ist keiner sonst.«

Alissa drehte sich um. »Lass ... ihn ... los!«

»Bitte«, rief das Mädchen gegen das Motorengeräusch an. »Verdammt noch mal, ich bin fremd hier!«

Irgendwas war an diesem Mädchen, vielleicht die wütende Stimme oder der Blick – was auch immer es war, es zupfte an Leon. Und obwohl er ahnte, dass er einen Fehler machte, stieg er ab. Alissa drehte sich um. Er konnte ihr Gesicht hinter dem Visier kaum sehen, und er wollte es auch nicht. »Ich komme nach«, sagte er.

Er wusste nicht, ob sie ihn gehört hatte. Sie war schon losgefahren.

Das Motorengeräusch hielt sich noch lange in der Luft.

***

»Hey«, sagte das Mädchen und tippte ihm auf die Schulter. »Sie wird's überleben, glaub mir.«

»Was?« Er drehte sich um. Er fühlte sich so schwer. Mindestens so schwer wie diese Hitze, die über dem Platz lag und alles niederdrückte. Selbst den Sauerstoff. Das Atmen war eine Anstrengung.

»Deine Freundin«, sagte sie. »Du siehst aus wie g-Moll.«

»Was?« Langsam kam er sich vor wie ein Frosch, der immer nur *Was? Was?* quakte.

»Das Adagio in g-Moll von Albioni. Todtraurig. Genauso siehst du aus. Als hättest du Angst, dass sie dich auf den Mond schießt, nur weil du nicht mitgekommen bist. Wenn sie das tut, ist sie es nicht wert.«

Er starrte sie an.

»Ich weiß, wovon ich spreche«, sagte sie. »Mit richtigen und falschen Freunden kenne ich mich aus.« Dann machte sie einen Schritt rückwärts. »Kommst du mit? Ich muss in den Schatten. Ich fühle mich wie ein Grillhähnchen.«

Sie drehte sich um und ging Richtung Bahnhofsgebäude. Leon folgte ihr. Von hinten sah er, dass ihr Hals, ihre Arme und die Schultern knallrot waren. Ein ordentlicher Sonnenbrand. Als sie durch das hohe, steinerne Eingangstor in die schattige Bahnhofshalle traten, merkte er, wie sie sich entspannte. Die Sonne draußen musste ihrer Haut wehtun. Sie gingen weiter in das hohe, kühle, menschenleere Gebäude hinein.

»Es ist wie in einer Kirche, oder? So eine Steinstille.«

Steinstille? Jetzt, wo sie es sagte, spürte er es auch: Es war so still, wie man es nur aus steinernen Kirchen kannte. Still und zugleich hallig. Ihre Schritte hallten jedenfalls auf dem Boden. Selbst ihre Stimme hatte einen Hall.

»Hm, stimmt«, sagte er.

»Also – in einer Ein-Wort-Rolle könntest du richtig groß rauskommen«, sagte sie.

Er sah sie verwirrt an, dann zog er den Rucksack von der Schulter und holte seine Kamera heraus. Die Geschäfte waren erleuchtet, aber menschenleer. Während sie weitergingen, schoss er Bilder. Bilder von menschenleeren Gängen, von Rolltreppen, die niemanden transportierten. So ein leerer Bahnhof wirkte irgendwie gar nicht mehr wie ein Bahnhof, sondern künstlich. Wie eine Kulisse, dachte er.

»Mit den Fotos könntest du eine tolle Ausstellung machen. *Leere Welt* oder so.«

Er hörte sofort auf zu knipsen.

»Wieso bist du eigentlich hier?«, fragte er. »Ich meine, wieso haben sie dich nicht auch evakuiert?«

»Evakuiert?« Sie blieb stehen. »Heißt das, es gab eine echte Katastrophe?«

»Alissa glaubt, dass es ein Bombenalarm ist«, sagte er. »Sie haben offenbar einige Stadtteile evakuiert. Der ganze Lindenhof ist jedenfalls leer.«

»Bombenalarm!«, wiederholte das Mädchen. »Das ist es also. Und ich dachte, mein Zug hätte einen Schaden gehabt! Oh Mann, hätte ich doch bloß nicht geschlafen! Ich hab einfach nichts mitgekriegt!«

Sie sah ernst aus, aber ihre Augen lächelten. Er hatte plötzlich das irritierende Gefühl, sie zu kennen. Aber das konnte nicht sein.

»Irgendwo zwischen Frankfurt und Mannheim«, fuhr sie fort. »Als ich aufgewacht bin, waren alle weg. Die haben mich einfach im Zug vergessen!«

»Echt?«, sagte Leon. »Krass. – Vielleicht ist der Zug auch evakuiert worden und sie haben nicht richtig kontrolliert?«

»Bingo, Mister Ich-kann-eins-und-eins-zusammenzählen.« Sie kramte eine Flasche Wasser aus ihrem Rucksack und trank.

Dann hielt sie ihm die Flasche hin. Er schüttelte den Kopf.

»Ist das sicher?«, fragte sie. »Ich meine das mit dem Bombenalarm und der Evakuierung?«

»Nein«, sagte Leon und zog den Hut tiefer ins Gesicht. »Das ist bloß eine … Vermutung.«

»Kommst du mit ins Reisezentrum? Vielleicht hab ich vorhin etwas übersehen.« Sie zog ihn zur Rolltreppe, deren Summen in der Stille unnatürlich laut klang. »Also sag schon«, sagte sie, als sie nach oben fuhren, »sie müssen doch irgendwas gemeldet haben! Wenn nicht im Fernsehen, dann doch garantiert im Radio!«

»Wir waren campen«, sagte Leon. »Auf so einer Insel hier in der Nähe. Da gab's weder Fernseher noch Radios. Wenn wir nicht plötzlich einen Notfall gehabt hätten, wüssten wir immer noch nicht von … *dem* hier. Wir wollten zur Polizei. Auf dem Weg dorthin haben wir gemerkt, dass etwas nicht stimmt. Die Straßen und Geschäfte waren leer. Die Bombe muss noch aus dem Zweiten Weltkrieg sein, oder?«

»Ihr hattet einen Notfall?«

»Unsere Freunde sind … sie sind verschwunden. Einfach so. Die Insel ist eigentlich nicht groß. Ein Naturschutzgebiet. Der Wald ist total verfilzt. Vielleicht sind sie tiefer reingegangen und dort ist ihnen irgendwas Schreckliches passiert. Vielleicht gibt's da ja wilde Tiere … ich weiß nicht …«

Er verstummte. Während die Rolltreppe summte, hatte er alles vor Augen, was er nicht sehen wollte: Wölfe, tollwütige Füchse, Luchse. Gab es nicht neuerdings sogar Bären in Deutschland?

»Deine Freundin kümmert sich gerade darum«, sagte sie. Ihre Stimme war voller Mitgefühl.

»Meine Schwester«, sagte er. »Alissa ist meine Schwester, nicht meine Freundin.« Sie waren oben angekommen und wendeten sich nach links.

»Ist das nicht dasselbe?«, fragte das Mädchen.

»Nicht unbedingt«, murmelte er.

»Und wie heißt *du*?«, fragte sie, tippte unter die Krempe seines Huts und hob ihn ein Stück an. »Sag mal, versteckst du dich unter dem Ding, oder was?«

»Nicht anfassen!«, sagte er scharf und erschrak über seine Reaktion, die gar nicht typisch für ihn war. Eher für Alissa. Das Mädchen trat sofort einen Schritt zurück.

»Ist ja gut, Mister Nicht-anfassen«, sagte sie. Und schwieg dann. Die obere Ebene war genauso still wie die untere. Eilig strebte sie auf das Reisezentrum zu. Sie sah ihn nicht an, sie sprach nicht, der Kontakt zwischen ihnen war abgebrochen.

»Leon«, sagte er und schob sich den Hut aus dem Gesicht.

»Tamara.« Sie wurde noch langsamer, schaute zu ihm. Er sah sie das erste Mal richtig an. Wie alt war sie? Zwölf wie er? Oder doch älter? Sie war ziemlich groß. Außerdem dünn und sie hatte kurze, rote Haare. Sie hatte ein T-Shirt an, das ihn irgendwie durcheinanderbrachte. Vielleicht, weil es das Gegenteil von cool war.

»Hallo?« Ihre Stimme unterbrach ihn in seinen Gedanken. »Ist der Name Tamara so grauenhaft oder warum hat's dir die Sprache verschlagen?« Sie tippte wieder gegen seinen Hut. Diesmal jedoch ganz vorsichtig, sie berührte ihn kaum. Es tat ihm leid, dass er sie vorhin so angefahren hatte. »Tamara ist althebräisch und heißt *Leben*«, sagte sie.

Er wollte schon höflich irgendwas antworten, da fuhr sie fort: »Strunzlangweilig, oder? Aber wusstest du, dass ich der 326. Asteroid bin?«

»Was?«, fragte er verwirrt.

»Also – es gibt 574 711 Asteroiden in unserem Sonnensystem. Die Nummer 326 heißt Tamara.«

Wieder dieses Gefühl, sie zu kennen. Woher? Alles kam ihm vertraut vor: ihre Stimme, die Art, wie sie lachte, wie sie die Füße beim Gehen nicht zierlich aufsetzte, sondern voranwarf, als hätten die Füße es eiliger als sie.

Die Glastür des Reisezentrums öffnete sich leise summend vor ihnen. Es war merkwürdig, dass alles noch funktionierte, das Licht brannte, die Türen öffneten sich automatisch, die Rolltreppen fuhren.

Er hob die Kamera ans Auge und begann, die leeren Schalter zu fotografieren. Er ließ den Raum durch den Sucher der Kamera an sich vorbeiziehen. Sein Blick blieb an der Wanduhr hängen. Sie zeigte 15:07 Uhr an. Er stutzte einen Moment, machte ein Foto, dann wurde er schon abgelenkt von Tamara, die über den Tresen kletterte.

»Mensch, du kannst doch nicht …«, fing er an, doch dann dachte er: Warum eigentlich nicht? Es war keiner da, der es ihnen verbot. Es war auch keiner da, der ihnen half, also mussten sie sich selber helfen!

Tamara stand jetzt vor einem Faxgerät, hob ein paar Zettel hoch und studierte sie. Er kletterte ebenfalls über die Absperrung und versuchte, nicht so plump dabei auszusehen. Sie sah gar nicht hin.

»Suchst du etwas Bestimmtes?«, fragte er.

»Den Grund. Wenn der Bahnhof wirklich wegen eines Bombenalarms geräumt werden musste, dann sind vorher garantiert irgendwelche Informationen reingekommen. Anweisungen. Warnungen. Was weiß ich. Das hier sind jedenfalls die Faxe der letzten Stunden«, sagte sie. »Das letzte kam …«, sie blätterte, »… kurz nach drei.« Sie vertiefte sich wieder in die Zettel.

Leon war beeindruckt. Warum fiel *ihm* so was nicht ein?

Er sah sich um, sah über die Arbeitsplätze. Auf jedem stand ein Computer, auf allen lief derselbe Bildschirmschoner.

Da machte es *Klick* in seinem Kopf. Computer! Internet! Informationen!

Mit drei Schritten war er bei einem, drückte die Entertaste, führte den Cursor mit der Maus zum Browser und klickte auf das Symbol. Das Google-Fenster öffnete sich. Er gab »Lindenhof« und »Katastrophe« ins Suchfenster ein.

254 000 Ergebnisse!

Er überflog die ersten Treffer.

Das Hotel »Lindenhof« in Groß Wiesenburg ist eine Katastrophe!

Kino »Lindenhof« in Sonneberg zeigt um 19:30 Uhr »Liebe und andere Katastrophen«.

Und so ging es immer weiter.

Leon gab »Mannheim« als dritten Suchbegriff ein, um die Ergebnisse zu präzisieren, und er ließ sich nur die Treffer der letzten Stunde anzeigen.

0 Ergebnisse.

Null? Er vergrößerte den Zeitrahmen auf die letzten vierundzwanzig Stunden.

0 Ergebnisse. Komisch.

Ein merkwürdiges Knurren kam aus Tamaras Richtung. Er hob den Kopf.

»Mein Magen«, sagte sie entschuldigend. »Wenn wir hier fertig sind, sollten wir etwas zu essen auftreiben.«

Er zeigte auf den Monitor. »Da steht überhaupt nichts von einer Katastrophe in Mannheim im Internet.«

Tamara sagte: »Das kann nicht sein. Im Internet steht alles!«

»Vielleicht ist die Presse noch nicht informiert?«, überlegte er.

»Wie lange dauert es eigentlich, bis eine Katastrophenmeldung in die Medien kommt?«

»So was passiert sofort«, sagte Tamara. Sie warf die Zettel auf das Faxgerät zurück. »Hier ist auch nichts. Totale Fehlanzeige.« Da klingelte sein Handy. Er sah auf das Display. Alissa. Augenblicklich spürte er das schlechte Gewissen. Wie Gift. Er war hier und nicht bei ihr, wo er eigentlich sein sollte.

»Hat alles geklappt?«, meldete er sich mit betont freudiger Stimme. Sie sollte das Gift nicht hören.

»Nichts hat geklappt«, sagte sie kalt. »Ich bin gerade raus. Die Hauptwache ist leer. Hier in den Quadraten sieht es genauso aus wie in Lindenhof. – Ich fahre jetzt nach Hause, schauen, was mit Ma und Pa ist. Rühr dich nicht von der Stelle! Ich hol dich nachher wieder ab!«

* * *

»Leon, ich muss dir was sagen.«

»Was?« Er war immer noch in Gedanken bei Alissa.

»Als ich aufgewacht bin im Zug, ist mir was aufgefallen. Ich dachte erst, es wird schon irgendeine Erklärung dafür geben, aber ...« Sie schwieg einen Moment, dann sagte sie: »Vielleicht hängt das alles zusammen ... der Zug ... das Verschwinden deiner Freunde ... das Verschwinden der Leute hier. – Hörst du mir zu?«

Er riss sich von seinem schlechten Gewissen los und sagte: »Klar.«

»Das Gras war unberührt!«

»Welches Gras?«

»Das Gras vor dem Zug.«

Ja und? Sie schien auf etwas zu warten, aber er wusste nicht, was sie hören wollte.

»Weißt du, wie Gras aussieht, wenn Hunderte von Leuten panisch darüber hinweglaufen? Da war kein Hälmchen umgeknickt.«

Wie – das sollte die große Offenbarung sein? Irgendwelches Gras?

»Da gibt's bestimmt eine Erklärung«, sagte er lahm. »Wahrscheinlich stellt Gras sich nach einer Weile wieder auf.«

»Na ja«, sagte sie. »Das ist nicht alles. Das ganze Gepäck stand noch im Zug. Nicht nur die großen Koffer und die unhandlichen Reisetaschen, nein, auch die Handtaschen, die Rucksäcke und ... die Laptoptaschen. Mal ehrlich: Würdest du deinen Laptop einfach liegen lassen?«

Er schüttelte den Kopf und musste automatisch an die Autos auf der Straße denken, an die Handtasche, den Rucksack auf dem Rücksitz. Und an den unverschlossenen Handyladen. Selbst wenn alles ganz schnell gehen musste – man schaffte es doch eigentlich immer, sich seine Tasche zu schnappen. Und das Umdrehen eines Schlüssels kostete höchstens eine Sekunde!

»Das Wichtigste kommt noch«, sagte Tamara und machte eine kurze Pause. »Die Zugtüren waren alle geschlossen.« Sie sah ihn an. »Notfallverriegelung.«

Er verstand nicht.

»Ich meine, ich war die Erste, die die Scheibe für den Notgriff eingeschlagen hat!«

»Aber so ein Zug hat doch mindestens zwanzig Türen«, sagte er. »Sie haben bestimmt woanders die Notfallverriegelung geöffnet.«

»Bingo, Mister Superbrain! Genau das hab ich auch gedacht. Und als ich draußen war, bin ich den ganzen Zug langgegangen, um zu schauen, wo die ganzen Leute raus sind. – Und jetzt rate mal: Es gab keine einzige andere geöffnete Tür!«

KORA

Samstag, 17. August, Schwäbisch Gmünd

Kora erwachte von der Sonne.

Die Sirene hatte noch nicht geheult, also musste es noch vor acht sein. Die Sonne fiel ihr direkt ins Gesicht. Sie öffnete die Augen und setzte sich auf. Der Wecker zeigte 6:55 Uhr an. Über ihrem Schaumstoffdreieck und dem gesamten oberen Teil ihres Bettes lag ein Sonnenquadrat, hellgelb, das von schwarzen Schattenstäben in neun Minivierecke zerstückelt wurde. Sie warf einen Blick zu Miriams Bett. Die war unter der Decke gar nicht zu sehen, nur ihr Atem war zu hören: laut und schnarrend. Kora lehnte sich an die Wand, die Decke um sich herum wie eine Toga, und genoss die Stille. Sie genoss sie wie Eiscreme, denn beides gab es hier nie: Stille und Eiscreme. Sie lauschte auf das leise Rauschen in den Wänden, das wahrscheinlich von den Wasserleitungen kam, auf das einsame Geräusch einer Toilettenspülung aus einer der Nachbarzellen und auf die Vögel von draußen. Sie betrachtete das zerstückelte Sonnenquadrat auf ihrer Bettdecke, in das sie ihre Füße tunkte, die wie immer kalt waren. Ganz langsam wanderte das Viereck weiter, lief Minute um Minute über ihr Bett auf den Boden und kroch auf Miriams Bettseite wieder hoch. Über die Decke die Wand empor. Berührte das Foto eines weißen Kätzchens. Miriam hatte das Foto auf ein Blatt geklebt. Sie hatte Zahnpasta dafür genommen. Kleber war verboten, weil er sich schnüffeln ließ.

Kora ahnte, dass diese Stunde die schönste und ruhigste des ganzen Wochenendes sein würde, und deshalb saß sie ganz still, um Miriam nicht zu wecken. So saß sie, bis die Digitalanzeige des Weckers auf 8:00 Uhr sprang, bis die Sirene im Glockenturm loskreischte, bis die Gegensprechanlage knarzte und eine schroffe

Stimme den Samstag bekannt gab, bis die Zeit der klirrenden Schlüsselbunde anbrach, Schlösser klackten und Türen knallten.

Sieben Gittertore waren es bis nach draußen. Ein Schleusensystem. Sieben Tore aus Stahl, die schlüsselrasselnd geöffnet werden mussten und krachend wieder ins Schloss fielen. Erst dann würde ihre Zellentür aufgehen. Jede Beamtin trug einen riesigen Schlüsselbund mit sich. Das Geräusch gegeneinanderschlagender Schlüssel gehörte zum hiesigen Alltag wie Wasser zu einer Dusche. Das sechste Tor krachte gerade, dann das siebte, und sie hörte, wie Schritte sich auf dem Gang näherten, bis sie vor ihrer Tür endeten, hörte das metallene Schaben an ihrem Schloss, dann schwang die Tür auf.

»Guten Morgen.« Es war die Ludewig. Die war schon älter, bestimmt sechzig. Sie lächelte oft und sagte den Morgengruß freundlich und schrie ihn nicht wie einen Schießbefehl in die Zelle.

»Morgen«, antwortete Kora.

Miriam stöhnte etwas unter ihrer Decke und wedelte mit der Hand. Die Tür schloss sich wieder. Lebendkontrolle erledigt.

»Ich hasse es …«, murmelte Miriam. »Es ist so schrecklich … warum müssen wir denn am Wochenende dermaßen früh aufstehen …« Sie verkroch sich noch mal komplett unter die Decke. Nur ein Fuß sah heraus.

Ausnahmsweise gab Kora ihr recht. Um acht Uhr am Wochenende aufstehen zu müssen, war einfach ein Witz. Weil es keinen Grund dafür gab. Keine von ihnen hatte irgendeinen Termin, keine musste weg, im Gegenteil. So früh aufzustehen, bedeutete nur, dass sie noch mehr unnütze Stunden vor sich hatten. Manchmal fragte sie sich wirklich, ob die Gefängnisleitung der Meinung war, sie alle seien von einem bösen Geist besessen, der sich vor allem durch zeitiges Aufstehen, einen streng begrenzten Tagesablauf und Einschließen austreiben ließe.

Kora hörte den Rollwagen durch die Station scheppern – Tor auf, *krach*, Tor zu, *krach*, das Ganze sieben Mal –, bis er schließlich vor ihrer Tür zum Stehen kam. Wieder das schabende Geräusch im Schloss. Sie schwang die Beine aus dem Bett und ging zur Zellentür, nahm das Frühstück entgegen und stellte es auf den Tisch. Zwei Alubehälter und der obligatorische Tee. Das Frühstück hieß hier *Morgenkost,* und sie mussten es, genau wie das Abendbrot, immer auf ihren Zellen essen. Kora hatte von anderen Gefängnissen ohne Kantine gehört, wo man auch das Mittagessen ganz allein oder eben zu zweit in der Zelle zu sich nahm. Nicht dass sie die Kantine besonders erhebend fand – aber der Gedanke, auch noch um diese eine Stunde gebracht zu werden, in der sie sich in einem zwar brüllend lauten, aber eben *größeren* Raum aufhielten, war deprimierend.

Noch während sie sich an dem Miniwaschbecken die Zähne putzte, stellte Miriam den Fernseher an. Natürlich *Big Bang Theory*. Unglaublich, wie oft diese Serie noch ausgestrahlt wurde. Samstagmorgen liefen immer mehrere Folgen hintereinander, und dann lief den halben Tag *Die Simpsons*.

Da kreischte Miriam plötzlich auf und Kora drehte sich irritiert mit der Zahnbürste im Mund um. Miriam hatte die Alufolie von den Behältern abgezogen. Schon von Weitem sah Kora, was es gab: dasselbe wie immer.

Brot, Margarine und … was war das?

»Nutella!«, kreischte Miriam. »Ist heute Weihnachten, oder was?«

In den Behältern lag tatsächlich für jede ein kastaniengroßes Metalldöschen Nutella. Kein Quark, keine eingeschweißte Jagdwurst, keine Marmelade. Es war absurd, aber der Anblick hob schlagartig ihre Laune. Nutella gab es so gut wie nie. Nutella, Kaugummi, Eiscreme, Kekse, Schokolade und andere Süßigkeiten – das waren keine Lebensmittel, sondern Genussmittel. Man bekam sie nicht einfach so, man musste sie kaufen. Und das ging nur, wenn man Geld hatte. Und Geld hatte man nur, wenn jemand auf das Haftkonto eingezahlt hatte. Für Kora zahlte nie jemand ein. Und von Miriam, die von ihrer Oma und ihren Eltern hin und wieder ein bisschen Geld bekam, nahm sie nichts. Sie wollte nicht in Miriams Schuld stehen. Sie wollte *niemandem* etwas schuldig sein.

Immerhin konnten die Insassinnen, die gar kein Geld bekamen, *Taschengeld* beantragen. Nach Abzug der Miete für den Fernseher blieben noch zwanzig Euro. Davon konnte sie einmal wöchentlich einkaufen. *Einkaufen* bedeutete: Man konnte auf einem Vordruck bestimmte *Luxuswaren* ankreuzen. Man konnte also nicht einfach kaufen, wonach einem der Sinn stand. Nur was auf dem Vordruck stand, war genehmigt. Und alles war teuer. Viel teurer als draußen. Luxuswaren – das waren nicht nur Süßigkeiten, Tabak und Kaffee, sondern auch Shampoo und Kosmetik. Die Vordrucke wurden donnerstags ausgefüllt, und eine Woche später, immer am Mittwoch, kam dann eine Beamtin mit Rollwagen durch die Station und brachte die bestellten Sachen auf die Zellen.

Im Grunde musste hier nicht nur jeder Schokoriegel, sondern *alles* bewilligt werden, und alles dauerte lange. Auf der Zelle malen oder basteln? Nur mit Genehmigung. Zur Gefängnisfriseurin, einen Rasierer kaufen oder eine Nagelschere benutzen? Gitarrespielen auf der Zelle? Antrag stellen! Nagelschneiden nur unter Aufsicht, Gitarren nur mit Kunststoffsaiten. Einzig das Rauchen auf den Zellen war ohne ein vorheriges schriftliches Gesuch gestattet. Und davon machte Miriam reichlich Gebrauch.

Das Frühstück war viel zu schnell zu Ende. Miriam legte sich aufs Bett, und während der Fernseher weiterplärrte, blätterte sie die *Joy* durch und kaute Kaugummi. Offenbar hatte sie mit irgendwem getauscht. Kora wollte gar nicht wissen, was und mit wem. Kaugummis und Zeitschriften standen jedenfalls hoch im Kurs.

Ab jetzt hieß es warten – bis zum Mittagessen.

Um zwölf, als Kora nach etlichen Folgen *Big Bang Theory* und *Simpsons* das Gefühl hatte, ihr Gehirn wäre mehrfach durch den Fleischwolf gedreht und wieder in ihren Schädel zurückgestopft worden, als die Luft in der Zelle so dick war, dass man sich keine Zigarette mehr anzustecken brauchte, um Lungenkrebs zu bekommen, ertönte endlich die Sirene zum Mittagessen.

Miriam stellte den Fernseher etwas leiser und sah zum Fenster. »Was für'n Wetterchen! Freibad wäre jetzt das Beste, oder?« Dann lachte sie ihr rasselndes Lachen, und obwohl sie es nicht wollte, sah Kora vor sich, wie alle Polypen mitlachten.

Sie sprang vom Bett auf und stellte sich an die Tür. Dabei wusste sie, dass es immer noch ein Weilchen dauerte, bis die Beamtin da war. Aber die Aussicht, rauszudürfen aus diesem verqualmten, von Sitcom-Gelächter erfüllten, vergitterten Schuhkarton, und sei es auch nur für eine Stunde, ließ sie hyperaktiv werden. Sie fühlte richtig, wie ihre Füße zu zucken, wie sie zu laufen anfangen wollten, wie ihre Arme sich strecken, die Lungen tiefer atmen wollten. Sie spürte, wie ihre Augen sich darauf freuten, der Enge zu entkommen, endlich etwas Ferne sehen zu dürfen und nicht immer schon einen Meter weiter gegen irgendwas stoßen zu müssen: die Wand, das Bett, Miriam. Kaum war die Tür offen, stand Kora auch schon auf dem Gang. Er füllte sich langsam, die Frauen und Mädchen quollen aus ihren Zellen wie Bäuche über zu enge Hosen. Auch Miriam kam jetzt aus der Zelle und lief gleich zu Susette, die ihr auf die Schulter schlug und irgendwas fragte, was Miriam mit ihrem Polypenlachen beantwortete. Der Lärmpegel stieg unaufhörlich, und dann setzte die Gruppe sich langsam in Bewegung, bildete eine unordentliche Schlange, die der Beamtin folgte, die die Gittertore vor ihnen öffnete, während die zweite Beamtin am Ende der Schlange diese Tore wieder verschloss. *Krach ... Krach ... Krach ... Krach ... Krach ... Krach ... Krach.*

Draußen riss die Sonne Koras Kopf nach oben. Es war hell, so hell! Sie wollte stehen bleiben, das Gesicht ins Licht halten, die Ärmel hochkrempeln, atmen. Endlich frei!

Aber Freiheit hatte immer Grenzen. Hier waren diese Grenzen fünf Meter hoch und hatten Stacheldraht auf der Spitze. Sie trieb langsam im Pulk weiter über den Hof bis zum Nebengebäude, zur Kantine. Irgendwie schien heute keine so richtig Lust auf die Kantine zu haben. Dabei waren die Mahlzeiten die Höhepunkte des Knastalltags.

Kora wartete, bis alle drin waren, trat als Letzte über die Schwelle, und die zweite Beamtin schloss – *Klick* – die Tür. Schloss die Sonne aus, den Sommer, den Himmel, die Luft. Wie sie es hasste, dieses Geräusch, mit dem sich eine Tür hinter ihr schloss. *Klick, Krach* oder *Klonk*. Sie hasste es!

Samstags war das Essen immer besonders enttäuschend. Da gab es nur Suppe. Nudelsuppe, Graupensuppe, Reissuppe, Kartoffelsuppe, Erbsensuppe, Suppe mit Fleisch, Suppe mit verkochtem Gemüse. Obst oder Joghurt als Dessert.

Diesmal gab es Tomatensuppe.

Kora aß langsam, versuchte, sich trotz des Höllenlärms irgendwie zu entspannen, ließ die Blicke durch die Halle wandern. Der Lärmpegel war am Wochenende stets noch einen Zacken höher und rauer. Es waren die Enge, das Nichtstun, das Versperrtsein. Es war nie so deutlich spürbar wie am Wochenende, wenn die acht Arbeitsstunden wegfielen, die sie normalerweise außerhalb der Zellen verbringen konnten. Es waren also vor allem die arbeitenden und die in Ausbildung stehenden Frauen und Mädchen, die am Wochenende regelmäßig einen Lagerkoller bekamen, mehr als sonst pöbelten, mehr als sonst schrien, mehr als sonst weinten. Kora hätte manchmal auch gern geschrien oder geweint, aber der Gedanke, von irgendjemandem getröstet zu werden, war ihr zuwider.

Nach der Suppe liefen sie wieder alle im Pulk unter dem brennenden Himmel zum Wohntrakt zurück. Kora sah, wie die Frauen unwillkürlich die Gesichter hoben, die Unterarme nach oben drehten, ruhiger wurden – genau wie sie selbst.

Sie wurden wieder die Treppen hochgeführt, über das gelbe Linoleum durch den Gang, durch die Gittertore, die auf- und zugeschlossen wurden, *krach*, dann ging es in die Zellen, und schließlich wieder das *Klonk* hinter ihr, dieser hohle, metallische Ton, mit dem das Schloss einrastete. In diesem Moment spürte sie den kurzen, heftigen Impuls, gegen die Stahltür zu treten. So lange zu treten, bis etwas passierte: bis jemand kam, bis die Tür nachgab (haha) oder bis sie sich den Fuß brach. Aber der Impuls verflog wieder und sie warf sich einfach aufs Bett.

»Willst du 'ne Kippe?«, fragte Miriam. Offenbar hatte sie heute ihren großzügigen Tag.

Kora nahm eine und sagte: »Für später. Jetzt rauch ich erst mal passiv mit. Das spart.«

Sie zog die Decke über den Kopf, als Miriam den Fernseher anmachte. Noch zwei Stunden. Noch zwei grauenhaft lange Stunden bis zum Hofgang.

HANNES

Samstag, 17. August, Mannheim

Hannes stieß die Haustür auf. Um diese Zeit war der Hauseingang immer von ein paar Typen besetzt, alle so um die achtzehn, die rauchten, quatschten und die Straße checkten. Heute nicht. Die ganze Straße war totenstill.

Draußen merkte er, dass er sein Schlafshirt noch anhatte. Egal. Er ging am Internetcafé vorbei, das leer war. Weiter. Am Döner vorbei. Er lief die ganze Beilstraße entlang bis zum türkischen Laden an der Ecke. Er blieb stehen, sah durch die Scheiben und sein unangenehmes Gefühl verstärkte sich. Aus einem Impuls heraus drückte er die Klinke herunter und trat ein. Totenstille. Die Kartoffeln und Möhren lagen in ihren Kisten, die Petersiliensträuße standen straff gebunden in den weißen Eimern, die Äpfel lagen in den Stiegen. Der Laden war beleuchtet, aber leer.

»Hallo?«, probierte er es zaghaft. Keine Reaktion. »Hallo!« Als er wieder draußen war, fiel ihm der Schokoladengeruch auf. Er war da. Eine Tatsache, die ihn eigentlich hätte beruhigen müssen. Dick, süß und unsichtbar hing der Geruch in der Luft. Doch inmitten der ausgestorbenen Beilstraße wirkte er plötzlich anders als sonst, aufdringlich, zäh und vollkommen fehl am Platz.

Er lief um die Ecke, bog in die Jungbuschstraße ein, ging unter den Bäumen entlang, an der wie stets finsteren Onkel-Otto-Bar vorbei, bis er an der Kreuzung am Luisenring stand. Die Fußgängerampel schaltete gerade von Rot auf Grün. Das Blindensignal durchklackerte die Stille. Es erschien ihm sehr laut, tat regelrecht in den Ohren weh. Warum fuhren keine Autos zur Ampel vor?

Er schaute rechts und links über den mehrspurigen Luisenring, der reglos und abweisend zurückschaute. Pkws, ein Laster und weiter vorn an der Brücke ein Stadtbus. Nichts bewegte sich. Wie auch – im Bus saß kein Fahrer. Auch Passagiere waren nirgends zu sehen.

Das Klackergeräusch hörte auf. Die Ampel war wieder auf Rot gesprungen. Er ging über die Straße und dann geradeaus weiter, in die G-Achse der Quadrate hinein, an der *Tafel* vorbei, wo sonst immer Leute nach Essen anstanden. Am leeren *Pitbull*-Bodybuilder-Shop mit seinen Eimern voller Proteinnahrung im Schaufenster und an den Kramläden mit den silberglänzenden Topfgebirgen in den Auslagen vorbei. Am Supermarkt vorbei, vor dessen Glastüren niemand einen Euro zu schnorren versuchte, an den leeren türkischen Bäckerläden mit den grünen Pistazien-Honig-Keksen im Schaufenster vorbei.

Die Stille bedrängte ihn von allen Seiten. Kein Motorengeräusch, kein Schrillen einer Straßenbahn, nicht mal ein Vogelzwitschern! Und er lief immer schneller, bis er erst in einen Dauerlauf, dann in einen Sprint verfiel – Emma wäre stolz auf ihn, dachte er absurderweise noch –, dann lagen die G-Quadrate hinter ihm und die Straße öffnete sich in den sonnenlichtüberströmten Marktplatz. Links das *Istanbul*, dessen Stühle und Tische sich weit in den leeren Platz hinein ausstreckten, in der Mitte glänzte der goldene Springbrunnen, und hinter dem Platz breitete stumm ein weiterer Supermarkt seine Verkaufsflächen aus, niemand saß davor, die Punks nicht und auch nicht der Mann mit den zwei Kaninchen. Die Straßenbahnhaltestelle vor dem Supermarkt war verwaist, die transparente Überdachung funkelte im Sonnenlicht – alles, alles war leer: eine Stadt wie ein ausgetrunkenes Glas.

Er nahm sein Handy hervor, wählte Emmas Nummer, hielt es sich ans Ohr. Sein Herz ging schnell und ungenau. Es klopfte überall: in seinen Fingern, den Lippen, dem Hals, selbst im Ohr, und dieses Pochen war das Einzige, was er hörte. Nichts. Er senkte das Handy, sah aufs Display. Der Akku war halb voll und er hatte Empfang: fünf Balken. Er probierte es noch einmal. Wieder dasselbe. Einfach nur Schweigen am anderen Ende.

Was war passiert? Wieso war niemand unterwegs? Wo waren die ganzen Leute? Hatte es eine Katastrophe gegeben? Ging es Emma gut?

Er musste zu ihr! Aber nicht zu Fuß bis nach Neckarau, das dauerte zu lange. Dann lieber zurück und die Vespa holen.

***

Obwohl er wegen der vielen Autos, die die Straße blockierten, mit seiner Vespa auf den Fußweg ausweichen musste, war er noch nie so schnell vom Jungbusch nach Neckarau gefahren. Der Golfplatz und die Skaterbahn flogen an ihm vorbei. Vor Emmas Haus sprang er ab und stürzte zur Haustür. Er klingelte.

Nichts passierte. Er klingelte noch einmal, jetzt bei jemand anderem. Wieder nichts. Er legte die flache Hand auf alle Klingelknöpfe und drückte zu. Wieder und wieder.

Er sprang ein paar Schritte zurück, schaute die Häuserfassade empor. Scannte jedes einzelne Fenster. Manche waren angekippt, viele geschlossen, einige standen weit auf. Kein Wunder bei der Hitze. Trotzdem war nirgends ein Lebenszeichen auszumachen. Er starrte lange zu dem Fenster ganz oben rechts. Es war angekippt, und ein Zipfel von Emmas grünem Vorhang hatte sich dazwischen verfangen und wehte bei jedem Luftzug kurz hoch. Eine kleine, grüne Hand, die ihm zuwinkte.

»Emma!« Er schleuderte den Namen bis in die vierte Etage zu ihrem Fenster. »Emmaaaa!« Die Häuserwand spielte den Namen als dünnes, hallendes Echo zurück. Nie zuvor hatte er so einen Hall gehört. In einem leeren Saal, ja, aber doch nicht draußen unter freiem Himmel!

Und dann warf er sich gegen die Haustür.

***

Er hatte vergessen, dass die Tür nicht richtig schloss. Ungebremst krachte er auf den Steinfußboden und stand stöhnend wieder auf. Das Gefühl des Stürzens und Wiederaufstehens war ihm nicht fremd. Vor fünf Jahren, zu seiner BMX-Zeit, war er dauernd so auf den Boden gekracht. Und wieder aufgestanden. Das Schloss zu Emmas Haus rastete schon immer nur halb ein und ließ sich problemlos öffnen, wenn man etwas fester gegen die Tür drückte. Oder trat. Wieso hatte er nicht daran gedacht? Es war doch erst drei Monate her, seit er das letzte Mal hier gewesen war.

Er nahm sich nicht die Zeit, Hüfte und Ellbogen zu reiben, sondern sprintete die Treppen hoch bis in die vierte Etage. Erst auf dem letzten Treppenabsatz wurde er langsamer.

Die Tatsache, jetzt plötzlich, drei Monate nach seinem Bruch mit Emma, wieder vor ihrer Tür zu stehen, machte ihn nervös. Wenn er ehrlich war: noch nervöser als das, was da draußen los war. Er trat näher an die Tür, trat auf den braunen Abtreter mit den beiden Katzen, zwischen denen *Willkommen* stand. Sein Blick streifte das seit Jahren vertraute herzförmige Schild aus Salzteig neben der Tür: *Hier wohnen in wilder Ehe Bianca & Eva.* Darunter hing ein weiteres Schild. Es hatte die Form eines Baums, in dessen Krone aus Salzteig eingeritzt war: *Emma & Maja.* Emma hatte die Schilder inzwischen total kindisch gefunden, aber ihre Mutter hatte darauf bestanden, sie nach dem Umzug wieder anzubringen und keine neuen zu kaufen.

Hannes streckte die Hand aus, doch statt dem Klingelknopf näherte sie sich dem Baum. Seine Zeigefingerspitze strich ganz sanft über das *E* von Emma.

Dann zuckte er zurück und drückte die Klingel. Der Klingelton fraß sich durch die Stille, fuhr ihm schrill ins Mark. Nie vorher war ihm die Klingel derart aggressiv vorgekommen! Er nahm den Finger vom Knopf. Lauschte mit heftig schlagendem Herzen. Lauschte auf Schritte. Legte sogar das Ohr an die Tür. Nichts. Nicht einmal das Klackern kleiner bekrallter Pfötchen, die übers Laminat herantapsten.

Ohne weiter nachzudenken, öffnete er den hohen Schuhschrank neben der Tür, in dem mindestens dreißig Paar Haus- und Straßenschuhe und ein kleines Bataillon Gummistiefel dicht gedrängt neben- und übereinanderstanden. Zielsicher griff er nach einem grünen Filzlatsch ganz oben. Emma hatte ihm Gott sei Dank gezeigt, wo sie ihren Ersatzschlüssel aufbewahrten.

»Habt ihr denn keine Angst, dass jemand die Wohnung ausraubt?«, hatte er staunend gefragt. Holger würde so etwas nie machen. Holger traute niemandem. Nicht den Nachbarn. Und auch sonst keinem.

»Glaubst du echt, irgendjemand würde auf die Idee kommen, unseren gruseligen, muffigen Schuhberg zu durchwühlen?«, hatte Emma lachend gesagt.

Jetzt war er selbst der Wühler. Er fand den Schlüssel schnell. Kalt lag er in seiner Handfläche.

Er öffnete die Tür behutsam. Zentimeterweise. Schob vorsorglich einen Fuß vor den Türspalt, denn gleich würde ein rotes Fellknäuel in einem Affenzahn um die Ecke gefegt kommen. Romeo, Majas Kater, war total fixiert auf die Wohnungstür. Mehr als einmal war Romeo durch seine Beine hindurch in den Hausflur und die Treppen nach unten Richtung Keller gewetzt. Und während Hannes noch völlig überrumpelt dagestanden hatte, hatte sich ein kleiner, weißer Kopf um die Ecke geschoben, die Lage sondiert, und dann war ein heller Blitz an ihm vorbei nach unten gezischt.

Emma hatte immer dagestanden und sich kaputtgelacht. »Die beiden lieben den Keller«, hatte sie gesagt. »Romeo liegt stundenlang auf der Lauer, bis endlich jemand kommt und die Tür aufmacht. Lassen wir ihnen eine Runde Kellerspaß.«

Während er vorsichtig eintrat und dann die Tür schnell hinter sich schloss, dachte er zum ersten Mal, dass Emma und er eigentlich nie etwas »Krasses« zusammen gemacht hatten. Im Film gab es immer diese krassen Erfahrungen. Und hinterher dieses Vermissen, wenn der beste Freund oder die beste Freundin, mit denen man diese krassen Erfahrungen erlebt hatte, weg waren. Das an einem fraß. Wie eine Ratte …

Es fraß nicht nur an den Gedanken, dachte er. Vor allem am Herzen. Diesem eingesperrten Wesen in seinem Gehege aus Rippen.

Er blieb an der Tür stehen und flüsterte: »Romeo? Miez, Miez … Julia?«

Emma und er hatten keine gemeinsamen krassen Erfahrungen, sie hatten nichts Illegales zusammen gemacht, keine erwähnenswerte Drogenerfahrung geteilt (Emma rauchte und trank schon wegen des Sports nicht), sie waren nie zusammen abgehauen, hatten nichts angezündet oder zerschlagen. Er hatte ihr nie das Leben gerettet, sie nie seins. Nichts dieser Dinge, die sie immer im Film zeigten, wenn es eben um die »echte Freundschaft« ging. Und doch. Und doch hatte er das Gefühl, er hätte mit Emma einen ganzen Kontinent entdeckt. Wenn er Emma zur Hauptfigur in einer seiner Horrorstorys gemacht hatte und ihr die Geschichte vor einem halben Jahr zum achtzehnten Geburtstag geschenkt hatte, wenn er sie vom Geräteturnen-Training abgeholt oder während der Bundesjugendspiele angefeuert hatte. Ein ganzer Kontinent.

Jetzt, wo sie fort war, war auch vieles andere fort, was ihm wichtig war. Was nützte ein ganzer Kontinent, wenn er ihn allein bewohnte. Nichts. Es zeigte ihm nur, auf wie vielen Kilometern sie fehlte.

Er ging durch den Korridor.

»Emma? – Maja?«

Die Zimmer, die sich vor ihm öffneten, antworteten mit vollkommener Stille.

***

Die Wohnung war leer. Dennoch wirkte sie nicht unbelebt, eher so, als könnte jeden Moment jemand im Raum stehen oder als wäre sie erst vor einer Sekunde verlassen worden. Er betrat mit schlechtem Gewissen erst das Wohnzimmer, dann das Zimmer von Emmas Mutter Bianca und ihrer Freundin Eva. Majas Zimmer sah aus wie immer: Als wäre es gerade explodiert und die Sachen wären in alle Richtungen gespritzt und dann irgendwo hängen geblieben. Wo waren sie alle hin?

Vor Emmas Zimmer zögerte er, atmete tief durch, dann schob er die Tür auf.

Er roch ihren Duft und blieb sofort stehen. Ein Duft wie ein Ruf. *Wood.* So hieß ihr Parfüm. Und so roch es auch: wie sonnenwarmes Holz, wie Himmel. Wie Emma. Emmas Hände. Emmas Haare. Als wäre sie da.

Er sah sich im Zimmer um. Nichts deutete auf einen überstürzten Aufbruch hin. Er ging zu ihrem Schreibtisch. Ein Foto an ihrer Pinnwand zog seinen Blick an. Es hatte vor drei Monaten noch nicht dort gehangen. Es war dasselbe Foto, das auch in seinem Zimmer hing: Emma und er in dem Kahn im Luisenpark, dicht beieinander. Da war sie noch einen halben Kopf größer als er. Jetzt waren sie gleich groß – dass Emma zwei Jahre älter war, fiel nicht mehr sofort ins Auge.

Er senkte den Blick schnell.

Und dann sah er es. Zwischen Schulheftern und ein paar durcheinanderliegenden Reclamheften, lauter Sachen, die sie offenbar gerade in der Zwölften lasen – *Nathan der Weise*, *Emilia Galotti* und *Kabale und Liebe* –, lag ein Blatt Briefpapier. Er sah nur deshalb genauer hin, weil er es ihr geschenkt und selbst gelayoutet hatte. Einen Rand aus dunkelgrünem Gras, in dem lauter Golfbälle lagen. Zwanzig Blätter und zwanzig Briefumschläge hatte er damit bedruckt. Emma war begeistert gewesen.

Er trat näher an den Schreibtisch. Nahm den Zettel hoch. Es waren nur sechs Worte. Er las sie und sein Mund wurde trocken.

Lieber Hannes, ich kann so nicht …

* * *

Er drehte sich um und verließ fluchtartig die Wohnung. Er war ein Einbrecher, ein Schnüffler, er spionierte Emma hinterher! Er hatte nichts in der Wohnung, nichts in ihrem Zimmer verloren! Er hatte sich vergewissern wollen, dass es ihr gut ging, aber sie war nicht da, und es gab keinen Hinweis.

Unten angekommen, wollte er schon die Haustür aufstoßen, als er stutzte und stehen blieb. An der Haustür hing – von innen – ein großer, orangefarbener Zettel. *Hannes, komm zum Gothaer Weg 11!*

Eine Nachricht von Emma?

Er riss den Zettel von der Tür, faltete ihn zusammen und schob ihn in seine Gesäßtasche. Dann stieß er die Tür auf und lief durch die brütende Hitze zu seiner Vespa.

ALISSA

Samstag, 17. August, Mannheim

Warum war sie eigentlich so ruhig? Sie atmete nicht schneller, ihr Herz schlug genau wie immer. Sie wusste, dass es anders sein müsste, anders sein *sollte*. Sie hatte es ja bei Leon gemerkt, an seiner Stimme, als sie ihn von der Polizei aus angerufen hatte. Der hatte versucht, die Panik wegzudrücken, damit sie es nicht merkte.

Sie selbst musste nichts wegdrücken. Sie *spürte* keine Panik. Sicher war es schrecklich, keine Hilfe holen zu können, aber sie hatte alles versucht, und es war nicht zu ändern. Sicher war es unheimlich, nicht zu wissen, was eigentlich vorgefallen war in der ganzen Stadt, aber so war es eben. Es war nicht schön, aber es beunruhigte sie nicht, und es machte sie vor allem nicht panisch.

Es ging ihr schon lange so. Sie hatte vor nichts Angst. Der Fünfmeterturm war kein Problem für sie. Sie war die Einzige in der Klasse, die von dort aus einen Kopfsprung machte. Ihr flatterte das Herz nicht, sie stand nicht bleich da oben wie die anderen, die rückwärts wieder hinunterstiegen – sie sprang einfach. Sie hatte auch keine Angst vor Spinnen, vorm Keller oder davor, im Dunkeln nach draußen zu gehen. Und als sie jetzt in ihre Straße einbog, die wie alle anderen aussah – stumm und starr, als läge sie im Koma –, als sie aufmerksam schaute und sich nichts, wirklich gar nichts regte, als sie schließlich vor ihrem Bungalowhaus bremste, den Helm abnahm und von dieser unnatürlichen Stille überspült wurde, merkte sie, dass sogar das sie nicht beunruhigte.

Bevor sie auf den Klingelknopf drückte, sah sie durchs Küchenfenster. Die Küche war leer. Auf ihr Klingeln rührte sich nichts. Sie kramte in ihrem Rucksack nach dem Schlüssel und schloss die Tür auf.

***

Sie ging in den Korridor und von da aus ins Wohnzimmer.

Das Haus war ein riesiges, leeres Maul, das sie angähnte. Mit schnellen Schritten durchquerte sie das Wohnzimmer und öffnete die Terrassentür zum Garten. Das Schilfgras vom Goldfischteich tänzelte in einer leichten Brise. Sie lief durch den Garten zum Pavillon.

Auf dem Arbeitstisch ihres Vaters, der mit einem sorgfältig gebügelten Tischtuch bedeckt war, stand ein Sammeltassenset, außen dunkelblau, innen golden, daneben ein ebensolches Milchkännchen. Die Kamera steckte auf dem Stativ. Dass ihr Vater bei einer Evakuierung ausgerechnet die Kamera dalassen würde, war schwer zu glauben. Eher würde er sein Portemonnaie vergessen.

Sie ging wieder ins Haus zurück und sah sich intensiv im Wohnzimmer um. War denn nirgends eine Nachricht an Leon und sie?

Auf dem Tisch lag die aufgeschlagene Fernsehzeitung, daneben stand ein Glas Sprudel. Halb voll. Der Stuhl stand nicht an den Tisch herangerückt, sondern so, als wäre jemand nur kurz aufgestanden, um etwas zu holen und sich dann gleich wieder zu setzen.

Sie ging in die Küche.

Mit einem Blick sah sie, dass ihr Zettel vom Morgen noch auf dem Tisch lag. Auf dem Herd stand ein großer Topf und Alissa nahm den Deckel ab. Hühnerfrikassee – ihr Lieblingsessen. Sie legte die Hände um den Topf. Der Topf war nicht nur warm, er war heiß! Als wäre der Herd erst vor fünf Minuten ausgeschaltet worden.

Wenn sie vor fünf Minuten das Haus verlassen hatten, hätten

sie sich in die Arme laufen müssen! Sie hätte sie zumindest hören müssen. Oder waren sie noch da?

Sie ging ins Schlafzimmer – nichts –, dann riss sie die Tür zu Leons Zimmer auf.

Seit sie hier eingezogen waren, hatte sie dieses Zimmer nur ein einziges Mal betreten: als es darum ging, wer welchen Raum bekam. Leon hatte natürlich ihr die Entscheidung überlassen.

Sie war überrascht, wie aufgeräumt sein Zimmer war. Es sah sehr spartanisch, fast leer aus. Nur die Fotos überall fielen auf. Warum wusste sie nicht, dass Leon ordentlich war? Was wusste sie überhaupt von ihrem Bruder? Dass er ihr mit seiner Anhänglichkeit auf die Nerven ging. Dass er aus irgendeinem Grund, über den er beharrlich schwieg, exzessiv Straßenbahn fuhr. Dass er fotografierte.

Sie hatte sich seine Fotos noch nie genauer angeschaut. Ein Fotograf in der Familie genügte ihr. Offenbar fotografierte ihr Bruder leidenschaftlich gern Serien. Über seinem Bett hingen etwa zehn Fotos, die eingeritzte Nachrichten auf Parkbänken zeigten.

Was war das da über seinem Schreibtisch? Münder? Sie trat jetzt doch über die Schwelle, ging bis zu seinem Schreibtisch, sah, dass Leon lachende Münder aus Fotos geschnitten hatte, zwölf, fünfzehn Münder, die alle auf ein anderes Foto geklebt waren, um eine Person herum, die in der Mitte dieses Fotos stand, die Augen aufgerissen hatte und lachte.

Sie streckte die Hand aus, riss es ab.

Sie hätte ja noch verstanden, wenn es Nina wäre, aber auf dem Foto war sie selbst, Alissa. Was sollte das? Sie stand auf einer aus Paletten gebauten Bühne, hatte das Akkordeon umgeschnallt. Es war aufgefaltet wie ein riesiger Fächer, ihre Finger liefen über die Tasten, sie hatte sich nach hinten gelehnt und lachte, lachte ins Publikum, lachte. Neben ihr, am Mikro, stand Nina. Von Nina waren nur ein Stück Schulter und ein Arm zu sehen. Aber ihr hätte auch ein Fingernagel genügt, um sie zu erkennen. Es war ein Auftrittsfoto vom Sommerfest am Melanchthon-Gymnasium vor vier Jahren.

Sie waren The Four Witches gewesen. Nina hatte gesungen und Gitarre gespielt, Josy hatte am Schlagzeug gesessen, Katrina Bassgitarre gespielt, und sie, Alissa, Akkordeon.

Sie stand da, mit dem Foto in der Hand, und sie hasste diesen Moment. Hasste die Gefühle, die sie gerade empfand. Was bildete Leon sich ein? Sie selbst hatte alle Four-Witches-Fotos weggeworfen. Sie wollte nicht erinnert werden! Vor allem nicht an Nina. Und jetzt wurde sie hier, im Zimmer ihres Bruders, von der Vergangenheit überrollt!

Am Anfang, als sie sich gegründet hatten, hatte nicht einmal sie selbst daran geglaubt, dass sie auch nur zwei Monate durchhalten würden. Am Ende waren sie zwei Jahre zusammen gewesen und sie hatten jedes Schulfest gerockt. Als die Lokalzeitung sie interviewt und gefragt hatte, was für Musik sie eigentlich spielten, und Alissa noch überlegt hatte, hatte Nina einfach gesagt: »Richtig coolen Mädchen-Kreisch-Rock.«

Alissa starrte auf das Foto. Die Stimmung brodelte, das sah sie nicht nur an ihrem Gesichtsausdruck, der zugleich gelöst und irgendwie *verrückt* schien, sondern auch an den vielen hochgerissenen Armen.

Sie zerriss das Foto. Ohne zu zögern und ohne es zu bedauern. Einmal und noch einmal, und pfefferte es in den Papierkorb. Sie wollte nicht über Leons Schreibtisch hängen!

Überhaupt Leon! Wieso war er nicht mit zur Polizei gekommen, sondern war bei diesem rothaarigen Mädchen am Bahnhof geblieben? Leon. Sie musste ihn abholen.

Als sie die Wohnung verlassen wollte, fiel ihr Blick auf die Kommode, wo die Werbeprospekte lagen, die ihr Vater immer aus dem Briefkasten holte.

Zwischen den Prospekten und Flyern steckte etwas. Ein Briefumschlag?

Ein Briefumschlag!

Mit einem Satz war sie an der Kommode und zog den Umschlag hervor. Er war nicht von ihren Eltern. Er war mit der Post gekommen und ihre Eltern hatten ihn für sie liegen lassen. Sie drehte ihn um. Es stand kein Absender drauf. Irgendwas Kleines, Schweres war drin, das fühlte sie. Was war das? Ein scharfkantiger Stein? Ein großer Nagel? Es fühlte sich irgendwie seltsam an, so als …

Als sie den Umschlag aufreißen wollte, hörte sie ein Geräusch. Im ersten Moment dachte sie an ein Insekt.

Ein recht großes Insekt. Eins, das sich näherte.

Und dann erkannte sie, dass es ein Motor war, ein Fahrzeug. Sie stand da, lauschte, den Kopf schräg gelegt. Mit wenigen Schritten war sie bei der Haustür. Riss sie auf.

Draußen war das Geräusch lauter. Jetzt kam auch noch Gehupe dazu!

War es die Polizei? Die Feuerwehr? Das Evakuierungskommando? Egal. Da mussten Menschen sein! Oder wenigstens einer!

Sie ließ die Haustürklinke los und fing an zu laufen. Den Umschlag stopfte sie in die Hosentasche.

Sie lief in die Weimarer und von da aus weiter zur Kreuzung. Sie sah nach rechts. Nach links. Horchte auf das Hupen. Von wo kam es?

Rechts sah sie weit in der Ferne Dunst. Er schien von den Straßenrändern zu kommen und auf die Fahrbahn zu ziehen. Was war das? Nebel? Nebel bei Sonne? Das musste etwas anderes sein, Smog vielleicht. Aber es fuhren keine Autos, die Smog verursachen konnten. Sie kniff die Augen zusammen, doch es wurde nicht deutlicher. Es war einfach zu weit weg.

Und dann merkte sie, dass das Hupen von der anderen Seite kam. Ihr Kopf fuhr nach links herum, weg von dem seltsamen Dunst, hin zu diesem schwarzen Punkt, der um die Kurve kam, langsam größer wurde, Konturen bekam, eine Farbe, eine Form: Es war ein Vespafahrer.

Sie stellte sich mitten auf die Straße und riss die Arme hoch.

TAMARA

Samstag, 17. August, Mannheim

»Ist das nicht ein bisschen viel, oder erwartest du noch eine Fußballmannschaft?«, rief Leon ihr zu, der am Kaffeeautomaten stand, einen Becher daruntergestellt hatte und auf den Knopf für heißes Wasser drückte. Sie waren vom Reisezentrum zum Backshop gewechselt.

Tamara hatte ein Stück Schwarzwälder Kirschtorte, eine Streuselschnecke, einen Berliner und zwei mit Käse belegte Brötchenhälften auf einen Teller gestapelt und gerade überlegt, ob sie noch ein Stück Mohnkuchen nehmen sollte.

»Wenn ich nicht sofort etwas zu beißen bekomme, fress ich meinen Rucksack«, sagte sie und biss in den Berliner. »Weißt du, wann ich das letzte Mal etwas gegessen hab? Gestern Abend! Wie lange ist das eigentlich schon her?« Sie begann, die Stunden an ihren klebrigen Fingern abzuzählen. »Zwanzig Uhr, einundzwanzig, zweiundzwanzig, dreiundzwanzig ...«

»Willst du auch was trinken?«, fragte Leon.

»Ja, aber keinen ...«

»... keinen Kakao. Ist klar. Du bist ja kein Kalb. Ich mach dir eine Apfelschorle.«

»Woher weißt du das mit dem Kakao?«, fragte Tamara.

Leon sah auf, er wirkte verwirrt. »Äh ... ich weiß nicht. Geraten wahrscheinlich.«

Obwohl Tamara ihn erst so kurz kannte, merkte sie, dass sie ihn schon mochte. Das heißt: Sie mochte seine Stimme. Aber die war das Wichtigste. Würde man ihr mit verbundenen Augen einen fremden Menschen vorführen, wüsste sie sofort, wenn sie ihn sprechen hörte, ob sie ihn mögen würde oder nicht. Vielleicht war das eine Art sechster Sinn. *Ihr* sechster Sinn war ihr Gehör.

Leon klang nach einem Waldtier. Einem mit Fell und flinken Beinen. Seine Stimme sprang von hoch zu tief und zurück, so wie ein Hase oder ein Hirsch über Büsche und Äste springen würde. Und – sie mochte sowohl Hasen als auch Hirsche.

Sie fuhr mit Leon und dem Kuchenteller die Rolltreppe nach unten und setzte sich in den schattigen Eingang. Leon bevorzugte die Sonne. Sie eigentlich auch. Aber während der stundenlangen Odyssee an den Schienen entlang bis hierher hatte sie sich verbrannt. Ihre Haut fühlte sich gespannt und fiebrig an, vor allem an den Schultern. Rothaarige Menschen hatten besonders empfindliche Haut. Das hatte ihr Ellen mit ihrem Spezialwissen oft genug gepredigt und sie, sobald die erste Frühlingssonne einen zaghaften Strahl vom Himmel herabschickte, mit Sonnencremes und Ölen versorgt. *Zugeschüttet* wäre der treffendere Begriff. Lichtschutzfaktor 50. Selbst Australier würden damit weiß wie Mozzarella bleiben.

»Wie spät ist es?«, fragte sie.

Leon sah kurz auf seine Uhr. »Keine Ahnung. Das Ding ist stehen geblieben.«

»Tag der kaputten Uhren«, sagte Tamara und schnippte mit dem Finger gegen ihre eigene.

Dann fiel ihr plötzlich etwas ein, und sie legte das halbe Brötchen, in das sie gerade hatte beißen wollen, auf den Teller zurück und zog ihr Handy heraus. »Ich muss anrufen.«

»Wen denn?«

»Eine Mücke«, sagte Tamara nur und wählte Fionas Nummer. Ob Fiona jetzt ohne sie im Augustabad war? Sie hasste den Gedanken, Fiona zur Komplizin zu machen, aber hatte sie eine Wahl? Es war wahrscheinlich schon nach sieben. Spätestens um acht würde Ellen anfangen, sich Sorgen zu machen, und Fiona anrufen.

Wenn Fiona ihr ein Alibi verschaffen und sie Ellen erklären könnte, dass sie bei ihr übernachtete, hätte sie Zeit gewonnen. Bis morgen. Ellen und Thomas würden nichts merken. Dass sie fürs Rückendecken in Fionas Schuld stehen würde, war zwar unangenehm, aber es war immer noch besser, als von Ellen in Zukunft noch stärker überwacht zu werden.

Sie hielt sich das Handy ans Ohr, wartete. Nichts kam. Kein Freizeichen, kein Rauschen. Einfach gar nichts.

»Kann ich mal dein Handy haben?«, fragte sie Leon. Der hatte sich gerade eine Brötchenhälfte in den Mund geschoben. Sie schnappte sich einfach sein Handy und tippte Fionas Nummer von ihrem Display ab.

»Na toll! Herzlich willkommen bei T-Offline«, sagte sie nach einer Weile und sah auf das Handy.

»Was?«

»Keine Ahnung ... vielleicht steckt Fiona gerade im Funkloch.«

Sie gab Leon das Handy zurück und griff nachdenklich nach dem Stück Schwarzwälder Kirschtorte. Sie biss ab und registrierte, dass die Torte so frisch schmeckte, als wäre sie eben erst aufgeschnitten worden. Dann fragte sie: »Wie ist deine Nummer?«

»Warum?«

»Nur so, als Test«, sagte sie.

Sie tippte die Zahlen ein, die Leon ihr diktierte, und eine halbe Sekunde später klingelte Leons Handy.

»Okay«, sagte sie. »Die Handys sind in Ordnung. Ich versuch's mit einer Nachricht.«

Hi Fiona! Ruf mich sofort an! Tamara

Sie beobachtete Leon, der seine Kamera hob, durch den Sucher schaute und immer wieder die menschenleere Straße fotografierte. Er wirkte unruhig, und irgendwie spürte sie, dass er nicht nach ungewöhnlichen Motiven, sondern nach etwas ganz Bestimmtem Ausschau hielt. Oder besser: nach jemand Bestimmtem.

»Hast du Schiss, dass sie dich hängenlässt? Sie ist doch deine Schwester.«

Er sagte nichts, zog sich nur den Hut ins Gesicht, sodass es bis zur Nase im Schatten lag und sie seine Augen nicht mehr sehen konnte.

»Weswegen sollte sie eigentlich sauer sein?«, bohrte sie weiter. »Du bist doch nicht ihr ...« In diesem Moment sah sie etwas auf dem Display ihres Handys, riss es in Augenhöhe und hielt Leons Handy daneben. »Das gibt's doch nicht! Wieso fällt mir das jetzt erst auf!«

Sie sprang auf und rannte ins Bahnhofsgebäude zurück. Sie hetzte zur Rolltreppe, wartete nicht ab, bis die Treppe sie in Rentnergeschwindigkeit nach oben fuhr, sondern nahm gleich mehrere Stufen auf einmal, stürzte dann durch die Glastür, die sich viel zu langsam öffnete, ins Reisezentrum, hechtete über den Tresen und beugte sich über einen Computer. Der Bildschirmschoner zeigte Silvesterraketen, die in unendlicher Folge explodierten und funkelnde Splitter über den Monitor schütteten.

Sie tippte auf eine Taste. Die Raketen verschwanden, der Desktop wurde sichtbar. Sie starrte sekundenlang auf die rechte untere Ecke des Monitors. Das war ... unmöglich!

***

»Was ist denn los?«, sprang Leons Hasenhirschstimme auf sie zu.

Sie hob den Kopf vom Computer. »Kirchturmuhren können stehen bleiben, richtig?«, sagte sie. »Bahnhofsuhren auch.« Sie wies auf die Wand. Sieben nach drei. »Und natürlich Armbanduhren.« Sie tippte auf ihr Handgelenk. Sie trug eine grau-grüne Supermarktuhr, Armylook, die sie mal für vier Euro gekauft hatte, deshalb hatte sie sich auch nichts weiter gedacht, als sie heute um 15:07 Uhr stehen geblieben war. Es war eben eine Billiguhr. Sie sah ihm in die Augen. »Aber hast du schon mal davon gehört, dass eine Funkuhr die falsche Zeit anzeigt?«

Sie drehte den Monitor zu Leon um.

»Diese Computeruhren hier gehen per Funk.«

In der rechten unteren Ecke stand: 15:07.

HANNES

Samstag, 17. August, Mannheim

Komm zum Gothaer Weg 11!

Der Gothaer Weg lag in Vogelstang. Er raste die Straßen entlang, bremste ab, um den stehenden Autos auszuweichen, fuhr Slalom. Drehte wieder auf.

Was war hier nur geschehen? Warum hatte er nichts mitgekriegt?

Er hätte einfach keine Ohropax reinmachen sollen. Vielleicht hatte er alle Warnversuche der Nachbarn und der Polizei überhört! Vielleicht hatte jemand versucht, anzurufen! Vielleicht hatte es geklopft oder geklingelt! Vielleicht hatte es Megafone und Sirenen gegeben! Und er hatte in seiner mit Ohropax abgedichteten Friedlichkeit dagelegen und alles verpennt!

Da sieht man, was passiert, wenn man tagsüber schläft – Penner kriegen eben nie was mit. Er schüttelte den Kopf, um Holgers bescheuerte Stimme loszuwerden.

Er war jetzt auf der Magdeburger Straße. Die Leute hatten überall alles stehen lassen, die Auslagen der Geschäfte waren nicht hereingeholt worden, so wie schon in der Beilstraße im Jungbusch und auch in Neckarau bei Emma … Wovor waren die Leute geflüchtet? Sosehr er auch schaute, er konnte keine Gefahr entdecken. Nicht mal die *Spur* einer Gefahr.

Irgendwo musste doch noch jemand sein! Einer wie er, der auch alles verpennt hatte. Er konnte doch nicht der Einzige sein! Seine Hand zuckte zur Hupe und dann nahm er sie nicht mehr weg. Das Hupen gellte durch die Magdeburger Straße, an den Häuserwänden empor, drang durch die angekippten Fenster hinein, und während er fuhr, sah er immerzu in den Rückspiegel, ob doch noch jemand aus den Häusern gerannt kam.

So verzweifelt schaute er in den Rückspiegel, dass er fast die junge Frau übersehen hätte, die wie ein Geist mit hochgerissenen Armen vor ihm auftauchte.

***

»Aus dem Weg!«, rief er erschrocken, während er ihr gerade noch ausweichen konnte.

Die junge Frau blieb wie angewurzelt stehen.

»Kannst du mir sagen, was hier los ist?«, fragte er atemlos, nachdem er zum Stehen gekommen war. Und als sie nicht gleich antwortete: »Bist du …« Er suchte nach dem richtigen Wort. »Bist du … irgendwie zuständig?«

Genauso wirkte sie nämlich: wie jemand, der zuständig war. War sie vielleicht von der Bundeswehr? Kümmerte sie sich um übrig gebliebene Zivilisten wie ihn?

Beim Wort *zuständig* geschah etwas mit ihrem Gesicht. Es war, als würde etwas einrasten, das vorher frei gewesen war. Es rastete ein, und ihr Gesicht war nicht mehr offen, sondern glatt wie Glas und fest verschlossen.

»Nein, ich bin nicht zuständig«, sagte sie. Dann rutschte ihr Blick von seinem Helm und blieb an seinem T-Shirt hängen. Ziemlich lange. Er schaute nach unten.

Sein Schlafshirt! Augenblicklich stieg ihm das Blut ins Gesicht. Es war eins dieser Werbegeschenk-T-Shirts, die seine Mutter im Doppelpack mal aus der Praxis mitgebracht und ihm hingelegt hatte. Er hätte sie nie auspacken sollen! Nie anziehen! Außer vielleicht bei totaler Sonnenfinsternis, beim Blindentreffen oder eben zum Schlafen (allein!).

Das T-Shirt war weiß und auf Brusthöhe stand in fetten, grünen Buchstaben: *Granu Fink*. Darunter schlug eine wasserblaue Schrift eine Welle und verkündete: *Lebenslust statt Blasenfrust!*

Er versuchte unauffällig die Arme über dem Schriftzug zu verkreuzen. Selbst der Gedanke, dass er ja Gott sei Dank »nur« das erste und nicht das zweite T-Shirt aus dem Pack trug, machte es nicht besser. Auf dem zweiten stand: *Prosta Fink Forte*. Die blaue Wellenschrift darauf hätte freundlich bekannt gegeben: *Vermindert den Harndrang und stärkt den Harnstrahl!*

Sie lachte nicht. Machte keinen Witz. Ging gar nicht darauf ein. Was fast noch schlimmer war, als hätte sie irgendeinen blöden Kommentar abgegeben.

»Was machst du hier?«, fragte sie stattdessen.

»Ich muss zum Gothaer Weg«, sagte er. »Weißt du, wo lang?« Ehe er reagieren konnte, war sie schon hinter ihm auf die Vespa gestiegen. »Fahr hier links in die Weimarer rein«, sagte sie.

Er startete den Motor.

***

»Welche Nummer?«, rief sie.

»Elf.«

»STOPP!«

Hannes trat so abrupt auf die Bremse, dass sie gegen seinen Rücken knallte.

Sie sprang ab und stellte sich vors Vorderrad. »Was willst du im Gothaer Weg 11? Wer bist du?«

»Wieso?«, fragte er verwirrt unter seinem Helm. »Weißt du, wer da wohnt? – Ich ... ich suche meine Freundin. Emma. Emma Treiber – kennst du sie etwa?«

Die junge Frau sah ihn intensiv an. Ihr ganzes Gesicht wirkte undurchdringlich. Nicht mehr wie Glas, dachte er, sondern wie Metall. Ihre Haut erschien ihm einen Tick zu hell, oder es waren ihre Augen, die plötzlich so dunkel, fast schwarz aussahen. Mehr denn je kam sie ihm vor wie jemand, der zuständig war. Er hätte nicht sagen können, woran es lag – sie strahlte es einfach aus. Als wüsste sie mehr als er. Als wüsste sie, was zu tun sei. So eine Ausstrahlung hatten Verkehrspolizisten, Trainer im Kletterpark oder Verkäufer.

»Ich kenne keine Emma«, sagte sie. »Im Gothaer Weg 11 – da wohne *ich*.«

KORA

Samstag, 17. August, Schwäbisch Gmünd

Als die Gegensprechanlage um Punkt fünfzehn Uhr »Hofgang!« krächzte, stand Kora schon an der Zellentür. Auch Miriam war wie elektrisiert. Sie stellte sofort den Fernseher aus und sagte: »Was für ’n Wetterchen! Wenn wir doch bloß zum Freibad könnten ...«

Kora hatte das Gefühl, eine Wiederholung vom Mittagessen zu erleben und sich gegen den Kopf schlagen zu müssen. Oder den Kopf gegen etwas anderes. Gegen diese Steinmauer zum Beispiel. Einfach dagegenschlagen, bis alles herausfiel und sie frei war.

Alles hier drin war eine Wiederholung. Jeder Tag war die Nachahmung des vorigen, jede Woche die der letzten. Es gab keine Überraschungen, keine spontanen Wendungen, nur diese erschöpfenden Wiederholungen, denn alles verlief nach Plan, und der Plan änderte sich nie. Irgendwann hatte sie selber angefangen, alles zu wiederholen. Sie hatte angefangen, Sätze doppelt zu sagen, die Hausschuhe auf dieselbe Weise vors Bett zu stellen, sich zweimal hintereinander die Zähne zu putzen. Und jetzt war es schon so weit, dass sie zu einer bestimmten Zeit die Gedanken vom Vortag dachte. Sie war erst ein halbes Jahr hier. Anderthalb Jahre lagen noch vor ihr. Doch bereits jetzt waren die Wiederholungen wie ein Tinnitus. Sie saßen im Kopf fest. Tickten wie eine Zeitbombe. Sie musste aufpassen, nicht verrückt zu werden. Sie musste wirklich aufpassen.

Kora stürzte auf den Gang, als die Tür aufgeschlossen war. Sie stellte sich ganz nach vorn, an die Gittertür. Obwohl sie zu dieser Stunde auf der Höhe ihrer Leistungsfähigkeit sein müsste, denn was hatte sie heute schon getan außer essen, fühlte sie sich matt. Ausgelaugt. Als die Gruppe sich in Bewegung setzte, lief sie als Erste, gleich neben der Beamtin.

Draußen wurde sie fast von der Hitze erschlagen. Es war noch heißer als am Mittag. Obwohl Samstag war, hatte sie ihre Arbeitsbluse und Jeans an. Miriam brezelte sich am Wochenende immer auf, zog weiße Hosen an und tief ausgeschnittene Shirts. Als gäbe es hier irgendeine Möglichkeit, auszugehen. Als könnte man die abendliche Freizeit anders verbringen als im stickigen Aufenthaltsraum unter der halb verwelkten Palme bei Mensch ärgere Dich nicht oder in der Küche beim Kochen. Ihr jedenfalls waren die Arbeitsklamotten lieber. Sie waren ehrlicher, fand sie. Denn hier gab es keine Feiertage.

Doch jetzt, als sie durch die wabernde Hitze im Hof lief, verspürte sie die jähe Lust, den dicken, groben Stoff loszuwerden oder wenigstens die Hosen gegen Shorts auszutauschen. Sie hatte keine Shorts. Niemand hatte Shorts. Shorts waren nicht gestattet.

Kora stürzte vorwärts, sie war immer noch die Erste, alle anderen waren hinter ihr, und genau das sollte auch so bleiben. Sie wollte in Ruhe ihre Hofrunde laufen. Sie wollte nicht reden. Ihr Kopf war randvoll. Sie hatte jetzt genau eine Stunde Zeit, den ganzen Fernsehlärm loszuwerden, Miriams Polypenstimme und den Wiederholungstinnitus. Sie warf einen kurzen Blick zurück. Die eine Hälfte der Frauen hatte sich auf die Bänke verteilt oder stand in Grüppchen zusammen, zündete sich Zigaretten an, schnorrte, unterhielt sich. Die andere Hälfte kam langsam hinterhergeschlendert. Da hörte sie Schritte von der anderen Seite und drehte den Kopf.

Na toll! Susette und Kristina. Sie kamen genau auf sie zu! Miriam in der Mitte, die eifrig erzählte. Das hatte ihr gerade noch gefehlt! Ihr erster Impuls war umzudrehen, aber dann würde sie den anderen Frauen entgegenlaufen und dort in ein Gespräch verwickelt werden.

Und weil sie weder vorwärts noch rückwärts konnte, zog sie sich einfach etwas dichter an die Mauer zurück und blieb dort stehen. *Manchmal, wenn man gar nicht weiß, wo man hinsoll, ist es das Beste, erst mal da zu bleiben, wo man ist.* – Koras Knastweisheiten, Seite 3.

Sie drehte den Kopf zur Mauer und tat so, als würde sie die Malereien nach Fehlern absuchen. Kleine Übermalungen, die sie nächste Woche korrigieren wollte. Montag. Gleich Montag würde sie das mit Hebrecht besprechen. Sie betrachtete ihren Wal, der ein Stück aus dem Wasser herausragte, seinen großen, festen, starken Rücken, den jedoch niemand außer ihr als Walrücken erkannte. Auch Miriam dachte, das wäre ein Stein oder ein Sandhügel. Als ob Sandhügel silbergrau wären und Fontänen spritzten! Als sie auf die Fontäne gezeigt hatte, hatte Miriam gesagt: »Was weiß denn ich? Du bist doch die Malerin. Ne Wolke vielleicht?«, und hatte ratlos mit den Schultern gezuckt.

Die drei kamen näher. Sie hörte Susette lachen. Sie waren mit sich beschäftigt, würden an ihr vorbeilaufen, würden sie dort an der Mauer gar nicht bemerken.

Sie stand ganz reglos da.

Wartete. Trat noch ein Stück näher an die Mauer heran. Waren sie jetzt hinter ihr? Hatten sie sich angeschlichen? Nein, dachte sie, ich werde mich nicht erschrecken. Auf eure Spielchen falle ich nicht rein. Sie wartete weiter. Nichts war hinter ihr zu hören. Kein Lachen, keine Stimmen, keine Schritte.

Kora fing an, innerlich bis zehn zu zählen. Dann würde sie sich umdrehen.

ALISSA

Samstag, 17. August, Mannheim

Sofort, als er ihre Adresse genannt hatte, war sie von seinem Moped abgesprungen. »Im Gothaer Weg 11, da wohne *ich*«, sagte sie und postierte sich direkt vor seinem Vorderrad. »Was willst du dort? Wer ...« Sie sprach langsam. »Wer ... bist ... du?«

Sie starrte auf den schwarzen Helm, auf das verspiegelte Visier, das sorgsam das Gesicht verbarg.

Er nahm den Helm ab.

Es war absurd, aber sie hatte das Gesicht erwartet. Obwohl sie diesen Jungen noch nie vorher gesehen hatte. Sie hatte *gewusst*, dass dieses Modelgesicht zum Vorschein kommen würde. Dieser fein geschnittene Mund, die dichten Brauen. Diese schwarzen Haare, die widerspenstig wirkten und doch weich. Ein wenig wie Federn, dachte sie, Rabenfedern. Und selbst dieser Gedanke kam ihr vertraut vor. Ein Déjà-vu. Es dauerte nur eine Sekunde, nein, den Bruchteil einer Sekunde.

Sie strich sich über die Schläfe, fing sich, war wieder klar und konzentriert.

»Wer bist du?«, wiederholte sie.

»Ich bin ... Hannes«, sagte er.

Und wieder schien ihr, als hätte sie es gewusst! Woher? Und erneut war das Vergessen schneller als sie.

»Also gut, Hannes«, sagte sie, und ihre Stimme war ruhig wie immer. »Was willst du bei uns zu Hause?«

»Hier«, sagte der Junge statt einer Antwort, griff in seine Gesäßtasche und hielt ihr einen orangefarbenen Zettel hin.

Hannes, komm zum Gothaer Weg 11!

Als sie ihn auseinanderfaltete, war ihr einen verwirrenden Moment lang, als öffnete sich gleichzeitig eine Tür in ihrem Unterbewusstsein. Eine Tür zu etwas, das sie einmal gewusst hatte. Nur einen Spaltbreit, und ein schmaler, zitternder Lichtstreif fiel hinein, dann schloss die Tür sich wieder.

»Das hat meine …«, er räusperte sich, »… eine aus meiner Schule hinterlassen. Ich suche nach ihr. Sie ist weg. Wie alle anderen. Nur der Zettel hing in ihrem Hausflur. – Ich hab bis drei geschlafen. Tief und fest. Als ich aufgewacht war und auf die Straße gegangen bin, war kein Mensch mehr da.«

Alissa blieb reserviert, denn dass er, der einzige Mensch, den sie außer diesem Mädchen am Bahnhof getroffen hatte, gerade ihre Adresse in der Tasche trug, war mehr als seltsam!

»Da ist niemand«, sagte sie. »Unser Haus ist leer. Die ganze Stadt ist leer.«

***

Da nahm sie einfach so diesen Typen mit in ihr Haus und führte ihn durch die Zimmer. Wieso hatte sie auf einmal dieses Gefühl, ihm vertrauen zu können?

Er ließ sich alles zeigen, das Bad, die Abstellkammer, die Küche, in der es noch immer nach Frikassee roch. Er berührte nichts, hatte sich am Eingang sogar die Schuhe ausgezogen. Vor der Kommode war er kurz stehen geblieben und hatte das große Foto betrachtet, das dort hing.

»Wo ist das denn?«, fragte er.

»Tannwalde«, sagte Alissa kurz angebunden. »Ist in Sachsen-Anhalt. Liegt eine halbe Autostunde von Lutherstadt Wittenberg entfernt. Da haben wir früher gewohnt.«

»Wer sind denn die beiden neben dir?«

»Das ist Leon, mein Bruder. Das ist Nina.« Bevor er sie weiter löcherte, stellte sie schnell eine Gegenfrage: »Aus welchem Stadtteil kommst du?«

»Jungbusch. – Graffitis, Kneipen, *Giannis Pizza*, die beste in der ganzen Stadt, jeder spricht anders.«

Ihr Blick verweilte etwas zu lange auf seinem Rabenhaar.

»Brauchst hier nicht den Fremdenführer zu spielen«, sagte sie. »Ich kenne den Jungbusch.« Sie stieß die Gartentür auf und führte ihn über die geharkten Wege zum Pavillon.

»Normalerweise müsste mein Vater jetzt seine Teller und Tassen fotografieren«, sagte sie. »Deine Süße hat dir ja wenigstens noch einen Zet...«

»Sie ist nicht meine ... Süße«, unterbrach Hannes. »Sie ist meine Freundin. Meine ehemalige ... ich meine, sie *war* meine ...« Er verhaspelte sich total, brach ab.

»Wie auch immer«, sagte Alissa. »Sie hat dir wenigstens einen Zettel hingehängt. Obwohl ich echt nicht verstehe, warum da *unsere* Adresse draufsteht.«

»Und dir ist hier im Haus wirklich nichts aufgefallen? Vielleicht hat Emma ja hier angerufen?«, fragte er.

Ihr Blick ging zum Anrufbeantworter, der eine große, rote »0« anzeigte. Sie schüttelte den Kopf. »Ich wüsste auch nicht, wieso«, sagte sie. »Soviel ich weiß, kennt keiner von uns eine Emma.«

»Ich versteh das nicht.« Er starrte wieder auf Emmas orangefarbenen Zettel.

»Ach – jetzt fällt mir was ein«, sagte Alissa und zog den Brief aus ihrer Tasche. »Auf der Kommode lag das hier. Ist mit der Post gekommen.«

»Hast du noch nicht reingeschaut?« Er streckte die Hand nach dem Brief aus, fühlte, machte eine Bewegung, als wollte er ihn sofort öffnen. Sie zog ihn schnell zurück. »Das ist *mein* Brief!«

»Da ist etwas Kleines drin. Was Hartes«, sagte er.

»Ich weiß«, sagte sie, ging in die Küche, zog ein Küchenmesser aus dem Messerblock und öffnete den Umschlag.

Sie drückte ihn zusammen, sodass er sich öffnete wie ein Auge.

Ein böses Auge.

Sie war nicht vorbereitet.

Sie konnte dem Anblick nicht ausweichen.

Unwillkürlich stieß sie einen kleinen Schrei aus und ihre Hand zuckte zum Hals. Der Schock traf sie so schmerzhaft, als hätte jemand einen Pfeil auf sie abgeschossen.

***

»Was ist drin? Was ... was ist denn mit dir?«, fragte der Rabenjunge.

»Leon ... dieses miese ...«, brachte sie nur hervor, dann schnappte sie sich den Autoschlüssel vom Schlüsselbord an der Wand und sagte: »Ich muss zum Bahnhof. Entweder du kommst mit oder nicht.«

»Ich ... ich komme mit!«

Sie schob ihn aus der Tür, verschloss sie, ging von außen um das Haus herum zum Gartentor, riss es auf und lief zum VW-Bus ihres Vaters.

Als sie die Bustür aufschloss, bemerkte sie ein leichtes Jucken in der linken Ellenbeuge. Sie versuchte, es zu ignorieren, schnallte sich an, drehte den Zündschlüssel und fuhr los. Der Juckreiz in ihrer Ellenbeuge breitete sich Richtung Unterarm aus, und der Drang, zu kratzen, wurde größer. Sie biss die Zähne zusammen und trat stattdessen aufs Gas.

TAMARA

Samstag, 17. August, Mannheim

»Nicht nur unsere Armbanduhren, die Uhren im Handy, die Bahnhofsuhren und die Computeruhren – *alle* Uhren sind um 15:07 Uhr stehen geblieben«, sagte sie.

Leon antwortete nicht. Er sah immer noch verwirrt auf die Uhrenanzeige auf dem Computermonitor.

»Verstehst du?«, bohrte sie weiter. »Nicht allein die Funkuhren. Es liegt also nicht daran, dass die Funkverbindung gestört sein könnte. Warum halten plötzlich alle Uhren zur selben Zeit an?«

»Gute Frage«, sagte Leon.

»Eins ist jedenfalls sicher«, sagte Tamara. »Ein Bombenalarm ist das nicht! Das ist ... das ist –«

In diesem Moment hörten sie aus der Bahnhofshalle jemanden rufen.

* * *

Tamara stürzte aus dem Reisezentrum. Leon kam hinterher.

»Leon!«

Wieder der Ruf. Es war Leons Schwester. Diese Alissa. Sie stand unten in der Bahnhofshalle, und als sie sie oben entdeckte, stürmte sie die Rolltreppe hoch. Sie sah aufgeregt, nein, *wütend* aus. Sie starrte Leon an, schien ihn mit ihren Blicken regelrecht aufzuspießen. Was war passiert?

Leon stand am Kopf der Rolltreppe und wich nicht zurück. Er wirkte wie jemand, der eine Lawine kommen sieht und das Unglück einfach geschehen lässt, weil es fürs Weglaufen sowieso zu spät war.

Als sie oben war, stieß sie ihn mit beiden Händen vor die Brust. »Was – soll – das?«, sagte sie und bei jedem Wort stieß sie weiter gegen den Brustkorb, stieß ihn Schritt für Schritt nach hinten. Die Unbeweglichkeit in ihrer Stimme passte nicht zu ihrem verzerrten Gesicht. »Willst – du – mich – fertigmachen?«

»W-was …?«, hörte Tamara Leon stammeln. »Ich weiß nicht, was …«

In dem Moment bemerkte sie ein Motorengeräusch, das vor dem Bahnhofseingang verstummte. Da war noch jemand! Dann trat auch schon ein Typ durch den Eingang.

»Da ist jemand!«, rief Tamara.

Leon reagierte nicht, er war nur auf Alissa fixiert. Alissa sagte nur: »Der ist harmlos.«

»Harmlos?«, sagte Tamara. »Wer ist das?«

Alissa sagte nichts mehr, stieß Leon dafür wieder einen Schritt zurück. »Du bist der Einzige, der es gewesen sein kann!«

»Was meinst du?« Er flüsterte nur. Es war, als würde ihm plötzlich die Stimme fehlen, die Kraft zum Sprechen. Da zog Alissa einen Briefumschlag aus ihrer Tasche.

Tamara hatte das Gefühl, Leon beschützen zu müssen. Sie schob sich vor ihn, als Alissa den Umschlag auseinanderfetzte.

Zum Vorschein kam eine komische Metallzacke. Alissa hielt sie Leon hin. Eine angerostete Zacke, die aussah, als wäre sie von irgendwo abgebrochen. Sie hatte die Form eines »W«. Was sollte das alles? Tamara sah sich nach Leon um, aber der stand nicht mehr da.

***

Er war auf den Boden gesackt, hatte die Arme um sich geklammert, als hätte er Schmerzen. »Das ist nicht von mir«, flüsterte er. »Ich würde nie … ich würde das niemals …« Und dann fing er an zu weinen.

Jetzt reicht es aber, dachte Tamara. Sie musste etwas tun!

»Du Idiot!«, zischte Alissa. »Ist es denn immer noch nicht genug?«

»Ich schwöre dir, Alissa, ich ...«

»Hör auf«, sagte Alissa, »du machst mich ...«

»Fahr mich nach Schwäbisch Gmünd!«, platzte Tamara in den Satz und legte Alissa die Hand auf die Schulter. Als Alissa nicht reagierte, schüttelte sie sie.

Alissa fuhr herum. »Was?«

»Bitte fahr mich nach Schwäbisch Gmünd!«, wiederholte Tamara.

»Und wieso sollte ich das tun?« Alissa funkelte sie an.

»Ich muss da hin«, sagte sie.

»Und? Was hab ich damit zu tun?«

»Hast du etwas Besseres vor?«, blaffte Tamara zurück. »Du hast doch schon alles erledigt, oder? Du warst bei der Polizei. Keiner war da. Überall angerufen hast du auch schon, hat Leon erzählt. Eben warst du bei euch zu Hause nachsehen. Und jetzt hast du Leon wegen was auch immer fertiggemacht. – Gibt's sonst noch was? Oder können wir fahren?«

Alissa schien sprachlos und sah sie von oben bis unten an. Ein Blick wie Sandpapier.

»Nur, falls etwas unklar geblieben ist«, sagte Alissa mit einer Stimme kälter als die Arktis, »meine beste Freundin und ihr Freund sind auf einer kleinen Insel im Rhein spurlos verschwunden.« Sie betonte jedes Wort. »Wir haben nur noch Tasche und Tuch von ihnen gefunden. Sie sind womöglich verunglückt. Wir haben versucht, sie zu finden, aber wir brauchen professionelle Unterstützung. Suchhunde, Polizei. Glaubst du ernsthaft, solange ich keine Hilfe für die beiden finden kann, geh ich hier weg? Kutschiere dich nach Schwäbisch Gmünd?«

»Stimmt«, sagte Leon. »Wir könnten alle zusammen zur Insel fahren und noch mal nach ihnen suchen.« Er war wieder aufgestanden. In seiner Stimme war nur noch Hase, der Hirsch war weg.

»Ihr habt also Tasche und Tuch gefunden?«, fragte Tamara und sah von Alissa zu Leon und wieder zu Alissa. »Wisst ihr, was *ich* in dem menschenleeren Zug gefunden hab? Taschen und Tücher! Und Koffer und Regenschirme. Und Jacken und Laptops.« Sie machte eine kurze Pause, ließ die Worte wirken.

»Versteht ihr? Eure Freunde haben sich nicht verlaufen. Sie sind auch nicht verunglückt. Sie sind auf dieselbe rätselhafte Weise verschwunden wie alle anderen!«

»Vielleicht sind sie von Zombies angegriffen worden«, sagte der ominöse Typ, der in der Zwischenzeit hinter ihnen die Rolltreppe hochgefahren war. »Oder eine Krankheit hat sie alle aufgelöst!«

Sie drehte sich zu ihm, um ihm auf diese gequirlte Kacke zu antworten, doch als sie ihn ansah, stockte sie.

Dort stand Boy-of-the-year. Wenn Fiona hier wäre, würde sie ausrasten und alle Saugnäpfe ausfahren, wusste Tamara. Sie spürte, wie ein grimmiger Teil von ihr augenblicklich eine Barriere aufbaute.

»Wer bist *du* eigentlich, Mister Ich-hab-ein-bisschen-viele-Horrorfilme-geguckt?«, schnappte sie.

»Hannes«, sagte er.

»Und du hast also den Überblick, von wegen Zombies und so?«, schnappte sie wieder. »Zombies ... also mal ehrlich!«

»Ist ja gut«, sagte er.

»Wo kommst du überhaupt her? Gibt's noch mehr da, wo du herkommst? Und was willst du?«

Ihre Fragen hörten sich in ihren Ohren wie das Rattern einer Nähmaschine an. Oder wie ein Specht. Tock, tock, tock. Es war ihr egal. Es war ganz egal, was er davon hielt, weil schöne Menschen ihr egal waren!

»Ihr seid die Einzigen, die ich bis jetzt getroffen hab ... Ich dachte, wir könnten uns vielleicht zusamm...«

»Seht ihr!«, unterbrach sie ihn und drehte sich wieder zu den anderen. »Sie sind weg. Alle! Und ich weiß ja nicht, wie ihr das seht – aber *ich* finde, es ist keine allzu schlechte Idee, eine Stadt zu verlassen, die menschenleer ist. Jedes Verschwinden hat nämlich einen Grund. Und ehrlich gesagt möchte ich diesem Grund nicht begegnen! – Also, fahren wir?«

Leon antwortete nicht, sondern schaute zu Alissa. Tamara sah an seinem Blick, dass er nur das tun würde, was Alissa entschied. Wieso war er ihr eigentlich so ergeben?

»Und du?«, sagte sie zu Boy-of-the-year. »Hast du heute noch etwas Dringendes in dieser Stadt zu erledigen?«

Sie sah, wie etwas mit seinem Gesicht geschah, wie es sich veränderte, so wie der Himmel sich verändert, wenn er sich zuzieht. Eben noch war er strahlend und plötzlich wurde er düster.

»Meine Schilder ... Ich ... ich muss eigentlich noch wohin«, sagte er schnell. »Um halb neun.«

»Vergiss es«, sagte Tamara. »Es wird heute nicht mehr halb neun. Schau mal auf deine Uhr.«

»Die ist stehen geblieben«, sagte er.

»Ja, und ich weiß auch, wann«, sagte sie. »Sieben nach drei.« Sie sah, wie er seine Uhr betrachtete und dann verblüfft den Kopf hob. Auch Alissa hatte auf ihre Uhr geschaut. Jetzt hatte sie endlich ihre Aufmerksamkeit.

»*Alle* Uhren sind um sieben nach drei stehen geblieben«, sagte sie. »Hier stimmt etwas Grundsätzliches nicht. Eins kannst du mir glauben«, sagte sie zu Boy-of-the-year. »Dein Halb-neun-Date kommt heute nicht!«

Einen kurzen Moment hatte sie das Gefühl, er würde sie anspringen. Sie sah, wie er die Hände zu Fäusten ballte, die Lippen zusammenpresste. Doch dann verlor sich seine Wut oder was auch immer es gewesen war. Er sah nicht etwa weicher aus, sondern einfach traurig. Er sagte: »Ist gut – ich komme mit.«

»Jetzt fehlst nur noch du, Alissa«, sagte sie und streckte sich unwillkürlich. Es war seltsam. Obwohl sie mit ihren eins achtzig viel größer war als Alissa, fühlte sie sich klein neben ihr. »Du musst entscheiden. Fahren wir?«

»Wieso fragst du mich das?«, sagte Alissa leise und sah sie mit schmalen Augen an. »Glaubst du etwa auch, ich bin hier *zuständig?*«

Tamara sah, dass Boy-of-the-year unwillkürlich zusammenzuckte.

»Nein«, sagte sie. »Du bist nicht zuständig. Aber du bist die Einzige von uns, die ein Auto fahren kann, oder?«

»Ich kann auch fahren«, protestierte Boy-of-the-year.

»Und du bist wie alt?«, fragte Alissa.

»Sechzehn.«

»Auf keinen Fall sitzt *du* am Steuer!«

Alissa drehte sich weg, und Tamara dachte, das war's, jetzt haut sie ab. Doch sie fuhr die Rolltreppe hinab und auf der Hälfte drehte sie sich um und rief: »Worauf wartet ihr?«

***

»Soll ich vorne sitzen, Alissa?«, fragte Leon.

»*Lass* mich in Ruhe!«

»Okay, du sitzt vorn, Tamara«, sagte Mister Beautiful zu ihr. »Sonst schlagen die beiden sich heute noch die Köpfe ein.«

Ihr Blick zuckte augenblicklich zu ihm hin. »Woher kennst du meinen Namen?«

»Deinen ... Namen?« Er sah verwirrt aus. »Hast du ihn vorhin nicht gesagt? Du heißt doch so, Tamara?«

Tamara sah ihm aufmerksam ins Gesicht, und mehr denn je hatte sie das Gefühl, dass etwas ganz und gar nicht stimmte.

KORA

Samstag, 17. August, Schwäbisch Gmünd

Sechs ... sieben ... acht ...

Kora stand an der Mauer und zählte im Stillen bis zehn. Dann drehte sie sich um.

Sie waren weg!

Susette und Kristina, Miriam, die Beamtin und alle anderen! Weg!

Kora lief über den Hof zur Kantine. Vielleicht verteilte der JVA-Koch eine Extraportion. Ihr Geist fantasierte Schokoladeneis herbei, Bananenmilch und Waldmeistergötterspeise. Dabei wusste sie genau: Da so etwas nie auf dem Speiseplan stand, konnte es auch nicht übrig sein und verteilt werden. Aber irgendwas mussten sie da drin ja ausgeben! Bevor sie die Kantinentür aufzog, wappnete sie sich innerlich gegen den Höllenlärm.

Die Stille war eine Faust. Sie kam aus der leeren Kantine geschossen und schlug ihr mitten ins Gesicht.

***

Sie taumelte.

Dann fasste sie sich und ging hinein. Sie lief durch den ganzen großen Raum bis zur Essensausgabe und beugte sich über den Tresen. In der Küche war niemand zu sehen. Auf ihre Rufe meldete sich niemand.

Die Küche war eigentlich immer besetzt. Die Küchenkräfte wurden von allen Insassinnen heftig beneidet, denn sie durften jeden Tag raus, auch am Wochenende. Jetzt war die Zeit, in der das Abendbrot vorbereitet wurde. Nur noch eine Stunde, dann war es sechzehn Uhr und die Portionen wurden verteilt.

335 Brotscheiben mussten jetzt geschnitten und auf Alu-Teller gelegt werden. 335 Jagdwurstscheiben mussten dazugelegt, eingeschweißte Margarine verteilt und große Kessel voll Tee gekocht werden.

Sie ging um den Tresen herum und schaute in die Küche. Die Messer hingen an der Hakenleiste. Unbeaufsichtigt! Wo zum Teufel waren die Küchenkräfte?

Plötzlich nahm sie den Sog wahr, der von den Messern ausging. Ohne darüber nachzudenken, nahm sie ein Steakmesser ab und wog es in der Hand. Sie wollte sich schon umdrehen und gehen, als sie, wie von einem Lasso eingefangen, in der Mitte der Kantine stehen blieb. Wenn man sie mit einem Messer in der Hand finden würde, könnte sie sich wahrscheinlich gleich für einen Dauerwohnsitz hier anmelden. Sie drehte sich um und brachte es in die Küche zurück.

***

Draußen begann sie zu rennen. Warum, war ihr selbst nicht klar. Es war ein Impuls. Sie hatte ein ungutes Gefühl, das sich noch steigerte, als sie sah, dass im Aufsichtshäuschen am Eingangstor kein Pförtner saß.

Was sollte das? Sie hatte doch höchstens zwei Minuten an der Mauer gestanden. Wo waren sie denn alle so schnell hin? Sie hastete zur Turnhalle, dann zur ehemaligen Fruchtscheuer, wo sich die Werkbetriebe befanden und wo sie während des Hofgangs gar nicht hindurften.

Sie ging einmal um das Gebäude herum und lief dann zum Torgebäude, in dem die *Freigängerinnen* untergebracht waren, jene glücklichen Frauen, die eine regelmäßige Arbeit außerhalb der JVA hatten und dort ohne Aufsicht arbeiten durften. Sie mussten gleich nach Feierabend wieder zurück. Vom Torgebäude aus ging sie weiter zum ehemaligen Beichthaus, in dem sich der Mutter-Kind-Trakt befand. Sie schlug mit den Handflächen gegen die klinkenlose Tür. Keine Antwort. Sie stellte sich unter die Fenster und rief.

Nichts. Kein Babyschreien. Keine Beruhigungsworte. Totenstille.

WAS ZUM TEUFEL WAR HIER LOS?

Sie schaute über das gesamte Areal. Die Sonne krachte auf den Beton, und diese heftige Stille, das merkte sie jetzt, erstreckte sich nicht nur auf das Gefängnisareal. Auch von draußen, von hinter den Mauern, konnte sie nichts hören!

Die JVA lag zwar nicht direkt im Zentrum, aber auch nicht in der Wüste! Auch wenn sie alle auf Zelle waren, wenn keine Regung zwischen den Gefängnismauern stattfand, wenn die Stille wie ein schweres, totes Tier über dem Hof lag, waren sie doch immer von Bewegung umgeben gewesen. Von der Stadt und ihren Geräuschen, den Menschen, die manchmal durch das hohe Tor etwas hineinriefen, von den Straßen, die diese Mauern hier umgaben. Doch heute war die Stille absolut. Kein Auto war zu hören, kein Hupen durchschnitt die Luft.

Es war ihr unbegreiflich, was passiert war. Als sie sich darüber klar wurde, dass sie die unerwartete Freiheit nicht einfach nur genießen konnte – sie würde schließlich sowieso nicht lange dauern, es würde irgendwann jemand bemerken, dass sie hier draußen allein herumstiefelte – und dass sie es offenbar nicht ertrug, ohne Aufsicht zu sein, und freiwillig nach einer Beamtin suchte, die sie wieder in ihren geordneten, von allen Seiten versperrten Tagesablauf zurückbringen sollte, musste sie lachen. Ein trockenes, freudloses Lachen zwar, aber immerhin *lachte* sie. Und erst in diesem Moment fiel dieser fürchterliche Samstag von ihr ab, fühlte sie, wie sie tiefer atmete, wie Sauerstoff in ihre Lunge und ihr Hirn drang, wie der enge Ring, den sie immer um ihre Brust spürte, sich lockerte.

Und dann bemerkte sie etwas. Etwas, was ein Alarmlämpchen in ihrem Hirn zum Leuchten brachte.

***

Es war ein Dunst. Im hinteren Hofbereich.

Wo er herkam, blieb Kora ein Rätsel, vielleicht aus der Waschküche? Das Alarmlämpchen in ihrem Kopf ging wieder aus. Sie hatte das kurze, intensive Gefühl gehabt, sich an etwas erinnern zu müssen, aber sie hatte jetzt wirklich Wichtigeres zu tun.

Sie lief zum neuen Flügel, wo die Verwaltungsbüros untergebracht waren. Als sie die Tür des Gebäudes aufstieß, war auch dort alles still. Es war erneut diese merkwürdige Stille, eine Stille, die fest, fast greifbar wirkte. Sie lief über den Korridor an den offenen Bürotüren vorbei.

Kein Klappern einer Tastatur, kein Piepen eines Faxgeräts, kein Telefon, kein Gespräch, nicht einmal ein Räuspern. Sie konnten doch nicht alle gleichzeitig und vor allem *vollkommen lautlos* vom Erdboden verschwunden sein! Innerhalb von zwei Minuten, die sie die Wand angestarrt hatte! Das war völlig unmöglich!

Und in dem Augenblick, als sie *unmöglich* dachte, geschah etwas mit ihr. Etwas, was sie schon kannte. Es passierte immer dann, wenn sie etwas nicht erklären oder nicht ändern konnte: Mit einem Schlag wurde ihr alles gleichgültig.

Von einem Moment auf den anderen war es ihr egal geworden, herauszufinden, was passiert war und wohin alle verschwunden waren. Sie würde es ja sowieso bald erfahren, und bis dahin würde sie sich eben einfach in die Sonne legen, die unbezahlbare Stille genießen und abwarten.

***

Sie wusste nicht, wie lange sie schon auf der Bank gelegen hatte, aber ihr Kopf glühte, und sie hatte schrecklichen Durst. Sie schluckte und hatte das Gefühl, Staub klebte überall in ihrem Mund. Ihre Zunge fühlte sich pelzig an. Sie musste etwas trinken!

Sie stand auf und ging schwankend unter dem brennenden Himmel über den leeren Hof, auf diesen Dunst zu, der ihr irgendwie verändert vorkam. Als wäre er größer geworden.

Als nur noch ein Meter sie von dem Dunst trennte, der in Bodennähe nahezu undurchdringlich wirkte und nach oben hin ausfaserte, ging wieder das Alarmlämpchen in ihrem Hirn an, und erneut hatte sie das Gefühl, sie müsse sich dringend an etwas erinnern. Kurz bevor der Dunst ihre Füße erreichte, drehte sie sich um und ging den Weg wieder zurück.

* * *

In der Kantine goss sie sich ein Glas Wasser ein, das sie in langen, durstigen Zügen leerte, und trank gleich ein zweites hinterher. Sie hatte ihre dicke, blaue Arbeitsbluse ausgezogen und trug nur noch ein T-Shirt. Ihre Haut war bleich. Nicht weiß wie Schnee, sondern weiß wie Schnee, in den man reingeascht hatte. Genau deshalb hatte sie sich damals in der Wohngruppe das Haar schwarz gefärbt. Bei ihrer Haut sah das krank aus, und das hatte ihr gefallen.

Sie zog sich einen Alu-Teller heran, griff nach der Brotscheibe, belegte sie mit einer Mortadellascheibe, schnappte sich dann weitere von den Tellern und stapelte sie übereinander. Sieben, nein, acht Scheiben Mortadella! Ein unerhörter Luxus. Zum Abschluss legte sie eine zweite Scheibe Brot darauf und biss ab. Während sie kaute, schaute sie, was die Küche sonst noch zu bieten hatte. Sie machte den Kühlschrank auf und entdeckte eine Hundertschaft aus Vanillejoghurts. Sie biss wieder von dem Riesenbrot ab, schob gleich noch einen Bissen hinterher, schnappte sich einen Joghurt, zögerte, aber nur kurz, nahm noch einen zweiten und dritten, griff nach einem Löffel und ging wieder nach draußen. Sie setzte sich zurück auf die Bank, aß den ersten Joghurt. Sie fühlte sich von der Hitze wie infiziert. Fiebrig. Sie hatte den ersten Joghurt hinuntergeschlungen und schaufelte schnell den zweiten hinterher, bevor irgendjemand kommen und ihn ihr wegnehmen würde. Dann öffnete sie den dritten, nahm einen Löffel voll und machte erst einmal eine kleine Pause. Ihr Bauch war voll, und sie fühlte sich nicht mehr nur fiebrig, sondern auch sehr erschöpft. Wie spät war es? Es konnte eigentlich noch nicht so spät sein, wie es sich für sie anfühlte, denn die Sonne schien noch genauso stark, und sie schien auch noch im selben Winkel zu stehen.

Sie stellte den angefangenen Joghurt auf die Bank, stand auf und lief zu dem einzigen Baum, den es auf dem Rasen gab, eine mickrige Birke, die sich unter der Hitze zu ducken schien, als würde es zu viel Kraft kosten, die Menge an Sonne zu tragen. Eine Birke im Kastanienweg, dachte Kora noch, dann legte sie sich direkt darunter. In den Schatten, der genauso verhungert war wie die Birke selbst und der dünnschichtig und flirrend über sie hinwegstrich.

Kora lag in der Mitte des Gefängnisareals. Um sie herum Rasen, den Gruber leidenschaftlich pflegte und den sie normalerweise nicht betreten durften, eingefasst von einem Weg aus Sand und festgetrampelter Erde, den sie zum Teil für den Hofgang nutzen konnten. Die Wirtschaftsgebäude waren fast kreisförmig angeordnet und schienen sie allesamt anzuschauen. Bevor sie die Augen schloss, drehte sie sich noch einmal um und betrachtete den Dunst, der etwas näher gekommen zu sein schien. Sie war zu müde, um darüber nachzudenken. Die Hitze schien über ihre Gedanken zu wachsen, sie auszubleichen … Ihr war ein bisschen schlecht, und außerdem: Was sollte dieses blöde Alarmlämpchen, das ständig in ihrem Kopf anging? Sie legte sich auf den Bauch, bettete den Kopf in ihre Ellenbeuge. Es war Bodennebel, sonst nichts. Er war da, weil die Sonne den von wochenlangem Regen durchtränkten Boden durchglühte und das Wasser als Dampf aus der Erde stieg. Das war alles.

Sie schloss die Augen. Und dann war sie auch schon weg.

***

Sie befand sich in einem Zwischenbereich. War nicht mehr wach, schlief aber auch noch nicht. Sie hing in dieser Lücke zwischen Bewusstsein und Unterbewusstsein, wo das Gehirn Bilder entwickelte, die nicht real, aber auch noch kein echter Traum waren. Nein, sie schlief nicht. Sie wusste die ganze Zeit, dass alles, was sie sah, nicht echt war.

***

Sie befand sich in einem Auto. Sie wusste nicht, wo, aber es war in der Freiheit. Dort, wo es keine sieben Tore bis zur Luft gab, keine Mauern, die diese Luft umgrenzten. Wo man weit schauen konnte. Das Auto stand. Sie sah einen Platz, riesig. Auf dem Platz gab es Marktstände, bunte Sonnenschirme waren aufgespannt. Ein imposanter Dom baute sich weit hinter den Ständen auf, kratzte den Himmel mit seiner Spitze.

Sie spürte, wie sie sich auf dem Rasen des Gefängnishofs auf den Rücken drehte und die Arme auf dem Gras ausbreitete. Wie sie die geschlossenen Augen in Richtung Himmel hielt. Und tiefer atmete.

Langsam kamen Geräusche dazu. Füllten den Bildraum auf. Sie hörte das Autoradio. Es lief *Friends* von Aura Dione. Sie hätte sich gern im Wagen umgesehen, aber ihr Traum-Ich drehte den Kopf nicht.

Free, free to be myself … free to need some time … free to need some help …

Und sie musste lachen. Lachen, weil sie wusste, dass sie von allen Songs ausgerechnet diesen herbeifantasierte, weil sie damals, als sie von ihren Eltern wegdurfte und in die Wohngruppe kam, diesen Song immer rauf und runter gehört hatte, denn der Text war so passend gewesen. Frei. Damals hatte sie sich frei gefühlt.

Und dann kam eine Stimme hinzu. Es war eine Jungenstimme, die irgendwas von Schuld erzählte und von einem Unfall. Sie war also nicht allein in dem Auto. Wieder versuchte die Gefängnis-Kora, den Kopf der Auto-Kora zu lenken. Vergeblich. Kora im Auto wollte aus dem Fenster sehen, sie war hungrig nach Weite. Das Fenster war heruntergelassen. Ein warmer Wind strich über ihren Arm. Derjenige, der neben ihr saß, stellte das Autoradio lauter.

And even if I never forget you, baby ... at least I got my friends ... like a lifeboat in the dark ... saving me from the sharks ...

Einer der Marktstände verkaufte Blumen. Schwarze Plastikeimer mit Nelken darin standen aufgereiht auf einem Tisch. Rosa Nelken. Wer verschenkte eigentlich rosa Nelken?

»Ich hab wirklich das Gefühl, dass ich schon einmal hier war«, hörte sie sich sagen. »Dieser Dom, der Platz, diese rosa Nelken dort in den schwarzen Eimern an dem Stand ... all das hab ich schon mal gesehen ... Das kann doch gar nicht sein ...«

»Das hängt bestimmt mit deiner Gehirnerschütterung zusammen«, sagte er vorsichtig.

Gehirnerschütterung?

»Du erinnerst dich nicht richtig.«

Sie schreckte auf. »Was?« Endlich drehte Auto-Kora sich vom Fenster weg, sah zu dem Jungen, sah ihn aber nur von der Seite. Er hatte schwarze Haare und einen Leberfleck unter dem Ohr. Eine ungewöhnliche Stelle für einen Leberfleck, dachte sie noch. Der Fleck sah aus wie ein Halbmond. Oder wie ein Insektenflügel. Sie murmelte etwas, wendete dann den Blick wieder ab und sah weiter aus dem Fenster. Er schien keine Antwort mehr zu erwarten.

Even now I got a broken heart ... at least I got my friends, got my friends ... got my friends, got my friends ...

Dann schrie der Junge plötzlich los: »Nebel! Da hinten!«

Sie sah, wie sie sich bewegte, aber sie war so schwerfällig.

Warum? Ihr Fuß – ihr Fuß war bandagiert! Dann wurde die Autotür aufgestoßen. Sie hörte, wie jemand kreischte:

»Neeeebel! Tamaraaaaa! Komm zurüüüück!«

Tamara?!

Kora lag im Gefängnishof und der Schreck fuhr ihr bis in die Knochen. Nicht wegen des Entsetzens in der Stimme. Nicht wegen der Angst, die aus dem Namen trat: Tamara. Sondern weil es ihre eigene Stimme war.

Zahlen tauchten plötzlich vor ihren Augen auf, eine große, rote 41, dann eine lange Zahlenkolonne, eine Girlande aus Zahlen. Sie wollte aufwachen, die Augen aufschlagen, aber sie war noch nicht in der Lage, den Raum zwischen Schlaf und Wachsein zu verlassen. Sie klemmte fest wie in dem Spalt zwischen zwei versperrten Doppeltüren. Das Auto war verschwunden, die Geräusche auch. Sie waren Rauch gewichen. Smog? Sie sah Sätze aus dem Grau aufsteigen.

MEIDE UNBEDINGT DEN NEBEL! GEH NICHT RAUS. WARTE IN DER STATION AUF TAMARA!!

Und dann fiel ihr alles wieder ein. Fallersleben. Das Gedicht. Die geheime Botschaft! Die Erkenntnis schlug sie aus dem Traum heraus.

Kora riss die Augen auf.

Sie sah nichts.

Wieso sah sie nichts? Sie blinzelte, wedelte mit der Hand vor den Augen herum. Und dann begriff sie endlich. Sie sah nichts, weil sie von Nebel umgeben war!

Sie hasste es, nichts zu sehen! Sie hasste die Dunkelheit, hasste Nebel, hasste alles, was ihr die Sicht nahm. Es war eins der wenigen Dinge, die ihr Angst machten! Schnell stand sie auf. Ging mit ausgestreckten Armen ein paar Schritte, und dann hörte sie etwas. Ein Klicken.

Aus dem Klicken wurde ein Surren. Was war das? Je näher sie dem Geräusch kam, umso vertrauter kam es ihr vor, und je vertrauter es ihr vorkam, umso mulmiger wurde das Gefühl, das sie dabei empfand. Und dann war das Licht da. Nur wenige Schritte vor ihr. Ein daumengroßes, blinkendes, rotes Licht in Augenhöhe. Als sie erkannte, was es war, drehte sie sich sofort um und rannte los.

***

Es dauerte nur zwei Atemzüge.

Es kam aus dem Nebel geschossen. Sprang auf sie zu. Und ein Riesengewicht warf sie zu Boden.

ALISSA

Samstag, 17. August, Mannheim

»Was is'n in dem Koffer da auf dem Rücksitz?«, fragte Rabenhaar, der gerade in den VW-Bus ihres Vaters einsteigen wollte. »Ist das überhaupt ein Koffer?«

»Das ist Alissas Akkordeon«, sagte Leon leise. »Sie hat …« Sofort warf Alissa ihm einen warnenden Blick zu. Er senkte die Augen, verstummte.

»Echt, da ist ein richtiges Akkordeon drin?«, fragte diese Tamara höchstinteressiert. Sie wendete sich schon zum Rücksitz, streckte bereits die Hand nach dem Instrumentenkoffer aus …

»Lass das!«, sagte Alissa scharf, ging an Tamara vorbei nach hinten, griff nach dem Akkordeon und hievte es über die Kopfstützen unsanft nach hinten in den Kofferraum.

Eigentlich hätte das Teil heute weg sein sollen. Sie hatte es letzte Woche ihrer Mutter auf den Abendbrottisch gestellt.

»Wenn du es nicht endlich als Spende in die Musikschule mitnimmst, schmeiß ich es weg«, hatte sie gesagt. »Ehrlich.«

Ihre Mutter war Lehrerin an der Musikschule. Sie hatte Alissa ins Gesicht geschaut und gar nicht erst versucht, sie umzustimmen. Es war vorbei. Endgültig. Niemals, und das wusste ihre Mutter sehr gut, niemals wieder würde sie auf einem Akkordeon spielen!

»Du willst den Helm mitnehmen?«, fragte Leon, als Rabenhaar ihn ebenfalls mit nach hinten in den Kofferraum legte.

»Du schleppst deinen Hut doch auch überallhin mit«, sagte Alissa.

»Den Helm hab ich mir von meinem eigenen, gesparten Geld gekauft«, sagte Rabenhaar. »Der darf nicht geklaut werden.«

»Geklaut – von wem denn?«, fragte Tamara.

»Weißt du die Adresse?«, fragte Alissa Tamara, als das Instrument verstaut war und diese neben ihr auf dem Beifahrersitz Platz nahm.

»Adresse?«

»Straße? Hausnummer?«, fragte sie und zwang sich zu einem geduldigen Tonfall.

»Herlikofer Straße 19«, kam es, wie aus der Pistole geschossen. »In Schwäbisch Gmünd.«

Alissa gab die Adresse ins Navi ein.

* * *

In dreiündert Metern bitte reschts abbiegän.

Ihr Vater hatte eine Schwäche für alles, was mit Frankreich zu tun hatte. Französische Küche, französische Filme, französische Musik. Aber *Nathalie*, sein Navigationssystem mit dem französischen Akzent, war einfach nur peinlich. Bei Nathalie klang sogar *Bitte sofort wändän!* nach Champagner und einem Rendezvous bei Kerzenschein.

Sie fuhren jetzt seit vielleicht dreißig Minuten. Keiner sagte etwas. Das Mädchen, diese Tamara, die neben ihr saß, hatte zwar kurz ungläubig über Nathalie gelacht, aber als niemand einstimmte, hatte sie aufgehört und aus dem Fenster gesehen. Ihr war es recht.

Bitte jetzt abbiegän!

Als sie nach Heidelberg kamen, spürte Alissa die Nervosität der anderen wie einen Geruch. Nach einer Weile, während sie in bedrücktem Schweigen durch die stillen Straßen fuhren, die leblos dalagen wie die Glieder einer Bewusstlosen, sagte Leon: »Das Licht ist falsch.«

»Wie, das Licht ist falsch?«, fragte Tamara.

»Es ist zu hell«, sagte Leon. »Ich hab vorhin –«

»Blödsinn«, fuhr Alissa dazwischen. Leon brach sofort ab.

»Er hat recht«, sagte Rabenhaar. »Es ist zu hell.« Und als

Alissa in den Rückspiegel schaute, sah sie, wie er mit zusammengekniffenen Augen über die verwaisten Häuserfassaden schaute, deren Fenster in der Sonne glimmerten. »Es ist gleich halb neun. Es ist zu spät für so viel Sonne.«

»Woher willst du wissen, wie spät es ist?«, fragte Tamara. »Die Uhren gehen nicht.«

»Ich weiß es einfach«, sagte Rabenhaar leise. »Ich hab seit drei Monaten jeden Abend um halb neun eine ...« Er stockte. »... eine Verabredung. Inzwischen hab ich ein inneres Gefühl für diese Uhrzeit, für zwanzig Uhr dreißig ...«

»So hell wie jetzt ist es eigentlich nur nachmittags«, sagte Leon. »Ich weiß es vom Fotografieren.«

»Und was soll das heißen?«, fragte Tamara.

»Vielleicht ...«, sagte Leon vorsichtig, »... vielleicht stehen nicht die Uhren. Sondern ...«

»Ja?«, sagte Tamara.

»Die Zeit.«

***

Das geisterhafte Heidelberg lag hinter ihnen. Alissa spürte, wie alle aufatmeten. Sie waren jetzt wieder auf der Landstraße. Sie führte bergauf und bergab durch eine sonnenüberflutete Landschaft. Hier draußen in der Natur fiel die Menschenleere nicht so sehr auf wie in den Städten. Städte hatten eine beklemmende Wirkung.

»Wie weit ist es noch bis Schwäbisch Gmünd?«, fragte Tamara.

Alissa war in Gedanken. Konnte es sein, dass etwas dran war an Leons Behauptung? Wieso standen die Uhren? Wieso war es so hell? Wo waren die Menschen? Es musste einen Zusammenhang geben, einen Zusammenhang zwischen Zeit, Licht und Menschen. So wie es einen Zusammenhang zwischen Zeit, Kraft und Weg gab: die goldene Regel der Mechanik. Was man an

Kraft spart, muss man an Weg zusetzen. Aber wie war das bei Zeit, Licht und Menschen? Gab es dafür auch eine Regel? Die Fragen schwirrten in ihrem Kopf herum, schwirrten durcheinander wie Konfetti. Irgendwas, das spürte sie genau, irgendwas hatten sie übersehen.

»Alissa? Wie lange fahren wir noch?«, wiederholte Tamara. Alissa schreckte aus ihren Gedanken. Sie wies auf Nathalie, die die verbleibende Fahrzeit anzeigte.

»Warum fragst du mich überhaupt?«, fragte sie dann. »Ich war noch nie in Schwäbisch Gmünd. Seh ich so aus, als ob ich alles weiß?« Es war nicht schnippisch gemeint. Es interessierte sie wirklich.

Sie spürte, wie Tamara sie eine Weile von der Seite ansah. »Irgendwie schon«, sagte sie und sah wieder aus dem Fenster.

***

Irgendwie schon.

Entschuldigen Sie bitte, Sie arbeiten doch hier? Hallo, noch einen Cappuccino, bitte!

N1-Lounge. Das erste Mal hatte sie solche Sätze in Mannheim gehört.

Samira aus ihrer Klasse hatte sich mit ihr angefreundet. So richtig verstanden hatte sie das nie – gegen Samira fühlte sie sich schwerfällig wie ein Kamel, aber Samira hatte sie immer wieder angesprochen, hatte ihre Witzchen gerissen und sie zu sich nach Hause eingeladen, bis sie schließlich Freundinnen wurden. Jedenfalls hatte Samira sie damals mitgenommen. In die N1-Lounge. Es war ein Samstag gewesen, das Café rappelvoll. Sogar die Plätze an der Bar waren alle belegt. Sie war nach draußen gegangen, um zu schauen, ob dort etwas frei wurde, und stand mit suchenden Blicken zwischen den Tischen, als jemand hinter ihr rief: »Hallo? – Hallo, junge Dame?«

Wen auch immer er meinte, sie schien sich nicht um ihn zu

kümmern, und als seine näselnde Stimme zum fünften Mal in ihre Richtung schnappte, hatte sie sich genervt umgeschaut, um zu sehen, nach welcher tauben Nuss der Typ eigentlich rief. Ihre Blicke trafen sich, sein Gesicht leuchtete auf, er wies auf seine Tasse und sagte: »Noch einen Cappuccino, bitte!«

Sie hatte ihn verdutzt angeschaut, bis Samira hinter ihr auftauchte und sagte: »Sorry, sie hat gerade ihren Wasserkocher nicht dabei!« Und dann zu ihr: »Drin ist was frei geworden. Komm schnell.«

Vielleicht hatte sie irgendwie geschäftsmäßig ausgesehen, hatte sie später gedacht. Aber sie hatte keine Schürze getragen, sondern Jeans und T-Shirt. Sie hatte es als Zufall abgetan, doch nach dieser ersten Verwechslung folgten weitere.

Als sie mit den Eltern und Leon im Urlaub in einem Hotel übernachtete und durch den Gang zu ihrem Zimmer ging, war plötzlich eine andere Zimmertür aufgegangen, ein Mann hatte herausgeschaut, gewartet, bis sie auf seiner Höhe war, und ihr dann ein feuchtes Badetuch in die Hand gedrückt: »Würden Sie das bitte austauschen!«

Oder als sie mit Samira shoppen war. Sie hatten sich gerade die Höschen angeschaut, diese ganze durchsichtige, spitzendurchsetzte Pracht, als eine Kundin ihr einen graublauen BH hinhielt und freundlich fragte: »Gibt's den auch in 85 B?«

Am Anfang war Alissa einfach verblüfft gewesen, später dann nur noch genervt. Samira hatte sich jedes Mal kaputtgelacht und gesagt: »Ich versteh es auch nicht. Du hast jedenfalls kein Service-Gesicht! Eher so ein Hau-ab-oder-ich-fress-dich-Gesicht.«

Aber was war es dann?

Entschuldigung – Sie sind doch zuständig hier?

Oh, das tut mir leid, ich dachte, Sie wären zuständig.

Ah – endlich hab ich jemanden gefunden, der zuständig ist!

Zuständig – dieses Wort, das ihr immer wieder hingehalten wurde, als wäre es ein Apfel, der für sie bestimmt war und nach dem sie endlich greifen sollte.

In Tannwalde war ihr das nie passiert.

Sowie sie *Tannwalde* dachte, ging ihr Blick automatisch zu dem halb zerfetzten Briefumschlag auf der Ablage. Leon war es nicht gewesen. Seine Reaktion war eindeutig. Aber wer dann? Jemand wollte ihr wehtun. Jemand wusste, was sie empfinden würde, wenn sie den Umschlag öffnete. Aber wer ... und ... warum? Sie spürte den Juckreiz, der von ihrer linken Ellenbeuge hinab zum Handgelenk kroch. Er war stärker geworden. Sie durfte nicht kratzen, keinesfalls kratzen! Sie klammerte die Hände um das Lenkrad, als würde es sonst wegfliegen.

In siebenündert Metern bitte reschts abbiegän!

Die Landschaft war gewellt, von kleinen und großen Hügeln durchsetzt, die Straße kurvig. Sie fuhren jetzt ein ganzes Stück bergauf.

***

Als sie die Spitze des Hügels hinter sich hatten und wieder hinunterfuhren, war Alissa noch immer so vertieft in ihre Gedanken, dass sie den Nebel erst bemerkte, als sie schon mittendrin waren.

»Was ist das denn?«, fragte Rabenhaar von hinten.

Sie ging sofort vom Gas. Bodennebel? Angestrengt starrte sie nach vorn. Der Nebel wurde dichter. Hatte sie eben noch volle Sicht gehabt, so waren es jetzt nur noch dreißig Meter, dann nur noch zehn. Dann sah sie gar nichts mehr, weil der Nebel sich wie eine Schneedecke gegen die Autoscheiben drückte. Sie schaltete das Fernlicht an, aber es nützte überhaupt nichts. Der Nebel schmatzte das Licht einfach weg. Sie fuhr nur noch Schritttempo. Dann blieb sie ganz stehen.

»Wieso halten wir?«, fragte Rabenhaar.

»Weil sie nichts sieht, Mister Warum-warum, oder willst du, dass sie in den Straßengraben oder gegen ein geparktes Auto fährt?«, sagte Tamara nach hinten.

»Der verzieht sich bestimmt gleich«, sagte Leon.

Aber der Nebel verzog sich nicht. Im Gegenteil, Alissa hatte das Gefühl, dass er sich immer noch dichter ans Auto heranpresste.

»Wo kommt das her?«, fragte Rabenhaar.

»Vielleicht hat 'n Rudel Zombies gefurzt?«, schlug Tamara vor.

Alissa musste grinsen.

»Das ist 'ne Senke«, fuhr Tamara fort. »Wir sind schließlich einen Ügel ... sorry: Hügel ... runtergefahren. Nebel sammelt sich in Senken. Unsere Bushaltestelle steht in so einer Senke. Manchmal im Herbst ist sie so von Nebel umgeben, dass man sie gar nicht mehr sieht.«

»Nebel hält sich aber normalerweise nicht in praller Sonne auf«, mischte sich Alissa jetzt ein. »Nebel entsteht durch kühle Luft, also meist am frühen Morgen oder am Abend, in der Dämmerung.«

»Woher weißt du das?«, fragte Tamara neugierig.

»Schulbildung ist kostenlos«, sagte Alissa.

»Vielleicht *hat* es sich ja abgekühlt«, sagte Rabenhaar und machte die Autotür auf. Sofort schob sich eine heftige Hitze in den klimatisierten Innenraum.

»Fehlanzeige«, sagte Tamara.

Rabenhaar stieg aus und reckte sich. Alissa sah, wie der Nebel ihn von der Seite anwaberte. Es sah schön aus. Und ein bisschen gespenstisch. Wie in einem Vampirfilm, wo der Vampir von Abenddämmerdunst umschwebt wird, nachdem er aus seinem Sarg gestiegen ist. Keiner der neueren, sondern einer dieser alten Schwarz-Weiß-Filme. Was dachte sie da eigentlich? Sie drehte sich wieder nach vorn und hatte im selben Moment erneut dieses Déjà-vu-Gefühl. Als hätte sie diesen Gedanken mit dem Film, dem Vampir und dem Sarg schon einmal gedacht. Und sich dann ebenfalls weggedreht.

Alles ist in Ordnung, sagte sie sich. Déjà-vu-Erlebnisse treten vermehrt bei erhöhtem Stress auf. Und mitten in dem Gedanken hörte sie ein Geräusch. Eine Art Pfeifen. Oder Zischen? Sie war sofort hellwach. »Was war das?«

»Was war *was*?«, fragte Tamara.

»Pssst«, machte Alissa, und alle verharrten reglos und lauschten.

Totenstille. Sie musste sich geirrt haben.

»Ich geh mal kurz …«, unterbrach Rabenhaar das Schweigen.

»Hat dein GRANU FINK nicht gewirkt, oder was?«, sagte Tamara, die auf sein T-Shirt starrte.

Er sagte nichts, sondern lief hastig zum Straßenrand. Auf den ersten zwei Metern sah Alissa noch seinen dunklen Schemen im Dunst, dann hatte der Nebel ihn völlig geschluckt. Es war fast schon unheimlich, wie *komplett* er verschwunden war. Dann hörten sie Zweige knacken. Er war also irgendwo zwischen den Baumgrüppchen, die sich am Straßenrand entlangstreckten.

»Leeeeebenslust statt Blaaaaasenfrust«, rief Tamara ihm noch aus dem Autofenster hinterher.

»Hoffentlich findet er uns wieder«, sagte Leon besorgt.

»Wenn nicht, wird gehupt«, sagte Tamara.

Und dann hörte Alissa wieder dieses Geräusch.

Dieses *Zzzzzzsssssssss*.

***

»Meinst du, der Nebel verzieht sich überhaupt noch mal?«, fragte Tamara zweifelnd.

»Schwer zu sagen«, sagte Alissa. Schweigen.

»Ich glaube, ich geh mal die Straße lang und schau, wie groß diese Senke hier ist«, sagte Tamara. »Vielleicht sind's ja nur ein paar Meter. Wenn keine Autos im Weg stehen, schaffen wir das auch blind.«

»Okay«, sagte Alissa. »Wenn du nicht zurückfindest, ruf einfach.«

»Klar … haut alle ab«, sagte Leon.

Tamara machte die Autotür auf, schwang die Beine hinaus und – *Zzzsssssss* – hielt plötzlich mitten in der Bewegung inne.

»Da!«, sagte sie. »Jetzt hab ich's auch gehört!«

Was ist das nur, dachte Alissa. Ein Insekt? Es klang irgendwie anders. Künstlicher. War das Hannes? Und wenn ja, was machte er da?

Jetzt kurbelte auch Leon das Autofenster herunter. Er streckte den Kopf hinaus. Der Nebel umschwebte ihn.

Zzzsss.

»Klingt viel näher als vorhin«, flüsterte er und zog den Kopf schnell wieder rein.

»Wieso flüsterst du?«, flüsterte Tamara zurück.

»Ich find's ... irgendwie unheimlich. Es klingt so ... *unnatürlich.*«

Tamara zog die Füße wieder rein und machte die Autotür zu. Schweigen. Sie lauschten.

Zzzsssss.

»Ich hab ein komisches Gefühl«, sagte Tamara. »So was hab ich noch nie gehört. Hoffentlich kommt Hannes bald zurück.«

»Steigert euch nicht rein«, sagte Alissa. »*Ich* geh jetzt raus. Da draußen scheint ja jemand zu sein. Vielleicht kann der uns sagen, was los ist.« Sie legte die Hand auf den Türgriff.

»Alissa ... ich weiß nicht ...«, stotterte Leon.

Und dann spürte sie Tamaras Finger um ihren Arm. »Geh nicht raus«, sagte Tamara. »Irgendwas stimmt da nicht.«

Alissa wollte die Finger abschütteln, doch Tamara hielt ihren Arm einfach fest.

»Selbst wenn da jemand sein sollte, Alissa ...«, fuhr Tamara eindringlich fort, »überleg doch mal: Wieso ruft er nicht? Er müsste doch genauso interessiert daran sein, auf jemanden zu treffen, wie wir. Oder nicht?«

»Und was ist das eigentlich für ein komisches Zischen?«, flüsterte Leon.

»Eine Maschine«, sagte Alissa, obwohl sie sich da gar nicht

so sicher war. Aber die Ängstlichkeit der beiden ärgerte sie. »Zum Straßenreinigen, nehme ich an.«

»*Das* klingt anders! Viel lauter!«, sagte Tamara. »Geh nicht da raus.«

»Lass los! – Ich gehe nachsehen.« Mit einem Ruck machte Alissa sich los, drückte den Türgriff nach unten und stieg aus.

***

Sie ging ein paar Schritte. Unter ihren Sohlen spürte sie den Asphalt. Der Nebel war unnatürlich dicht. Ein schweres Laken aus extrem feinem Niesel, das sie sofort bedrängte, sich an sie schmiegte, auf ihre Haut legte, ihr Gesicht. Unwillkürlich schnappte sie nach Luft.

Zzzssss.

Das war etwas weiter weg gewesen. Irgendwo am Straßenrand, dieselbe Richtung, in der Hannes verschwunden war.

»Hallo?«

Keine Antwort. Weder von Hannes noch von diesem ... Zischer. Nur der Nebel stieg feucht an ihr hoch, und jetzt empfand sie ihn nicht mehr wie ein Laken, sondern wie ein nasses Kissen, das jemand auf ihr Gesicht und ihre Brust drückte. Sie riss den Mund auf, um mehr Luft zu bekommen. Und schloss ihn wieder. Sie wusste, dass genauso viel Sauerstoff da war wie sonst auch. Es war nur eine Sinnestäuschung. Nebel bei Kühle wirkte erfrischend. Nebel bei Hitze schien die Lungen zusammenzudrücken.

Sie sah nichts, *gar* nichts. Der Nebel war nicht gazeartig, nicht fein und dünnfaserig. Er ähnelte einer dickflüssigen Masse, undurchsichtig und zäh.

»Hallo!« Sie rief lauter, ging in die Richtung, aus der sie das Zischen vermutete, als sie plötzlich Hannes' panische Stimme hörte: »Duck dich! Schnell!« Und schneller noch als ihr Hirn waren ihre Reflexe, denn sie warf sich hin, noch bevor sie den Satz richtig verstanden hatte.

Zzzsssssssssssss.

Etwas pfiff über sie hinweg, genau dort, wo eben noch ihr Kopf gewesen war. Und kurz darauf krachte es auf den Asphalt. *Tonk*. Es klang wie ein Stein, der voller Wucht geschleudert worden war. Scheiße. Wenn das Ding ihren Kopf getroffen hätte, hätte sie jetzt ein faustgroßes Loch darin!

Zzzsssssssssssss.

Wieder so ein Ding. Diesmal etwas tiefer. Als hätte der Werfer neu angesetzt. Verdammt! Was sollte das? Wollte der sie umbringen? Sie duckte sich noch tiefer.

Da spürte sie eine Berührung an ihrem Bein und fuhr herum, holte schon aus für einen harten Tritt, als sie Hannes langsam aus dem Nebel auftauchen sah. Er robbte zu ihr vor. Sie wollte etwas sagen, als er erschrocken den Finger vor die Lippen legte und nach vorn wies, Richtung Auto. Sowie er auf ihrer Höhe war, fuhr sie ihn an: »Was ist hier los, verdammt?«

»Psssst!«, flüsterte er. »Sie reagieren auf Geräusche!«

Sie?

Da knallte etwas direkt neben seinem Kopf auf einen Stein. Sie konnte nicht sehen, was es war, nur dass es hell war und offenbar extrem hart, denn der Knall auf dem Stein war ekelhaft laut. Unwillkürlich stieß sie einen kleinen Schrei aus. Hannes sprang auf und riss sie hoch. Keine Sekunde zu früh. Dort, wo eben noch ihr Kopf gewesen war, knallten gleich drei dieser Brocken auf den Boden. Er zerrte sie weiter, durch den Nebel, geradeaus, und hinter sich hörte sie die Dinger heranpfeifen. Hannes riss sie am Arm wieder zu Boden, und ein Brocken zischte über sie hinweg, ein anderer erwischte Hannes an der Schulter. Er stöhnte auf. Wo war verdammt noch mal das Auto? Sie müssten doch längst da sein! Waren sie im Kreis gegangen? Ein Ding knallte irgendwo einige Meter neben ihnen auf den Boden. Wer auch immer es auf sie abgesehen hatte – er hatte ihre Spur verloren. Nur – auch sie selbst hatten längst die Spur verloren.

Nebel, Nebel, Nebel. Dicht, weiß, widerlich. Noch ein Brocken. Wieder ein paar Meter neben ihnen. Diesmal auf der anderen Seite. Jetzt war es Alissa, die Hannes nach unten zog, tief ins Gras. Fast hätte sie angefangen zu sprechen, da legte ihr Hannes schnell die Hand auf den Mund. Sie schob die Hand weg.

Sie brauchte einen Stift und tat so, als würde sie schreiben, sah ihn dann fragend an. Hannes verstand und zog tatsächlich ein kleines Heft und einen Stift aus seiner Gesäßtasche.

Wieso hatte er Heft und Stift dabei? Automatisch streifte ihr Blick die Überschrift auf dem Deckblatt: *GRAUEN IM SCHWIMMBAD – Horror-Roman von Hannes Kühlberg.* Sie schlug hastig um. Auf der ersten Seite flogen ihr Schlagworte ins Auge:

Jugendliche im Schwimmbad.

Riesenrutsche.

Solebecken.

Allein.

Sauna.

Psychopath.

Was war das?

Sie schlug die Seite schnell um und schrieb: *Reagieren sie auch auf Licht?* Dann hielt sie ihm das Heft wieder hin.

Nicht auf Handylicht. Ist kein Mensch, glaub ich. Eine Maschine! Reagiert nur auf Geräusche, schrieb er.

Sie schrieb: *Schicke Leon Nachricht, sollen Fernlicht anmachen.*

Hannes schrieb: *Sollen leise sein! Brauche meinen Helm auf Fahrersitz. Sollen Akkordeon aus Koffer nehmen – wir brauchen Koffer! Tamara soll auf Sitz neben Leon klettern. Dann Türen öffnen und Fernlicht anmachen.*

Wenn wir am Bus sind: Ich geh ans Steuer, du nach hinten! Du nimmst Instrumentenkoffer = Schutzschild für euch drei.

Er schob ihr das Heft hin.

Zzzzzzssssss.

Offenbar schoss diese Maschine oder dieser Psychopath jetzt

einfach aufs Geratewohl, in der Hoffnung, sie zu treffen. Alissa stellte sich vor, es wäre ihre oder Hannes' Stirn gewesen, auf die das Ding geknallt wäre, und schüttelte sich unwillkürlich.

Sie nahm das Heft, stockte beim Lesen, wollte diskutieren, dass nicht er, sondern sie den Bus fahren würde, doch er zog die Brauen zusammen und machte eine entschiedene Handbewegung. Sie akzeptierte, notgedrungen. Es war der komplett falsche Zeitpunkt für einen Streit. Sie zog das Handy heraus, schaltete es auf lautlos, tippte die Whatsapp an Leon. Sie brauchte lange, verteilte die Botschaft auf mehrere Nachrichten und betete in der Zwischenzeit, dass den beiden jetzt nicht aus irgendeinem Grund einfiel, das Auto zu verlassen – dann schickte sie die letzte Nachricht endlich ab.

Irgendwo in dem grauen Wabern vor ihnen, mindestens zwanzig oder dreißig Meter weit weg – sie mussten sich also vom Auto fort-, nicht darauf zubewegt haben! –, hörten sie plötzlich einen schrillen, sehr hohen Klingelton. Hannes riss entsetzt die Augen auf, Alissa biss sich auf die Lippen. Daran hatten sie nicht gedacht.

Etwas Merkwürdiges passierte: Im selben Moment, als der Klingelton ertönte, hob sich der Nebel ein Stück, vielleicht einen Meter, und sie sahen das Auto. Dann sank er wieder herab. Was war das?

Fünf Sekunden später hörten sie einen Brocken auf die Stelle zuzischen, wo es gerade geklingelt hatte, und dann – *täng* – auf Metall aufschlagen. Der Kotflügel, eine Autotür oder das Dach.

»Scheiße!« Der Ausruf war ihr entwischt, bevor sie die Hand vor den Mund reißen konnte, und schon zischte es hinter ihnen. Ehe sie etwas denken konnte, war Hannes mit einem Sprung bei ihr, warf sich über sie. Fast erstickte sie unter seinem Körper. Einen Sekundenbruchteil später spürte sie einen Aufprall, das heißt, sie spürte die Vibration durch ihren Körper gehen. Das Ding musste Hannes getroffen haben! Sie schob ihn hastig von sich runter und schnappte nach Luft. Dann tastete sie seinen Kopf ab, erwartete voller Grauen eine tiefe Wunde. Er nahm ihre Hände runter, schüttelte den Kopf und zeigte stumm auf sein Schulterblatt, winkte aber zugleich ab.

Sie lagen nebeneinander auf der Erde, atmeten heftig. Sie spürte, wie ein scharfkantiges Steinchen sich in ihren Arm bohrte, bewegte sich aber nicht. Beim Übereinanderrollen hatten sie nun komplett die Orientierung verloren. Jede Richtung könnte zum Bus hin- oder vom Bus wegführen. Oder sie dem Maschinenpsychopathen in die Arme laufen lassen. Sie hob den Kopf ein winziges Stück und versuchte, einen Lichtschein zu entdecken, das Fernlicht des Wagens, das ihnen die Richtung weisen würde. Sie atmete leise durch den Mund ein und aus. Sie sah nichts.

Hatten sie das Fernlicht noch nicht angeschaltet? Oder – schlimmer: Konnten sie es nicht mehr anschalten, weil dieser Psychopath …

Als sie das dachte, sah sie links von sich einen schwachen, bleichen Schimmer. Sie tippte Hannes an, der den Kopf hob, wies in die Richtung, und beide standen lautlos auf und liefen auf das kränklich wirkende, nebeldurchzogene Licht zu.

Alissa hatte unwillkürlich den Atem beim Laufen angehalten, um keinen Laut von sich zu geben. Der Lichtkegel wurde heller, wärmer, und endlich, endlich sah sie die dunklen Schemen des Busses, sah das Dach und den Kofferraum, sah auch die offenen Türen und schlüpfte in einer einzigen Bewegung auf die Rückbank.

Tamara und Leon saßen dort schon nebeneinander und sahen sie erschrocken an, als sie den Finger auf die Lippen legte und ihnen bedeutete, leise zu sein. Hannes war vorn reingesprungen, setzte seinen Helm auf und klappte das Visier herunter.

Dann drehte er sich zu ihnen um, nickte, und gleichzeitig legten sie die Finger um die Türgriffe und zogen die Türen heran, zogen sie sanft, ganz sanft ins Schloss, sodass nur ein weiches *Klick* zu hören war. Alissa griff nach dem leeren Akkordeonkoffer, den Leon auf dem Schoß hatte, öffnete ihn, drehte ihn um und hob ihn hoch wie ein Dach. Sie bedeutete Leon und Tamara, zusammenzurücken, damit sie zu dritt unter seiner gewölbten, harten Schale Platz fanden.

Alles war vorbereitet. Die Türen waren zu, die Fenster auch. Hannes griff nach dem Autoschlüssel und drehte sich noch einmal nach ihnen um. Dann ließ er den Motor an.

DAS AUGE DES NEBELS

KORA

Schwäbisch Gmünd

Er war über ihr, hielt ihre Arme auf den Boden gepresst, kniete auf ihrer Brust, quetschte ihr die Luft, das Leben ab. Sie spürte seinen Atem ganz dicht an ihrem Ohr, ihrem Hals, ihrem Mund, aber *sie sah ihn nicht!*

Sie sah nur Nebel, so kompakt, wie sie noch nie Nebel gesehen hatte. Der Mann verlagerte sein gesamtes Gewicht auf ihren Brustkorb, und sie wusste, gleich würde etwas brechen da drin, eine Rippe, sie würde sich in ihre Lunge bohren oder in ihr Herz.

»Aufhören!«

Sie drehte den Kopf dahin, wo sie seinen Griff zwar spürte, aber im Nebel weder Hand noch Arm sah, und ließ ihre Zähne zu seinem Fleisch schnellen. Schnappte zu und biss. Spürte das feste Fleisch, den haarigen Unterarm. Es ging blitzschnell.

Er brüllte auf, ließ einen ihrer Arme los, um sie am Haar zu packen und ihren Kopf auf den Boden zu schlagen, damit sie aufhörte, sich zu wehren. Aber eins hatte sie sich schon lange geschworen: Sie wollte nie mehr reglos daliegen. Taub und bewusstlos. Nie mehr mit sich machen lassen, was sie nicht wollte. Sie dachte voller Wut an das Messer, das sie in die Kantine zurückgebracht hatte, und stieß ihre freie Hand mit den Fingern voran nach oben, dahin, wo sie Augen vermutete. Das erste Mal wünschte sie sich, etwas von Susette und Miriam zu haben: ihre langen, spitzen Nägel.

Da schrie der Verrückte kreischend auf, sie musste getroffen haben! Er ließ ihre Haare los. Sie nutzte diesen Bruchteil einer Sekunde, riss den Kopf hoch, Stirn voran, und schlug voller Wucht gegen etwas Hartes – die Nase? Es knackte.

Das Schreien aus dem Nebel über ihr kippte und wurde zu einem blubbernden Pfeifen. Der Griff um ihre zweite Hand lockerte sich um ein Winziges, und als sie es spürte, riss sie sich frei, sprang auf und rannte los. Rannte.

Hinter sich hörte sie das Kreischen, Pfeifen und Jaulen – Geräusche, die nur ein *Wahnsinniger* hervorbringen konnte, sie musste weg! Egal wohin, nur erst mal raus aus dem grässlichen Nebel!

Sie rannte, bis sie gegen etwas Hartes knallte und zu Boden stürzte. Sie stöhnte und streckte die Hand aus.

Die Mauer? Der Nebel war also überall.

Aber an welcher Stelle der Mauer war sie? Wo genau befand sie sich? Sie hatte im Kampf die Orientierung verloren, sie konnte überall sein. Sie brauchte ein Versteck. Sie musste das nächste Gebäude finden. In den Gebäuden war kein Nebel. Wenn er ihr folgen würde, würde sie der Gefahr wenigstens ins Gesicht sehen können. Schwankend stand sie wieder auf, griff nach dem Taschenlampenkuli in ihrer Tasche, brachte Lampe und Augen bis auf ein paar Millimeter an die Mauer heran und drückte auf den Knopf. Wenn sie etwas von den Malereien erkennen konnte, würde sie sich orientieren können.

Trotz der Nähe sah sie nur sehr verschwommen. Dieser Nebel schluckte einfach alles. Sie sah zwar keine Formen, aber sie sah ... sie sah ... Blau!

Blau bedeutete, dass sie nicht auf dem Strand, sondern auf dem Meerabschnitt war, nur wo genau? Das Meer war lang ... War sie bei einer der Inseln? Sie führte die Taschenlampe weiter über die Mauer, schabte fast schon mit der Nase über den Stein. Das Blau ging plötzlich in einen gelben Fleck über ... Es war ... die Sauerstoffflasche des Tauchers! Drei Meter weiter traf sie auf das von ihr gemalte versunkene Schiff. Da war das große Loch im Heck, aus dem goldene Vasen und Juwelenketten herausströmten – der uralte Schatz, in dem ein grinsender Totenschädel lag. Sie machte die Taschenlampe sofort wieder aus. Jetzt wusste sie, wo sie war.

Ohne Laut lief sie an der Mauer entlang. Nach ungefähr fünfzig Metern müsste sie auf den alten Flügel stoßen. Sie lief und hasste das knirschende Geräusch, das ihre Füße auf dem Boden machten und das dem Verrückten verraten könnte, wo sie war. Jeden Moment erwartete sie seine Hand, die aus dem Nebel schießen, nach ihr greifen und sie wieder zu Boden reißen würde. Zu Ende bringen, was er nicht hatte zu Ende bringen können. Ihren Kopf diesmal zerschlagen. Ihr Atem ging stoßweise, und während sie lief, hielt sie die Hand ausgestreckt und ließ sie an der Mauer mitlaufen, um sie nicht plötzlich zu verlieren. Sie schmeckte Blut. War es ihr eigenes? Oder kam es von ihm, als sie ihn in den Arm gebissen hatte? Sie blieb stehen, weil sie plötzlich würgen musste. Sie erbrach sich, aber sie hielt sich nicht auf, sondern straffte sich und lief weiter.

Und endlich, endlich stieß ihre Hand gegen die Häuserwand des alten Flügels. Sie tastete sich um die Ecke herum, ihre Hand strich über viele Meter rauen Putz, bis sie die Eingangstür erreicht hatte. Sie fand die Türklinke, riss die Tür auf und zog sie gleich wieder hinter sich zu.

Gerettet!

***

Die Erleichterung hielt nur kurz an. Etwa einen Atemzug lang.

So lange, bis sie den winzigen Vorraum durchquert hatte und die nächste Tür verschlossen fand.

Verdammt! Verdammt!

Es war die erste der sieben Gittertüren. Dahinter lag die Treppe, die zu ihrer Station führte. Dann kamen noch sechs Türen. Sie rüttelte an den Stäben, sie rief nach oben, rief um Hilfe, aber niemand antwortete. Keiner kam. Nie hätte sie gedacht, dass sie sich einmal wünschen würde, hineingelassen zu werden, hinein in ihre Zelle. Dass sie sich wünschte, eine schwere, undurchdringliche Tür würde sich hinter ihr schließen. Sie drehte sich um und ging wieder zur Außentür. Sah vorsichtig aus dem im oberen Türbereich eingelassenen Gitter. Nebel.

Und irgendwo da draußen, irgendwo in diesem Nebel lauerte ein Verrückter. Ein Verrückter, dem sie die Nase gebrochen hatte. Und der sehr wütend war. Das hier war ein absurdes Versteck. Es war völlig einsichtig. Sie konnte nirgendwohin. Weder in die eine noch in die andere Richtung. Sie klemmte fest zwischen Innen- und Außentür. Gefangener als sonst. Sie fragte sich, ob es das Wort überhaupt gab: *gefangener*. Ob man noch gefangener als gefangen sein konnte.

Hastig zog sie ihr T-Shirt über den Kopf und stopfte es in die vergitterte Öffnung. Sie hatte nur noch ihr Unterhemd an, aber jetzt konnte er von außen nicht hineinsehen. Würde nicht wissen, dass sie hier drin war. Würde an der Tür vorbeigehen.

Sie trat einen Schritt zurück, knipste den Taschenlampenkuli an und beleuchtete die Außentür. Gedanken schossen ihr grell ins Hirn wie Leuchtkugeln in die Nacht: Die Außentür war keine moderne Stahl- oder Gittertür wie die anderen Türen im Innern des Gebäudes. Es war eine schwere Holztür. Eine Nachbildung der Originaltür aus der Zeit, als das Gefängnis noch ein Kloster gewesen war. Sofort ging ihr Blick zum Schloss. Die Tür hatte etwas, was keine andere Tür hatte: einen Innenriegel! Hastig schob sie ihn vor, atmete auf. Irgendwann würde sie hinausmüssen, aber im Moment war sie geschützt.

Sie rutschte an der Wand entlang nach unten auf den Boden, auf das zertretene gelbe Linoleum. Sie bemühte sich, ihren verletzten Hinterkopf nicht direkt an die Wand zu lehnen. Sie traute sich nicht, ihn zu berühren, um herauszufinden, wie tief die Wunde war, und so berührte sie nur ihren Nacken. Sie fühlte Feuchtigkeit und zog die Hand vor ihre Augen. Blut. Ihr wurde übel, sie hatte Angst und sie fühlte sich sehr erschöpft. Alles gleichzeitig. Irgendwas stimmte mit ihrem Kopf nicht. Das kam nicht nur von der Wunde. Es war, als wäre ihr Hirn zu einem Stein geworden, einem Klumpen, unnatürlich schwer, der ihren Kopf nach unten drücken wollte. Sie stemmte sich gegen diese Kraft, aber alles drehte sich. Vielleicht musste sie sich kurz auf den Boden legen, nur eine Minute. Vielleicht musste sie die Augen schließen. Nur ein paar Sekunden lang …

TAMARA

Zwischen Heidelberg und Schwäbisch Gmünd

Es blieb ein Albtraum.

Hannes hatte den Motor gestartet – und von einer Sekunde auf die andere brach draußen ein Feuer aus. Jetzt *hagelte* es Steine! Sie kamen von überall. Donnerten aufs Dach, krachten gegen die Seitenfenster, die Front- und gegen die Heckscheibe. Tamara konnte es nicht sehen, weil sie tief unter dem Instrumentenkoffer geduckt hockte, aber sie *hörte* es. Sie hörte die Geschosse von allen Seiten auf den Bus einschlagen.

Und ab diesem Moment erlebte sie alles nur noch bruchstückhaft. Bild- und Lautsplitter, die wie die Scherben der zertrümmerten Autoscheiben auf sie niederprasselten und nie wieder ein Ganzes ergeben würden.

Sie sah sich, Leon und Alissa unter dem Akkordeonkoffer. Schnitt. Hörte das französische Navi *In fünfündert Metern bitte reschts abbiegän* hauchen. Schnitt. Scherben auf dem Boden. Schnitt. Ihre Füße. Schnitt. Leons Füße. Sie zitterten. Schnitt. Zitterten weiter. Schlackerten. Schnitt. Leons Gesicht. Schnitt. Sein Mund. Er schnappte wie ein Erstickender nach Luft!

Tamara hörte sich selbst schreien: »Er erstickt, Alissa. Hannes! Hört ihr? Er erstickt!«

Sie ließ den Koffer los. Alissa musste ihn allein halten. Sie schüttelte Leon. »Einatmen, Leon. Du musst *einatmen*!«

»Nein«, rief Hannes von vorn. »Er soll *ausatmen*!«

Was? Leon japste weiter. Schnell und flach und keuchend. Er zitterte wie verrückt. Der Motor heulte. Es roch nach Gummi.

In zweiündert Metern reschts abbiegän!

»Was soll ich tun, was soll ich tun?«, schrie Tamara. »Er erstickt!«

»Wölb die Hand über seine Nase und den Mund! Lass ihn in die Hand atmen!«, rief Hannes von vorn. »Er hyperventiliert. Er hat zu wenig Kohlendioxid im Blut und zu viel Sauerstoff! – Beruhige ihn.«

Hatte er da unter seinem Helm wirklich *beruhigen* gesagt? Wie sollte sie das denn machen, während der Bus gerade bombardiert wurde?

Sie griff nach seiner Hand. Drückte sie. »Leon«, versuchte sie es, »du musst *ruhiger* atmen ... langsamer ... Ich lege jetzt die Hand über deinen Mund. Du atmest einfach weiter.« Als sie die Hand hob, um sie über seinen Mund zu wölben, riss er die Augen auf und schlug die Hand weg, schnappte weiter wie wild nach Luft. Tamara legte wieder ihre Finger auf seine, streichelte sie, und dann sagte sie weich: »Du wirst nicht ersticken. Atme einfach in meine Hand. Ich weiß zwar nicht, wozu es gut ist, aber Hannes klingt, als würde er sich wirklich auskennen. Vertrau ihm. Bitte. Vertrau ... mir.«

Und wieder hob sie die Hand, und diesmal schlug Leon sie nicht weg, diesmal ließ er es zu, dass sie sie vor seinen Mund legte, und er atmete langsamer, während sie weiter beruhigend auf ihn einredete. Während Hannes wie ein Henker durch den Nebel raste. Während der Motor kreischte. Während Alissa allein den Koffer über sie drei hielt und ihre Arme schon längst erlahmt sein mussten. Während die Steine den Bus trafen, hart und zielsicher wie die Kugeln von Scharfschützen.

Bitte jetzt reschts abbiegän!

Hannes riss das Lenkrad so heftig herum, dass sie hinten alle übereinanderfielen. Und dann schossen sie aus dem Nebel hinaus.

KORA

Schwäbisch Gmünd

Wie lange hatte sie schon so gelegen, ausgestreckt auf dem dünngetretenen Linoleum, das sich kühl und schmutzig an ihrer Wange anfühlte? Wie oft hatte sie nun schon die Augen für ein paar Sekunden geschlossen, um sie gleich wieder aufzureißen, den Taschenlampenkuli anzuschalten und das mit dem T-Shirt verstopfte Gitterfenster anzuleuchten.

Sie war so müde. Sie hatte jedes Zeitgefühl verloren, und der winzige, vom Nebel geschwächte Sonnenpunkt auf dem Boden, der vom Schlüsselloch stammte, wanderte einfach nicht weiter. Er stand, seit sie hierhergeflüchtet war, auf demselben Fleck. Es war schwer vorstellbar, aber es war offenbar immer noch Nachmittag.

Nach und nach kamen die Schmerzen. Als sie sich von dem Verrückten losgerissen hatte, die Mauer entlanggeflüchtet und schließlich hier hineingeschlüpft war, als sie an der Wand gelehnt und ihren Atem wie einen brodelnden Kessel gehört hatte, hatte sie offenbar noch unter der Wirkung des Adrenalins gestanden, das jeden Schmerz ausschaltete. Jetzt fühlte sie ihn überall: in ihrer Stirn, mit der sie (wahrscheinlich) seine Nase zertrümmert hatte. Ein Schmerz, als hätte jemand einen Stein dagegengeschlagen. In ihren Händen und Armen, die er auf den Boden gepresst hatte – aufgeschürft waren sie und kleine Steinchen steckten in dem rohen Fleisch. In ihrem linken Fuß. Sie konnte den Fuß nicht aufsetzen, ohne sofort vor Schmerz zusammenzuzucken. Am meisten sorgte sie sich wegen ihres Hinterkopfs. Die Wunde blutete, aber sie empfand keinen Schmerz. Es war, als hätte ihr Körper diese Stelle mit Taubheit überzogen und abgedichtet, um sie einzulullen.

Plötzlich hörte sie etwas von draußen. Es kam von sehr weit her. Von … hinter der Mauer.

»Moooo … Aaaaahhh …« Was?

Jemand rief!

Sie hob den Kopf und lauschte. War das eine Falle?

War es der Verrückte, der es darauf anlegte, dass sie ihr Versteck verließ? Vielleicht war dieses rote Blinken, das sie gesehen hatte, ein Nebelsichtgerät? Wie sonst hatte er sie in dem Nebel überhaupt entdecken, sie so zielsicher anspringen und zu Boden werfen können? Sie zog sich weiter von dem verwischten Sonnenpunkt des Schlüssellochs auf dem Linoleum zurück, tiefer in die Ecke hinein, drückte sich gegen die Gittertür, spürte die Eisenstäbe im Rücken.

»Goooh … Aaaaaaaaah!«

Das war keine Männerstimme! Es war die Stimme eines Mädchens. Kora zog sich am Heizkörper hoch. Sie humpelte zur Außentür, schob das T-Shirt einen Zentimeter zur Seite, spähte durch das Gitterfenster.

Nebel. Natürlich.

»Toooooooooh … Aaaaah!«

Wieder der Ruf. Dieselbe Mädchenstimme.

Und da bemerkte Kora, dass der Nebel sich, als die Stimme rief, ein wenig von ihrer Tür entfernte. Als würde er angezogen von der Stimme, dachte sie noch und schob das T-Shirt einen weiteren Zentimeter zur Seite.

Dann sah sie die Gestalt.

***

Die Gestalt hockte unmittelbar hinter der Tür.

Der Schock frostete sie ein, sie konnte sich nicht bewegen. Sie starrte auf die verwischten Konturen dieses Mannes dort, auf sein Profil, das von Nebel umfasert war, auf die Schädelform, diese kantige Schulterlinie.

Er hockte ganz still. Doch plötzlich drehte er den Kopf. Sah zu dem vergitterten Fenster hoch. Kora stieß ein panisches Keuchen aus.

Die Gestalt erhob sich.

Scheiße! Scheiße! *Gottverdammtescheiße!*

Kora flüchtete an der Wand entlang, zurück in die äußerste Ecke. Das T-Shirt hielt sie in der Hand. Aber es war ohnehin zu spät. Er hatte sie entdeckt!

Die Außentür ist aus massivem Holz, sagte sie sich immerzu. Sie ist verriegelt. Es ist unmöglich, sie mit der bloßen Hand zu zertrümmern.

Sie starrte auf das Gitterfenster. Jeden Moment ... jeden Moment würde das Gesicht des Wahnsinnigen dort auftauchen. Was, wenn er eine Schusswaffe hatte?

* * *

Ein Nebelfaden trieb langsam hinein. Das Gitter hielt ihn nicht auf. Er schob sich durch das winzige Fenster, schwankte in der Luft, dann drückte mehr Dunst nach.

Der Nebelfaden verdickte sich zu einem Seil, das Seil zu einem Strang und der Strang zu einem ... oh nein, das konnte nicht sein, das konnte einfach nicht sein! Der Strang verformte sich zu einem ... Arm!

* * *

Aus dem Arm wuchs eine Hand, aus der Hand trieben Finger heraus. Und der Arm wurde länger, er schlängelte sich durch das Gitter hinein, ein ekliges Tentakel. Sie sah die Hand über die Wand tasten, sah sie näher kriechen und konnte nicht ausweichen – wohin? Immer mehr Nebel quoll durch das Fenster herein. Dem Arm wuchs vor ihren Augen in der Luft eine Nebelschulter, der Schulter ein Hals, dem Hals ein Rumpf.

Wabernde, instabile Formen, die allmählich schärfer wurden, klarer, bis Kora die Sehnen an Arm und Schulter erkennen konnte. Und dann die Abdrücke von Zähnen im Fleisch. *Ihrer* Zähne. Der Verrückte, der draußen vor ihrer Tür gehockt hatte, materialisierte sich in ihrem Versteck!

Er hatte sich nicht im Nebel verborgen. Er *war* der Nebel.

Sie stand ganz in die Ecke gedrückt, starrte auf das Unbegreifliche, das da vor ihren Augen stattfand, und wusste, dass es vorbei war. Sie hatte keine Chance.

Er hatte sich bis zu ihr vorgetastet. Seine Hand griff über sie hinweg, die Finger strichen über die Gittertür, die ins Innere des Gebäudes führte, dann tasteten sie sich einen Gitterstab entlang nach unten, streiften ihr Haar. Sie zog den Kopf fort, duckte sich und wollte sich wegrollen, doch die Hand schnellte nach vorn; er hatte sie erwischt. Er schleuderte sie gegen die Wand. Sie stöhnte. Er legte die Hand um ihren Hals. Und drückte zu.

* * *

Kora konnte nicht mehr. Sie hatte keine Kraft mehr.

Sie trat noch ein paar Mal, aber die Nebelgestalt hatte keinen Unterkörper, Kora trat nur ins Leere. Die Hand drückte stärker zu. Kora spürte, wie das Leben aus ihr floss, kein Atemzug ging mehr in sie hinein und keiner heraus, sie sah zwei schwarze Balken auf sich zukommen, einen von links, den anderen von rechts. Sobald sie zusammentrafen, würde sie das Bewusstsein verlieren. Das wusste sie. Und dann ihr Leben. Sie bäumte sich noch einmal auf. Vergeblich. Die Balken schwammen aufeinander zu, waren nur noch einen Zentimeter voneinander entfernt, sie spürte die Tränen, gleich … gleich war es endlich vorbei …

»Doooooo … Aaaaaaah!«

Sie riss die Augen wieder auf. Die Mädchenstimme!

Unbegreiflicherweise lockerte sich der Griff. Lockerte sich noch mehr. Und plötzlich verschwand die Hand ganz. Kora sog gierig die Luft ein, begann zu husten. Sie sah der Hand hinterher, die durch den Raum in Richtung Tür schwebte. Dort waberte der Rumpf und neigte sich zum Fenster hin.

»Toooooraaaaalf!«, rief die Stimme. Toralf?

Die Gestalt reagierte auf den Ruf, erst schoben sich die Hand, dann der Arm und die Schulter aus dem Fenster, verharrten dann. Und als wieder diese Stimme ertönte, drückte sich auch der Rumpf durch die Fensteröffnung hinaus. Kora kauerte auf dem Boden, atmete und hustete.

Was war das eben gewesen? Hatte sie halluziniert? Sie griff sich an den Hals und stöhnte vor Schmerz auf.

War sie eben tatsächlich von einem Wahnsinnigen aus *Nebel* angegriffen worden? Sie rappelte sich hoch, humpelte mit letzter Kraft zur Tür und stopfte ihr T-Shirt zurück in die kleine, vergitterte Öffnung, dichtete sie ab. Der Nebel durfte nicht mehr hineinkommen!

Dann hörte sie wieder die Stimme. Und jetzt endlich verstand sie, was die Stimme des Mädchens rief. Sie rief: »Koooooooooraaaaaa!«

TAMARA

Zwischen Heidelberg und Schwäbisch Gmünd

Es war unheimlich. Die Sonne, die im Nebel dämmrig und gräulich gewesen war, flutete jäh den Bus. Im selben Moment hörte die Schießerei auf.

Bitte fahren Sie achtzehn Kilomäter geradeaus.

Hannes saß mit durchgedrücktem Rücken am Steuer und raste, als wäre sein Fuß mit dem Gashebel verschmolzen.

Keiner sprach ein Wort. Als hätten die Geschosse auch ihre Worte zertrümmert.

Alissa hielt weiterhin den Instrumentenkoffer hoch über ihren Köpfen. Ohne zu zittern, ohne Regung – ihre Arme unempfindlich wie Stahlträger. Tamara hielt weiterhin Leons Hand. Leon starrte mit aufgerissenen Augen vor sich hin. Der Schock hatte sie alle mitten in einer Handlung eingefroren. Keiner konnte den Gedanken, dass es tatsächlich vorbei war, zulassen.

Nach einer Weile ließ Alissa den Koffer herab und Tamara ließ Leons Hand los. Sie sah sich um. Sah über die zerschlagenen Fenster, über die Dellen im Metall, die die Geschosse im Innenraum hinterlassen hatten. Sie räusperte sich, suchte ihre Stimme, tastete über Arme und Beine.

Hannes fuhr wie hypnotisiert weiter, in derselben rasenden Geschwindigkeit, als hätte er noch nicht verstanden, dass sie es geschafft hatten, dass der Schrecken hinter ihnen lag, dass sie ihn abgeschüttelt hatten.

»Hannes?«, rief Tamara.

Keine Reaktion. Er rührte sich nicht, er fuhr nicht langsamer, geschweige denn rechts ran. Was sollte das? Wollte er sie in den Straßengraben fahren?

»Hannes? Alles okay mit dir?«

Wieder keine Reaktion. Was war los mit ihm?

Sie drehte sich zu Alissa um. Die griff zwischen den Sitzen nach vorn, klopfte gegen Hannes' Helm und rief: »Fahr rechts ran! Sofort!«

Alissa rief nicht einmal besonders laut, dachte Tamara, doch ihre Stimme hatte diesen Ton, dem man sich nicht widersetzen konnte.

Hannes wurde langsamer. Dann fuhr er rechts ran. Der Motor erstarb.

Die Stille schoss in den Bus wie Wasser. Eine so grimmige, unversöhnliche Stille, dass Tamara für einen kurzen Schreckmoment glaubte, taub geworden zu sein.

Doch dann hörte sie das leise Geräusch, mit dem Hannes den Helm abnahm. Er legte ihn auf dem Beifahrersitz ab. Er drehte sich immer noch nicht um. Er legte die Hände vors Gesicht und schluchzte.

***

»Es ist vorbei«, sagte Tamara behutsam. »Alles ist gut.« Sie legte ihm von hinten die Hand auf die Schulter.

»Nichts ist gut«, sagte er. »Es ist meine Schuld. Das alles ist meine Schuld ...«

Alissa sagte: »Wie kommst du auf so einen Stuss?« Sie zog am Türgriff und stieg aus. Vorsichtig. Eine Wolke von Glassplittern, die sich noch im Fensterrahmen gehalten hatten, rieselte auf die Erde. »Wir tauschen.«

Sie ging um den Bus herum, bis sie vor der Fahrertür stand, und öffnete sie. Tamara sah, wie Alissas Blick plötzlich wie von Fäden gezogen zum Boden des Wagens ging, dorthin, wo Hannes' Füße sein mussten.

»Was ist *das* denn?«, fragte sie.

»Ich hab's doch gesagt«, sagte Hannes leise. »Es ist alles meine Schuld.«

***

»Was ist denn los?«, fragte Tamara und beugte sich vor. Sie konnte nicht sehen, wonach Alissa sich bückte, aber als sie wieder hochkam, hielt sie etwas Kleines, Weißes in der Hand.

»Was ist das?«, fragte Leon. Die erschreckende graue Farbe war aus seinen Wangen gewichen, der glasige Blick war verschwunden.

»Ein Golfball, oder?«, schlug Tamara vor.

»Nicht nur einer«, sagte Alissa. »Kommt mal her.«

Tamara und Leon stiegen über die Scherben und verließen den Bus. Als sie neben Alissa standen, sahen sie, was sie meinte. Hannes saß in einer Armee aus Golfbällen. Sie waren auf seinem Sitz, unter seinem Sitz, neben seinem Sitz, auf dem Beifahrersitz, unter dem Beifahrersitz, unter seinen Beinen eingeklemmt. Selbst zwischen seinem Hintern und dem Sitz waren Golfbälle. Es mussten … Hunderte sein.

***

»Was ich nicht verstehe: Wieso sind eigentlich nur zu dir diese Bälle hingeflogen, Hannes?«, überlegte Tamara laut, nachdem Alissa und Hannes die Plätze getauscht und sie selbst sich wieder auf den Beifahrersitz gesetzt hatte. »Hatte der Psycho es nur auf den Fahrer abgesehen?«

Hannes schluchzte nicht mehr, aber seine Stimme klang wund, als hätte jemand sie mit einer großen Feile aufgeraut. »Der hatte es auf *mich* abgesehen.«

Jetzt reichte es ihr. Sie drehte sich um und fuhr ihn an: »Wenn du etwas über den Psycho weißt, dann spuck's verdammt noch mal aus, aber mach nicht dauernd solche Andeutungen.«

Ihre Worte, die Heftigkeit, mit der sie sie Hannes an den Kopf schleuderte, erschreckten sie selbst. Zumal er aussah, als würde er sich gleich übergeben. Nicht nur blass, sondern grünlich.

»Ich hab mich schuldig gemacht«, sagte er.

»Aber womit denn? Was hast du getan?«, fragte sie und legte so viel Wärme in ihre Stimme, wie sie konnte.

Er beugte sich nach vorn, als hätte er einen Magenkrampf. »Es ist nicht das, was ich getan habe«, ächzte er. »Es ist das, was ich *nicht* getan habe.«

Dann atmete Hannes tief durch und begann: »Es war an einem Abend vor drei Monaten …«

HANNES

Zwischen Heidelberg und Schwäbisch Gmünd

Er hätte nie gedacht, dass er es jemandem erzählen würde. Vor allem Menschen, die er nicht einmal richtig kannte. Er hatte es vor seiner Mutter verschwiegen, kein Sterbenswort war über seine Lippen gekommen. Emma wäre die Einzige gewesen, der er es hätte sagen können. Aber er hatte es nicht fertiggebracht. Er hatte alles, was er damals erlebt hatte, in sich verschlossen, es in der dunkelsten Kammer eingesperrt, von wo aus es dennoch immer wieder ausbrach, sobald die Nacht begann und die schrecklichen Bilder vor seinem inneren Auge explodieren ließ.

»Es war an einem Abend vor drei Monaten …«, hörte er sich anfangen, und während dann die Worte aus seinem Mund strömten, begann dieser Abend wiederaufzuerstehen. Er löste sich aus den Halterungen seiner Erinnerung und wurde wieder lebendig.

Hannes spürte wieder die Mailuft, noch nicht warm, aber auch nicht mehr kalt, roch den Schokoladenduft, sah sich aufbrechen. Zu … Emma. Sie wollten einfach nur ein bisschen zusammen abhängen.

* * *

Mitte Mai. Die Natur boomte. Sogar aus den Straßenritzen spross Löwenzahn. Das lag wahrscheinlich an dem üppigen Regen in diesem Frühling.

Als er die Treppenstufen zu Emmas Wohnung nach oben gestiegen war, hatte er zwei auf einmal genommen. Vielleicht ist auch das Freundschaft, dachte er, nichts »Krasses«, sondern sich ganz einfach jedes Mal wie verrückt zu freuen, Emma zu sehen. Sie ließ ihn herein, während sie mit einer Hand Romeo abfing und sagte: »Heute kocht meine Mutter. Ich hoffe, du hast nichts mehr vor, es gibt was Deftiges. Du wirst dich nach dem Essen nicht mehr bewegen können! Sie hat gerade ihre bayerische Phase.« Mit diesen Worten schleuste sie ihn an der Küche vorbei zu ihrem Zimmer.

Hannes konnte gerade noch ein »Hallo, Bianca!« hineinrufen.

»Sie hat ein Dirndl an«, flüsterte er Emma entsetzt zu.

»Ja. Das ist Evas neueste Idee: Kleidung passend zum Essen. Neulich gab's Marokkanisch. Kannst du dir die farbenfrohen Gewänder vorstellen? Maja hatte einen Turban auf.«

»Oh Gott, und heute ... muss ich etwa ...«

»Keine Panik – ich hab vom Fasching noch so 'ne schicke Lederhose ...«

Bis das Abendessen fertig gewesen war, hatten sie Musik gehört und er hatte ihr seine neueste Horrorgeschichte vorgelesen – die Geschichte über einen Jungen mit zwei Mündern und mit sieben Fingern an jeder Hand – und Emma hatte sich gegruselt und gleichzeitig gelacht.

Mit Stampfkartoffeln, Sauerkraut und einigen Weißwürsten im Bauch hatte Hannes die Wohnung kurz vor halb neun verlassen. Das fette Essen war köstlich gewesen, vor allem, weil seine Mutter nie so etwas kochte, aber es lag ihm auch wie ein Betonfundament im Magen. Ein bisschen Bewegung würde ihm guttun, beschloss er. Warum also nicht noch einen Abstecher zum Golfplatz machen?

Wäre er bloß nicht hingegangen ...

Wäre er bloß nicht hingegangen – das war der Gedanke, der ihm seitdem den Kopf wundrieb. Natürlich wäre das, was passiert ist, trotzdem passiert, aber er hätte nichts davon gewusst. Hätte nichts damit zu tun gehabt. Das Problem war: Er *war* dort gewesen.

***

Es war noch hell gewesen. Die Abendsonne hatte wüstenrotes Licht ausgekippt. Als er von der Vespa stieg, hatte er zwar keinen Golfer mehr gesehen, aber er hatte das typische Schlaggeräusch gehört. Irgendwo in der Ferne, hinter den Hügeln. Es war also noch jemand da.

Er ging die ersten fünfzig Meter, stocherte ein bisschen in den Gebüschen herum, entdeckte tatsächlich zwei Bälle.

Hinter ihm näherte sich ein Fahrzeug. Es kam ziemlich schnell herangefahren. Vor sich im Gebüsch sah er etwas Weißes im Gras aufblitzen – einen *Taylor Made.* Er bückte sich, und nur wenige Meter neben ihm zischte der eben angeschlagene Ball übers Gebüsch. Zzzzzssss. Ein Blindgänger, ein totaler Fehlschlag.

Sein Körper war schneller als sein Verstand. Er sah sich blitzschnell um, sah das Auto heranrasen, sah Auto und Ball aufeinander zurasen.

Der Ball schlug in die Frontscheibe. Die war von einer Sekunde auf die andere von Tausenden von Rissen durchzogen, ein Spinnennetz. Der Fahrer aber hielt nicht an. Das Auto raste weiter, raste die Straße entlang, wurde nicht langsamer, sondern beschleunigte, und dann – krachte es gegen einen Baum.

***

Er war wieder mittendrin. Verkeilt in diesem Moment. Sah das hundert Meter entfernte Fahrzeug. Die überfließende Abendsonne auf dem zerquetschten Metall. Den aufsteigenden Rauch. Hörte wieder die plötzliche Stille. Dann das weit entfernte *Klack* des Golfers, der scheinbar nichts mitbekommen hatte. Und er sah sich selbst. Sah sich umdrehen, sah sich …

***

»Hannes?«

Er starrte vor sich, starrte auf die Glassplitter zu seinen Füßen.

»Hannes?« Er hob den Kopf, blinzelte, wischte sich übers Gesicht. Tamara schaute ihn an.

»Was hast du dann gemacht?«, fragte sie.

Was hatte er gemacht? Das fragte er sich seit drei Monaten immer wieder. Was hatte er nur gemacht? Und vor allem: Wieso? Wie konnte er, wie *konnte* er …

»Nichts«, sagte er. »Ich hab nichts gemacht.« Er sah sie an. Alle. Nacheinander. Tamara, Alissa, Leon. »Ich hasse mich dafür. Ich habe nichts gemacht. Es war, als ob ich keinen Verstand hätte. Ich bin wie ein Zombie auf meine Vespa gestiegen und einfach weggefahren. Ich bin nach Hause und … ins Bett gefallen. Ich hab geschlafen, als hätte mich jemand erschossen. Ich hatte mir gewünscht, es wäre so: dass jemand mich erschossen hat.«

»Und am nächsten Tag?«, fragte Tamara.

»Am nächsten Tag stand in der Zeitung, dass sie gestorben ist. Es war eine Frau.«

TAMARA

Schwäbisch Gmünd, Herlikofer Straße 19

Sie aben Ihr Fahrziel erreischt. Alissa ließ den Wagen ausrollen. Tamara stand noch viel zu sehr unter dem Eindruck des eben Gehörten. Sie hatte so viele Fragen. Aber Hannes war in sich zusammengesunken und reagierte auf nichts mehr.

Merci, sagte Nathalie und schaltete sich ab.

Da erst realisierte Tamara, dass sie angekommen waren. Sie sah nach draußen.

Sie standen vor einer ungewöhnlich hohen und langen Mauer, die einen Bogen bildete und hinter der Kurve offenbar immer weiterführte. Der Anblick passte zu dem Gefühl, das Hannes' Worte in ihr hinterlassen hatten: als wäre sie in voller Fahrt gegen einen Baum geknallt, wie diese Frau.

»Wo sind wir?«, fragte Leon, der gerade erwachte.

»Na, wo wohl«, sagte Alissa. »China ist das jedenfalls nicht.«

Jetzt sah auch Leon den Stacheldraht auf der Mauer und erschrak.

»Wartet hier«, sagte Tamara und machte die Tür auf. Schließlich war sie es, die hier etwas zu erledigen hatte.

»Keiner geht allein irgendwohin«, sagte Alissa bestimmt und machte ihre Tür ebenfalls auf.

»Nein!«, sagte Tamara. »Ich geh diesmal allein. Unbedingt! Aber wenn ich in zehn Minuten nicht zurück bin, kommt ihr sofort nach.«

***

Als Tamara die Mauer entlangging, sah sie noch einmal kurz zurück. Der Bus sah aus, als wäre eine Lawine über ihn hinweggegangen. Der Lack war teilweise abgeblättert, das Metall von Hunderten von Einschlägen zerbeult, einige Fenster zerschlagen. Leon war ausgestiegen und hielt die Kamera Richtung Mauer, schussbereit, wie eine Waffe.

Tamara folgte der Mauer um die Kurve, und als sie sich noch einmal umdrehte, war der Bus hinter der Kurve verschwunden. Jetzt war sie wieder allein. Sofort wurde sie unruhig, sah sich wieder im Zug, sah sich durch die leeren Wagen hetzen, den Notfallgriff hinunterdrücken und die Türen aufzerren, die Schienen entlanggehen – unter einem Himmel, der sie wie heißes Metall umflossen und ihre Haut verbrannt hatte. Sah sich mutterseelenallein und verloren im riesigen Bahnhof, bis sie endlich, endlich auf Leon und Alissa getroffen war, die sie mitgenommen hatten.

Allein. Wieder allein. An der Mauer entlang. Die kein Ende nahm. Doch bevor ihre Unruhe sich auswachsen konnte, hörte sie, wie der Motor anging. Wie der Bus langsam hinter ihr herrollte. Alissa!

Alissa, die nicht aus ihrer Haut konnte, sich auch für Tamara verantwortlich fühlte. Und für Hannes. Und für Leon. Und für die ganze Welt. Tamara musste ihr zeigen, dass sie das nicht brauchte. Dennoch war sie unerhört erleichtert, dass sie in der Nähe blieben.

Die Mauer führte zu einem vergitterten Tor. Mit allem hatte sie gerechnet, aber nicht damit, dass die Adresse, die ihr Solveig Morbach von der Adoptionsbehörde gegeben hatte, zu einem Gefängnis führen würde. Hier sollte also diese Kora Ronnfeld wohnen, die angeblich etwas über ihre Mutter wusste? Sie stellte sich vor das Eingangstor und umfasste die Stäbe. Spähte hinein. Auf den ersten Blick war nichts Auffälliges zu sehen. Gleich links neben dem Gittertor befand sich eine Art Pförtnerhäuschen aus Glas. Der Platz darin war leer. Ein großer, stiller Hof breitete sich vor ihren Augen aus. Beton, Sand und etwas Rasen. Etwa fünfzig Meter geradeaus stand ein riesiges Gebäude mit vielen vergitterten Fenstern, das sie an ein Gutshaus erinnerte, doch der

Glockenturm auf dem Dach ließ auf ein Kloster schließen. Links reihten sich mehrere Nebengebäude aneinander. Als sie nach rechts sah, setzte ihr Herz einen Schlag aus.

Nebel!

Augenblicklich wollte sie sich umdrehen und nach Alissa rufen, bremste sich dann aber. Sie waren zwar eben im Nebeldunst von einem Psychopathen angegriffen worden – aber nicht der Nebel, sondern der Psychopath war gefährlich gewesen.

Trotzdem starrte sie den Dunst argwöhnisch an. Er war in leichter Bewegung, wie ein Wasserstrudel, bei dem sich die größte Sogkraft in der Mitte versammelt. Am rechten Flügel des Hauses ballte er sich. Dort befand sich wahrscheinlich die Waschküche.

Sie rief: »Koooooraaaaa!« Sie hielt inne, lauschte. Nichts.

Sie probierte es noch einmal: »Kooooraaaaa!«

War da eine Bewegung? Sie wandte den Kopf nach rechts, wo dieser Dunst war. Sie hatte das unheimliche Gefühl, dass er eben noch nicht so weit vorn im Hof gewesen war. Wieder rief sie: »Koooooraaaa!« Und dann noch einmal.

Und dann sah sie es genau: wie der Nebel sich vorwärtsschob. Trug der Wind ihn hierher? Sie spürte, wie die Härchen auf ihren Armen sich aufrichteten, und ging einen Schritt zurück, dann noch einen. Es schauderte sie. Noch ein letztes Mal rief sie: »Koooooooraaaaaaa!« Sie wollte sich gerade umdrehen und zurück zum Bus laufen, als sie die Stimme hörte.

* * *

»Hilfe! Hiiilfe!«

Eine Mädchenstimme! Sie klang verzweifelt, wütend, schwach, stark, ängstlich, mutig. Sie war ein ganzer Chor aus Empfindungen, und das Verrückte war: Sie *kannte* diese Stimme. Tamara fuhr herum, stürzte wieder zum Tor. Diese Stimme …

»Wo bist du?«, rief Tamara. »Was ist mit dir? Wie komme ich hier rein?«

Der Nebel strömte heran. Er strömte ganz langsam vom hinteren Hofteil in ihre Richtung und gab dabei eine Tür frei, die er die ganze Zeit verdeckt hatte.

Sie kniff die Augen zusammen. Es war eine grüne Tür mit einem vergitterten Fenster. Etwas Weißes steckte im Gitter.

»Bist du in dem alten Gebäude mit der grünen Tür?«

Es blieb eine Weile still, dann kam ein gedämpftes »Ja« zurück. »Hilf mir! – Ich bin verletzt.«

Der Nebel verharrte mitten in der Bewegung, als das Mädchen rief, und obwohl es gegen alle Vernunft sprach, hatte Tamara plötzlich das unangenehme Gefühl, dass er sie *wahrnehmen* konnte.

»Ich weiß nicht, wie ich hier reinkomme«, rief Tamara. »Ich glaube, hier im Pförtnerhäuschen kann man das Tor öffnen. Kannst du herkommen?«

»Pass auf den Nebel auf! Er kommt genau auf dich zu!«, schrie das Mädchen plötzlich, und im selben Moment strömte der Nebel schon wieder zur Tür zurück.

Dann hörte Tamara, wie eine Autotür zuschlug, drehte sich um und sah Alissa und Leon kommen.

»Was ist los?«, rief Alissa. »Mit wem redest du?«

»Da ist ein Mädchen oder eine Frau«, sagte Tamara und wies zu dem Nebel, der die grüne Tür jetzt wieder verschluckt hatte. »Sie ist verletzt.«

Leon stellte sich neben Alissa. »Nebel!«, schrie er sofort auf. Er schrie so hoch, dass es in die Ohren schnitt.

Der Nebel ... hob sich! Dann sank er wieder. Was war das gewesen?

* * *

»Kannst du hierherkommen?«, rief Tamara noch einmal über den Hof. Der Nebel strömte von der grünen Tür in ihre Richtung.

»Ich kann nicht durch den Nebel. Er ist ... tödlich!« Der Nebel strömte wieder zur grünen Tür zurück.

»Wie können wir rein?«, rief Tamara. Der Nebel strömte von der Tür in ihre Richtung.

»Wir müssen nicht rein«, sagte Alissa mit ihrer ruhigen, kalten Stimme. »Der Nebel reagiert auf Stimmen. Habt ihr das nicht bemerkt?«

Dann stellte sie sich ans Tor und rief: »Wiiiir locken den Neeebel an – dann hast du freien Weeeeg!«

»Anlocken? Wie denn?«, fragte Leon, der gebannt auf die wabernde Masse starrte, die sich in Bewegung setzte, an ihre Stimmen andockte, als wären sie ein Geruch, den man wittern konnte.

»INDEM WIR SCHREIIIIEN!«, brüllte Alissa den Nebel an.

* * *

Sie schrien zu dritt. Sie schrien den Nebel an, der sich sofort in ihre Richtung drehte, ihnen entgegenströmte, schneller und dichter wurde, je lauter sie kreischten.

Tamara sah, wie sich die grüne Tür öffnete und eine Jugendliche herauskam. Sie rannte nicht. Sie ging.

»Du musst rennen!«, schrie Tamara, doch das Mädchen rannte nicht.

Der Nebel wurde langsamer, obwohl sie noch genauso laut schrien. Es war kaum vorstellbar, aber der Nebel schien ihre Strategie zu *durchschauen*. Nach einer Weile hielt er ganz an. Ein paar Nebelfäden trieben in die Richtung des Mädchens. Gierig. Wie Finger. Wie Stricke. Wie ... Netze.

Und das Mädchen rannte nicht!

»Ihr Bein ...«, sagte Leon, und da sah Tamara endlich den Grund: Sie zog ein Bein nach. Mühsam, wie ein Stück totes Holz.

Sie schrien weiter, doch der Nebel ließ sich nicht mehr dirigieren. Er wurde nur ein wenig langsamer, aber die falsche Richtung, die Richtung zu dem Mädchen hin, behielt er bei.

Sie humpelte mit schmerzverzerrtem Gesicht quer über den Hof. Als sie noch weit weg gewesen war, hatte Tamara gedacht, ihre Arme wären einfach nur schmutzig. Dass sie vielleicht hingefallen war. Jetzt erkannte sie, dass es kein Dreck, dass es … Blut war.

Scheiße, dachte sie. Scheiße. Verdammte Scheiße.

Der Nebel hatte jetzt gänzlich aufgehört, auf ihre Schreie zu reagieren, und schwebte in dichten Schwaden auf das Mädchen zu. Leon war heiser, er hustete. Alissa brüllte wie eine ganze Herde Büffel. Ohne Erfolg.

»Was sollen wir tun, was sollen wir tun?«, keuchte Leon. Der Nebel strömte von allen Seiten auf das Mädchen zu, schnitt ihr den Weg ab, kesselte sie ein.

Und da begann Tamara zu fiepen. Sie warf ihre Stimme verzweifelt nach oben, warf sie in die höchste Tonlage und fiepte. Vorhin, als Leon so hoch geschrien hatte, war der Nebel kurz in die Höhe gestiegen. Wenn es stimmte, was sie vermutete: dass der Nebel auf hohe Töne reagierte, indem er sich hob, war das vielleicht ihre letzte Chance. Sie fiepte aus Leibeskräften, und … ja … der Nebel stieg in die Höhe!

»Verdammt! Jetzt versteh ich!«, rief Alissa, als sie das sah. »Deshalb ist er also vorhin auch bei dem Whatsapp-Signal gestiegen …« Und dann drehte sie sich um und stürzte davon. Was war los? Was meinte sie? Warum ließ sie sie im Stich?

Tamara fiepte weiter, fiepte in höchster Lautstärke, doch ihre Stimmbänder waren die Anstrengung nicht gewohnt, sie versagten, und der Nebel … er sank wieder … sank auf den Boden zurück. Tamara hatte ihre Stimme verloren, Leon hustete immer noch. Sie versuchte es aufs Neue, doch der raue Ton, der aus ihrem Mund kam, schürfte ihr die Kehle auf und hielt den Nebel nur geringfügig ab. Sie spürte, wie ihr die Tränen kommen wollten, sah, wie der Nebel sich dichter und dichter um das Mädchen schloss, nahm all ihre Konzentration und Willenskraft zusammen und schrie.

Aus ihrer Kehle kam nur Luft.

***

Da ertönte ein schriller, extrem hoher Ton hinter ihr.

»*Weeeeee*«, schrie eine Stimme, die nicht nach Mensch, sondern nach Stahl klang. Nach einem Bohrer, der kreischend in Metall hineintrieb. Der Nebel reagierte sofort. Er stieg in die Höhe, als würde er sich aufbäumen.

»*Weeeeeeeeee*«, bohrte diese Stimme sich in die höchste vorstellbare Tonlage. Weitere helle, schnelle, grelle Töne ertönten. »*Weeeeeeee are the witches, the four wicked witches!*«

Tamara sah, wie Leons Augen sich weiteten. Sie drehte sich schnell um.

»*Weeeeeeee are your nightmare. It itches, it stitches.*« Hinter ihnen stand Alissa. Sie hatte das Akkordeon umgeschnallt, ihre Finger hämmerten auf die untersten Tasten, sie riss es auseinander, quetschte es zusammen und riss es wieder auseinander wie eine riesige Pumpe, und ... sie sang.

Nein, sie sang nicht, dachte Tamara, sie heulte, kreischte, zerbohrte Metall und Nerven mit ihrer Stimme und starrte dabei den Nebel an. Wie eine Schlangenbeschwörerin. Es war kein Gesang, es war auch kein Schreien. Es war ein Kampf. Ein Kampf mit dieser wabernden, grauen Masse dort.

»*Your itchy, stitchy, witchy nightmare. Weeeeeeee are your conscience. The four witches' voice!*«

Der Nebel floh in die Höhe, schneller, immer schneller, als hielte er es nicht mehr aus. Nur ein einzelner, aber sehr langer Nebelstrick zog sich noch um das Mädchen herum, hielt sie gefangen wie ein riesiges Lasso. »*We are the four witches: Josy, Katriiiiiiina, Alissa and Niiiiiiiina!*«, schrie und hämmerte Alissa, und als hätte er sich endgültig an der Stimme verbrannt, zog der

Nebel auch den letzten Lassofaden in die Höhe. Das Mädchen erreichte das Pförtnerhäuschen, riss die Tür auf und verschwand darin.

LEON

Schwäbisch Gmünd, Herlikofer Straße 19

Als Alissa angefangen hatte zu singen, war es, als würde ihre Stimme ihn wie einen Pfeil vier Jahre in die Vergangenheit schießen. Er sirrte in rasender Geschwindigkeit über Schwäbisch Gmünd Richtung Osten, Luftlinie vierhundert Kilometer, verweilte kurz in Wittenberg, machte dann einen schnellen Schlenker und landete fünfzehn Kilometer östlich von Wittenberg in Tannwalde, dem kleinen Elbdorf, das sein Heimatdorf war, und blieb mit der Pfeilspitze im Keller ihres ehemaligen Wohnhauses stecken.

Leon, der The Four Witches großartig fand, durfte zu seiner Riesenfreude bei den Proben mit dabei sein.

»Wir brauchen zuallererst eine Hymne!«, sagte Nina gerade. Es war kurz nach der Gründung der Four Witches. Das Wohnhaus in Tannwalde war groß und alt und hatte mehrere Kellerräume – viel Platz. Ihre Eltern hatten den größten Raum ausgeräumt und ihn den vier Hexen als Probenraum zur Verfügung gestellt.

»Was ist eine Hymne?«, fragte Leon gerade. Ein achtjähriger Leon, der in der Ecke saß und die vier Mädels ehrfürchtig anhimmelte. Nina war mit sechzehn die Älteste. Josy war fünfzehn. Alissa und Katrina waren vierzehn.

»Eine Hymne ist ein Song, den die Leute mit uns verbinden, und zwar *nur* mit uns«, sagte Nina.

»Und – es muss eine Melodie sein, die leicht zu singen ist«, sagte Nina. »Ein Song wie ein Tauchsieder. Man steckt ihn ins Publikum und es fängt sofort an zu kochen. Nichts Kompliziertes – man muss es vor allem gut mitbrüllen können.« Und sie schnappte sich das Mikro und schrie: »*Weeeee are the witches, the four wicked witches: Josy, Katriiiiiina, Alissa and Niiiiiii-na!*«

Einen Moment lang war es totenstill, bis Leon voller Bewunderung sagte: »Saucool.«

Da begannen die Mädels zu lachen, Katrina probierte mit den Sticks einen zerhackten, harten Rhythmus, den Josy mit der Bassgitarre übernahm, Alissa und Nina tuschelten, und dann spielte Alissa auf dem Akkordeon eine Melodie an, die Nina mit Stimme und Gitarre aufgriff und variierte, bis am Ende plötzlich diese treibende, kreischige Melodie zu hören war, die berühmte Four-Witches-Hymne, mit der die Band bald darauf jedes Konzert und jedes Schulfest eröffnete.

Leon stand vor einem Gefängnis in Baden-Württemberg, Hunderte von Kilometern entfernt von dem Ort, an dem seine Erinnerung stattgefunden hatte, aber die Erinnerung war ganz nah, sie brannte an ihm, nein, *in* ihm.

Nina hatte unglaublich gesungen. Genauso unglaublich, wie Alissa Akkordeon spielte: wie verrückt. Wirklich: wie verrückt. Er hatte manchmal zu den Schulkonzerten mitgedurft. Sein Vater hatte Fotos gemacht. Fotos von den vier Mädels, denen man auf der Bühne nichts von ihrem Lampenfieber anmerkte. Sie waren legendär gewesen.

Bis sie zwei Jahre später verstummt waren.

An jenem Tag, der ein Loch in Leons Herz geätzt hatte wie Säure.

Danach war es, als hätte der Schock, der zur Auflösung der Band geführt hatte, plötzlich auch all ihre Lieder angegriffen und sie unspielbar gemacht. Niemand hatte je wieder ein Witches-Lied, geschweige denn die Hymne gespielt. The Four Witches waren verschwunden, und keiner hatte versucht, sie wiederzubeleben. Es war, als hätten sie nie existiert.

Er hatte Alissa noch nie singen hören. Sie hatte nicht gesungen. Singen war immer Ninas Part gewesen. Als er sie eben das erste Mal singen hörte, hatte Leon das Gefühl gehabt, jemand würde mit einem scharfen Messer seine Brust aufschneiden. Und tief in das Säureloch stechen.

Alissa hatte dieselbe verrückte Stimme offenbart wie Nina.

***

Ein Summen zog Leons Blick zum Tor. Er biss die Zähne zusammen, versuchte, nicht mehr daran zu denken, nicht mehr ... daran ... zu denken. Er lenkte seine ganze Konzentration auf das Mädchen. Sie hatte das Pförtnerhäuschen erreicht und sich an das Schaltpult gesetzt. Sie drückte auf Knöpfe, bediente Schalter.

Erst gingen die Lampen am Tor an und summten dabei. Dann gingen sie wieder aus und dafür erstrahlten Scheinwerfer an den Mauern. Dann brummte etwas, es machte *Klick* und das Tor sprang auf.

***

Leon folgte Tamara, die durch das Tor zum Pförtnerhäuschen stürzte. Als sie die Glastür des Pförtnerhäuschens aufstießen, versuchte das Mädchen, vom Schaltpult aufzustehen, knickte aber wieder um und sank mit einem Schmerzenslaut auf den Drehstuhl zurück.

»Ich kann nicht laufen«, sagte sie.

Leon fragte sich, wie sie es überhaupt bis hierher geschafft hatte. Überall an ihr klebte Blut. Auf ihren Sachen, an ihren Armen und vor allem am Hals. Er hatte im ersten entsetzlichen Moment gedacht, sie hätte sich die Halsschlagader verletzt. Doch dann sah er, dass das Blut schon getrocknet war.

»Wer seid ihr?«, fragte das Mädchen. Sie war nicht einfach blass, sie sah grau aus.

Leon sah zu Tamara. Die antwortete nicht, sondern starrte das Mädchen nur entsetzt an.

»Ich bin Leon«, sagte er. »Das ist Tamara.«

»*Du* bist Tamara!«, sagte die Verletzte und richtete sich kerzengerade auf. Ihr blutverschmiertes Gesicht war plötzlich aufmerksam, hoch konzentriert. »Du hast mir geschrieben. Woher wusstest du das alles? Woher wusstest du das mit dem Nebel, woher wusstest du meinen Namen?«

Tamara sah kurz verwirrt aus, dann sagte sie resolut: »Du kommst jetzt mit. Leg deine Arme um Leons und meinen Nacken. Leon, hilf mal!«

Gemeinsam stemmten sie das Mädchen hoch und dann liefen sie langsam aus dem Pförtnerhäuschen durch das geöffnete Tor.

»Woher wusstest du es?«, murmelte das Mädchen immerzu. »Das kannst du gar nicht wissen. Niemand kann wissen, dass ich Kora bin.«

Und Leon dachte: Sie halluziniert.

Tamara hielt plötzlich an, sodass Leon fast gestolpert wäre. »*Du* bist Kora? Kora Ronnfeld? Ich hab dich gesucht!«

»Du kennst sie?«, fragte Leon überrascht.

»Mir ist … schwindelig …«, stöhnte diese Kora, und dann sackte sie zusammen.

Leon spürte das Gewicht an seinem Hals wie einen Sack Steine. Es war gut so. Es war richtig. Er schleppte Kora gemeinsam mit Tamara zum Bus und er hätte sie noch weiter geschleppt. Er hätte sie durch die ganze Stadt geschleppt, ohne zu jammern, er hätte sie geschleppt, bis er zusammengebrochen wäre. Weil er es damals nicht gekonnt hatte.

***

Alissa stand am Bus. Hannes war neben ihr und schob die Tür auf. Sein Gesicht war immer noch unbeweglich wie das Gesicht einer Statue. So sah er aus, seit er ihnen erzählt hatte, was vor drei Monaten am Golfplatz in Neckarau passiert war.

Doch als er sie die Verletzte herantragen sah, bekam die steinerne Maske einen Riss. Er rannte ihnen entgegen, half ihnen, das Mädchen auf den Mittelsitz zu hieven, und rief Alissa zu: »Wir müssen sofort ein Krankenhaus finden.«

»Es gibt keine Ärzte«, sagte Leon.

»Ich weiß«, sagte Hannes. »Aber ich kann helfen.«

KORA

Schwäbisch Gmünd

Sie war so müde. So unsagbar müde. Und sie fühlte sich so leicht. Als würde sie schweben. Als wäre ihr Körper ein Ballon. Aber das Schweben bereitete ihr Übelkeit, sie stöhnte. Sie spürte, dass sie geschleppt wurde, dass sich mehrere Menschen um sie bemühten, aber es ging sie alles nichts an.

»Wir müssen sofort ein Krankenhaus finden«, sagte plötzlich eine Stimme vor ihr.

Diese Stimme …

Diese Stimme …

Sie zwang sich, die Augen wieder zu öffnen. Dabei realisierte sie, dass sie gerade in einen Bus geschoben wurde, auf den Mittelsitz. Sie stützte sich versehentlich auf ihr linkes Bein und zuckte gequält zusammen. Sie hatte das Gefühl, an seinem Ende säße kein Fuß, sondern ein von Schmerzadern durchzogener Klumpen Fleisch. Glassplitter knirschten unter ihren Sohlen. Was war hier passiert? Der ganze Bus sah so aus, als hätte er einen Hurrikan nur knapp überlebt. So kaputt, wie er war, passte er zu ihr. Sie sank in sich zusammen.

»Ich weiß«, sagte die Stimme wieder. »Aber ich kann helfen.«

Wieder riss sie die Augen auf.

»Wer …« Sie murmelte, sah sich um, sah mehrere Gesichter an sich vorüberfliegen, versuchte, das zu fixieren, das gesprochen hatte.

Sie schaute den Jungen an. Ihr Blick lag nicht auf seinem Gesicht. Sie schaffte es einfach nicht, ihre Augen zu lenken. Ihr Blick lag seitlich, auf einer Stelle unterhalb seines Ohrs, einer weichen, verletzlichen Stelle, über die sich ein Leberfleck ausbreitete, halbmondförmig wie ein Insektenflügel. Sie stöhnte auf, quälte ihren

Blick in die Mitte des Gesichts, sah ihm in die Augen, registrierte erst da, wie gut er aussah, und sagte: »Ich … kenne … dich!«

Dann wurde ihr schwarz vor Augen und sie klappte in sich zusammen.

***

Etwas schlug gegen die Wand. Es waren dumpfe, schwere Schläge, die sie aus ihrem Dämmer rissen.

Kora schlug die Augen auf.

Sie stellte verwirrt fest, dass sie nicht mehr im Bus saß. Sie lag in einem Bett. Vor ihr auf einem Stuhl saß der Junge mit dem Leberfleck. Der Junge aus dem Bus. Der Junge aus ihrem Traum. Jetzt erinnerte sie sich wieder! Sie hatte von ihm geträumt, sie hatten in einem Auto gesessen und er hatte das Autoradio lauter gedreht. Aura Dione lief. Sie hatte seinen Leberfleck gesehen. Was war dann passiert? Sie konnte sich nicht mehr erinnern. Ihr Kopf, ihr Kopf tat so weh …

Der Junge saß auf dem Stuhl, vornübergebeugt, die Ellbogen auf den Knien, den Kopf gegen die Hände gelehnt und die Hände ineinander verschränkt, fast, als würde er beten. Und so wiegte er sich hin und her. Er hatte noch nicht gemerkt, dass sie aufgewacht war. Sie betrachtete ihn. Den Bogen seines Rückens. Das Vor- und Zurückwiegen, das in einem anderen Rhythmus als Atem kam. Als würde er … ja, es sah aus, als weinte er. Nach innen, lautlos, aber er weinte.

»Wer bist du?«, fragte sie. Sofort schnellte sein Kopf hoch.

»Hannes«, sagte er.

Seine Stimme klang wieder so weich wie eben im Bus, als er gesagt hatte: »Ich kann helfen.« Und wieder wollte sie sich dagegen wehren. Sie brauchte sein bescheuertes Mitleid nicht. Was war überhaupt passiert?

Hannes? Ihr Hirn ratterte und das Rattern tat weh.

Sie kannte keinen Hannes.

»Wie geht's dir?« Er hatte sich wieder nach vorn gebeugt. Angestarrt zu werden, konnte Kora nicht leiden. »Hast du Kopfschmerzen?«

Kopfschmerzen? Sie lauschte in sich hinein und da bemerkte sie wieder die Schläge. Sie kamen nicht von außen. Sie kamen von innen. Aus ihrem Kopf.

Sie nickte. Und hörte sofort damit auf, weil das Nicken sie schwindelig machte. Ihr war etwas in die Stirn gerutscht. Sie hob die Hand und griff in etwas Feuchtes, Kaltes. Stoff. Er war um ihren Kopf gewickelt.

»Ist dir schwindelig?«

»Hmm ...«

»Ist dir schlecht?«

Ausgefragt zu werden, konnte sie schon gar nicht leiden. »Mir ist nicht ...« Sie stockte. »Doch ... ein bisschen.«

»Richtig schlecht? Ich meine, zum ...«

»Falls du meinst, ob ich kotzen muss – das hab ich schon hinter mir«, fuhr sie ihm ins Wort. Der Hof fiel ihr ein, die Mauer. Wie sie alles erbrochen hatte, was in ihr gewesen war. Wie sie dann schnell weitergelaufen war. Aber warum? Vor wem war sie weggelaufen? »Da ist nichts mehr im Magen«, sagte sie. »Brauchst keine Panik zu haben – die Kissen bleiben schon sauber.«

»Deswegen frag ich nicht«, sagte er leise. »Du hast eine Gehirnerschütterung. Du hast alle Symptome: Erbrechen, Schwindel, Übelkeit, Kopfschmerzen. Ich weiß nicht, wie schlimm die Gehirnerschütterung ist. Du warst ohnmächtig. Ich dachte ... ich dachte bis eben ...«

»Ja?«

»Dass du ins Koma fällst.«

»Wie kommst du darauf?«, wunderte sie sich und wollte sich aufsetzen.

»Nein«, sagte er, sprang sofort auf und drückte sie sanft, aber bestimmt ins Kissen zurück. »Auf gar keinen Fall bewegen. Dein

Gehirn braucht Ruhe! *Absolute* Ruhe. Du hast eine schlimme Kopfwunde«, sagte er. »Ich weiß nicht, wie es passiert ist. Es sieht aus, als hättest du Schläge auf den Kopf bekommen. Oder als hätte jemand deinen Kopf auf den Boden geschlagen.«

Und da sah sie alles wieder vor sich: den Verrückten, den Kampf, die Flucht.

»Da war ein Mann ...«, flüsterte sie.

Er nickte. »Du hast im Traum ständig von ihm gesprochen. – Du hättest eigentlich sofort zum Arzt gemusst«, sagte er. »Die hätten eine Computertomografie machen müssen. Es kann ... es kann etwas Schlimmes passiert sein – du kannst ein subdurales Hämatom haben.«

»Ein *was?*«

»Eine Blutung im Hirn. Diese Blutung übt einen immer stärkeren Druck aufs Gehirn aus. Man fällt ins Koma. Man kann sogar ... sterben.«

»Wohl ein bisschen viel *The Good Doctor* geschaut?«, versuchte sie einen Scherz.

»So ungefähr«, sagte er und lächelte.

»Ich kenne dich ...«, sagte sie.

»Du hast eine Gehirnerschütterung«, wiederholte er nur. Als wäre dieses Wort ein Schlaflied, das sie beruhigen könnte. »Du erinnerst dich falsch. Du darfst nicht so viel sprechen. Du darfst eigentlich nur liegen. Und zwar ohne Erschütterungen. Möglichst reglos!«

»Wie lange?«

»Vier Tage. Minimum.«

Vier Tage, gefesselt ans Bett? »Auf gar keinen Fall!«, rief sie. »Das bring ich nicht! Ich hab schon ein halbes Jahr in einer Zelle zugebracht, die nicht viel größer als dieses Bett war. Wo sind wir überhaupt?«

Sie versuchte wieder, sich aufzurichten.

»Nicht bewegen!«, rief er sofort, aber diesmal ließ sie sich nicht abhalten.

Sie setzte sich auf und sah, dass der Bettbezug Spitzenbesatz hatte. An der Wand ihr gegenüber war ein Flachbildfernseher montiert. Und als sie den Kopf drehte und zum Fenster sah, hingen Vorhänge aus einem sehr teuer und weich aussehenden, glänzenden, grünen Stoff davor. Ein Zimmer. Ein richtiges Zimmer! Seit über einem halben Jahr war sie nicht mehr in einem echten Zimmer gewesen. Und in so einem noch nie. Ihr Blick fiel auf einen goldenen Tisch mit einer gut gefüllten Obstschale darauf. Äpfel, Bananen, Trauben und etwas, was Stacheln hatte und Kora noch nie gesehen hatte. Alles war geschmackvoll, geradezu glamourös, als wäre sie zwischen die Seiten des Schöner-Wohnen-Magazins geraten. Sie sah weiter, über die Tapeten. Die Tapeten waren aus gold- und silberfarbenem Samt!

»Willkommen im *Sun & Moon*«, sagte er. »Unserem Edelhotel. Keine Angst, hier ist niemand, der Geld haben will.«

»Aber ich kann keine vier Tage mehr in einem Raum sein! Nirgendwo! Ich fühle mich okay. Ich liege doch mindestens schon eine Stunde.« So fühlte sie sich nämlich. Wie nach einer guten Stunde Ausruhen.

Er sah sie aufmerksam an. »Du bist heute den fünften Tag hier. Du warst sehr, sehr müde, hast fast die ganze Zeit geschlafen. Wir haben auf dich aufgepasst.«

Sie betrachtete ihn. Ungläubig.

»Hast du Durst?«, fragte er und hob ein Glas Wasser von ihrem Nachttisch hoch. Als er ihr das Wasser *einflößen* wollte wie einer Kranken, riss sie ihm das Glas aus den Händen. Sie wollte trinken, doch dann hielt sie inne, sah das Glas an und hielt es ihm hin. »Schütt das aus.«

»Wie?«

»Schütt es aus. Ich trink das nicht. Nur Frisches. Sauberes. Aus der Leitung!«

Er widersprach nicht, nahm das Glas und ging ins Bad.

»Lass die Tür auf dabei!«

Sie sah durch die Tür, wie er das Wasser ins Becken kippte.

Als er neues Wasser hineinlassen wollte, rief sie: »Nein, erst ausspülen!«

Sie beobachtete, wie er das Glas ausspülte, dann sogar mit einem Handtuch abtrocknete. Dann füllte er das Glas erneut. Sie beobachtete seine Hände, beobachtete genau, ob er etwas darin verborgen hielt, ob er das Glas einen Moment lang außerhalb ihres Blickfelds hielt. Aber nichts Verdächtiges passierte. Er kam mit dem Glas zurück, reichte es ihr, sie roch daran, kostete vorsichtig und trank es in einem Zug aus.

Dann sank sie wieder ins Kissen zurück.

Er griff nach dem Tuch um ihren Kopf, löste es, ging damit ins Bad, ließ Wasser darüberlaufen und brachte es zurück.

»Du hast seit fast fünf Tagen nichts gegessen. Alissa kocht unten schon etwas. Wenn es fertig ist, bringen wir alles hoch und essen zusammen hier in deinem Zimmer. Dann besprechen wir, wie es weitergeht.«

»Ich kenne dich«, sagte sie wieder. »Ich hab von dir geträumt, bevor ich dich das erste Mal gesehen hab. Dein Leberfleck … Da war ein Auto … Aura Dione lief … dann hat jemand die Tür aufgerissen und …«

Ihre Augen fielen zu. Fünf Tage, dachte sie noch. Ich liege hier schon seit fünf Tagen. Die dumpfen Schläge gegen die Wände ihres Kopfs wurden leiser, als wären die Fäuste mit Fell umspannt. Schließlich gingen sie in ein sanft ersticktes Klopfen über, in einen regelmäßigen, dämmrigen Rhythmus.

HANNES

Schwäbisch Gmünd, Sun & Moon

Leise verließ er Koras Zimmer und ging durch den Korridor, bis er in die von Sonnenlicht erfüllte Hotellounge kam. Ja, es war schon später Abend und die Sonne schien. Die Klimaanlage hielt die Wüstentemperaturen, die draußen herrschten, auf Abstand.

Klick.

Hannes sah Leon hinter der riesigen Palme in der Mitte der Lounge auftauchen. Ihn einmal nicht in Alissas Nähe zu sehen, war eine Seltenheit. Wahrscheinlich hatte sie ihn aus der Küche geworfen. *Klick.*

Leon fotografierte die verwaiste Rezeption, dann ging er in die Knie und nahm die schneeweiße Landschaft aus Sesseln und Sofas ins Visier.

»Sie ist wach«, rief Hannes zu ihm hinüber. »Sie hat mit mir geredet.«

»Echt? Wahnsinn!«

Hannes sah Leons Lächeln, das sich schnell und heftig über seinem Gesicht ausbreitete wie Feuer. »Ich sag's den anderen!«, sagte er, hängte sich die Kamera um und lief ihm voraus durch die Lounge, in einen schmalen Gang hinein Richtung Küche.

***

Seit fünf Tagen waren sie jetzt schon hier, im *Sun& Moon*, und warteten darauf, dass Kora wieder zu sich kam. Dass sie überhaupt wussten, wie viele Tage vergangen waren, lag nur an ihm, Hannes. An seinem inneren Ticken, das sich verstärkte, je näher der Abend heranrückte, und das sich in schrilles Klingeln verwandelte, wenn es zwanzig Uhr dreißig wurde. Äußerlich änderte sich nichts. Die Sonne stand in einem immer gleichen Winkel, die Schatten wurden nicht länger, nicht kürzer, die Luft kühlte nicht ab. Im Gegenteil. Und das war vielleicht die einzige Änderung, die es gab: Er hatte das Gefühl, dass es mit jedem Tag ein bisschen heißer wurde.

Um einen Tag-Nacht-Rhythmus zu behalten, ließen sie abends die elektrischen Rollos herab, auch in der Lounge. Damit sie müde wurden und später dann schlafen konnten. Es war schwer, müde zu werden, wenn die Sonne durch alle Fenster hereinbrannte, wenn der Himmel hell und fiebrig über ihnen hing. Schwer, unter solchen Bedingungen Müdigkeit überhaupt fühlen zu *wollen*. Aber sie brauchten den Schlaf. Sie mussten konzentriert bleiben.

Jeden Tag waren zwei von ihnen gemeinsam durch die Stadt gestreift, auf der Suche nach einer Antwort. Sie hatten beschlossen, auf keinen Fall allein loszuziehen – wegen dieses Nebels. Sie wussten nicht, ob und wohin der Nebel verschwunden war. Wussten nicht, woher er gekommen war. Sie wussten nicht einmal, *was* er war. Eins aber hatten sie alle seit der Golfballattacke und seit dem Angriff auf Kora verstanden: Dieser Nebel war nicht harmlos. Er konnte töten.

Während jeweils zwei in der Stadt nach anderen Menschen suchten, kümmerten sich die anderen beiden um Kora und bereiteten das Essen vor. Auch im Hotel galt die Regel: möglichst nicht allein bleiben. Die Zusammensetzung der Zweiergruppen hatte schnell festgestanden: er und Alissa, Tamara und Leon. Jeder von ihnen trug ein Handy bei sich. So konnten sie sich untereinander jederzeit informieren.

Sie hatten viel geschafft in den letzten Tagen. Sie waren überall gewesen: in den Büros der Stadtverwaltung, bei der Feuerwehr, der Polizei, in Läden und Privatwohnungen. Hatten sich überall umgesehen, um einen Hinweis auf das Geschehene zu finden. In die Wohnungen zu gelangen, war nicht schwer – überall auf den Straßen standen Autos und in den Autos lagen Taschen.

In vielen fanden sich ein Schlüsselbund und ein Portemonnaie mit Ausweis, der die Adresse bekannt gab.

Nein, eine konkrete Antwort auf ihre Fragen hatten sie nicht entdeckt, aber sie hatten einige phänomenale Dinge herausgefunden.

***

Leon wollte offenbar unbedingt der Erste sein, der Alissa und Tamara die gute Nachricht überbrachte. Er eilte vor ihm her, so schnell, dass er seinen Hut festhalten musste.

Um zur Hotelküche zu gelangen, mussten sie durch einen langen Gang, der Meter um Meter dunkler wurde, weil die Leuchter in immer größer werdenden Abständen angebracht waren. Ab der Mitte bekam man das Gefühl, von einem prachtvollen Farbfilm in einen Schwarz-Weiß-Film hinüberzugleiten, denn die Samttapete hörte jäh auf und wurde von Raufasertapete abgelöst, genau wie der Orientteppich übergangslos durch Linoleum ersetzt wurde. Auch die Leuchter verschwanden, und stattdessen strömte das verängstigte Licht einer einzelnen Glühlampe über den letzten, den schäbigeren Teil des Gangs. Der Gang war offenbar nur für die Bediensteten gedacht, aber man hatte bis zur Hälfte den Schein gewahrt. Wahrscheinlich für den Fall, dass sich tatsächlich einmal ein Gast aus Neugier so weit vorwagte.

Als sie die Mitte überschritten hatten, hörten sie Töne. Hannes sah, dass Leon augenblicklich noch mehr beschleunigte, dass seine Haltung sich straffte, dass er sich den Hut aus dem Gesicht schob und plötzlich größer wirkte, älter.

Endlich betraten sie die Küche. Alissa goss gerade Nudeln ab, während Tamara auf einem Klappstuhl in der Ecke saß, das Akkordeon auf dem Schoß. Sie drückte Tasten und Knöpfe, probierte Klänge, Rhythmen, eine Melodie. Es sah aus, als würden die beiden sich gegenseitig ignorieren, bis Alissa plötzlich »G« sagte. Ruhig und ohne sich umzudrehen. »Nicht D.«

Nach dem Riesenstreit am ersten Abend hätte er so etwas nie für möglich gehalten. Tamara hatte plötzlich mit dem Akkordeon in der Küche gestanden und zu Alissa gesagt: »Zeig mir, wie es geht.«

Hannes hatte nicht einmal mitbekommen, wie es passiert war – jedenfalls war Alissa plötzlich bei Tamara gewesen und hatte ihr das Instrument weggerissen. Tamara hatte nicht loslassen wollen, hatte sie angeschrien, dass sie es doch sowieso hierlassen wollte – das wüsste sie von Leon. Sie hatte geschrien: »Hör zu, dir ist das Akkordeon doch total egal, aber ich will mich darum kümmern! Dass du es nicht mehr willst, ist deine Sache, aber es ist unfair, es dann keinem anderen zu gönnen! Also willst du es doch!«

Hannes erinnerte sich, wie Alissa plötzlich losgelassen hatte und wie Tamara nach hinten auf die Fliesen gekippt war. Mit dem Akkordeon. Alissa hatte gesagt: »Du meinst nicht das Akkordeon, sondern etwas anderes. Sonst würdest du dich nicht so aufregen.«

»Und du?«, hatte Tamara zurückgeschnappt. »Dir geht's doch auch um etwas ganz anderes.«

Jetzt – vier Tage später – saßen sie hier, und es war still zwischen ihnen, bis auf die Töne aus dem Instrument und das Abgießen des heißen Nudelwassers ins Becken. Nicht angespannt still, sondern anders. Gelöst.

* * *

»Sie ist wach!«, rief Leon, und abrupt hörte Tamara auf zu klimpern. Alissa drehte sich vom Spülbecken um. Dabei fiel Hannes an Alissa auf, dass sie schon wieder ein neues Oberteil trug. Sie wechselte sie jetzt schon zweimal täglich. Neue Klamotten zu finden, war nicht schwer. In jedem Hotelzimmer gab es mindestens einen Koffer. Aber warum wechselte sie sie so oft, und warum trug sie von Anfang an nur langärmelige Shirts? Das jetzige war hochgeschlossen bis zum Kinn.

Tamara schnallte das Akkordeon ab. »Ich ... ich muss ...«, stotterte sie, dann rannte sie schon aus der Küche in den Gang.

»Toll, dass du mithilfst, das Geschirr hochzutragen!«, rief Alissa ihr hinterher.

Leon schnappte sich sofort ein Tablett, stapelte Teller, Gläser und Bestecke darauf und balancierte damit ebenfalls aus der Küche.

Hannes wartete auf Alissa. Er sah, wie sie die Soße abschmeckte, pfefferte, nachsalzte, den Herd ausmachte, sich dann wegdrehte, den Ärmel ein Stück hochschob und unauffällig kratzte. Als sie bemerkte, dass er sie ansah, ließ sie den Ärmel sofort wieder herunter und hörte auf damit. Sie griff nach zwei Topflappen an der Wand und warf sie ihm hin.

»Kannst du den nehmen?«, sagte sie und wies auf den Spaghettitopf.

Er nickte, machte drei schnelle Schritte in ihre Richtung, warf die Topflappen auf die Arbeitsfläche, griff nach ihrem Arm und zog den Ärmel in die Höhe. Sie war so überrumpelt von seinem Frontalangriff, dass sie einen Moment lang nicht reagierte. Dann aber riss sie sich von ihm los und fauchte ihn an: »Pfoten weg!«

Der Moment aber hatte genügt.

»Was genau ist das?«, fragte er. »Ein Ekzem?«

»Das geht dich nichts an!«

»Neurodermitis, oder? – Hast du irgendwas, was du dagegen nimmst? Ich weiß etwas, was vielleicht ...«

Sie schnappte sich die Topflappen und den Topf, warf ihm die Kelle zu und sagte: »Vergiss die Pfanne mit der Tomatensoße nicht.« Dann stürmte sie aus der Küche.

»Alissa, ich weiß etwas, was dir helfen könnte«, rief er ihr hinterher. Sie antwortete nicht.

Ihr ganzer Arm war blutig gekratzt gewesen.

***

Hannes kam als Letzter ins Zimmer. Tamara saß auf dem Stuhl vor Koras Bett, flüsterte mit ihr. Leon half Alissa dabei, die elegante Tagesdecke auf dem Boden auszubreiten und das Geschirr daraufzustellen. Seit Tagen aßen sie so: auf dem Boden in Koras Zimmer – wie bei einem Picknick. Sie hätten sich Tische und Stühle aus den anderen Zimmern holen können, aber sie wollten nicht in einem mit Möbeln vollgestopften Zimmer sitzen. Sie hätten auch in dem edlen Kellerrestaurant essen können – aber keiner hatte Lust darauf. Außerdem hätte dann einer bei Kora bleiben müssen, denn sie allein zu lassen, wäre nicht infrage gekommen. Einer von ihnen saß immer als Wache bei Kora – die anderen drei schliefen zusammen in der Königssuite. Sie hatte zwei Schlafzimmer und ein Kaminzimmer mit Sofa.

Alissa verteilte jetzt die Bestecke. Hannes fiel gleich wieder auf, wie weit sie die Ärmel ihres Shirts über die Handgelenke gezogen hatte. Wie schaffte sie es nur, fragte er sich, diesen Juckreiz zu ertragen. Sich so zu beherrschen, wenn andere im Raum waren.

»Nein!«, sagte Kora plötzlich laut, und Hannes' Blick wanderte sofort von Alissa zu Koras Bett. Sie schüttelte heftig mit dem Kopf, stöhnte gleich darauf auf und griff in den kühlen Wickel um ihren Schädel.

»Nicht den Kopf schütteln!«, sagte Tamara und legte ihr beruhigend die Hand auf den Arm. »Hannes sagt, du darfst ihn nicht bewegen!« Dann fuhr sie fort: »Aber bist du wirklich sicher? Auf meiner Geburtsurkunde steht *Röser* – so müsste also auch meine Mutter heißen.«

»Nein«, sagte Kora wieder, und er sah, wie sie versuchte, den Kopf ruhig zu halten. »Ich kenne wirklich keine Röser.«

»Überleg noch mal«, sagte Tamara.

»Tamara!«, mischte Hannes sich ein. »Kora ist krank! Sie braucht Ruhe.«

»Ich hatte genug Ruhe!«, blaffte Kora zurück.

»Solveig Morbach von der Adoptionsbehörde hat geschrieben, dass du meine Mutter kennen würdest«, sagte Tamara eindringlich.

Wovon redeten die beiden eigentlich? Tamara war adoptiert? Er stieß sich von seinem Beobachterplatz am Türrahmen ab und ging hinüber zum Fenster, näher zu Koras Bett. Er setzte sich auf das Fensterbrett, das heiß war von der Sonne. Seine innere Uhr sagte ihm, dass es schon nach einundzwanzig Uhr war, doch draußen glühte die Luft. Das Rollo war halb herabgelassen, damit die Sonne nicht frontal auf Koras Bett fiel.

»Auch von einer Solveig Morbach hab ich noch nie gehört.«

»Heißt das«, unterbrach er und wendete sich an Tamara, »du wolltest von der Adoptionsbehörde wissen, wer deine leibliche Mutter ist, und die haben dir Koras Adresse gegeben?«

Tamara nickte.

»Aber wieso denn so umständlich? Selbst wenn Kora zufällig wüsste, wer deine Mutter ist, wieso sagen sie dir den Namen nicht selbst? Wenn jemand Bescheid weiß, dann doch wohl die Adoptionsbehörde.«

»Sicher. Sie dürfen das aber erst, wenn ich sechzehn bin!«, sagte Tamara. Sie klang wütend und enttäuscht. »Mit dreizehn hast du kein Recht, irgendetwas zu erfahren. Wenn dir deine Adoptiveltern selbst nix sagen, bist du total aufgeschmissen.«

»Bis du sechzehn bist?«, staunte Leon. »Ist ja krass.«

»Und wieso haben sie dir dann überhaupt eine Auskunft gegeben?«, wollte Hannes wissen. »Wenn sie das eigentlich gar nicht dürfen?« Es interessierte ihn wirklich. Er fand es erstaunlich, dass eine offizielle Behörde gegen das Gesetz verstieß.

»Weil …«, polterte Tamara wieder los und verstummte dann. Nach einer Weile sagte sie: »Ist doch egal.«

Sie verschwieg etwas, das war klar.

»Könnte es vielleicht sein«, wendete Tamara sich an Kora, »dass du durch die Gehirnerschütterung ein paar Sachen vergessen hast?«

»Schön wär's«, sagte Kora nur. »Da gäbe es so einiges, was

es wert wäre, vergessen zu werden. Aber … nein. Ich weiß alles noch.«

Dann war es kurz still, Tamara saß zusammengesunken da, und er hörte, wie Alissa anfing, Käse zu reiben. Leon war näher gekommen, lauschte ebenfalls dem Gespräch der Mädchen.

»Hast du mir eigentlich deshalb geschrieben?«, fragte Kora. »Weil du dachtest, ich wüsste etwas über deine Mutter?«

»Wie – geschrieben?«, fragte Tamara, die immer noch mit ihrer Enttäuschung kämpfte. »Ich hab dir nicht geschrieben. Ich bin von zu Hause abgehauen und hab den nächsten Zug hierher genommen.«

»Keine verschlüsselte Nachricht?«, fragte Kora. »Keine Zahlenschrift? Kein Gedicht?«

»Was?«

Hannes warf einen Blick auf Alissa. Die saß auf dem Boden, halb von einem Sessel verborgen, und schien sich unbeobachtet zu glauben. Er sah, wie sie den Ärmel hochgezogen hatte und sich kratzte. Nicht die unverletzte Haut, sondern die bereits aufgekratzte, sie kratzte tief in die Wunden hinein. Allein das Hinschauen tat ihm schon weh.

»Fallersleben!«, rief Kora Tamara zu.

Tamaras Gesicht war ein einziges großes Fragezeichen.

Kora fischte nach ihrer Jeans, die auf dem Boden lag.

»Warte! Nicht bewegen, ich mach das!«, sagte Tamara und bückte sich.

Kora durchsuchte die Taschen und zog einen lädiert aussehenden Brief hervor. Die Neugier hielt Hannes nicht länger an seinem Platz. Er trat hinter Tamara. Sie zog ein gefaltetes, orangefarbenes Blatt aus dem Umschlag. Als sie es öffnete, fiel Hannes als Erstes ein hässlicher, in die Ecke gestempelter grinsender Frosch auf. Dann kamen drei Sätze in einer verschnörkelten Schrift.

»Das hier ist der Code«, sagte Kora zu Hannes und zeigte auf eine Zahlenreihe auf dem Umschlag. »Damit hab ich das Gedicht geknackt.« Tamara drehte das orangefarbene Blatt um. Ein Gedicht. Zahlen über jedem Buchstaben. »Heraus kam: *MEIDE UNBEDINGT DEN NEBEL! GEH NICHT RAUS. WARTE IN DER STATION AUF TAMARA!!*«

»Ich ... versteh nicht. Ich war das nicht«, sagte Tamara verwirrt und wollte Kora den Brief zurückgeben, da kam Leon dazwischen, griff danach und studierte die Zahlenreihe.

»Wenn du den Brief nicht geschrieben hast«, fragte Kora, »wer wusste noch, dass du zu mir fahren wolltest?«

»Keiner«, sagte Tamara. »Nur ich! Das war eine ganz spontane Entscheidung. Ellen und Thomas ... also meine Adoptiveltern ...«, fügte sie erklärend hinzu, »... sie hätten mich nie fahren lassen. Ich glaube, Ellen würde mich gern hinter Glas stecken. Am liebsten wäre ihr, ich würde keinen Schritt ohne sie machen. – Ich bin heimlich gefahren. Keiner wusste von meinem Plan. Ich wollte am Abend wieder zurück sein. Niemand kann dir diesen Brief geschrieben haben! Niemand, das ist völlig un...«

»Eeessen!«, rief Alissa und unterbrach Tamara, die immer hektischer, immer lauter geredet hatte. Und alle, bis auf Kora, die im Bett saß, kamen und setzten sich im Schneidersitz auf die Tagesdecke am Boden.

Alissa teilte aus. Erst gab es einen Schlag Nudeln und dann eine große Kelle Tomatensoße. Die Soße war aus frischen Tomaten, wie er sah. Reihum griffen sie in die Schüssel mit dem geriebenen Käse.

Als Tamara sofort weiterreden wollte, sagte Alissa resolut: »Zehn Minuten reine Essenszeit, okay? Danach sammeln wir alles, was wir wissen. Alles, was uns aufgefallen ist. Alles, was wichtig, und alles, was ... *merkwürdig* ist. Wir sammeln es und schreiben es auf. Möglicherweise fällt uns dabei etwas auf, ein Muster, ein Zusammenhang. – Außerdem muss auch ich euch etwas sagen.«

***

»So. Hat jemand was zu schreiben dabei?«, fragte Tamara, kaum dass sie fertig war. Sie schob den Teller beiseite. Nicht nur Tamara, alle hatten sie das Essen hinuntergeschlungen.

Hannes zog sein Schreibheft und einen Stift aus der Tasche.

Alissa reichte beides an Kora weiter. »Du bist jetzt unsere Protokollantin. So erfährst du auch gleich, was los ist. Du hast die letzten fünf Tage ja nichts mitbekommen.«

»Auf gar keinen Fall!«, sagte Hannes mit Nachdruck. »Kora macht überhaupt nichts! Sie darf sich nicht bewegen und nicht schreiben! Denken auch nicht!«

»Also, wenn du das ernst meinst, kann ich auch gleich aus dem Fenster springen«, sagte Kora.

»Ich meine doch nur, bis du dich besser fühlst.«

»Ich fühle mich besser! Wenn du mir verbietest, Notizen zu machen, schlage ich meinen Kopf gegen die Wand. Ehrlich.« Sie umklammerte sein Heft, damit er es ihr nicht wegriss.

Tamara war in der Zwischenzeit zum Fenster gegangen und ließ das Rollo ganz herunter, um zumindest den *Anschein* von Nacht zu erzeugen, während Leon Kerzen auf Koras Nachttisch und dem Tischchen mit der Obstschale anzündete.

Hannes merkte, dass Kora jetzt auf das Deckblatt seines Schreibhefts starrte, die Stirn in Falten gelegt, und er fragte sich, was sie dort so Irritierendes entdeckt hatte. Ihr Gesicht war starr vor Konzentration, Gesichtszüge wie in Stein gehauen. Auf dem Deckblatt stand eigentlich nur: *GRAUEN IM SCHWIMMBAD – Horror-Roman von Hannes Kühlberg.*

Kora hob den Kopf und sagte zu Tamara: »*Röser* sagt mir gar nichts, aber …«, und dann drehte sie den Kopf zu Hannes,

»*Kühlberg,* das sagt mir was. *Kühlberg, Bettina* – das stand in dem Gedichtbuch, in dem ich das Fallersleben-Gedicht gefunden hab. *Deutsche Gedichte* – so hieß das Buch.«

»Bettina Kühlberg«, sagte er verblüfft, »ist meine Mutter.«

***

»Schreib das einfach als Erstes auf«, sagte Alissa, während Kora das Heft aufschlug, kurz bei seinen Notizen auf der ersten Seite verharrte, wo er, wie er sich erinnerte, stichpunktartig etwas von einem Schwimmbad geschrieben hatte, in dem ein paar Jugendliche waren, von einem Psychopathen, einer Sauna … von Schreien. Schnell schlug sie das Heft in der Mitte auf, wo alles frei war.

»Ich kann mich genau erinnern«, sagte Hannes. »Meine Mutter spendet Bücher. Sie spendet sie einem Verein, der die Bücher dann an verschiedene Einrichtungen verteilt – vielleicht auch an Gefängnisse. Dieses Jahr hatte sie mich gebeten, auch in meinem Bücherregal auszumisten. Ich hab eine Menge aussortiert. Und ich weiß noch – irgendwie war ich so im Schwung, dass ich im Wohnzimmer weitergemacht hab. Ich hab die ganzen Krimis aussortiert, die meine Mutter sowieso nur einmal liest, und dann … dann hatte ich plötzlich *Deutsche Gedichte* in der Hand. Das Buch hat meine Mutter schon ewig …«

»Genauso sah das aus«, meldete sich Kora. »Steinalt und mit Bart.«

»Ich war mir überhaupt nicht sicher«, sagte er. »Wenn meine Mutter es schon so lange hatte, bedeutete es ihr vielleicht etwas. Ich wollte es gerade wieder zurückstellen, als … als eine Stimme in meinem Kopf plötzlich sagte: *Nein, leg es zu den Spenden!* – Es war meine eigene Stimme. Oder vielleicht war es auch keine Stimme, sondern ein Gefühl. Ich hab jedenfalls nicht weiter nachgedacht. Ich hab es einfach auf den Spendenhaufen gelegt …«

»Trotzdem passt das doch alles hinten und vorne nicht zusammen!«, mischte Tamara sich ein. Sie wendete sich jetzt an Kora. »Da hat *dir* also jemand in Geheimschrift ins Gefängnis geschrieben, dass *ich* kommen würde. Der Brief kam … wann an?«

»Am Donnerstag.«

»Seht ihr!«, sagte sie triumphierend. »Ich selbst hab erst am Freitag von einer Kora Ronnfeld erfahren und hab mich erst am Samstagmorgen spontan entschlossen, mit dem Zug zu ihr zu fahren. Woher wusste derjenige, der an Kora geschrieben hat, zwei Tage bevor ich es selbst wusste, dass ich zu ihr fahren würde?«

An der Wand über Koras Bett hingen Gemälde in goldenen Rahmen, Reproduktionen, die die Schwäbische Alb zeigten und die in dem bewegten Kerzenlicht unerhört kunstvoll wirkten. Ein Gemälde zeigte ein Tal, das in blassem, halbherzigem Morgenlicht dalag, während der Frühnebel höherzog, die Berge empor, bis er in Kreisen um die Gesteinsspitzen und Zacken hing, wo er sich bereits auflöste.

»Die zweite Frage ist«, sagte Hannes und riss den Blick los, »woher wusste er von dem Nebel?« Er tippte auf den entschlüsselten Satz auf dem Brief: *MEIDE UNBEDINGT DEN NEBEL.*

Leon sah immer wieder auf die Zahlengirlande, verglich sie mit den Buchstaben und rief dann: »Den Code kenn ich! Ich hab genau denselben in Tannwalde mit meinem Kumpel entwickelt. Ich dachte, den kennt keiner. Jetzt gibt's den also doch schon!«

»Die dritte Frage«, unterbrach Kora, die bis jetzt noch gar nichts aufgeschrieben, sondern nur zugehört hatte, »die dritte Frage ist: Woher kannte er meinen Namen? Kora ist nicht mein offizieller Name. Ich heiße eigentlich ... anders.«

»Aber Solveig Morbach ...«, warf Tamara ein, »die Frau von der Adoptionsbehörde, die wusste ihn auch. Sie hat ihn mir doch geschrieben.«

»Ich kenne diese Frau überhaupt nicht!«, rief Kora wütend und drückte die Kugelschreibermine rein und raus. »Was bildet die sich ein? Wer ist diese blöde Tussi überhaupt?«

»So kommen wir nicht weiter!« Das war Alissa. Sie sah streng in die Runde. Hannes bemerkte wieder, wie sie sich den linken Unterarm durch den Stoff des Shirts hindurch kratzte, aber sofort damit aufhörte, als sie sich ertappt fühlte.

»Wir tragen jetzt alle Informationen zusammen«, sagte sie. »Aber wir streiten nicht!«

Alle waren still. Sie strahlt es einfach aus, dachte Hannes. Diese *Ich-bin-hier-zuständig*-Gewissheit.

Leon nutzte den Moment, um seine Kamera hervorzuholen. Er programmierte offenbar den Selbstauslöser, denn er positionierte die Kamera auf dem Tisch mit dem Obst. Doch als das rote Signallämpchen aufleuchtete, kreischte Kora plötzlich auf: »Mach das weg! *Mach das sofort weg! Schalt das verdammte Ding aus!*«

Alle erschraken. Leon rannte sofort zu seiner Kamera und nahm sie in den Arm, als hätte er Angst, dass Kora ihr etwas antun könnte. »Richtig weg!«, rief Kora. »*Ganz* weg!«

»Kora?«, sagte Alissa, ohne auf ihr Gekreische einzugehen. »Schreib bitte auf: *Ungewöhnliche Entdeckungen im Zusammenhang mit der Katastrophe am 17. August um 15:07 Uhr.*«

Und Kora wurde tatsächlich ruhiger und begann zu schreiben.

»Erstens: keine Menschen«, sagte Tamara, und Kora schrieb es auf.

Alissa sagte: »Keine Tiere. Ist euch das auch aufgefallen? Kein Spatz, keine Taube, nichts. Keine Insekten. Kein Käfer. Ich war mit Hannes in der Tierhandlung – die Käfige sind zwar alle verschlossen, aber leer.«

Kora schrieb.

»Tamara und ich haben heute Mittag auch etwas Merkwürdiges entdeckt«, sagte Leon, der seine Kamera unter einem Geschirrtuch versteckt hatte. »In der Restaurantküche beim Inder die Straße runter standen mehrere Töpfe auf dem Herd und das Essen darin war nicht verbrannt.«

»Was ist daran ungewöhnlich?«, fragte Kora und sah vom Heft hoch. »Ich notiere nur Ungewöhnliches.«

»Dass der Herd an war«, sagte Tamara. »Er muss es schon seit mindestens fünf Tagen gewesen sein.«

»Okay«, sagte Kora, »das *ist* ungewöhnlich«, und schrieb es auf.

»Das passt zu dem, was Alissa und ich entdeckt haben«, sagte Hannes. »Weder das Fleisch noch das Frischobst oder die Salate in den Geschäften werden schlecht. Sie liegen da seit fünf Tagen, aber das Fleisch ist rosig und das Obst und die Salate sind knackig.«

Kora schrieb.

»Team Leon-und-Tamara hat entdeckt: Die angebissenen Tortenstücke auf den Tischen draußen vor den Cafés sind so frisch, als wären sie eben erst serviert worden«, sagte Tamara.

»Die Sahne ist nicht schlecht, der Teig ist nicht trocken. Nicht mal bei den Stücken, die seit Tagen in der prallen Sonne stehen!« Alissa sagte: »Wir können zwar mit unseren Handys untereinander telefonieren. Aber sobald wir eine andere Nummer wählen, kommt nichts. Nicht einmal ein Freizeichen.«

»Es wird nie Nacht, es ist immer gleich hell«, sagte Tamara.

»Alle Uhren zeigen 15:07 Uhr an«, sagte Hannes.

»Vergiss den Nebel nicht«, sagte Leon.

»Wartet, wartet, ich kann nicht so schnell«, sagte Kora und schrieb.

»Mach doch einfach Stichpunkte«, sagte Hannes. »Jedes Mal hat ein Verrückter im Nebel gelauert. Einmal bei uns und einmal bei Kora.«

»Nein«, widersprach Kora. Sie hatte im Schreiben innegehalten und sah hoch. In die Runde.

»Wie – nein?«, fragte Tamara.

»Bei mir hat kein Verrückter im Nebel gelauert.«

Hannes sagte: »Und woher hast du die Wunde am Kopf und die Würgemale am Hals?«

Kora holte tief Luft: »Der Verrückte war nicht *im* Nebel, er war *aus* Nebel. Er ist durch ein Loch in mein Versteck hineingekrochen. Als kleiner Nebelstreifen. Der Streifen hat sich vor meinen Augen in einen Arm, eine Schulter und einen Rumpf verwandelt. Und die Nebelfinger, die haben …« Sie sah sich wild um, sah allen ins Gesicht, und Hannes sagte panisch: »Nicht so stark bewegen!«

Kora rief: »Glaubt ihr mir nicht? Ihr glaubt mir nicht! – Es ist die Wahrheit.«

Alissa sagte: »Schreib es auf. Es ist nicht unrealistischer als Nebel, der auf Geräusche reagiert. Und auch nicht unrealistischer als jemand, der Dinge im Brief ankündigt, die erst später passieren.«

»Ich weiß nicht ...«, überlegte Hannes. Er war unzufrieden. Sie verloren doch die Spur aus den Augen, wenn sie einfach an etwas Mystisches glaubten. »Wie müssen logisch bleiben. In Horror-Romanen können mystische Sachen passieren, aber die Realität hat immer logische Gründe.«

»Irgendwelche Vorschläge, Mister Hier-laufen-bestimmt-Zombies-herum?« Das kam von Tamara.

»So kommen wir jedenfalls nicht weiter«, verteidigte Hannes sich. »Wie soll das denn bitte gehen, dass ein Unbekannter von deinen Taten in der Zukunft weiß, bevor du selbst dich dazu entschließt?«

»Ich hab keine Ahnung, wie es logisch erklärbar ist ...«, mischte sich jetzt Alissa ein, »aber mir ist etwas Ähnliches wie Tamara passiert.« Und dann griff sie in ihre Tasche und zog ebenfalls einen Brief hervor. Hannes erinnerte sich, dass es der war, der bei ihr zu Hause auf der Kommode gelegen hatte und dass er Alissa sehr wütend gemacht hatte.

»Diesen Brief hab ich am Tag der Katastrophe bei uns zu Hause gefunden. – Tamara, dich hatte ich nur kurz auf dem Bahnhof gesehen. Ich wusste noch nicht einmal, wie du heißt. Und von dir, Kora, wusste ich absolut nichts.« Sie öffnete den Brief, zog eine Metallzacke hervor und dann noch etwas. »Diese Nachricht hier hab ich erst heute Morgen entdeckt, als ich mir den Brief noch einmal angeschaut hab.« Sie reichte ihn herum. Es war ein orangefarbenes Blatt Papier, und das Allererste, was Hannes ins Auge sprang, war die hässliche Ente, die in eine Ecke gestempelt war. Erst dann las er, was dort stand. Er las es laut vor: *»Sobald Leon und du Kora, Tamara und Hannes gefunden habt, fahrt nach Tannwalde. Du weißt schon, wohin. PS: Foto Nr. 21.«*

Alissa sagte: »Wer wusste, dass wir alle aufeinandertreffen würden, noch bevor wir selbst es wussten?«

LEON

Schwäbisch Gmünd, Sun & Moon

Fahrt nach Tannwalde. Du weißt schon, wohin.

Leon war zusammengezuckt, als Hannes den Ortsnamen ausgesprochen hatte.

Tannwalde – er wollte auf keinen Fall dorthin zurück! Nie wieder.

»Was ist dieses Tannwalde?«, fragte Hannes.

»Dort haben wir vorher gewohnt«, sagte Leon. »Bevor wir nach Mannheim gezogen sind. Das liegt in Sachsen-Anhalt.«

»Eins steht fest«, sagte Alissa. »Jemand weiß etwas. Jeder von uns hat eine ganz persönliche Nachricht bekommen. Hannes den Zettel, der an der Haustür bei seiner Freundin hing. Kora den Brief mit der Geheimschrift. Tamara den Brief, der angeblich von der Adoptionsbehörde stammt …«

»Wieso angeblich?«, fragte Tamara.

»Hast du dich mal gefragt, ob das vielleicht eine Fälschung ist?«, fragte Alissa.

»Aber wer soll denn wissen, dass ich auf einen Brief von Solveig Morbach aus der Adoptionsbehörde warte?«

»Dieselbe Person, die auch alles andere wusste, was sie eigentlich nicht wissen kann«, sagte Leon.

»Natürlich ist der Brief echt!«, begehrte Tamara auf.

»Okay«, sagte Alissa ruhig. »Legt mal alle eure Briefe in die Mitte.«

Hannes griff in seine Tasche, zog einen zerknitterten Zettel hervor und legte ihn hin, Tamara legte ihren Brief von Solveig Morbach dazu, Kora warf ihren mit der Geheimschrift vom Bett aus herüber, und Alissa legte den Brief hin, in dem nicht nur der kleine Zettel, sondern vor allem die Metallzacke gewesen war, die nicht nur sie, sondern auch ihn, Leon, fast zu Tode erschreckt hatte. Er selbst hatte nichts, was er in die Mitte legen konnte.

»*Ich* hab keine Nachricht bekommen«, sagte er.

»Da wäre ich nicht so sicher«, sagte Alissa. »Aber das sag ich dir nachher. Schaut euch mal diesen Stapel an. Fällt euch etwas auf?«

»Ziemlich orangelastig«, sagte Hannes.

Es stimmte. Alle Umschläge waren zwar weiß, das Briefpapier und Hannes' Zettel aber waren orange.

»Überall ist was draufgestempelt«, sagte Leon und zeigte auf den Frosch auf Koras Brief, die Ente bei Alissa. Auf Hannes' Zettel drückte sich ein schielendes Nilpferd in die Ecke. Auch bei Tamara gab es einen Stempel: eine Hummel mit Brille. »Also, wenn ihr mich fragt: Das sieht nicht besonders offiziell aus«, sagte er.

»Außerdem sind alle Adressen von Hand geschrieben«, sagte Alissa. »Auch bei Tamara. Bei Behörden geht aber alles maschinell, die haben spezielles Briefpapier. Jedenfalls kein orangefarbenes mit bebrillten Hummeln!«

Tamara sah entsetzt aus. »Ich dachte … ich dachte …«

Leon ahnte, was sie gedacht hatte, als sie den Brief bekommen hatte: gar nichts. Sie hatte sich wahrscheinlich so gefreut, endlich einen Hinweis auf ihre Mutter zu bekommen, dass sie sich überhaupt nicht gewundert hatte, dass eine offizielle Behörde Briefe von Hand und auf Kinderbriefpapier schrieb.

»Vielleicht ist meine Nachricht der Schlüssel«, sagte Alissa. »Wir könnten hierbleiben und versuchen, so weiterzumachen wie bisher, oder wir tun tatsächlich das, was auf dem Zettel steht, und fahren nach Tannwalde.«

»*Du weißt schon, wohin.* – Was heißt das?«, fragte Hannes.

Leon zuckte kurz zusammen und sah gleich zu Alissa. Sie wechselten einen schnellen Blick. Alissa begann, sich leicht zu kratzen, erst am Hals, dann verstohlen an den Armen. »Ach das …«, wandte sich Leon an Hannes. »Die meinen bestimmt unser altes Haus.«

»Bist du sicher?«, bohrte Hannes nach und fixierte vor allem Alissa.

»Wieso habe *ich* keine Nachricht bekommen?«, fragte Leon schnell. Er merkte, dass Alissa sich unter Hannes' Blick unwohl fühlte.

»Ich glaube, du hast auch eine«, sagte Alissa.

»Wo?«

»Das PS ist wahrscheinlich für dich: *Foto Nr. 21.*«

»Und was soll das bedeuten?«, fragte Leon.

»Vielleicht musst du mal in deinen Fotos nachschauen, Mister Ich-bin-im-Moment-nicht-gerade-die-hellste-Kerze-im-Leuchter«, sagte Tamara. Und dann in die Runde: »Leon und ich haben den Film auf einer unserer Erkundungstouren entwickelt. Leon hat mir gezeigt, wie es geht.«

»Du kannst Filme entwickeln?«, staunte Hannes.

»Na ja«, druckste er herum. »Unser Vater ist Fotograf. Er hat mir ein bisschen was beigebracht. – Soll ich die Fotos herholen?«

»Ich komme mit!«, sagte Tamara. »Keiner geht allein irgendwohin.«

* * *

Als sie zurück in Koras Zimmer kamen, sagte Alissa gerade: »Kann Kora eigentlich schon reisen, Hannes?«

»Und kann Kora eigentlich schon sprechen?«, erwiderte Kora an Hannes' Stelle. »Ja, und aufs Töpfchen gehen kann sie auch schon ganz allein. – Natürlich kann ich reisen«, sagte sie, »auch wenn Onkel Doktor es wahrscheinlich gut finden würde, wenn ich noch drei Wochen hier liege.«

Leon sah an Hannes' Gesichtsausdruck, dass das stimmte.

»Ich will, dass wir fahren«, sagte Kora. »Ich liege hier schon seit fünf Tagen! Ein Gefängnis reicht mir!«

»Ich weiß, wie es ist, wenn man so rumliegt und andere bestimmen über einen«, sagte Tamara. »Ich war damals noch ein Kleinkind …«

»Hier ist das Foto!« Leon legte es in die Mitte.

***

Die anderen beugten sich über das Foto, aber es lüftete kein Geheimnis. Foto Nr. 21 hatte er in der Senke aufgenommen, bevor die Golfballattacke losgegangen war. Hannes hatte gerade die Autotür aufgemacht. Er saß noch auf seinem Sitz, während von der offenen Türseite her der Nebel über ihn hinwegfaserte. Er sah hinaus in den grauen Dunst.

»Ist da irgendwas Verdächtiges?«, fragte Leon und ließ das Foto wandern.

»Bis auf Hannes' Urin-T-Shirt und den Nebel seh ich nichts Verdächtiges«, sagte Kora, bei der das Foto jetzt gelandet war. Hannes sprang sofort auf und riss es ihr aus der Hand.

»Fehlanzeige«, sagte er mit rotem Kopf und gab es Leon wieder zurück. Leon schaute noch einmal darauf. Hatte er irgendwas übersehen? Hannes, die offene Tür, der Nebel …

»Packt eure Sachen«, sagte Alissa. »Abfahrt in einer Stunde.«

»Aber nicht mit der Schrottkarre!«, sagte Tamara. »Zertrümmerte Scheiben, Scherben und Beulen überall. Das Ding bleibt wahrscheinlich auf offener Straße liegen und wir können laufen!«

»Ich suche uns draußen etwas Besseres«, willigte Alissa ein.

»Ich komme mit«, sagte Leon sofort und hängte sich die Kamera um. Das Foto steckte er in seine Hosentasche. »Ich helf dir.«

»Ich muss auch noch in die Apotheke. Wegen der Medikamente für Kora und einer neuen Kompresse für ihren Fuß«, sagte Hannes zu Alissa. »Ich hol auch was für dich.« Alissa zog bei dieser Bemerkung unwillig die Brauen zusammen.

»Ich brauche auch etwas aus der Apotheke«, sagte Tamara.

»Das geht nicht«, sagte Alissa sofort. »Einer muss bei Kora bleiben. Keiner bleibt allein!«

»Was brauchst du denn?«, fragte Hannes interessiert.

»Ich ... hm ...« Tamara druckste herum. Dann griff sie nach Hannes' Horrorbuch und riss eine Seite heraus, auf die sie etwas kritzelte. Sie faltete das Stück Papier zusammen und hielt es ihm hin.

Leon sah Hannes gespannt dabei zu, wie er das Papier aufklappte.

»Wozu brauchst du *das* denn?«, fragte Hannes leise.

»Ist doch egal!«

***

Die nächste Apotheke befand sich nur zwei Straßen weiter. Leon wartete mit Alissa draußen vor der Tür, während Hannes im Innern der Apotheke verschwand.

Leon sah sich dauernd um. Er hatte eine höllische Angst, dass der Nebel urplötzlich wieder auftauchen könnte. Er war zwar vor fünf Tagen in die Höhe geflüchtet, aber wohin? Hatte er sich wirklich aufgelöst?

Am Ende der Straße fiel ihm ein riesiger Caravan auf. Wow – mit so einem Teil wollte er schon immer mal fahren! Alissa schien dasselbe zu denken, denn sie hatte sich schon in Bewegung gesetzt und lief zielstrebig darauf zu.

Der Caravan war richtig schick. Leider hatte er vorn nur zwei Sitze, aber im Wohnbereich war neben einem Sofa und einer Miniküche noch eine Bank mit drei Extrasitzen eingebaut.

»Den nehmen wir«, sagte Alissa und sah Leon mit leuchtenden Augen an. »Oder?«

»Unbedingt!« Leon war begeistert, und dann fiel ihm auf, dass sie gerade wie früher mit ihm geredet hatte, und schrecklicherweise fühlte sich das nicht gut an, sondern traurig.

***

Hannes kam mit einer prall gefüllten Plastiktüte aus der Apotheke. Leon und Alissa winkten ihn heran, und er schwenkte die Tüte und rief von Weitem: »Notversorgung.« Als er bei ihnen war, zog er etwas, das ganz oben lag, heraus und gab es Alissa.

»Nachtkerzenölkapseln«, sagte er. »Die solltest du regelmäßig schlucken. Da ist Gamma-Linolensäure drin.«

»Klingt ja richtig gefährlich!«, sagte Leon.

»Jedenfalls fehlt das deiner Haut«, sagte Hannes zu Alissa. »Gut wäre auch Salz ... ein Salzbad ...«

»Ist gut«, sagte Alissa barsch und nahm ihm die Kapseln ab.

Caravan, zwischen Schwäbisch Gmünd und Würzburg

Sie hatten die wenigen Sachen schnell verladen. Tamara hatte noch das Akkordeon in den Caravan gehievt, dann hatten sich Hannes und Alissa vorn ins Fahrerhäuschen gesetzt, während Leon, Kora und Tamara hinten eingestiegen waren. Kora saß ganz außen auf dem Dreiersitz, damit sie ihren bandagierten Fuß ausstrecken konnte. Hannes hatte ihr ein Kissen auf den Boden gelegt, damit der Fuß weich lag. Er hatte Kora das Versprechen abgenommen, dass sie ihren Kopf während der Fahrt so wenig wie möglich bewegte, und Leon und Tamara hatte er verboten, aufzustehen und herumzulaufen, weil sie dann bei einer Bremsung durch den Wohnwagen fliegen könnten.

»Ja, Papa«, hatten Leon, Kora und Tamara im Chor geantwortet, und Hannes hatte laus losgelacht.

Und so saßen sie nun. Zu dritt auf der Bank. Alle ordnungsgemäß angeschnallt. Alissa hatte angekündigt, die Autobahnen zu meiden, weil sie dort viel mehr stehenden Autos ausweichen müssten als auf der Landstraße und langsamer vorankämen.

Es war heiß. Die Sonne knallte auf das Dach, und entweder war die Klimaanlage kaputt oder niemand hatte sie angestellt, jedenfalls kam Leon sich bald vor wie ein Stück Grillfleisch. Er nahm seinen Hut ab und begann, sich damit Luft zuzufächeln. Außerdem war es schrecklich langweilig. Kora gähnte. Tamara hatte sich beim Einsteigen vorsorglich das Akkordeon auf die Seite gestellt, das sie jetzt aus dem Koffer holte.

»Von einem Musikverbot war nicht die Rede«, triumphierte sie. Sie schnallte es um, drückte leise die Tasten und Knöpfe, zog es auseinander, drückte es wieder zusammen und summte mit.

»Hast du echt noch nie vorher Akkordeon gespielt?«, fragte Leon nach einer Weile. Tamara spielte zwar keine Melodie, sondern schien einfach Klang an Klang zu heften, aber es hatte etwas Beruhigendes. Wie als Bestätigung seiner Gedanken hatte Kora jetzt die Augen geschlossen, sie döste.

»Alissa hat mir ein bisschen was gezeigt.«

»Hat sie?«, fragte er erstaunt.

»Ich fand es schon immer total aufregend, wie man auf Musik reagiert«, sagte Tamara und sah ihn an. »Warum macht bestimmte Musik so traurig, dass man weinen muss, andere aber fröhlich? Warum wirken manche Songs, als würde plötzlich Elektrizität durch die Adern fließen, andere aber wie Gift, das einen lahmlegt? Warum macht bestimmte Musik wütend? Andere sehnsüchtig? Es sind doch nur Töne. Es ist nur eine Aneinanderreihung von Geräuschen«, sagte sie. »Ich würde das gern erforschen ...«

»Hast du schon mal jemandem davon erzählt?«, fragte Leon. Er war fasziniert von ihren Worten. Sie ließen ihn fast die drückende Hitze im Caravan vergessen.

»Na ja, Ellen hält nicht so viel davon«, sagte sie nur.

Sie ließ jetzt lauter kleine Töne aus dem Instrument kommen. Herausquellen, hervorsprudeln. Sie schienen alle gleichzeitig herauszuwollen, so wie die farbigen Glasperlen aus Alissas Perlenkasten, den er früher einmal versehentlich vom Tisch gestoßen hatte. Genau wie diese Töne waren sie alle wild durcheinandergepurzelt und hatten dann auf dem Teppich gelegen, ein riesiges Bild, heftig, bunt und zufällig.

»Woran denkst du?«, fragte Tamara.

»An ... ich hab mich nur an etwas erinnert.«

»Ja, das ist auch so ein Phänomen«, sagte sie. »Töne sind nicht nur eng mit unseren Gefühlen, sondern auch mit Erinnerungen verbunden. – Weißt du, ich experimentiere zu Hause. Mit Tomaten.« Sie sah ihn von der Seite an. Wahrscheinlich wollte sie sehen, ob er lachte. Aber er fand nichts von dem, was sie erzählte, lächerlich. »Das klingt jetzt schräg, aber ich wollte sehen, wie Tomaten auf Musik reagieren«, fuhr sie fort. »Ob sie überhaupt reagieren. Und wenn ja, was sie mögen und was nicht.«

»Und?«, fragte er. »Reagieren sie?«

»Oh ja«, sagte sie. »Es gibt Musik, die mögen sie sogar so sehr, dass sie in Richtung der Boxen wachsen. Es gibt andere Musik, bei der sie sich extrem wegneigen, danach sterben ihre Knospen ab, dann die ganze Pflanze. Phänomenal, oder? Haben Pflanzen etwa Gefühle wie wir? Erinnern sie sich bei bestimmter Musik an etwas Gutes, bei anderer an etwas Schreckliches? Und wenn ja, haben sie also Erinnerungen, die so schlimm sind, dass sie daran sterben? Ich würde gern ...«, Tamara unterbrach sich, stützte das Kinn auf das Akkordeon und starrte nach vorn gegen die Wand, als gäbe es dort etwas zu sehen, »... ich würde gern wissen, wie alles zusammenhängt, ich möchte es verstehen können. Ich möchte Musik für Pflanzen machen. Die würde in unseren Ohren wahrscheinlich ganz seltsam klingen. Aber stell dir mal vor, man könnte kranke Pflanzen mit Musik ... na ja ... heilen. Überleg doch mal, was das bedeuten könnte. Dieses ganze Waldsterben überall ...«

»Dann mach es doch«, sagte er.

»Ja, klar. Nichts einfacher als das«, sagte sie ironisch.

Er ließ nicht locker. »Wieso? Du willst forschen? Dann tu es«, sagte er. »Ich kannte ein Mädchen, das wäre total begeistert von deinen Forschungsideen!«

»Wen?«

»Meine ...« Er stockte kurz. »Eine Sängerin«, sagte er. Dann fuhr er schnell fort: »Was wäre das überhaupt für ein Forschungsgebiet? Bio oder Musik?«

»Ich weiß nicht«, sagte Tamara und lachte dann. »Ich würde sagen Biomusik. Oder Klangbiologie. Gibt's vielleicht noch nicht, aber was nicht ist, kann ja noch werden.« Sie lachte wieder. Dann sagte sie: »Nur – Ellen würde mich nicht lassen.«

»Wieso?«

»Sie möchte, dass ich in ihrer Nähe bleibe.«

»Wieso das denn? Weil du adoptiert bist?«

»Nein«, sagte sie, »weil ich ... na ja ... ich bin nicht ganz gesund.« Sie präzisierte sich schnell: »Mein Immunsystem ist Panne. Ellen hat Angst, dass mir etwas passieren könnte.«

»Na und?«, sagte er. »Vielleicht entdeckst du ja Musik, mit der man nicht nur Pflanzen gesund machen kann«, sagte Leon und grinste sie an.

»Ja, es gibt nicht nur kranke Bäume«, meldete sich plötzlich Kora. »Auch kranke Menschen.« Leon hatte ganz vergessen, dass sie auch noch da war. Sie bewegte sich auf dem Sitz, versuchte, eine bequemere Position für ihren Fuß zu finden. Ihr standen Schweißtropfen auf der Stirn, auch ihr Haar war verschwitzt und klebte am Kopf. Leon merkte, dass auch er nassgeschwitzt war. Er nahm wieder seinen Hut ab und wedelte sich Luft zu. Unter seinen Armen hatten sich peinliche Schweißflecken gebildet. Hoffentlich stank das nicht.

Tamara sagte ernsthaft: »Ja, auch kranke Menschen. Wenn ich das alles erforschen könnte, dann gäbe es eines Tages ein Lied, das jemand für dich spielt, und du stehst auf und bist wieder gesund.«

»Ich meinte eigentlich nicht mich mit krank«, sagte Kora, »sondern den, der mich so zugerichtet hat. Verdammt krankes Schwein.«

Da bremste der Caravan abrupt. Leon hörte, wie die Türen vorn geöffnet und wieder zugeworfen wurden. Dann ging ihre Seitentür auf, und wenn es überhaupt möglich war, so schob sich sogar noch heißere Luft hinein. Hannes stand vor der Tür und fragte: »Lust auf eine kleine Erfrischung?«

Leon sah durch die Tür nach draußen. Sie standen vor einem langen, flachen Gebäude, über dessen gesamte Querseite eine regenbogenfarbene Schrift verkündete: *Würzburger Quellwasserbad, Sole und fünf Saunen!*

Würzburg

Tamara und Alissa waren schon in der Umkleide verschwunden. Hoffentlich stimmte, was Hannes versprochen hatte: dass es irgendwo Badesachen gab. Nackt ging er jedenfalls nicht ins Wasser.

Als sie an der Kasse vorbeikamen, wunderte er sich für einen kurzen Moment, wie schnell sie sich daran gewöhnt hatten, dass nirgends mehr Menschen waren. Sie trugen Kora im Vierhändesitz durch den mit Fischen und Muscheln verzierten Gang Richtung Umkleide.

»Bringt mich gleich in die Halle«, bat Kora. »Ich leg mich einfach auf so eine Liege und sehe euch beim Planschen zu.«

***

In der Umkleide fanden sie tatsächlich Badehosen. Es standen überall Taschen und Tüten herum, gefüllt mit Handtüchern, Duschgel, Wasserflaschen und natürlich Badehosen. Leon fand in einer Tasche einen Stapel Comics und fragte sich, wozu jemand zwanzig Hefte in ein Schwimmbad mitnahm.

»Vergiss die Comics«, sagte Hannes. »*Das* hier ist viel seltsamer!« Er zog einen Kaktus samt Übertopf aus einer Tasche und stellte ihn auf einen weißen Plastikstuhl. »Jetzt erklär mir mal bitte: Warum nimmt jemand zum Schwimmen einen Kaktus mit?«

Leon sah den Kaktus an, dann sah er Hannes an, und dann mussten sie lachen. Sie lachten sich schlapp, lachten so lange, bis Leon Bauchschmerzen hatte, und in diesem Moment merkte er, dass er sich leicht fühlte. So leicht wie seit zwei Jahren nicht mehr. Leicht wie ein Ballon, der gerade mit Helium gefüllt wurde.

Als sie die Schwimmhalle betraten, rutschte Tamara gerade kreischend die Riesenrutsche hinunter. Wo war Alissa? Er schaute sich um. Sah sie am Ende der Halle in ein kleines, rundes Becken steigen. Ein Whirlpool?

»Ein Solebecken«, sagte Hannes, als hätte er seine Gedanken lesen können. »Deine Schwester hat ein Ekzem, oder?«

»Seit zwei Jahren. Es ist immer schlimmer geworden«, sagte Leon nur.

»Stark konzentriertes Salzwasser – das könnte helfen. Ich hab sie zum Glück überreden können, hier anzuhalten und in das Solebad zu gehen. Sag mal, willst du echt mit Hut schwimmen gehen?«, fragte er dann.

»Schwimmen schon«, sagte Leon, »aber nicht rutschen.« Er ging zu Kora hinüber, gab ihr die Comics, damit sie sich nicht langweilte, legte dann den Hut am Beckenrand ab und folgte Tamara und Hannes nach oben.

»Das Wasser ist klapperkalt!«, warnte Tamara, bevor sie erneut losrutschte. Sie stieß sich ab, rutschte auf dem Rücken liegend und kreischte dabei die ganze Zeit. Hannes rutschte nach ihr. Sitzend. Als er unten ankam, quiekte auch er. Leon wartete einen Moment. Da unten war das Wasser, hier war er. Bis vor zwei Jahren hatte er um jedes Wasser einen großen Bogen gemacht. Er hatte unter einer Wasserphobie gelitten. Niemand hätte ihn je auf eine Wasserrutsche bekommen. Er zog sich die Schwimmbrille über, die er in der Dusche gefunden hatte, legte sich dann auf den Bauch und stieß sich ab.

***

Er raste, flog, zischte wie ein abgeschossener Pfeil durch diese Röhre, so schnell, dass er einen schrecklichen Moment lang dachte, er würde durch das Plastik schlagen, da schoss er schon ins Wasser und war darunter. Kalt! So kalt! *Oh-nein-oh-nein-oh-nein-oh-nein-kalt-kalt-kalt.* War das wirklich noch Wasser oder war das schon Eis? Er hatte das Gefühl, sein Körper würde vereisen, würde hohl werden vor Kälte. Zerbrechlich wie eine Weihnachtsbaumkugel. Trotzdem blieb er unter Wasser, machte aber sofort lange, kräftige Schwimmzüge. Dann öffnete er sogar die Augen. Auch unter Wasser leuchteten farbige Lämpchen und leiteten ihn durch die schwankende, sibirisch-kalte Unterwelt.

Als er nach einer halben Ewigkeit wieder nach oben kam und Luft holte, fühlte er sich das erste Mal seit dem Schock auf der Insel, als Samira und Göran verschwunden waren, wieder *da*. Nicht nur vorhanden, sondern lebendig.

»Wooow!«, rief Tamara von der Rutsche aus zu ihm. »Bist du etwa Landesmeister im Schwimmen? Hast du schon bei Wettkämpfen mitgemacht? Du schwimmst ja irre gut!«

Tamaras Sätze fuhren wie Messer in ihn hinein. Er wollte auf keinen Fall mehr davon hören, auf keinen Fall Alissas Gesicht sehen. Und so tauchte er einfach ab. Schwamm erneut in langen Schwimmstößen durch das wellenförmige Becken. Er zwang sich, so lange unten zu bleiben und die Luft anzuhalten, bis er das Ende erreicht hatte. Die Kacheln des Beckens zogen grün, türkis, hellblau, blau und violett an ihm vorüber. Als er endlich am Beckenrand anschlug, tauchte er nur kurz auf, holte Luft, wendete, und dann tat er dasselbe noch einmal, tauchte die wellenförmige Bahn entlang und schwamm von Violett zu Blau, zu Hellblau, zu Türkis und zu Grün. Endlich tauchte er prustend auf. Er atmete heftig und drehte sich zu den anderen um.

Niemand stand oben auf der Rutsche. Niemand kreischte. Niemand schoss ins Wasser.

Wo waren sie? Er drehte sich um und sah zurück ans Ende des Beckens. Leer. Er drehte sich einmal um seine eigene Achse.

Sein Blick blieb an Koras Liege hängen. Nur die Comics lagen da.

Koras. Liege. War. Leer.

Er wollte sich aus dem Becken stemmen, aber plötzlich hatte er keine Kraft mehr in den Armen. Arme wie Pudding. Zitternder Pudding. Sein ganzer Körper schlackerte wild und unkontrolliert.

Er schwamm zur nächsten Leiter und kletterte schlotternd aus dem Becken. Er wäre fast gestürzt, weil er keine Muskeln mehr in den Beinen zu haben schien. Alles war Matsch und zerfiel. Selbst seine Stimme. Er hatte keine Kraft, um zu rufen. Er versuchte es, aber nur ein Flüstern drang aus seinem Mund. *Alissa.*

Am Beckenrand lag ganz allein sein roter Hut. Leon fing haltlos an zu weinen.

***

Jemand lachte.

Sein Kopf schnellte in die Höhe und augenblicklich strömte das Leben in ihn zurück. Sie waren da! Das Lachen zog durch die Halle. Mädchenlachen. Aus Richtung der Saunalandschaft. *Dort* waren sie also! Nach diesem Eisbad war Sauna ja auch das einzig Richtige. Die Erleichterung war so groß, dass Leon gleich wieder heulen musste. Und lachen. Beides gleichzeitig. Er stand auf, ging zu der Tür, über der in riesigen Holzbuchstaben *ZU DEN SAUNEN* stand, streckte die Hand aus und schob einen Vorhang aus Perlen zur Seite.

Und dann hörte er wieder dieses Lachen.

***

Die finnische Sauna war leer. Die Klangsauna auch. Und auch die Feuersauna. Überall standen Liegen, und auf vielen lagen Handtücher und Zeitungen so protzig herum, als wären sie die eigentlichen Saunagäste.

Hinter der Feuersauna befand sich die Dampfsauna. Ein großer, gläserner Kasten. Die Tür fiel gerade zu. Dampfschwaden waren herausgedrungen und verflüchtigten sich langsam in der Luft.

Als er vor der beschlagenen Glastür stand, hörte er drinnen Wasser platschen und Gekicher. Hoffentlich spritzten sie ihn nicht gleich mit dem Schlauch ab, wenn er die Tür öffnete. Er hatte genug kaltes Wasser gehabt!

Leon drückte die Tür auf und sofort umfingen ihn dichte, heiße Dampfschwaden. Es war, als wäre er in die tropische Luft eines Gewächshauses getreten. In ein kochendes Gewächshaus. Er atmete schnell und flach und hatte einen panischen Moment lang das Gefühl, er atmete siedendes Wasser statt Luft. Er sah nichts. Absolut nichts.

»Tür zu«, rief eine Mädchenstimme, halb erstickt vom Dampf. Und dann eine andere: »Es wird kalt!« Oder war es dieselbe Stimme gewesen? Wieder das Kichern. Wahrscheinlich Tamara. Er hörte immer noch das Plätschern, sah den Schlauch. Zumindest ein Stück davon. Er lag auf dem Boden und verschwand allmählich im dampfgefüllten Inneren des Glaskastens.

»Okay«, rief er, »aber nicht spritzen, ja?«

Er schloss die Tür und ging tiefer in die Dampfsauna hinein, tastete sich zu einer steinernen Sitzbank, die kühl war vom Schlauchwasser. »Wo seid ihr?«, rief er und tastete sich über die Sitzflächen weiter voran. Ertastete etwas Weiches auf dem Stein.

Tamaras Arm. Genauso kalt wie der Stein. Kein Wunder bei diesem Eiswasser!

Der Arm bewegte sich nicht. Okay, sie würde gleich aufspringen und ihn erschrecken. Er wappnete sich schon gegen den Schock.

»Tamara? Bist du das?«

Warum war dieser Arm so *dermaßen* kalt?

Wieso sagten sie nichts?

Und dann schälte sich endlich das Gesicht aus dem Dampf.

Vor seinen Augen entstanden Hals, Kinn, Mund …

»Du?«, sagte er. Und dann: »Oh nein! *Oh nein! OH NEIN! HILFE! HIIIILFE!*«

KORA

Caravan, zwischen Hildburghausen und Ilmenau

Sie fühlte sich verantwortlich. Hätte sie nicht darum gebeten, zur Toilette gebracht zu werden, sagte sie sich, dann hätten Hannes und Tamara sie nicht im Vierhändesitz in die Umkleide tragen müssen. Alissa hätte nicht die Türen vor ihnen aufgemacht und wäre in der Halle geblieben. So aber waren sie alle vier in dem Moment verschwunden, als Leon wieder aus dem Wasser aufgetaucht war. Wäre wenigstens einer noch da gewesen, dann wäre Leon nicht in Panik geraten, hätte das Hallenbad nicht verlassen, wäre nicht in die Saunalandschaft gegangen, um sie zu suchen, hätte dort nicht die Tür zur Dampfsauna aufgemacht ...

Nur wegen mir, dachte Kora, nur wegen mir. Nur weil sie endlich einmal wieder auf eine Toilette gehen wollte, die ihren Namen auch verdiente. Eine Toilette, die vier Wände und eine richtige Tür hatte. Keine Sichtschutzwand wie auf Zelle, wo sie sich jedes Mal beschämt gefragt hatte, ob Miriam, die nur zwei Meter weiter saß, etwas roch oder hörte. Sie hatte eigentlich gar nicht dringend gemusst, doch der Gedanke, nach so langer Zeit etwas Privatsphäre spüren zu dürfen, die kleinstvorstellbare Form von Privatsphäre – ein paar Minuten auf einer richtigen Toilette –, war plötzlich so verführerisch gewesen, dass sie ihm nachgegeben hatte.

Und in dieser Zeit hatten sie nicht an Leon gedacht. Er lebte noch, aber was war mit ihm passiert? Er war zu einem lebenden Toten geworden. Seit Stunden. Seit Hannes und Tamara ihn ohnmächtig in der Dampfsauna gefunden hatten. Seit Hannes sich um ihn gekümmert hatte. Leon war erst nach längerer Zeit mit einem heftigen Luftschnappen wieder zu sich gekommen, als wäre er die ganze Zeit unter Wasser gewesen.

Was war passiert?

Was war verdammt noch mal passiert?

***

Alissa war die Erste gewesen, die Leons Verschwinden bemerkt hatte. Sie war abrupt stehen geblieben und hatte gesagt: »Leon ist ertrunken.«

Keine Frage. Eine Feststellung. Schwer wie ein Körper, der auf Grund sinkt. *Leon ist ertrunken.*

Tamara war sofort losgerannt, am Beckenrand entlang, sie hatte gerufen, das Wasser gescannt, war weitergerannt. Hannes war zum anderen Ende des Beckens gelaufen und hatte dort dasselbe gemacht wie Tamara.

Wie sie ihren Zustand gehasst hatte! In jenem Moment ganz besonders!

Alissa hatte neben ihr gestanden. Wie vereist. Keine Regung. Und dann hatten sie endlich Leons Stimme gehört. Aus der Saunalandschaft.

»Hilfe! Hiiiiilfe!«

***

Tamara und Hannes waren sofort losgestürzt. Alissa war bei ihr geblieben, um sie zu stützen, und langsam und humpelnd waren sie den beiden gefolgt. Kora hatte sich gefragt, warum Alissa nicht genauso davonstürzte, schließlich rief dort ihr Bruder um Hilfe.

Tamara und Hannes hatten Leon bereits aus der Dampfsauna herausgetragen. Hannes hatte seine Atmung geprüft, hatte ihn in die stabile Seitenlage gebracht. Mehr konnte er nicht tun. Tamara hatte sich neben Leon gehockt und beruhigend auf ihn eingesprochen, obwohl er nicht reagierte.

»Hat er einen Kreislaufkollaps? Wegen der Hitze?«, hatte

Kora Hannes gefragt. Doch ein Blick in Leons von Grauen verzerrtes Gesicht hatte genügt, um zu wissen, dass es etwas anderes war.

»Er muss sich erschreckt haben«, sagte Hannes. »Und dann hat er hyperventiliert.«

»Hat er vielleicht etwas in der Sauna gesehen?«, fragte sie.

»In der Sauna ist nichts. Tamara hat alles abgesucht.«

Kora hatte nachdenklich auf die offene Tür der Dampfsauna geschaut. Heiße Schwaden quollen heraus. Sie flüsterte: »Das sieht ja aus wie ...«

»Nebel!«, rief Tamara.

Da hatte Leon plötzlich die Luft mit einem pfeifenden Schnappen eingesogen und die Augen aufgeschlagen. Er hatte sie angeschaut: Hannes, Tamara, Kora, Alissa. An Alissa waren sie kleben geblieben, wie Saugnäpfe, schlimmer noch, Kora hatte das Gefühl gehabt, seine Augen könnten herausquellen, überquellen, platzen. Und dann hatte Leon angefangen zu schreien.

»Raus hier!«, rief Tamara.

***

Leon hatte erst im Caravan aufgehört zu schreien, dafür aber angefangen, sich wie ein lebender Toter zu benehmen: Seit zwei Stunden antwortete er auf nichts, starrte auf etwas Unsichtbares, auf etwas in seinen Augenhöhlen. Er hatte sich auf den Sitz drücken und festschnallen lassen wie jemand ohne eigenen Willen.

»Leon?«, fragte Kora. Leise. Behutsam. Sie hatte ihn immer wieder angesprochen. Lebendkontrolle.

Aber keine Reaktion. Auch diesmal nicht.

»Was hat er bloß?«, fragte sie Hannes.

»Vielleicht steht er unter Schock«, sagte er. »Er hat keine äußeren Verletzungen. Es ist etwas anderes.«

»Wir haben unsere eigene Regel verletzt«, sagte Kora wütend. Sie war vor allem wütend auf sich selbst. »*Keiner bleibt allein.*

Wir *haben* Leon aber allein gelassen. Und nur ... nur, weil ich aufs Klo wollte und nicht allein laufen konnte!«

»Blödsinn«, sagte Hannes sofort. »Wenn schon einer Schuld hat, dann nicht du, sondern der Psycho, der dafür gesorgt hat, dass du nicht mehr allein laufen kannst!«

Sie schwieg. Sie wusste, dass er recht hatte, aber sie fühlte das Gegenteil. Nur ihretwegen war Leon allein geblieben. So sah es aus.

Wieder schwiegen sie eine lange Zeit, dann flüsterte sie noch einmal: »Leon?«

Leon drehte sich weder zu ihr hin noch weg – es war, als würde er nicht wissen, was sein Name bedeutete.

Sie versuchte, denselben Punkt zu fixieren wie er, und dann rutschten zwei Sätze aus ihr heraus: »Ich hab jemanden umgebracht, Leon. Kannst du dir das vorstellen?«

***

Sie erschrak über das, was sie da gesagt hatte. Dabei hatte sie geglaubt, sie könne nicht mehr erschrecken. Der Teil von ihr, der ein Herz hatte, das sich erschrecken und das man zerdrücken konnte, hatte sich schon lange in Sicherheit gebracht. Zurückgeblieben war ein Mädchen, das Viktoria hieß, eine Hülle. Das Versteck, in das das Mädchen mit dem Herzen geflüchtet war, hatte keiner gekannt. Ihr Vater nicht, ihre Mutter nicht. Auch nicht der Typ, den sie umgebracht hatte. Sie kannten alle nur Viktoria. Die Hülle.

Das Versteck war *Kora*.

Leon, Hannes, Tamara und Alissa hatten noch nie von einer Viktoria gehört – sie kannten nur die mit dem Herzen. Kora. Nie vorher war sie als Kora angesprochen worden, nie hatte sie gespürt, wie es war, wieder mit Herz zu leben. Wer ein Herz hatte, konnte erschüttert werden und verletzt. Wer ein Herz hatte, konnte auch erschrecken.

»Ich hab jemanden umgebracht«, wiederholte sie, und ihre Stimme, die sie lange trainiert hatte, bis nur noch Langeweile und Abwehr daraus zu hören waren – diese Stimme bebte.

»Leon, hörst du mich? – Es war auf einer Party. Ich hab damals in einer Wohngruppe gelebt. Das Typische: Probleme zu Hause, vor allem mit meinem *Erzeuger*. Ich hab selbst für den Platz in dieser Wohngruppe gekämpft. Ich war noch nicht lange dort, gerade mal ein paar Wochen. Es war besser als zu Hause. Viel besser.«

Sie machte eine kurze Pause, sah, dass Hannes auf denselben Punkt starrte wie Leon und wie eben noch sie. Das Sprechen fiel ihr dadurch leichter. Sie musste keinem in die Augen sehen, sah nicht die vielen Fragen darin.

Ihr waren so oft Fragen gestellt worden. Nicht nur während der Gerichtsverhandlung, auch vorher. Als sie zum Jugendamt gegangen war wegen des Wohngruppenplatzes. Sie hatten gefragt, ob sie Schwierigkeiten habe, aber das war die einzige Stelle, wo sie stumm geblieben war, ihr Mund wie zugeklebt, wo sie immer nur heftig genickt hatte.

»Die Party war in einem Privathaus. Nicht in Mannheim, sondern in irgendeinem Kaff. Jemand hatte uns mit dem Auto mitgenommen, mit dem wir dann später auch wieder zurückwollten. – Die Musik war okay, sie hatten echt große Boxen. Man konnte tanzen und eine Menge Leute treffen. Es gab ein Mitbring-Buffet. Jemand hatte Radieschensalat mitgebracht. Der hatte den Preis für das abgefahrenste Gericht bekommen. Es war auch reichlich Bier da. Irgendwann war es so spät, dass ich gern nach Hause gefahren wäre, aber der Typ mit dem Auto saß mit anderen gemütlich auf dem Sofa. Es sah aus, als würde es noch Ewigkeiten dauern.

Die Party wurde allmählich leerer. Einer spielte besoffen Dart, ein paar stierten nur noch vor sich hin, einige schliefen auf den Sesseln. Es gab kaum mehr Mädchen. Annika aus meiner Wohngruppe saß mit einem Typen zusammen. Nur wegen ihm war sie überhaupt mitgekommen. Ich hab Annika gemocht, obwohl wir nur selten miteinander geredet hatten. Sie war ein bisschen wie Tamara, weißt du, Leon? Ein genauso großes, knochiges Mädchen, genauso lustig. Annika hatte es immer im Nu geschafft, dicke Luft in der Wohngruppe aufzulösen. Aber sie nervte nie, ließ einen in Ruhe, stellte keine blöden Fragen, bohrte nicht in einem herum. Sie hatte kurze, schwarze Haare mit etwas Blau darin, und ihr blasses Gesicht sah unter dem vielen Metallschmuck zerbrechlich aus. Sie saßen zu dritt: der Typ, ein anderer Junge und Annika. Er sah gut aus, der Typ, er hatte dieses Lächeln. Das warf er wie einen Angelhaken nach ihr aus. Annika rutschte immer näher, bis ihr Kopf an seiner Schulter lehnte. Sie sah glücklich aus. Ich … ja, ich freute mich für sie.«

Kora hielt inne, räusperte sich. Sie sah durch das Fensterchen des Caravans nach draußen, sah auf die vorüberziehenden Baumkronen, in den Himmel, der, von dem metallenen Fensterrahmen eingegrenzt, nicht echt wirkte, sondern wie ein Fernsehhimmel.

»Irgendwann stand Annikas Typ auf und ging in Richtung Küche. In dem Moment fiel auch mir auf, dass ich gern noch was trinken wollte. Auf dem Weg zur Küche bin ich am Schlafzimmer vorbeigekommen. Die Tür war nur angelehnt, ich hörte Geräusche. Ich weiß nicht, warum ich stehen geblieben bin. Es war eigentlich klar, was da drin passierte. – Aber ich hab hingesehen.«

Sie sah alles vor sich, diesen Abend, den sie in ihrer Erinnerung mit Stacheldraht umzäunt hatte und den sie so gern vergessen hätte, sie hörte wieder die Musik aus den Boxen im Wohnzimmer, sah die beiden Jungs auf dem Bett, die ein Mädchen hin- und herschoben. Das Mädchen hielt die Augen geschlossen, war weiß wie Puder und bewegte sich nicht.

»Ich wollte es in dem Moment nicht wissen«, sagte sie. »Es war einfacher, es nicht zu wissen. Ich hab mir eingeredet, dass sie die Augen nur deshalb geschlossen hatte, weil es ihr gefiel. Ich habe mich abgewendet. Bin in die Küche gegangen. Dort stand Annikas Typ mit dem Angelhakenlächeln. Er hatte ein Glas in der Hand und drehte sich schnell weg, als ich reinkam. Aber ich hatte etwas gesehen. Ich. Hatte. Es. Gesehen. Er grinste mich an und schob sich mit dem Glas an mir vorbei. Ich weiß nicht, wie der Steinaschenbecher in meine Hand kam. – Es ging blitzschnell. Und das Geräusch höre ich heute immer noch.«

Nur das leise Brummen des Motors durchdrang die Stille, die wie eine Betäubung über den letzten Sätzen lag.

»Warum hast du es gemacht?«, fragte Hannes leise.

Warum? Das hatte sie sich so oft gefragt im letzten halben Jahr. Und die Antwort war so einfach wie erschreckend.

»Der Typ hatte Annika K.-o.-Tropfen in den Drink gemischt.« Wieder Schweigen. Noch viel dichteres Schweigen.

»K.-o.-Tropfen? Davon wird man innerhalb von wenigen Minuten wehrlos«, sagte Hannes. »Und nach zwanzig Minuten verliert man das Bewusstsein.«

»Und auch die Erinnerung«, sagte Kora. »Du verlierst im Grunde alles. Am nächsten Tag bist du vielleicht verletzt, hast Schmerzen, vor allem ist dir hundeelend. Aber du erinnerst dich an nichts. Manchmal hast du Erinnerungsblitze. Fetzen. Mehr nicht. Du kannst nichts beweisen. Du traust nicht mal dir selbst.«

»Warum weißt du das alles so genau?«, fragte Hannes.

Sie atmete ein und wieder aus. Atmete ein. Und aus. Atmete an dem Schweigen, in das sie sich seit Jahren zurückgezogen hatte. Hatte wie immer das Gefühl, zu wenig Luft zu bekommen. Als würde das Schweigen ihr die Luft wegfressen. Und dann machte sie den Mund auf und redete.

»Als ich jünger war, hab ich unter seltsamen Schlafattacken gelitten, nach denen mir dann extrem übel war. Ich musste mich übergeben, hatte schreckliche Kopfschmerzen. Und immer das Gefühl, irgendwas Fürchterliches wäre passiert, während ich schlief. Ich konnte mich nie daran erinnern, wann und wieso ich eingeschlafen war. Ich konnte mich nicht einmal daran erinnern, dass ich müde geworden war. Ich wusste nur noch, dass ich mit meinem Vater zusammen Mittag gegessen hatte.«

Leon bewegte sich leicht.

»Ich hab meine Mutter gefragt, ob es normal wäre, stundenlang zu schlafen und sich an nichts zu erinnern. Das ist das Alter, meinte sie, das Wachstum vielleicht. Doch dann fingen die Ängste an. Panik vor Dunkelheit, Panik vor roten, stecknadelkopfgroßen Lämpchen. Dem Surren einer Kamera. Panik vor Atemgeräuschen. Panik davor, mit meinem Vater allein in der Wohnung zu sein. – Irgendwann kamen die Erinnerungsflashs.« Bilder, die sie jäh aus der Dunkelheit ansprangen. Immer wieder. Erinnerungssplitter mit harten Konturen, an denen ein kleines, rotes Licht fraß.

»Ein rotes Licht, ein Lämpchen – das verfolgte mich. Bis in die Träume. Hinter diesem Licht stand mein Vater. Als ich es meiner Mutter erzählt hab, hat sie gefragt, ob ich die Familie kaputtmachen will. Genau das sagte sie, nichts anderes. Denn das würde passieren, die Familie würde kaputtgehen, wenn ich herumlaufen und mit meinen Geschichten hausieren gehen würde. Exakt diese Worte: *mit meinen Geschichten hausieren gehen.*«

Kora sah das Gesicht ihrer Mutter vor sich: schmal, ängstlich, wütend. Die dünn gezupften Brauen, das dünne Haar, das sie sich mit dünnen Händen aus der Stirn strich. Alles an ihrer Mutter war dünn, auch ihre Liebe. Ich vertraue dir, hatte ihre Mutter gesagt. Dünnlippig.

Ob ihre Tochter *ihr* vertraute, hatte sie nie gefragt. Davon ging sie einfach aus. Und sie hatte sogar recht damit. Denn Viktoria vertraute ihr. Einfach deshalb, weil sie ihre Mutter war und weil sie nur diese Mutter hatte. Aber:

Eines Vertrauens würdig erweist man sich nie in guten, sondern erst in schwierigen Zeiten.

Das hatte Viktoria nicht gewusst. Das wusste Kora. Sie hatte es aufgeschrieben. In den Knastweisheiten, Seite 4.

»Deine eigene Mutter hat deinen Vater geschützt?« Hannes fiel zurück in den Sitz, als hätte ihn jemand zusammengeschlagen. Er sah plötzlich grau aus. Drecksgrau, rattengrau, grau wie ein zu oft benutzter Wischlappen. Kora kannte dieses Grau. Seit Jahren schleppte sie es mit sich herum.

»Ich glaube nicht, dass Zeit alle Wunden heilt«, sagte sie. »Zeit verändert die Wunde vielleicht, schiebt sie an einen anderen Ort. Wenn man Glück hat, lernt man, damit zu leben. Aber heilen? – Nein.«

Niemand sagte etwas. Die Stille kam ihr plötzlich wie die Dunkelheit vor, vor der sie sich fürchtete: ein weit geöffneter Rachen, der nach ihr schnappte.

Da drehte Leon sich zu ihr um. Griff nach ihrer Hand. Seine Hand war so heiß, als liefe Feuer durch seine Adern. Seine Augen waren weit offen. »Kora …«, sagte er, und ihren Namen in einer anderen Stimme als ihrer eigenen zu hören, zerschlug augenblicklich ihre Angst. »In der Dampfsauna … da war meine Schwester.«

»Alissa?«, fragte sie.

»Ja, Alissa auch.«

»Hast du noch eine Schwester?«

Er nickte. Dann liefen Tränen aus seinen Augen.

»Sie heißt Nina«, sagte er. »Sie … sie lagen beide auf der Steinbank. Sie lagen nebeneinander. Ganz dicht. Beide waren tot.«

TAMARA

Caravan, zwischen Würzburg und Schweinfurt

Die ersten Minuten vergingen schweigend. Alissa saß am Steuer und Tamara sah sie von der Seite an. Die Linien um Augen und Mund wirkten steif und ohne Leben, wie von fremder Hand hineingesetzt.

Tamara trug noch ihren Badeanzug, Alissa das langärmlige Shirt, in dem sie auch gebadet hatte. Obwohl die Sonne die Sitze flutete, hatte Tamara Gänsehaut und fröstelte. »Willst du nicht nach hinten zu deinem Bruder?«, fragte sie. »Hannes kann doch auch fahren.«

»Hannes ist erst sechzehn!«

»Wer soll denn das jetzt kontrollieren? Die Bäume?«

»Darum geht es nicht«, fauchte Alissa. »Er könnte einen Unfall bauen!«

»Er hat uns durch die Golfballattacke gefahren.«

»Da konnte ich ihn nicht abhalten. Aber es war das erste und einzige Mal, dass er gefahren ist!«

»Was ist mit Leon passiert?«

»Woher soll ich das wissen?«

»Ich meine nicht das in der Sauna.«

Nach diesen Worten tat Alissa etwas, was sie, Tamara, schon immer gehasst hatte: Sie schwieg einfach. Zog sich zurück in ihr Schweigen, so wie Ellen sich immer in ihre Fröhlichkeit zurückzog, und beides – Schweigen und Fröhlichkeit – war eine stahlharte Rüstung. Unmöglich, dort einzudringen.

Tamara ließ das Schweigen eine Weile wachsen, doch bevor es den ganzen Fahrerraum ausfüllte, sagte sie: »Ich bin zwar fünf Jahre jünger als du, aber ich bin nicht blöd. Und ich hab Augen im Kopf. Etwas stimmt nicht zwischen euch.«

Alissa verschanzte sich noch tiefer hinter den Kanten ihres Gesichts. Dann schnitt sie eine Kurve. Tamara wurde in den Sitz gepresst. Doch keine Worte, keine Antwort von Alissa.

»Leon wirkt, als hätte er Angst vor dir«, fuhr sie fort. »Er rennt dir dauernd hinterher und versucht, dir alles recht zu machen. Er würde alles für dich tun. Aber egal, was er für dich macht – du lehnst es ab.«

Verlassen. Das Wort kam Tamara in den Kopf. Denn sie hatte sich geirrt. Alissas Gesicht sah nicht kantig, sondern verlassen aus. Wie ein aufgegebenes Haus, in dem nur noch ein paar vergessene Dinge herumstanden.

Tamara sah wieder von Alissa weg, zurück auf die staubige Straße, über deren Asphalt die Sonne flimmerte wie eine Fata Morgana aus Wasser. Sie ließ den Blick in das falsche Wasser fallen und dann begann sie zu erzählen.

***

»Ich weiß nicht mal, ob ich vielleicht einen Bruder habe irgendwo. Oder … eine Schwester.«

Sie schloss die Augen für einen Moment, und als sie sie wieder öffnete, war die Welt dort draußen noch immer dieselbe: hitzeflimmernd, weit offen und vom Leben verlassen.

»Ich hab mich das so oft gefragt. Ob ich Geschwister hab. Ich hätte gern einen Bruder. Oder eine Schwester. Aber stell dir vor, diese Schwester, von der du nichts wüsstest – sie wäre krank«, sagte sie. »Doch du würdest es nicht erfahren. Du wüsstest nichts von ihrem Leben und was sie über dieses Leben gedacht hat. Dass es schlimm für sie war, wie unter einer Glasglocke zu leben, die sie von allem fernhielt: vom schlechten Wetter, von unberechenbaren Situationen, von Viren und Bakterien. Und dass sie das Angestarrtwerden gehasst hat. Diese Blicke zu spüren, die nach Zeichen an ihrem Körper suchten.«

Nach dem Abdruck der Krankheit, dachte sie, diesem Fingerabdruck, den sie irgendwo an einem hinterlässt, wenn sie einen ausgesucht hat.

»Diese Blicke, die alle dasselbe fragen: *Sieht sie erschöpft aus? Wirkt ihre Haut wässerig und aufgeschwemmt? Fallen ihr die Haare aus? Sie muss traurig sein. Wieso ist sie denn nicht traurig? Sie ist doch krank!* – Diese Blicke meine ich.«

»Die sind das Schlimmste«, sagte Alissa plötzlich rau. Tamara drehte sich überrascht um, doch Alissas Mund war schon wieder fest verschlossen. Eine verkantete Tür.

Tamara sah zurück auf die Landstraße, diesen endlos vor ihnen ausgerollten grauen Schlauch. »Kannst du dir das vorstellen? Was wäre, wenn deine Schwester plötzlich stirbt und du nicht mal erfährst, dass es sie gegeben hat? Dass sie jeden Tag an dich gedacht hat?«

Ein Laut kam aus Alissas Kehle. Ganz kurz nur, leise, aber auf Tamara wirkte er, als hätte er sich von einem viel größeren Klumpen aus Lauten losgerissen. Einem Klumpen, den Alissa tief in sich herumtrug. Sie sah wieder zu ihr hin, aber Alissas Gesichtszüge waren so schroff wie zuvor, wirkten immer noch wie hineingesetzt in dieses Gesicht, das irgendwann einmal anders ausgesehen haben musste.

»Wieso erzählst du mir das alles?«, fragte Alissa.

»Weil ich so eine Schwester bin«, sagte Tamara. »Eine Schwester mit einer Blutkrankheit. Ich hab nichts von meiner Mutter – kein Foto, kein einziges Andenken, nichts. Nur diese Krankheit hab ich von ihr.«

Sie sah in den Himmel. Blau wie Kälte mit frostweißen Wolken.

»Ellen, meine Adoptivmutter, hat totale Angst, dass ich wieder einen Schub bekommen könnte. Sie versucht, mich vor allem zu beschützen, was gefährlich sein könnte. Nicht mal zur Planwagentour durfte ich mit, auf die ich mich so gefreut hatte. Und nur, weil es geregnet hat. Dabei geht's mir zurzeit gut, aber die Krankheit ist in meinem Körper. Ich nehme Medikamente, immer. Mittel, die das Immunsystem stärken. Vor vier Jahren, als ich in der vierten Klasse war, ging es mir sehr schlecht. Ich war lange im Krankenhaus, hab eine Chemotherapie bekommen. Danach wurde es besser. Ich musste die Klasse wiederholen, hatte nur noch Fusseln auf dem Kopf statt richtiger Haare, aber ich fühlte mich endlich wieder gut.«

Alissa sagte noch immer nichts, aber als Tamara zu ihr hinsah, merkte sie, dass ihr Gesicht verändert war. Die steile Falte auf der Stirn war verschwunden, die Kanten wirkten aufgeweicht. Und da wusste Tamara es endlich. Sie hatte es die ganze Zeit geahnt, es gespürt, aber jetzt *wusste* sie es: Sie und Alissa – sie waren sich ähnlich. Wie ein Tasten- und ein Streichinstrument, die nur aufeinander abgestimmt werden mussten.

Alissa drehte sich um, sah einen langen Moment nicht auf die Straße, sondern in ihre Augen und sagte: »Es tut mir leid, Tamara.«

»Ich will einfach normal behandelt werden, weißt du. Nicht wie jemand, auf den man ständig Rücksicht nehmen muss«, sagte Tamara. »Ich hab's dir erzählt, damit du sicher sein kannst, dass du mir vertrauen kannst. Sag mir, was los ist mit dir.«

Alissa blickte starr geradeaus auf die Fahrbahn, aber Tamara sah, dass sie das Kinn gehoben hatte, wie um jemandem entgegenzutreten.

»Ich hatte eine Schwester«, sagte sie. »Sie war achtzehn, als sie gestorben ist. Sie hieß Nina.«

***

Es hatte sich nichts verändert. Und doch war etwas Unfassbares passiert. Noch immer fuhren sie über die graue Landstraße. Wie lange eigentlich schon? Eine Stunde, zwei? Länger? Noch immer bleichte die Hitze den Himmel aus, steckte der Tag in der siebten Minute nach drei Uhr nachmittags fest. Aber Tamara hatte geredet und die verkantete Tür in Alissas Gesicht war aufgegangen.

Wieso sind es gerade die Geschichten, die wir nie erzählen und am liebsten für immer in uns verschließen würden, die uns am stärksten beeinflussen? Es war bei Alissa offenbar genau wie bei ihr.

»Hat Leon etwas mit ihrem Tod zu tun?«, fragte sie leise.

»Er war dabei …«

»Wobei?«

»Als sie …« Und dann fing Alissa an zu weinen. »Als sie ertrunken ist.«

ALISSA

Caravan, zwischen Schweinfurt und Erfurt

»Nina war wunderbar«, flüsterte sie. Selbst der Motor schien plötzlich leiser zu laufen. Alissa war dankbar für das stetige Geräusch, das er machte. Es umfasste ihre Worte, umfasste ihre Erinnerung, eine Umarmung, die es ihr erleichterte, zu sprechen, überhaupt daran zu *denken*.

Nina war zwei Jahre älter gewesen als sie selbst, acht Jahre älter als Leon. Ninas Verrücktheit, die in manchen Momenten an Durchgeknalltheit grenzte, ihre Begeisterungsfähigkeit, das lawinenartige Lachen – wer sie erlebte, wurde unweigerlich mitgerissen. Leon hatte Nina geliebt, mehr als jeden sonst, Alissa hatte sie geliebt – es ging gar nicht anders.

»Wir hatten eine Band«, hörte sie sich dieser Fremden neben sich sagen, die längst nicht mehr fremd war. Nicht mal Samira hatte sie von Nina erzählt. Nicht einmal ihr. »Wir waren The Four Witches – Nina hat gesungen, ich hab Akkordeon gespielt. Wir waren eine reine Mädchenband. Der pure Sprengstoff, das sagten alle, aber Nina, Nina war wie eine Wunderkerze, die uns mit ihren Feuerspritzern erst zum Explodieren brachte. Und so wie in der Band war sie auch sonst: eine Wunderkerze, ein prasselndes Feuer, eine Batterie, die sich immer wieder selbst auflud. Nina hatte so unendlich viele Ideen.«

Aus leeren Eierpackungen, die sie gesammelt hatte, hatte sie Umhänge für die Bandmitglieder genäht, nein, zusammengetackert. Leon hatte ihr hingebungsvoll dabei geholfen, während sie, Alissa, in der Musikschule Akkordeon geübt hatte.

»In den selbst gemachten Kostümen von Nina sahen wir aus wie vier Außerirdische, nicht wie vier Hexen, doch die Leute waren völlig aus dem Häuschen.«

»Bei uns an der Schule gibt es keine Band«, sagte Tamara. »Ich würde sofort bei so etwas mitmachen ...«

Sie durchquerten ein neues Dorf. Wenn es möglich war, so erschien es Alissa noch leerer und erloschener als alle vorherigen. Sie umklammerte das Lenkrad, wusste, was sie hier erzählte, konnte sie nicht mehr rückgängig machen. Sie hatte alles für sich behalten, seit sie nach Mannheim gezogen waren, bleischwer und so verschnürt, dass es sich nicht mehr regen konnte, vielleicht auch, weil sie das Gefühl hatte, es auf diese Weise irgendwie handhaben zu können. Alles, was einmal draußen war, konnte unkontrolliert wuchern und über einen herfallen. Aber es zu teilen, hieß auch, etwas von all dem Gewicht abzugeben.

»An dem Abend, als es passiert ist, waren unsere Eltern bei Freunden. Nina hat Leon ins Auto geladen und ist mit ihm an die Elbe gefahren. Sie wollten sich den Sonnenuntergang anschauen.«

Warum, dachte Alissa, warum nur hatte Nina nicht auch an ihre Zimmertür geklopft? Warum hatte sie nur Leon gefragt? Alles wäre anders gekommen.

»Sie sind zum Fährübergang gefahren. Drei Kilometer.« Sie stockte. »Nur drei Kilometer weiter.«

Alissa sah diesen Abend vor sich, als wäre sie selbst dabei gewesen. Roch die laue Abendluft, hörte die Mücken über dem Wasser, die Grillen im Heidekraut. Sah das Abendlicht – wie ausgegossen über der Landschaft. Sie hatte diese Stunde, in der Nina gestorben war, diese Stunde, die sie nicht kannte und die nur als Lücke in ihrem Kopf existierte, aus Verzweiflung ersetzt: mit ihren eigenen Bildern. Und dann eine Mauer darumgezogen, die diese Bilder daran hinderte, wieder und wieder in sie einzubrechen.

»Die letzte Fähre war längst gefahren«, sagte sie leise. »Es war niemand mehr da. Das ist ein unheimlich schöner Ort, dieser Fährübergang, nur Wiesen und Bäume drumherum, die Vögel, die sanfte Schräge, die in den Fluss führt, und natürlich die Elbe selbst. Breit und leise strömend. Darüber die untergehende Sonne, die sich abends im Wasser spiegelt wie zerbrochenes rotes Glas.«

Anders durfte und sollte es nicht sein. Nina war mit der Sonne im Wasser untergegangen.

»Und Leon?«, fragte Tamara.

»Leon war schon ausgestiegen. Er musste mal«, sagte sie. »Nina wollte gleich nachkommen. Sie hatte sicher ein bisschen Gras zum Entspannen dabei.«

Sie unterbrach kurz, atmete tief durch, sah auf die Landstraße, die endlos schien und unaufhörlich neu vor ihren Augen entstand, so wie auch die Drehung eines Korkenziehers immer wieder begann und kein Ende fand.

»Ob sie eingeschlafen ist, wie sich die Handbremse gelöst hat, ob Nina es aus Versehen selbst getan hat – weiß keiner«, sagte sie rau. »Aber das Auto ist die Schräge runter und rein ins Wasser gerollt. Leon hat es gesehen, hat geschrien und ist hinterhergerannt, doch das Auto ist gleich untergegangen.«

Sofort begann sie, die Mauer vor dieser Erinnerung wieder aufzurichten, löschte das Licht dahinter, schloss den Mund.

»Wie alt war Leon da eigentlich? Hat er versucht zu tauchen? Die Tür vom Auto zu öffnen?«

Und noch einmal ließ sie eine kleine Taschenlampe über die finstere Landschaft in ihrer Erinnerung gehen, holte einzelne Stücke ans Licht.

»Leon war schon zehn, aber er hatte panische Angst vor Wasser. Eine Phobie. Er konnte immer noch nicht schwimmen. Während der vier Monate, in denen er kein Wort mit uns geredet hat, hat er Schwimmen gelernt. Er ist einen ganzen Monat lang jeden Tag nach der Schule ins Schwimmbad gefahren.«

»Ihr redet nicht darüber, oder?«

»Wieso auch?«, sagte Alissa und merkte, dass ihre Stimme wieder fest war. Verlässlich. »Es ist vorbei. Es ist nicht mehr zu ändern. – Wir sind nach Mannheim gezogen *wegen* dem Gerede. Die Leute in Tannwalde haben uns behandelt, als wäre nicht Nina, sondern als wären wir alle gestorben. Als könnte man in unserer Gegenwart nur noch flüstern.«

HANNES

Caravan, Erfurt, Domplatz

Der Caravan hielt an.

Hannes hörte, wie die Fahrertür geöffnet und zugeworfen wurde. Er sah durch das Fensterchen. Fachwerkhäuser, Holzgiebel, Kopfsteinpflaster. Eine Kleinstadt.

»Willkommen im Mittelalter«, sagte er zu Kora und Leon. Er sagte es in einem bemüht frischen Tonfall. Nach Koras Geschichte fühlte sich alles verändert an: zerbrechlich, zittrig. Zu dünn unter den Sohlen.

Auch als sie draußen unter der gleißenden Sonne wieder zusammentrafen, hielt diese Stimmung an. Tamara und Alissa wirkten ebenfalls verlegen. Und auch Kora und Leon sahen aus, als würden sie gern für eine Weile allein sein. Über alles nachdenken, was gerade gesprochen worden war, es verdauen. Aber ihre wichtigste Regel hieß: *Keiner bleibt allein!*

***

Hannes hatte sich geirrt. Die Stadt war nicht klein. Nur auf der Seite, aus der er aus dem Wohnmobilfenster geschaut hatte, reihten sich kleine und mittelgroße Fachwerkhäuser aneinander. Jetzt, wo er draußen stand, sah er, dass auf der anderen Seite ein großer Platz lag, auf dem ein Dom thronte. Mächtig, schweigend und dunkel wachte er über alles, über die vom Alter gebeugten Fachwerkhäuser, die Straßen und Gassen der Stadt. Hinter allem wuchs ein Berg empor, eine Festung darauf.

»Erfurt«, sagte Alissa.

»So sieht Erfurt aus?«, sagte Hannes und sah sich um. »Ist das jetzt Sachsen?«

»Thüringen«, sagten Alissa und Tamara wie aus einem Mund, sahen sich an. Lächelten kurz. Alissa konnte lächeln?

An großen Plätzen wie diesem wurde ihm besonders bewusst, wie ungewöhnlich die Stille war. Sie war wie ein Ring, der sich immer enger zog. Unwillkürlich holte er tiefer Luft.

»Lasst uns was zu essen besorgen«, sagte er, um den Stillering zu brechen.

Auf dem Platz war gerade Markt. Gewesen, korrigierte er sich. Auf dem Platz war gerade Markt gewesen, als die Katastrophe passiert sein musste. Stände waren aufgebaut. Bunte Schirme bewegten sich im leichten, heißen Wind. Obst, Gemüse, Kuchen, Blumen – alles lag noch auf den Verkaufstischen.

»Ich würd gern im Auto bleiben«, sagte Kora, die sich auf Hannes gestützt hatte. »Bringt ihr mir was mit?«

»Keiner bleibt allein!«, sagte Alissa.

»Das ist ja schlimmer als im Knast«, sagte Kora trocken. »Wir haben doch Sichtkontakt.«

»Na gut«, sagte Alissa.

»Ich hol dir was, Kora«, sagte Leon, und Hannes half Kora auf den Beifahrersitz.

* * *

Der Geruch lockte sie alle zum Bratwurststand. Jetzt erst merkte Hannes, wie hungrig er war. Auf dem Rost lagen die knusprigen Würstchen. Aber wieso glühte der Rost noch und wieso waren die Würstchen nicht verbrannt? Neben dem Rost stand eine Plastikwanne voller Brötchen, alle frisch aufgeschnitten. Jeder schob sich gleich zwei Würstchen zwischen die Brötchenhälften. Leon machte eins für sich und eins für Kora.

»Geh ruhig mit den anderen«, sagte Hannes, der sah, dass Leon lieber bei Alissa bleiben wollte. »Ich bring Kora das Brötchen.«

***

»Stört's dich?«, fragte er, als er zu Kora in den Caravan stieg. Kora schüttelte den Kopf. Sie nahm das Brötchen und biss sofort einen großen Happen ab.

Hannes sah noch einmal zu den anderen, die sich über die Domstufen verteilt hatten, weit auseinander. Sie sahen in den Himmel. Dösten.

Auch er spürte die Müdigkeit. Sie hatte wie eine zweite Schale unter seiner Wachheit gelegen und kam jetzt langsam zum Vorschein, während die Wachheit nach und nach abschuppte. Kein Wunder, dachte er. Auch wenn die brennende Sonne ihnen vorgaukelte, dass es Nachmittag sei, war es doch mitten in der Nacht. Seiner inneren Uhr nach waren sie gegen dreiundzwanzig Uhr aus Schwäbisch Gmünd losgefahren, hatten etwa zwei Stunden später in Würzburg an diesem Schwimmbad Halt gemacht, waren dort vielleicht eine Stunde geblieben, dann geflüchtet und ungefähr drei Stunden weitergefahren. Es war jetzt – wenn er sich nicht verzählt hatte – etwa fünf Uhr morgens. Eine der dunkelsten Stunden der Nacht. Und eine der kältesten. Normalerweise.

***

»Es ist seltsam«, sagte Kora plötzlich. »Ich hab die ganze Zeit das Gefühl, ich war schon mal hier. Dabei war ich noch nie weiter weg. Ich war vor allem noch nie im Osten.«

Er atmete durch, sagte: »Ich ... ich muss dir was sagen – wegen vorhin, was du da erzählt hast.«

»Wenn du mich irgendwie trösten willst, spar's dir einfach, okay?«

Trösten. Könnte er sie überhaupt trösten? Sie kam ihm so viel stärker vor als er selbst. Aber kann einen eigentlich nur jemand trösten, der stärker ist? Er glaubte das nicht. Nur – was hätte er ihr überhaupt Tröstendes sagen können? Vielleicht, dass er nicht daran glaubte, dass es immer nur zwei Möglichkeiten gab: ja oder nein. Richtig oder falsch. Denn was war mit den Stufen dazwischen? Dinge, die keinesfalls richtig, aber auch nicht wirklich falsch waren? Jemanden umzubringen, ist alles andere als richtig. Aber nach ihrer Geschichte konnte er verstehen, dass sie es getan hatte.

Mit diesem Gedanken fing er an. »Bei dir verstehe ich, warum du es getan hast«, sagte er. »Aber ich ... ich hab einen Unfall beobachtet und nichts unternommen«, sagte er. »Ich hab im Prinzip auch jemanden umgebracht. Ich verstehe bis jetzt nicht, wie ich das zulassen konnte.«

Er hatte gehofft, dass er diese falsche Entscheidung, die er in jenem Moment am Golfplatz getroffen hatte, irgendwann begreifen würde. Dass er diese ganze Situation, die ihn völlig überfordert hatte, einmal klar sehen könnte. Dass sich die Verwirrung lösen würde, dachte er, dass er verstehen würde, was mit ihm in jenem Moment los gewesen war.

»Man sieht auch später nicht klarer«, sagte Kora, als könnte sie seine Gedanken lesen. »Man ordnet nur alles ein. Schließt es weg. Für alles gibt es eine Zelle.«

Er dachte darüber nach.

»*Koras Knastweisheiten*, Seite 5«, fügte sie hinzu. »Du bist nicht der Einzige, der sich Notizen macht.«

Er sah sie von der Seite an. Er hätte nicht gedacht, dass Kora sich Sachen aufschrieb.

»Wenn man selbst die Sachen nicht einordnet, dann tut es das Gericht: Hier ist das Opfer. Dort ist die Täterin. Und es stimmt ja auch. Irgendwie.«

»Meinst du wirklich, dass man das so eindeutig sagen kann?«

»Man muss das wahrscheinlich«, sagte sie. Und nach einer Weile: »Man kann ja nicht einfach jemandem etwas antun, nur weil es einen guten Grund dafür gibt.«

Sie hatte etwas getan und war schuldig. Er war schuldig, weil er etwas *nicht* getan hatte. Aber er fühlte sich schuldiger, weil er – anders als sie – keinen Grund gehabt hatte. Jedenfalls keinen, den er nennen könnte.

»Ich hab Schilder gebaut«, sagte er. »Gleich nach dem Unfall. *Achtung, fliegende Golfbälle! Unfallgefahr!* Vier Stück. Ich hab sie die Straße entlang aufgestellt und bin seit dem Unfall jeden Tag zum Golfplatz gefahren, immer um halb neun abends, als es passiert war. Ich hab kontrolliert, ob die Schilder noch dastehen, ob der Regen die Schrift verwischt hat. Immer hab ich auf die Autos gelauscht, und ich glaube, irgendetwas in mir wollte, dass es noch mal passiert. Damit ich diesmal das Richtige tun kann. Absurd. Als könnte man so etwas wiedergutmachen.«

»Vielleicht kann man das wirklich«, sagte Kora.

»Ich hatte eine Freundin«, sagte er. Er sagte es schnell, bevor er es nie sagen würde. »Meine beste Freundin. Sie heißt Emma.« Sowie er ihren Namen sagte, hörte er ihre Stimme, sah ihr Gesicht, roch ihr Parfüm.

»Sie hat eine total nette Familie: eine Schwester und zwei Mütter. Also ich meine ... Bianca, ihre Mutter, und deren Freundin Eva. – Ich glaub, ich hab in den letzten fünf Jahren mehr Zeit bei denen als bei meiner eigenen Familie verbracht. Wenn ich gekonnt hätte, wäre ich zu Emma gezogen.«

Er erinnerte sich daran, wie sie während der letzten drei Monate immer wieder zu ihm gekommen war, bei ihm geklingelt hatte, und wie er sich jedes Mal verleugnet hatte. Er erinnerte sich daran, dass er manchmal versehentlich abgenommen hatte, und dass er, wenn er ihre Stimme erkannt hatte, immer aufgelegt hatte, ganz behutsam jedoch, damit das Klicken weich war und ihr nicht ins Hirn schnellte.

»Emma hat mir mal von einer Zugfahrt mit ihrer Familie erzählt. Sie war sechs, ihre Schwester fünf. Sie saßen an so einem Tischchen, die Mädels nebeneinander auf der einen Seite, und Bianca und Eva auf der anderen. Sie hatten alle zusammen mit Buntstiften gemalt, Mensch ärgere Dich nicht gespielt, und Eva und Bianca haben sich manchmal geküsst.«

Als er das erzählte, hatte er seltsamerweise immerzu Eike und seine Mutter vor Augen. Wenn die beiden gekuschelt oder sich geküsst hatten, war er happy gewesen. Manchmal hätte er sich auf dem Sofa gern zwischen sie gedrängt, um dichter dran zu sein. Woran eigentlich?

»Ja und?«, platzte Kora in seine Gedanken. »Meinst du, ich hätte noch nie zwei küssende Frauen gesehen?«

»Na ja, nach einer Weile fingen ein paar Typen von schräg gegenüber an, etwas zu ihnen rüberzurufen«, fuhr Hannes fort. »Emma hat überhaupt nicht kapiert, was diese Typen wollten. Nur dass sie immer lauter und aggressiver wurden. Die anderen Fahrgäste unternahmen nichts, sie lasen einfach weiter oder taten so. Als die Typen nicht aufhörten, blöde Gesten zu machen und zu johlen, sind sie aufgestanden und haben sich andere Plätze gesucht. Beim Rausgehen hat wohl jemand gesagt: *In so einer Familie kann man als Kind doch nur leiden, wie man ja sieht.* Ganz so, als hätten Emma und Maja unter ihren Müttern gelitten und nicht unter diesen rumpöbelnden Idioten und den Leuten, die einfach nur zugesehen haben.«

Er redete sich in Rage, merkte es und dämpfte die Stimme. Als Emma diese Geschichte erzählt hatte, war er genauso wütend gewesen.

»*Wer bei so was schweigend zusieht, ist für mich gestorben,* hat Emma damals zu mir gesagt, *ganz egal, ob er sonst ein toller Typ ist.*«

Er sah sich wieder am Golfplatz vor drei Monaten, hörte den Golfball in das Auto einschlagen, sah, wie es beschleunigte und dann gegen den Baum raste.

Kora stellte das Autoradio an. Leise.

Free, free to be myself ... free to need some time ... free to need some help ...

Aura Dione. Die Musik störte ihn nicht. Sie half ihm dabei, zu sprechen.

»Als das Auto den Unfall hatte, hab ich nicht nur schweigend zugesehen«, sagte er. »Nein, ich bin auch noch weggerannt. Dabei hätte ich einfach nur anrufen müssen. Hilfe holen. Ich hab's nicht getan. Und ich begreife es nicht. Ich begreife es einfach nicht. Eine Frau ist tot – wegen mir.« Er schluckte hart.

»Ich hab seit diesem Tag den Kontakt zu Emma abgebrochen. Ich hätte ihr nicht mehr in die Augen sehen können.«

»Das redest du dir ein«, unterbrach Kora ihn. »Dir geht's nicht um sie, sondern um dich. Du willst dich dafür bestrafen – das ist alles.«

Er wollte sofort widersprechen, stockte dann aber. War schockiert. Hatte sie recht? Hatte er Emma aus purem Egoismus weggestoßen? Nur, um zu seiner Strafe zu kommen? Der Gedanke schlug in ihn ein – mit derselben Heftigkeit wie der Golfball in die Frontscheibe.

»Das Problem ist, dass du mit deiner Strafe jemanden mitbestrafst, der überhaupt nichts dafürkann.«

Es fiel ihm wie Schuppen von den Augen. Er hatte gedacht, den schwersten Weg zu nehmen, dabei hatte er es sich total leicht gemacht! Hatte einfach geschwiegen, war weggerannt, hatte seine beste Freundin verlassen. Schwer wäre gewesen, es ihr zu erzählen. Ihre Reaktion auszuhalten. Und dann zur Polizei zu gehen. Er hatte das Gefühl, keine Luft mehr zu bekommen.

Das Fenster war auf und die Hitze kam herein. Er atmete mit offenem Mund, folgte mit den Augen Koras Blick über die Stände, über den Markt. Er drehte das Autoradio lauter.

And even if I never forget you, baby ... at least I got my friends ... like a lifeboat in the dark ... saving me from the sharks ...

»Ich hab wirklich das Gefühl, dass ich schon mal hier war«, sagte Kora wieder. »Dieser Dom, der Platz, diese rosa Nelken dort drüben in den schwarzen Eimern an dem Stand ... all das hab ich schon mal gesehen ... Das kann doch gar nicht sein ...«

»Das hängt bestimmt mit deiner Gehirnerschütterung zusammen«, sagte er vorsichtig. »Du erinnerst dich nicht richtig.«

Da drehte sie sich abrupt zu ihm um, sagte mit Panik in der Stimme: »Und genau das hast du auch schon mal gesagt. Exakt diese beiden Sätze! Und dann … und dann …« Sie war blass geworden, sah panisch aus. »Was ist *dann* passiert? Irgendwas Schreckliches ist passiert!«

Sie schien komplett durcheinander. Sie war viel zu krank für so eine weite Reise! Er versuchte, sie zu beruhigen. »Das bildest du dir ein. Alles ist gut.«

Even now I got a broken heart … at least I got my friends, got my friends … got my friends … got my friends …

Sie sah ihn an, starrte auf etwas unter seinem Ohr, ihr Blick schien sich förmlich daran festzusaugen – was war da? Er berührte die Stelle mit dem Finger, ertastete sein Muttermal, wollte etwas dazu sagen, als sein Blick aus dem Seitenfenster fiel, über den Markt zu den Domstufen ging, wo die anderen in der Sonne schliefen, doch es war nur noch die linke Hälfte der Stufen zu sehen, wo Alissa und Leon lagen. Die rechte war überdeckt von … von …

»Nebel!«, schrie er. »Da hinten ist Nebel!«

»Tamara ist weg!«, rief Kora. Sie stieß die Autotür auf, wollte aussteigen, aber ihr Fuß machte nicht mit. Sie schlug auf die Ablage und schrie nach draußen: »Neeeebel! Tamaraaaaa! Komm zurüüüück!«

***

Zuerst wollte Hannes einfach aus dem Wagen springen und über den Platz rennen. Aber zwei Sätze hatten sich eingebrannt: *Keiner bleibt allein!* Und: *Eines Vertrauens würdig erweist man sich nicht in guten, sondern in schwierigen Zeiten.*

Er ließ Kora nicht allein! So startete er den Motor und raste durch die Stände auf den Dom zu. Und noch während er fuhr, sah er, wie etwas Riesiges vom Himmel stürzte.

TAMARA

Erfurt, Domstufen

Kaum dass sie sich auf den Stufen ausgestreckt hatte, fiel sie in einen komatösen Schlaf. Sie hatte das Gefühl, eine lange Treppe nach unten zu gehen, durch einen muffigen, steil hinabführenden Gang, an dessen Ende etwas Grünes und Rotes auftauchte.

Bevor sie es jedoch erreichte, zerrte etwas sie wieder nach oben, eine Stimme! »Tamaraaaa. Komm zurück!« Wer rief da? Wer zerrte sie die Stufen wieder hinauf? Mit einem verzweifelten Luftschnappen wachte sie auf und sah sich verstört um. Um sie herum war alles dunstig.

Langsam und sehr, sehr leise erhob sie sich. Der Nebel schmiegte sich an sie, während sie die Stufen nach unten ging. Sie wusste, sie musste aus dem Dunst heraus, sie wusste auch, dass sie kein Geräusch machen durfte. Nicht das kleinste. Etwas war in diesem Nebel. Etwas, das hören konnte.

Die anderen riefen jetzt nach ihr.

All dies drang nur gedämpft an ihr Ohr, als würde sie sich unter Wasser befinden. Sie war jetzt am Fuß der Treppe angekommen, stand auf dem Platz. Sie versuchte herauszufinden, aus welcher Richtung die anderen riefen, versuchte, sich an den Stimmen zu orientieren. Lief vorsichtig und mit ausgestreckten Armen wie eine Mondsüchtige Schritt für Schritt über das Kopfsteinpflaster nach links.

»Tamara?«

Die Stimme kam von rechts, nur wenige Schritte entfernt. Flüsternd. Gott sei Dank. Sie drehte sich sofort um. »Ja?« Und im selben Moment merkte sie, dass sie die andere Stimme überhaupt nicht kannte.

Sie drehte sich sofort nach links und rannte los. Sie kam nur drei Schritte weit, dann krachte mit einem riesigen Getöse der Himmel auf sie nieder.

***

Sie hatte die Schreie der anderen noch gehört, bevor das gigantische, metallische Dröhnen alle anderen Geräusche niederwalzte.

Jetzt war es wieder still. Totenstill. Sie stand einige Sekunden wie gelähmt, dann nahm sie vorsichtig die Hände von den Ohren. Lauschte. Was war mit den anderen? Sie hörte keinen einzigen Laut mehr.

In ihrem Rücken spürte sie eine dumpfe Kälte heranwehen und einen übelkeiterregenden Geruch. Jetzt hörte sie auch ein leises, beunruhigendes Gluckern. Augenblicklich stellten sich die Härchen in ihrem Nacken auf. So schnell sie im Finstern konnte, entfernte sie sich von diesem Geräusch, dem Geruch, der Kälte. Sie wollte sich nicht einmal *vorstellen*, was da Widerwärtiges hinter ihr blubberte.

Erneut streckte sie die Arme aus und tastete sich durch die Finsternis. Was auch immer da Metallisches über sie gefallen war – es war hohl. Und es schien viele Meter breit und hoch zu sein. Es deckte sie vollkommen ab.

Meter um Meter lief sie voran, blind und taub, nur weg von dem stinkenden, gluckernden, eisigen Etwas in ihrem Rücken – bis sie gegen eine Wand stieß.

Die Wand war gewölbt. Sie tastete sich ein Stück daran entlang und ihre Ahnung bestätigte sich: Es war eine runde Wand – sie befand sich in einem gigantischen Gefäß! Das Metall war rau, voll scharfer Kanten, die sich in ihre Finger bohrten, als sie dagegenschlug. Was auch immer das für ein Ding war, es war stahlhart und vollkommen unnachgiebig.

Wie sollte sie hier wieder rauskommen? Wo waren die anderen? Wieso waren sie so still?

Gerade als sie beschloss, so lange an der Wand entlangzugehen, bis sie vielleicht auf eine Öffnung stieß oder eine beschädigte Stelle, setzte sich das Ding rumpelnd und krachend in Bewegung.

In eine sehr zielgerichtete Bewegung.

Die gewölbte Wand kam auf sie zu! Schritt um Schritt wurde sie rückwärtsgedrängt, hin zu dem stinkenden, eisigen Gluckern.

LEON

Erfurt, Domplatz

Als die Stahlkuppel aus dem vernebelten Himmel herabgestürzt kam, dachte Leon im ersten Moment, der Dom fiele in sich zusammen.

Die Erde bebte, und er glaubte, seine Knochen würden zerspringen. Er hörte nur noch ein Fiepen, wie manchmal im Radio, wenn man zwischen zwei Sender geriet. Er hatte den kurzen, absurden Gedanken, dass seine Ohren ohnmächtig geworden waren. Dann fielen die Marktstände reihenweise um. Der Caravan, in dem Hannes und Kora herangerast kamen, machte einen kurzen Satz in die Luft und landete dann wieder auf allen vier Rädern. Zum Glück! Kora schrie aus dem Autofenster: »Tamara ist unter dem Ding. Es hat Tamara geschluckt!«

Alissa war inzwischen zum Caravan gerannt, zerrte das Akkordeon heraus und schnallte es um. Doch die nebelumfaserte Stahlkuppel sprach nicht auf die Klänge an. Nur beim höchsten Ton, und als Alissa noch dazu schrie, zitterte sie ein klitzekleines bisschen. Das war alles.

»Es *reagiert* auf Töne«, rief Alissa heiser. »Auf hohe Töne. Ich bin zu leise. Dieses Ding da muss mehrere Tonnen wiegen. Wir bräuchten einen hohen Ton, der tausendmal lauter ist als mein Akkordeon.«

Leon wusste nicht, woher die Idee kam, aber sie war plötzlich da, und er rannte die Domstufen nach oben, rannte durch das Portal in den Dom hinein und suchte den Glockenzug.

TAMARA

Erfurt, Stahlkuppel

Tamara stand mit dem Gesicht zur Wand, die Metallkanten drückten gegen ihre Wange, rieben ihre Stirn auf. Die Wände waren zum Stillstand gekommen, als nur noch eine Handbreit sie von dem schleimigen Rand des Lochs trennte, aus dem dieser eiskalte, widerliche Geruch kam.

»Tamara?« Tamara spürte einen Blick über ihren Nacken kriechen, kalt und glitschig wie ein Wurm.

Es war dieselbe Stimme, die sie auch draußen im Nebel gerufen hatte. Ganz langsam und mit den Füßen über den schmalen Rand tastend, drehte sie sich um.

Ihre Augen hatten sich an das Dunkel gewöhnt, sie konnte Schemen erkennen, und so sah sie, wie aus dem gluckernden Loch etwas herauswuchs. Ein Schatten.

»Du bist nicht echt«, flüsterte Tamara.

Täuschte sie sich oder stockte das ekelhafte Ding tatsächlich? Doch dann begann es zu lachen. Schwarzer, glitzernder Geifer spritzte nach allen Seiten und traf Tamaras Stirn. Es war *keine* Halluzination! Sie spürte den Tropfen sehr real über ihre Stirn laufen und im selben Moment begann sie zu zittern.

»Ich hab auf dich gewartet«, sagte das Ding und kroch über den Rand auf sie zu. Streckte die Hände nach ihr aus. Sie spürte die Finger über ihre Arme kriechen, glibbernd, schwabbelig. Die Angst erstickte sie fast. Sie konnte sich nicht bewegen. Und sie durfte es auch nicht. Ein falscher Schritt und sie würde in das Loch stürzen. Die schwarzen Hände flutschten ihre Oberarme empor, packten sie, schon verlor sie den wenigen Boden unter den Füßen! Sie schwebte in der Luft, schwebte auf das stinkende Loch zu, und gleich … gleich …

Und da passierte das Undenkbare: Die Wut in ihr besiegte alle Angst.

»Es ist mir egal, ob du gewartet hast«, sagte sie und sah dem Ding genau in die schwarzen Augenlöcher. Sie hing in den Händen eines unbegreiflichen Wesens, hing über einem Loch, aus dem grässliche Geräusche und Gerüche drangen, aber die Wut kochte ihre Stimme hoch. »Du hast mir gar nichts zu sagen. Du bist überhaupt nicht meine Angst. Du bist *Ellens* Angst! Mir geht's gut. Also *lass* mich in Ruhe! Ich lasse mich nicht mehr von der Panik eines anderen einsperren. Das ist mein Ernst! Falls jemals alles wieder normal wird, werde ich *nicht* zu Hause rumhocken und meine Zeit damit verbringen, aufzupassen, nicht krank zu werden. Ich werde Biomusik machen. Also verschwinde!«

Sie erfuhr nicht, ob das Ding sich tatsächlich von ihrer Wut hatte beeindrucken lassen. Tatsache aber war, dass es verharrte. Sie hing an zwei ausgestreckten, schwarzen Armen, von denen Glibber tropfte, über dem Loch, aber das Ding bewegte sich nicht mehr. Weder vor noch zurück. Als wäre es erstarrt. Sie sah nach unten, spürte einen eiskalten Hauch und wusste, dass sie es nicht schaffen würde. Selbst wenn sie sich irgendwie losreißen könnte – wo sollte sie hinspringen? Der Rand war viel zu schmal. Sie würde abrutschen!

Und dann spürte sie mit Entsetzen, wie der schleimige Griff um ihre Oberarme sich lockerte, wie sie rutschte, wie sie …

***

Sie fiel.

Und noch während sie stürzte, hörte sie einen Ton. Einen hohen, metallischen, extrem lauten Ton. Und als sie die Augen schloss und die Luft anhielt, weil sie gleich in den Schlund tauchen würde, krachte sie plötzlich auf die Erde. Sie riss die Augen wieder auf, tastete um sich. Kopfsteinpflaster. Das Loch war verschwunden!

Der Ton, dachte sie, es war der Ton gewesen. Und er war immer noch da: ein hoher, hallender, sich wieder und wieder erneuernder Ton, der wie ein Hammer gegen ihren Metallsarg zu schlagen schien, und sie hörte, wie das ganze Gehäuse um sie herum ächzte und stöhnte, und dann sah sie einen Sonnenstrahl. Auf dem Boden. Das Gehäuse hob sich! Der hohe Glockenton, der wieder und wieder ertönte, stemmte das Metallding zentimeterweise in die Höhe, so wie die Akkordeontöne den Nebel hochgedrückt hatten. So schnell sie konnte, kroch sie zu dem Spalt, der sich jetzt kaum mehr vergrößerte, obwohl die Glocke draußen im Dom ihr Bestes gab, und Tamara wusste, dass sie sich beeilen musste. Sie quetschte sich durch die enge Lücke, spürte das Metall über ihren Rücken ratschen, und dann griffen Hände nach ihr, halfen ihr dabei, hervorzukriechen, und sie hörte Hannes' Stimme: »Wir haben dich. Gott sei Dank, wir haben dich.«

LEON

Caravan, zwischen Naumburg und Weißenfels

Sie standen mitten auf der Landstraße. Die Sonne brannte. Sie hatten Weimar, Apolda, Eckardsberga und Naumburg passiert. Beim Anblick des Naumburger Doms hatte Leon automatisch nach Nebel Ausschau gehalten. Er hatte Ehrfurcht, aber auch Stolz gefühlt. Den Glockenzug im Erfurter Dom zu ziehen, war seine Idee gewesen. Tamara hatte das schleimige Ding in der Stahlkuppel zum Erstarren gebracht, aber er hatte die Stahlkuppel angehoben.

Vor ihnen lag eine endlose Strecke, hinter ihnen eine endlose Strecke. Hin und wieder standen einige Autos wie Bremssteine im Weg. Rechts und links Getreidefelder. Alle Seiten waren gut einsehbar. Der Nebel hatte keine Chance, sie zu überraschen. Leon passte auf. Obwohl er müde war. Er war an der Reihe, Wache zu halten. Er saß vorn im Fahrerbereich – allein – und starrte auf die hitzeflimmernde, leblose Straße vor ihm. Sah auch in Abständen in die Seitenspiegel. Aber die Luft war rein. Buchstäblich. Nirgends war auch nur die Andeutung von Nebel zu sehen.

Die anderen schliefen hinten im Wohnbereich. Nachdem Hannes den Caravan nach der rasenden Flucht aus der Stadt zweimal fast in den Straßengraben gelenkt hatte, hatte Alissa darauf bestanden, dass sie schlafen mussten. Wenigstens ein paar Stunden. Es war überhaupt ein Wunder, dass sie Hannes hatte fahren lassen. Nie hätte er das gedacht.

»Wir müssen konzentriert sein!«, hatte Alissa gesagt, als Hannes gegen die Pause protestiert hatte. »Wir sind alle übermüdet. Zweimal hat uns der Nebel heute schon angegriffen. Eben sind wir nur knapp entkommen. Er konnte sich Tamara nur deshalb schnappen, weil wir alle hundemüde waren und nicht aufgepasst haben! – Wir schlafen jetzt. Wer hält die erste Wache?«

Sofort hatte er sich gemeldet. Obwohl er ebenfalls auf der Stelle hätte einschlafen können. Aber er durfte nicht. Und er würde nicht!

***

In ein paar Stunden würden sie weiterfahren. Es war nicht mehr weit bis Tannwalde, aber der Gedanke daran machte ihn ganz krank. Er wollte nicht mehr dorthin.

In Tannwalde wartete niemand. Nur der Beweis, dass Nina tot war.

Er vermisste sie, vermisste sie so. Ihr Lachen, das wie ein Wasserfall auf ihn niedergeprasselt war, als sie ihm zum Geburtstag eine Minitorte aus Spekulatiuskeksen überreicht hatte: Sie hatte Butter zwischen fünf Kekse geschmiert und obenauf ein Teelicht gesetzt. Als sie ihm dann den in glitzerndes Geschenkpapier eingewickelten, roten Hut hingehalten hatte:

»Damit bist du so cool, dass es hinter dir schneit.« Sie fehlte. Fehlte wie verrückt.

In den ersten Wochen nach ihrem Tod hatte er ununterbrochen geträumt. Träume, die ihn seine letzte Kraft gekostet hatten, weil er immer dasselbe träumte: wie das Autodach wieder aus dem Fluss auftauchte und sie aus dem Auto herausschwamm. Oder: wie er ins Wasser sprang, dem untergehenden Wagen hinterhertauchte und sie rettete. Oder: wie er feststellte, dass er alles nur geträumt hatte, ein hässlicher, grausamer Traum. Und dann wachte er auf und sie war immer noch tot. Jede Nacht dieselbe Hoffnung, dieselbe Erleichterung, derselbe erneute Absturz.

Nina war tot.

Aber seine Sehnsucht nach ihr *lebte*. War beharrlicher als je zuvor, und er sehnte sich nach Ninas Hand, die ihm eine Feder, einen Grashalm oder einen Preisaufkleber an den Hut pinnte. Nach ihren Verhandlungen mit ihm, wenn sie wollte, dass er ihre Abwaschschicht übernahm, wofür sie als Gegenleistung mit ihm später ein paar Runden auf dem Moped drehte. Oder ihn ins Kino einlud. Er sehnte sich nach ihrer Stimme: *Na, Coolio, was geht?*

Am Anfang hatte er sich mit ihrer Stimme zermartert. Denn war Nina auch tot, so war ihre Stimme noch da. Er hatte ihre CDs gehört, die Four-Witches-CDs. Bis er es nicht mehr ausgehalten und die CDs zu Alissa ins Zimmer gelegt hatte, wo sie für immer verschwanden.

Und jeden Tag und jede Woche, jeden Monat, der verging, war sie einen Tag, eine Woche, einen Monat toter, einen Monat weiter entfernt vom Leben.

Wie sehr er es jetzt bedauerte, die CDs weggegeben zu haben. Sie waren die letzte Erinnerung an die lebendige Nina gewesen. Auf den Fotos, die sein Vater gemacht hatte, war sie zwar sichtbar, aber sie lebte nicht. Sie war eingefroren in eine Bewegung, einen Moment, starr, tot. Wie entsetzlich diese Erkenntnis gewesen war und wie er sich plötzlich gewünscht hatte, andere Fotos zu machen. Fotos, die Menschen nicht als tote Anwesende zeigten, sondern als lebende Abwesende. Die Menschen fehlten auf seinen Fotos, erwachten aber durch die hinterlassenen Spuren zum Leben: Er hatte Graffitis auf Wänden, Bussen und Zügen fotografiert, eingeritzte Nachrichten in Parkbänken, verlorene Haargummis im Sand. Keine Menschen. Nur ihre Spuren. Es gab nur ein einziges Menschenfoto in seinem Zimmer: das von Alissa bei einem Konzert. Aber die Alissa darauf war auch tot. Sie war zusammen mit Nina gestorben und an ihre Stelle war eine andere Alissa getreten.

***

Wieder sah er nach vorn, dann in den Seitenspiegel, dann über die Getreidefelder rechts und links. Nichts. Nur Weite. Sonne. Ein endloser Nachmittag.

Als sie nach Mannheim umgezogen waren, hatte sich nichts

geändert. Aus irgendeinem Grund hatte er gehofft, dass die Traurigkeit kleiner werden würde. Aber sie blieb nicht zurück in Tannwalde, so wie Nina, sie kam mit. Hauste in ihm und hauste in seinen Eltern, in Alissa, in dem neuen Haus, in dem dieselben Möbel standen wie in Tannwalde, dieselben Bilder hingen. Nur ein Zimmer fehlte. Er hatte versucht, nicht zu weinen, wenn jemand dabei war, er weinte heimlich. Er hatte kein Recht auf seine Trauer, weil er schuldig war.

An einem der ersten Tage nach ihrem Umzug hatte er ständig an Alissas Tür geklopft. Er hatte ihr helfen wollen, ihre Bücherkisten auszupacken oder Klamotten in den Schrank zu räumen, und schließlich hatte sie ihn rausgeworfen. Nicht nur aus ihrem Zimmer, sondern gleich aus dem Haus.

Er war um die Ecke gegangen, als gerade eine Straßenbahn kam. Sie hielt an der Haltestelle. Er hatte nicht nachgedacht. Er war hingerannt und eingestiegen. Er wollte wegfahren. Irgendwohin. Einfach weg. Und dort, in der Straßenbahn, hatte er sie dann gehört.

Die Stimme. Diese Stimme, die Ninas so sehr ähnelte, dass er das Gefühl gehabt hatte, Nina hätte ihm von hinten auf die Schulter getippt. Es war die Stimme, die aus den Lautsprechern kam und die Stationen ansagte, eine aufs Band gebannte Stimme. Er hatte dagesessen, erschlagen von dem Schock, und war nicht mehr aufgestanden.

Es war nicht Nina gewesen, natürlich nicht, und die Stimme klang auch ein bisschen tiefer, ein bisschen rauer, aber sie klang, wie Nina vielleicht in zehn Jahren geklungen hätte, und er war sitzen geblieben, bis er an der Endhaltestelle angekommen war, und dann war er in die nächste Straßenbahn gestiegen und war glücklich darüber gewesen, dass Nina auch dort die Stationen ansagte.

Er hatte ein Zeichen darin gesehen. Ein Zeichen von Nina, die ihm sagte: *Kopf hoch, Coolio, setz deinen Hut auf, ich bin zwar woanders, aber ich bin auch da.*

Von diesem Tag an hatte er angefangen, exzessiv Straßenbahn zu fahren. Hatte seine Kamera mitgenommen und mit den menschenleeren Fotos begonnen. Den Spurenfotos.

* * *

Alissa hatte sich seit dem Umzug noch mehr zurückgezogen. Nicht nur von ihm, von allen. Außer vielleicht von Samira. Alissa war eine andere geworden. Nein, dachte er, das war nur die halbe Wahrheit. Sie war immer noch dieselbe, aber Eigenschaften, die Nina an Alissa gemocht hatte – ihre modische Flippigkeit, ihre berühmte Schlagfertigkeit –, hatte sie fallenlassen, und andere, die Nina belächelt hatte, waren zum Vorschein gekommen: ihre Überkorrektheit, ihre Ernsthaftigkeit. Alissa war keine andere geworden, sie hatte die Gewichte verlagert.

Sie beide hatten Nina am meisten gemocht. Als wäre Nina die Sonne in ihrem Dreiergespann gewesen und Alissa und er wären zwei Monde, die sie umkreisten – jeder auf seine eigene Weise. Jetzt war sie tot und die Monde ohne Zentrum. Sie umkreisten einander nicht, sie bewegten sich auf parallelen Bahnen, in immer derselben unüberwindbaren Entfernung zueinander.

* * *

Wieder der Blick nach vorn, durch die Seitenspiegel und die Fenster.

Seine Eltern hatten ihm verziehen. Alissa verzieh ihm nicht. Und er konnte sich gar nicht mehr vorstellen, wie es anders wäre. Aber er wünschte es sich.

Wie viel Zeit war vergangen? Eine Stunde? Er hatte es sich schon abgewöhnt, überhaupt noch auf Uhren zu schauen, und vertraute inzwischen seinem Gefühl. Die Digitalanzeige am Armaturenbrett zeigte freundlich leuchtend 15:07 Uhr an. Was war nur passiert mit der Zeit und den Menschen? Und warum waren ausgerechnet sie fünf die Einzigen, die diese lautlose Katastrophe überlebt hatten? Weshalb wurden sie von diesem Nebel gejagt? Und wer hatte all diese Nachrichten geschrieben, die sie von einem Ort zum nächsten schickten? Wer wusste so viel von ihnen?

Er war der Einzige, der keine Nachricht bekommen hatte. Bis auf *PS: Foto Nr. 21.*

Die Fotos waren in seinem Rucksack im Schwimmbad. Keiner hatte während der Flucht aus dem Schwimmbad an seinen Rucksack gedacht. Nur Foto Nr. 21 war noch in seiner Hosentasche, wo er es hingesteckt hatte, nachdem sie es im *Sun & Moon* betrachtet hatten. Er zog es hervor, nicht ohne sich vorher noch einmal nach allen Seiten zu vergewissern, dass nirgends auch nur die Andeutung eines Nebelschwadens zu sehen war. Dann betrachtete er das Foto.

***

Es klopfte ans Seitenfenster.

Leon erschrak fast zu Tode, so vertieft war er in die Betrachtung des Fotos gewesen. Es war Tamara. Hinter ihr die anderen.

»Tolle Wache«, sagte Tamara, »wenn die Bewachten die Wache einfach kidnappen könnten, ohne dass die was merkt.« Dann stutzte sie, sagte: »He, was'n mit dir los? Du siehst aus, als hättest du einen Geist gesehen.«

Schweigend hielt Leon ihr Foto Nr. 21 hin.

Tamara nahm das Foto, die anderen beugten sich gleich über ihre Schultern. »Oh nein …«, murmelte Hannes. »Nicht schon wieder dieses Foto … das ist so pein…«

Da unterbrach ihn Tamara und sagte: »He, was ist das denn hier?« Sie zeigte auf Umrisse hinter Hannes' Kopf, die schwach zu sehen waren. Sie waren zu geometrisch, um einfach nur eine Nebelformation zu sein. Wenn man genau hinsah, erkannte man ganz deutlich, dass es ein Raum war – man sah ein hohes, schmales Fenster, das oben spitz zulief.

»Sieht irgendwie aus, als gehört das gar nicht zu dem Bild«, sagte Kora. »Eher, als wären das zwei Bilder übereinander!«

»Hast du das bearbeitet?«, fragte Alissa.

»Wann soll ich das denn gemacht haben?«, sagte Leon.

»Und wieso sind das dann zwei Bilder übereinander?«

»Eigentlich passiert so etwas nur, wenn man doppelt belichtet«, sagte Leon nachdenklich. »Ich muss einen benutzten Film eingelegt haben, bevor wir zur Reißinsel gefahren sind. Obwohl das total komisch ist. Ich hätte schwören können, dass ich einen neuen Film drinhatte ...«

»Was heißt das denn genau: doppelt belichtet?«, fragte Tamara.

»Man hat bereits Fotos gemacht«, sagte Leon, »und dann hat man denselben Film noch mal verknipst. Es sind dann zwei Bilder auf dem Foto zu sehen. Ein altes und das neue.«

Tamara nahm sich wieder das Foto vor. »Hannes im Auto im Nebel ist also das neue?«, fragte sie.

Er nickte.

»Und dieses komisch verschwommene, halb durchsichtige, das sich mit dem Nebel vermischt, das hast du *vorher* aufgenommen?«

»Ja – aber ich hab keine Ahnung, was das sein soll.«

Kora beugte sich jetzt ebenfalls über das Foto. »Hier hängt etwas ... was ist das? Ein Kreuz?«

»Das ist 'ne Kirche!«, rief Tamara. »Und hier steht jemand und ...«

»... und hat den Fuß gehoben, als will er gleich auf irgendetwas drauftreten«, vervollständigte Kora.

»Das Problem ist nur«, sagte Leon, »dass ich nie Menschen fotografiert habe, bevor das alles passiert ist. Nur Gegenstände. Parkbänke, Plastiktüten in Bäumen, vergessene Regenschirme. Solche Sachen. Menschen nicht.«

»Und wie kommt der dann auf das Foto?«, fragte Tamara.

»Keine Ahnung«, sagte Leon.

»Zeig mal«, sagte Alissa. Sie starrte auf das Foto, dann gab sie es an Hannes weiter. »Siehst du das Gleiche, was ich sehe?«

Hannes' Blick versank in dem Foto. Leon sah, wie er die Augenbrauen zusammenzog und dann auf einmal erblasste. Er hob den Blick und sagte: »Das *kann* nicht sein!«

»Wie? Was ist?«, sagte Tamara. »Kennst du die Person etwa?«

»Ja«, sagte Hannes. »Das bin ich.«

»Quatsch!«, sagte Leon. Noch einmal nahm er das Foto und studierte die blassen Umrisse. »Man erkennt überhaupt nichts.«

»Doch«, sagte Hannes. »Ich habe sogar das Gefühl, das wird ständig deutlicher. Das T-Shirt. – Es ist …«

»Es ist das peinliche Urin-T-Shirt«, kreischte Tamara.

Es stimmte. Jetzt sah Leon es auch. Die Wellenschrift über dem T-Shirt. Er meinte sogar, das *B* von *Blasenfrust* zu erkennen.

»Aber wenn das darunterliegende Foto aufgenommen wurde, *bevor* wir uns kannten, wieso ist Hannes dann drauf?«, fragte Tamara.

»Ich hab keine Ahnung. Ich hab einfach keine Ahnung«, sagte Leon verwirrt, schüttelte den Kopf und starrte auf das Foto, starrte auf Hannes darauf, der in einer Kirche stand und – auf etwas drauftrat.

ALISSA

Tannwalde

Etwa drei Stunden später, nachdem sie Halle, Tornau und schließlich Kemberg hinter sich gelassen hatten, fuhren sie die ellenlange Allee entlang, die genau auf die Kirche von Tannwalde zuführte.

Alissa presste sich in den Sitz, als würde sie Abstand halten wollen, und fuhr doch genau darauf zu, auf den Ort, an dem sie, Leon und Nina groß geworden waren, den Ort, an dem sie *alles* erlebt hatte: Freude, Frust, Glück, Angst, Rebellion, ihre erste Blutung, ihre erste Verliebtheit, ihren ersten Kuss. Und dann den Tod.

Der Tod hatte alle vorherigen Erfahrungen vergiftet. Tannwalde war nicht mehr der Ort ihres ersten Kusses. Es war für immer der Ort des Todes.

Obwohl Alissa es noch nicht sehen konnte, war sie sich sicher, dass die Kirchturmuhr 15:07 Uhr anzeigen würde. Rechts und links der Allee lagen die Felder. Auf denen hatte Nina und später dann sie selbst Mopedfahren geübt. Leon war oft als Sozius mitgefahren. Bei Nina.

Jetzt wuchs Getreide da. Keine einzige Krähe war darauf zu sehen. Auch der Himmel war leer von Vögeln. Sie fuhren auf das gelbe Ortseingangsschild zu, und Alissa hatte das Gefühl, etwas zu tun, was sie längst hätte tun müssen: zurückkommen und noch einmal alles genau ansehen, bevor sie für immer ging. Damals, vor zwei Jahren, war sie überstürzt aufgebrochen, hatte keinen Blick zurückgeworfen, hatte sich nicht verabschiedet und war nicht verabschiedet worden. Sie hatte die Vergangenheit abgeschnitten und hatte den Riss, der seitdem durch sie hindurch verlief, einfach ignoriert.

Sie fuhren die geteerte Straße entlang, an Zäunen vorbei, hinter denen heute kein Hund anschlug, keine Kreissäge kreischte, kein Rasen gemäht wurde. Keine Katze schlich über die Straße und nirgendwo flatterte ein Huhn. Alissa lenkte den Caravan in einen Sandweg hinein.

Fahrt nach Tannwalde. Du weißt schon, wohin.

Ja, das wusste sie.

Als sie die Mauer aus Feldsteinen erreicht hatten, nahm sie den Fuß vom Gas und bremste direkt vor dem kleinen, schmiedeeisernen Tor. »Wir sind da«, sagte sie.

***

Das Tor hatte in den Angeln gequietscht wie damals auch. Es roch nach Heublumen und Moos. Das Gras wisperte und berührte ihre Knöchel. Leon hatte sie eingeholt und lief neben ihr. Als die anderen merkten, wohin sie gingen und dass es kein Garten war, der zu einem Wohnhaus führte, waren sie verstummt. Sie liefen hinter ihnen, still und betreten. Alissa ließ den Blick schweifen, über das Grün, das hier so viele Abstufungen hatte: dunkles Efeugrün, das im Schatten des fast schwarzen Grüns uralter Nadelbäume wuchs, das helle Grün des jungen Rasens und das ausgebleichte Grün der Zweige auf dem Kompost. Sie betrachtete die Blüten, die hier hügelweise wuchsen, und vor einem dieser Hügel hielten sie an.

NINA

2002–2022

DER TOD ÖFFNET UNBEKANNTE TÜREN

Alissa führte ihre zusammengepresste Hand zwischen die Brüste, spürte weniger die Trauer als vielmehr den Schmerz. Oder Trauer *war* Schmerz. Sie hatte immer nur Schmerz gefühlt, schrill, hart, ein heftiger Biss ins Herz, das sich seitdem wie zerkaut anfühlte, nie das, was in Büchern als *sanfte Trauer* beschrieben war. Einen langen, langen Moment stand sie ganz still, und in Gedanken umarmte sie Nina. Hielt sie fest …

Hielt sie fest, was sie zwei Jahre lang nicht getan hatte, weil sie Nina immer so schnell und so heftig und so weit wie möglich fortgeschoben hatte, wenn sie in ihrem Herzen auftauchte. Fortgeschoben, um diesem Schmerz auszuweichen und allen vom Schmerz getränkten Gedanken.

Alissa hielt sie fest …

Und dann ließ sie langsam, langsam los und schaute zu Leon, der stumm und blass neben ihr stand. Sie ahnte, was er fühlte, weil sie wahrscheinlich dasselbe fühlte. Es war, als würde man panisch über ein Stück des eigenen Körpers tasten, weil es wehtat – ein Bein oder der Arm oder der Hinterkopf –, und beim Tasten stellte man fest, dass dieser Körperteil weg war. Da waren nur Leere und der Schmerz in der Leere.

Die Leere sendet Signale aus, egal, wo man ist, egal, wohin man geht, weil man nichts, was zu einem gehört, loswerden kann. Und schon gar nicht das, was verschwunden ist.

Sie nahm den Briefumschlag hervor und zog die Metallzacke heraus, hockte sich vor das umlaufende Zäunchen, das lauter eiserne »W« als Spitzen trug. Ein Abschiedsgeschenk der anderen beiden Witches. Alissa selbst war zu diesem Moment schon alles egal gewesen.

Sie suchte an dem Zäunchen nach der Stelle, wo das »W« abgebrochen war. Sie traf auf eine Lücke, deren Bruchkante schon von Rost überzogen war, strich mit dem Zeigefinger darüber, und unwillkürlich griff ihre andere Hand nach ihrem Kettenanhänger – ein abgebrochenes »W«, das sie niemals öffentlich, sondern nur unsichtbar unter ihrem T-Shirt trug. Bei sich. Ganz nah.

Sie suchte weiter, den ganzen Zaun entlang, und ganz vorn, in der Nähe des Grabsteins, fand sie sie schließlich: die zweite abgebrochene Stelle. Die Bruchkante war frisch und glänzend. Sie ließ den Finger den »W«-losen Stab entlang nach unten wandern, in das hohe Heidekraut hinein. Tastete. Und fand, was sie gesucht hatte.

***

»Woher wusstest du das?«, fragte Kora.

Alissa zog einen Briefumschlag aus dem Heidekraut. Er war weiß. Auf die Rückseite war ein rosa Elefant gestempelt, der einen winzigen Propeller auf dem Rücken hatte.

»Ich weiß nicht ...«, sagte Alissa. »Ich wusste es einfach.«

Die anderen kamen im Kreis um sie herum und sahen ihr dabei zu, wie sie den Umschlag aufriss.

»*Liebe Alissa, lieber Leon, liebe Kora, lieber Hannes, liebe Tamara!*«, las Alissa laut vor. *Wenn ihr das lest, habt ihr eine lange Reise hinter euch.*

Als ihr ...

Ein weißer Finger tastete über das orangefarbene Papier. Ein langer, weißer Finger mit einem spitzen Fingernagel, der ein kratzendes Geräusch hinterließ.

Leon stieß einen Schrei aus und machte einen Satz nach vorn.

»Weg hier!«, schrie Tamara und fasste sofort Kora unter.

»Lauft!« Und dann rannten sie davon. Alle außer Alissa. Sie hörte das Keuchen der anderen, hörte ihre Schritte, hörte das hölzerne Knarren einer Tür und wusste, dass sie in die Kapelle geflüchtet waren. Sie selbst starrte fasziniert auf den Nebel, der durch das Friedhofstor hereinquoll und vor ihr eine Wand bildete, sich höher und immer höher auftürmte. Ein Berg, ein *Gebirge* aus Nebel.

Aus dem Gebirge ragte ein Nebelarm, an dem Arm eine Hand, die sich zwischen sie geschoben hatte und mit spitzen Nägeln über den Brief strich, den sie immer noch in der Hand hielt.

Die Nebelhand glitt über den Brief hinweg, berührte dann ihr Handgelenk mit den Fingerspitzen, umfasste es. Sie war nicht erschrocken. Sie hatte es gewusst. Der Nebel wollte sie.

Sie spürte die kühle, feuchte, feste Umklammerung. Lautlos, fast zärtlich.

»Aliiiissaaaaa!«, hörte sie plötzlich einen Schrei hinter sich. Leon. »Reiß dich los! Reiß dich loooooos!«

Dann hörte sie Hannes rufen: »Leon! Bleib hier!«

Da drehte sie sich um, sah, wie Leon aus der Kapelle herausgerannt kam, hörte, wie er wieder und wieder ihren Namen rief, und wollte ihm entgegenlaufen, als ein Ruck durch ihren Körper ging. Die Nebelhand hatte sie herangerissen. Unwillkürlich stolperte sie hinterher, und die Hand um ihr Gelenk zog sie tiefer und tiefer hinein, in diesen milchweißen, wabernden Nebelkörper, der sich sanft, dicht und geräuschlos um sie schloss.

***

»Aliiiiissa!« Leons Stimme klang panisch vor Angst.

Sie spürte, wie der Nebel um sie her in Bewegung geriet. Feine Verwirbelungen, die sie mehr fühlte als sah, die sich an ihrer Haut rieben, über sie hinwegzitterten.

»Aliiiiissa, wo bist du?«

Ein Strömen setzte ein. Weg von ihr, hin zu Leons Stimme. Die Nebelhand, die ihre eigene umklammert hatte, spürte sie nicht mehr. Alissa hob die Hand – sie war frei. Wieso war sie frei? Wieso tat er ihr nichts an? War es nicht das, was der Nebel wollte: sie umbringen? Er hatte Kora fast erwürgt, Hannes beinahe erschlagen, er hatte Leon um ein Haar zu Tode erschreckt und Tamara in einen grässlichen Schlund zu stoßen versucht. Wieso tat er *ihr* nichts?

Im selben Moment spürte sie Leon an ihrer Seite. Sie konnte sein Gesicht nur ungenau erkennen – aber sie sah seine angstgeweiteten Augen, das Entsetzen darin. Er griff nach ihrem Arm und zog daran. Zog sie in die Richtung, aus der er gekommen war. »Komm«, sagte er, »raus hier!«

»Leise!«, flüsterte sie.

Wieso reagierte der Nebel nicht auf ihre Stimmen? Trotzdem spürte sie, dass etwas um sie herum vorging, dass dieser Nebel etwas *plante*. Die Verwirbelungen wurden stärker, sie fühlte sie über ihre Haut streifen, fühlte die Bewegung stärker und heftiger werden, meinte auch, ein leises Brummen wahrzunehmen, nicht mit den Ohren, sondern mit den Nerven. Keinen Ton, ein Vibrieren. Und je stärker das Brummen wurde, je mehr es auch ihre Knochen zum Summen brachte, umso deutlicher nahm sie etwas wahr, was sie schon sehr lange, seit Ninas Tod, nicht mehr gespürt hatte: Angst.

Leon umfasste ihre Hand fester und dann begannen sie zu rennen.

***

Aber wieso kamen sie aus dem Nebel nicht heraus? Rannten sie im Kreis? Wo waren sie?

Hatte Alissa vorhin noch das schwer zu begründende Gefühl gehabt, die Nebelhand wolle ihr nichts Böses, wäre sogar zärtlich, so spürte sie jetzt mit jedem Schritt, dass es ein Irrtum gewesen war, dass etwas geschehen würde, etwas Schreckliches … etwas kaum Vorstellbares …

Sie atmete stoßweise. Jetzt war nicht mehr Leon es, der sie zog. Sie zog Leon, wollte endlich heraus aus diesem milchigen Nebel. War da ein Loch im Dunst? Faserte er dort hinten tatsächlich aus? War dort der Ausgang?

Sie rannte in die Richtung, und plötzlich … plötzlich schnellte ein Bein hervor, das direkt vor ihr aus dem Nebel wuchs. Sie sah es, aber zu spät, konnte nicht bremsen, konnte nicht springen und stürzte darüber, Leons Hand flutschte aus ihrer. Stöhnend lag sie auf der Erde. Leon hatte zu viel Schwung gehabt und war noch einige Schritte weitergelaufen. Der Nebel hatte ihn verschlungen.

»Alissa«, hörte sie Leon angstvoll flüstern. »Wo bist du?«

Sie rappelte sich auf, wollte antworten, als eine Mädchenstimme ganz in ihrer Nähe rief: »Hier. Ich bin hier, Leon.«

***

Sie drehte den Kopf, sah einen Schemen im Dunst, der sich entfernte.

»Hi-hier«, rief der Schemen noch ein zweites Mal lockend, und diese Stimme ... diese Stimme war ihr so verdammt vertraut ... und ein sehr ungutes Gefühl kroch in ihr hoch.

Sie hörte, wie Leon durch den Nebel tappte. Erschrocken rief sie: »Das war ich nicht, Leon! – Ich bin hier!«

Leons Schritte verstummten, er war stehen geblieben.

»Wo bist du?«, fragte er unsicher.

»Hiiiiier«, rief die Stimme, irgendwo weit rechts von ihr.

»Nein!«, rief Alissa. »Hier!«

»Hör auf damit«, flüsterte Leon. »Du machst mir Angst.«

»Ich war das nicht«, sagte die Stimme sanft, »aber da ist noch jemand. Komm schnell, wir dürfen uns nicht verlieren.«

Alissa hörte, wie Leon sich wieder in Bewegung setzte. »Nein!«, rief sie. »Geh nicht dahin!«

Aber sie schaffte es nicht, ihn aufzuhalten. Hörte ihn nur noch rennen. Wegrennen vor ihr, Alissa.

***

Sie sprang auf und stürzte in die Richtung, aus der die Stimme gekommen war. Sie rannte und versuchte, sich an Leons Schritten zu orientieren.

»Komm!«, rief die Stimme weich, und Leon rannte, rannte zu der Mädchenstimme und gleichzeitig vor Alissas Atem, ihrem Keuchen in seinem Rücken davon.

»Ich bin hier!«, rief die Stimme jetzt ganz nah, sehr, sehr nah, vielleicht drei Meter von ihr entfernt.

Und da blieb Alissa abrupt stehen, denn sie hatte die Stimme endlich erkannt.

***

Leise, ganz leise. Nur kein Geräusch …

Alissa versuchte, den Boden nur mit den Zehenspitzen zu berühren, hielt sogar die Luft an, um sich nicht mit einem Laut zu verraten. Sie schlich sich von der anderen Seite an. Sie sah eine Gestalt im Dunst auftauchen, eine Schulter, einen Arm. Einen langen Zopf.

Und als sie nah genug war, um das Gesicht erkennen zu können, schwankte sie zurück, als hätte sie einen heftigen Schlag ins Gesicht bekommen. Dort stand ein Mädchen, das aussah wie … wie sie selbst, Alissa!

Sie war jetzt ganz nah, sah sogar, wie die Gestalt zu lächeln begann, als sie sich in die Richtung drehte, aus der Leon kommen würde. Aber Alissa hatte es genau gesehen: Es war kein gutes Lächeln, es passte nicht. Es war zu klein. Es sah aus, als hätte die Gestalt es aus einem fremden Gesicht gestohlen und in ihr eigenes gesetzt.

Sie hörte Leon flüstern: »Alissa – bist du hier?«

»Ja«, sagte das Mädchen mit dem engen Lächeln. »Ich hab etwas für dich.« Den letzten Satz sang es beinahe.

Und dann fiel Alissas Blick auf die Hand des Mädchens, in der etwas glitzerte, und für einen endlosen Moment setzte ihr Herz aus, und sie hatte das Gefühl zu fallen. Und Leon, der ahnungslose Leon, war jetzt ganz nah, sie hörte seinen Schritt, wusste, dass er gleich auftauchen würde! Als das Mädchen mit dem Messer in der Hand auf ihren Bruder zurannte, nahm Alissa Anlauf und sprang.

***

Das Mädchen warf sich sofort herum, das Messer streifte Alissas Oberarm, die Klinge teilte ein Stück Fleisch, dann rutschte das Metall ab, denn Alissa hatte die Handgelenke des Mädchens gepackt.

Das Mädchen war unter ihr. Kämpfte. Biss. Spuckte. Alissa ließ nicht locker. Sie presste sich auf die Gestalt, drückte ihre Handgelenke so lange und fest auf den Boden, bis sie das Messer losließ.

»Das wirst du nicht«, sagte Alissa, und die Wut und die Angst machten ihre Stimme zitterig. »Du *wirst* ihm nichts tun!«

»Er soll sterben«, kreischte die andere Alissa. »So wie sie. *Sterben!*« Das Wort klang verrückt in ihrem Mund. »Er hätte sie retten können!«

Alissa drückte sie noch fester auf den Boden und sagte: »Das *stimmt* nicht. – Wer *bist* du überhaupt?«

Das Mädchen sah ihr in die Augen. Dann stieg ein heiseres Kichern aus seiner Kehle auf, das noch schlimmer war als das vorherige Kreischen.

»Das weißt du doch«, sagte die andere in singendem Tonfall. Alissas Herz schlug zum Zerspringen, denn irgendetwas daran berührte sie, rief ein Echo in ihrem Innern hervor, von dem sie nichts wissen wollte, das aber da war. Seit Ninas Tod. »Du weißt es ganz genau!«, sang die andere Alissa und kicherte wieder.

»Ich … bin … du.«

»Das ist nicht wahr«, flüsterte Alissa. Und im selben Moment spürte sie doch, dass es stimmte. Dass diese fremde Verrückte, die Leon skrupellos das Messer in den Bauch gerammt hätte, zu ihr gehörte. Zu ihr, Alissa.

»Ich bin du. *Ich bin du! ICH BIN DU!*«, kreischte die Gestalt, und in ihren Augen glänzte der pure Hass.

»Nein«, sagte Alissa. »Du bist nicht ich.« Sie sah dem Mädchen fest in die Augen, das wie ein Spiegelbild zurückschaute. »Ich hab meine Schwester verloren. Ich will nicht …«, sie spürte, dass tief in ihr etwas brach, sich löste, nach oben trieb, in ihre

Stimme hinein, ein Weinen, das in ihr gelegen und nicht nach oben hatte kommen dürfen, »… ich will nicht auch noch meinen Bruder verlieren.«

***

Ihre um die Handgelenke des Mädchens geklammerten Hände stürzten plötzlich hart auf die Erde. Das Mädchen war verschwunden. Weg. Als hätte sie nie existiert. Als wäre sie ein böser Traum gewesen. Nur das Messer lag noch da. Vom Nebel umgeben, hockte Alissa auf der Erde und weinte.

***

»Dein Arm …« Leon hockte vor ihr, strich ihr über den Rücken, den langen Zopf. »Du blutest«, flüsterte er.

Sie weinte stärker. Sie hatte nie so geweint. Nicht so hemmungslos, nicht vor Leon, nicht so, als würde etwas Knochenhartes in ihr zerbrechen und alles, was dahinter eingesperrt gewesen war, in sie einströmen. Sie überfluten.

LEON

Tannwalde

Leon fühlte Alissas Hand über seinen Rücken streichen, hörte sie weinen. Sie fehlt so, dachte er, seit zwei Jahren fehlt sie überall. Und er meinte nicht Nina.

»Es tut mir so leid, Alissa«, flüsterte er. Fast nur ein Atmen. »Alles …«

»Nein«, sagte sie schluchzend. »Es tut *mir* leid …«

Der Nebel war ihm plötzlich egal. Dabei floss er immer noch um sie herum. Er konnte in Alissas Umarmung atmen, hatte das Gefühl, das *erste* Mal seit zwei Jahren wieder zu atmen. Als würde ein Eisklumpen schmelzen, in dem seine Lungen eingefroren gewesen waren. Und er drängte sich an sie, der eine Mond an den zweiten, dachte er, atmete in ihre Haare, und sie roch nach Kampf und vertraut nach Alissa und ein ganz, ganz kleines bisschen wie Nina.

Langsam, ganz langsam machte sie sich wieder los, wischte sich über die Augen und sagte dann: »Wir müssen raus aus dem Nebel. Sofort.«

Und im selben Moment hörten sie einen Ton, einen grell pfeifenden Ton, der abrupt in einen Sturzbach aus weiteren Tönen überging. Alissa schnappte sich seine Hand, riss ihn hoch und rannte mit ihm los.

Was war das? Schon beim ersten pfeifenden Ton hatte er das Gefühl gehabt, die Luft würde lebendig. Das war kein Ton, das war eine unsichtbare Kraft. Etwas wie Elektrizität in Klangform. Alles um sie her schien zu knistern. Der Nebel, der während ihrer Umarmung um sie herumgeflossen und sich langsam immer mehr verdichtet hatte, begann erst zu tänzeln, dann zu wirbeln, irgendetwas Unbegreifbares strömte in ihn hinein und hob sich unter diesem Tornado aus Tönen plötzlich wie unter Zwang. Er hob sich langsam, Zentimeter für Zentimeter. Als würde er mit aller Macht versuchen, auf dem Boden zu bleiben. Doch die Töne stemmten den Nebel etwa zwei Meter in die Höhe, Alissa und er konnten wieder sehen. Alissa stürmte auf die weit geöffnete Kapellentür zu.

Und am anderen Ende ihrer Hand war er, Leon.

***

Der Lärm schoss aus der offenen Kapellentür heraus und sie stürzten sich mitten hinein. Hinter der Tür stand Kora, und als sie sie sah, schrie sie: »Sie sind da! Es hat funktioniert! Sie leben! Sie leeeben!«

Leon hörte sie eigentlich nicht wirklich, er las die Worte mehr von ihren Lippen ab. Ihre Stimme ging in dem ohrenzerfetzenden Lärm völlig unter.

Tamara saß an der Orgel. Sie spielte, als wollte sie das Instrument umbringen. Sie ließ nicht einfach die Finger über die Tasten laufen – sie schlug darauf ein, als wären ihre Hände Hämmer, ihre Arme Motoren. Sie trieb einen trillernd pfeifenden Wasserfall aus hohen Tönen aus der Orgel heraus. Und das Gedröhne und Gepfeife nahm kein Ende, weil Hannes immer neue Luft in die Orgel pumpte. Er stand daneben und trat auf die Blasebälge.

***

»Ihr lebt! Ihr lebt!«, schrie Tamara, als sie sie endlich entdeckt hatte, und sprang von der Orgel auf. Sie war genauso rot im Gesicht wie Hannes. Sie umarmte sie beide. »Wir wussten nicht, was wir tun konnten, bis Kora die Orgel entdeckt hat. – Was ist passiert?«

»Da war jemand im Nebel«, sagte Leon. »Jemand Schreckliches …«

»War es der Tod?«, fragte Tamara und schauderte. »Jeder von uns ist ihm im Nebel begegnet.«

»Nein«, sagte Kora. »Ich bin meinem Erzeuger begegnet.« Dann verstummte sie, und Leon spürte plötzlich, was sie dachte, als wären sie durch einen inneren Draht miteinander verbunden: dass Tamara auf eine furchtbare Art doch recht hatte. Koras Vater hatte sie zwar nicht umgebracht, nicht körperlich, nicht so, wie sie selbst jemanden getötet hatte – aber nicht nur der Körper kann sterben.

»Du hast mich vor dieser Kreatur gerettet«, sagte Leon zu Alissa.

»Ich hab mich selbst vor ihr gerettet«, sagte Alissa leise. »Sie war in mir drin.«

***

»Ich hab gerade eben Fotomotiv Nr. 21 gesehen«, sagte Leon zu Hannes. »Ich weiß jetzt, wo du draufgetreten bist: Es war ein Blasebalg.«

»Ich weiß!«, sagte Hannes. »Ich hab mich sofort an das Foto erinnert! – Und mir ist, während ich die Dinger getreten hab, noch etwas anderes eingefallen!« Er zog sein Notizbuch aus der Tasche. Schlug es an einer bestimmten Seite auf und las vor.

- eine Handvoll Leute (Jugendliche! Wie alt?)
- Ort: Schwimmbad. Chlorgeruch, blaue Fliesen, Riesenrutsche etc.
- Da ist niemand außer ihnen.
- finden es am Anfang noch lustig, schwimmen, rutschen die Riesenrutsche runter, albern rum
- plötzlich der Schock: SIE SIND NICHT ALLEIN IM SCHWIMMBAD! (Geräusch? Atmen? Sehen sie irgendwas Verdächtiges?)
- »Jemand« ist bei ihnen!! Ein Psychopath! (Wie ist das

passiert? – ACHTUNG: Saunabereich – vielleicht hat er sich dort in einer der Saunen versteckt??)

- Aus irgendeinem Grund sehen sie ihn nicht. (Dunkelheit? Nein: Nebel!)
- Er greift einen aus der Gruppe an, die anderen hören nur seine Schreie.

»Diese Notizen«, sagte Hannes und sah Leon dabei an, »hab ich gemacht, *bevor* ich euch kannte. Ich bin aufgewacht und hatte plötzlich diese Idee im Kopf. Tage später erleben wir genau diese Situation. Oder na ja ... *fast* genau diese Situation. Das Schwimmbad, die Jugendlichen, der Psychopath in der Sauna ... woher wusste ich das? – Und woher wusste das Foto, dass ich einen Blasebalg treten würde?«

»Und ich«, mischte Kora sich jetzt ein, »ich *kannte* dich, bevor ich dich kennengelernt hab. Du willst mir das schon die ganze Zeit als Folge meiner Gehirnerschütterung ausreden, aber ich kannte dich und deinen Leberfleck aus einem Traum. Bevor wir zusammengetroffen sind, habe ich schon von dem Moment im Caravan in Erfurt gewusst. Ich hab's geträumt: *Friends* von Aura Dione, den Nebelangriff, Tamaras Verschwinden. – Wie kann ich etwas wissen, was noch nicht passiert war?«

»Ich wusste auch etwas vorher«, sagte Alissa zu Hannes. »Ich wusste, wie du aussiehst, noch bevor du deinen Helm abgenommen hattest!«

»Und du«, sagte Tamara aufgeregt zu Hannes, »du wusstest meinen Namen, bevor ich ihn dir gesagt habe.«

Alissa zog einen Brief aus der Tasche und gab ihn an Leon weiter. »Der Brief von Ninas Grab«, sagte sie. »Wir müssen ihn zu Ende lesen.«

***

»Liebe Alissa, lieber Leon, liebe Kora, lieber Hannes, liebe Tamara!«, las Leon laut vor. *»Wenn ihr das lest, habt ihr eine lange Reise hinter euch. Als ihr das letzte Mal hier gesessen habt, habt ihr es nicht geschafft. Der Nebel war stärker gewesen als ihr.«*

»Wie – was heißt das, als wir das letzte Mal hier gesessen haben?«, fragte Hannes. »Welches letzte Mal?«

»Psst!«, machte Tamara.

»Ihr wart das letzte Mal schon stärker gewesen als die Male davor, aber nicht stark genug«, las Leon. *»Stärke ist nicht nur die Stärke eines Einzelnen – ihr habt immer wieder vergessen, dass ihr nicht allein kämpfen müsst, dass ihr zusammen eigentlich stärker seid als der Nebel.«*

»Hä?«, machte Kora. »Ich versteh überhaupt nichts mehr.«

»Ihr werdet wissen wollen, wer euch all die Briefe und Zettel geschrieben hat, die euch bis hierher geführt haben.«

»Ja«, sagte Tamara.

»Ihr selbst wart es. Beim letzten Mal habt ihr hier gesessen und habt euch Nachrichten geschrieben, die – wenn die Zeit um ist – auf die Reise gehen und zur richtigen Zeit am richtigen Ort landen. Leon hat die Geheimschrift auf Koras Briefumschlag gestaltet, Alissa hat den Brief an Tamara geschrieben, Tamara den Zettel für Hannes, Hannes ist zu Ninas Grab gegangen, hat eine Zacke vom Zaun gebrochen und den Brief an Alissa geschrieben. Das PS hat Kora dazugesetzt. Im Grunde ist es ganz egal, welches Foto ihr euch anschaut, ob Foto Nr. 5 oder Foto Nr. 21, denn alle Fotos sind doppelt belichtet, weil ihr diese Reise schon einmal gemacht habt.«

»Die anderen Fotos sind in meinem Rucksack. Und der ist noch im Schwimmbad«, sagte Leon zitterig und senkte den Brief. »Wenn das wirklich wahr sein sollte ... das ist so ... Ich hab immer so ein Gefühl gehabt, als ... als ob ...«

»... als ob du das schon mal erlebt hättest?«, fragten Kora und Alissa gleichzeitig.

»Ja«, sagte Leon. »Ich kann mich aber an nichts erinnern!

Mir war nur manchmal so, als würde ich mich an ein *Gefühl* erinnern. Nicht an das Ereignis selbst. Zum Beispiel als du … als du von deinem Vater erzählt hast, Kora …«

»Von meinem Erzeuger!«, sagte sie. »Das war kein Vater.«

»Ich hatte das Gefühl, ich würde in ein Fass Teer fallen, als du es erzählt hast, und ich hab mich an genau dieses Gefühl erinnert. An das klebrige Schwarz überall und an die Angst. Kann das sein? Kann man sich an *Gefühle* erinnern? Stimmt das etwa wirklich, was in dem Brief steht?«

Seine Stimme hatte sich in die Höhe geschraubt, und Alissa legte ihm beruhigend eine Hand auf den Arm und sagte leise:

»Lies weiter!«

»Ihr werdet auch wissen wollen, was eigentlich passiert ist mit der Welt.«

»Ja!«, rief Hannes. »Wo sind die ganzen Menschen?«

»Der Welt ist nichts passiert. Die Menschen sind nicht verschwunden. Sie sind nur nicht hier. Nicht mit ihnen ist etwas geschehen, sondern mit euch.« Leon sah wieder auf. Alle hingen an seinen Lippen. *»Es gibt ein wirkliches und ein wahres Leben.«*

»Das könnte eine Knastweisheit sein«, sagte Kora trocken.

»Dann stimmt es wirklich«, flüsterte Leon und fuhr dann fort: *»Das wahre Leben erfasst man nicht mit dem Kopf; man spürt es mit dem Herzen. Manchmal, in seltenen Augenblicken, ist es ganz deutlich. Dann geht ein Ziehen durchs Herz, dieses sichere Gefühl, dass es noch etwas anderes gibt als das Vertraute. Dass noch etwas unterhalb des Sichtbaren liegen muss. Tief im Innern. Eine Reise, die man antreten muss und in der man seinen Verletzungen gegenübertreten wird.«* Leon atmete tief durch, bevor er weiterlas: *»Jeder Mensch lebt mindestens zweimal. Hier, in eurem wahren Leben, gehört ihr fünf zusammen, denn niemand macht eine solche Reise allein. Nein, ihr seid keine zufällig zusammengewürfelten Fremden. Ihr seid eine Familie. Geschwister.«*

»Was soll das heißen, Geschwister?«, unterbrach Hannes. »Wer hat das überhaupt geschrieben?«

Leon las weiter: »*Im wirklichen Leben wird man in irgendeine Familie hinein geboren, ohne die Möglichkeit einer Wahl. Im wahren Leben aber darf man sich seine Familie aussuchen. Als ihr die Wahl hattet, habt ihr einander ausgesucht. Alissa und Leon – ihr wolltet auch im wahren Leben Geschwister sein.*« Leon sah wieder hoch, sah, wie die Blicke der anderen verstohlen von einem zum anderen wanderten, und dachte: Bruder. Dachte: Schwester. Es war ein seltsamer Gedanke, aber er fühlte sich gut an, auf noch nie zuvor gespürte Weise gut. »*Die Reise, die hinter euch liegt, habt ihr nicht zum ersten Mal gemacht. Ihr macht sie schon lange. Aber nie ist es euch gelungen, dem Nebel ins Auge zu sehen. Er hat euch gejagt – und jedes Mal hat er einen verschlungen, den ihr dann nicht mehr retten konntet. Ihr habt bisher versucht, jeder für sich den Nebel zu besiegen. Das ist natürlich eine Möglichkeit, aber nicht jeder hat diese Stärke und vor allem nicht in jedem Augenblick seines Lebens. Es ist keine Schwäche, Hilfe anzunehmen. Es ist ein Zeichen von Stärke.*« Leon unterbrach sich wieder. Er sagte: »Wenn ihr mich in der Sauna nicht wiederbelebt hättet ...«

»Wenn du nicht Akkordeon gespielt hättest, als ich über den Gefängnishof gehumpelt bin ...«, sagte Kora zu Alissa. »Und überhaupt – wenn ihr euch nicht so um mich gekümmert hättet ...«

»Wenn du den Glockenzug nicht gefunden hättest, als ich unter der Kuppel um mein Leben gekämpft hab ...«, sagte Tamara.

»*Seht ihr die Uhr neben dem hohen, schmalen Fenster?*«, las Leon weiter und hob den Blick. Auch die anderen sahen hin. Es war eine Digitaluhr, die fremd neben dem uralten Fenster mit seinen blauen Glasscheiben und fremd in der ganzen Kapelle wirkte. Im selben Moment, als sie hinsahen, schaltete sie von 01:00 auf 00:59 um.

»*Ihr habt jetzt noch neunundfünfzig Minuten, bevor ihr in euer wirkliches Leben zurückkehrt. In den siebzehnten August um* 15:08 *Uhr, wie er aussehen würde, wenn ihr die Nachrichten und Briefe nicht bekommen hättet.*« Leon unterbrach sich und rief: »Nur noch neunundfünfzig Minuten! – Ich will nicht zurück!«

»Wo wärst du, falls wir wirklich zurückkehren?«, fragte Tamara ihn.

Alissa antwortete an seiner Stelle: »Wir haben den Brief mit der Zacke und der Botschaft erst *nach* dem Zeitstillstand bekommen. Wir wären also auf der Reißinsel. Zusammen mit Samira und Göran.«

»Ich hab die Nachricht an Emmas Tür auch erst nach dem Stillstand gelesen«, sagte Hannes. »Ich wäre im Bett.«

»Von fünfzehn bis sechzehn Uhr ist immer Hofgang«, sagte Kora. »Ich wäre also draußen. Im Gefängnishof. Bevor alles passiert ist, hab ich gerade vor der Mauer gestanden und bis zehn gezählt.«

»Und ich wäre, wenn ich den falschen Solveig-Morbach-Brief nicht bekommen hätte, nicht im Zug, sondern mit Fiona im Augustabad«, sagte Tamara. »Ich will da eigentlich gar nicht sein. Ich möchte hier sein, mit euch!«

Leon fuhr fort: »*Jeder Mensch bekommt die Möglichkeit, den tiefen Bruch in seinem Herzen zu überwinden. Eine Brücke über diesen Albtraum zu bauen. Und darüberzusteigen. Aber während man im wirklichen Leben manchmal nur eine einzige Chance hat, die man auch verpassen kann, darf man die Reise im wahren Leben wiederholen. Man muss es sogar. So lange, bis man über die Brücke gegangen ist, so lange, bis man dem Nebel ins Auge gesehen hat. Ihr habt es jetzt schon oft versucht. Und nie geschafft. Ihr habt hier gesessen und Briefe geschrieben, die euch im wirklichen Leben wieder zusammenführen sollten, damit ihr im wahren erneut auf eure Reise gehen konntet.*«

»Moment, Moment«, mischte sich Hannes ein. »Die innere Stimme, die mich gedrängt hat, den *Deutsche-Gedichte*-Band meiner Mutter auf den Spendenhaufen zu legen, war also deshalb in meinem Kopf, weil wir hier schon mal gesessen und diesen Plan geschmiedet haben?«

»Sieht ganz so aus«, sagte Kora. »Damit *ich* das Gedicht in der Gefängnisbibliothek finden konnte.«

»Aber«, trumpfte Hannes auf, »wenn wir angeblich im wirklichen Leben das wahre Leben nicht kennen, wie kam dann die Stimme in meinen Kopf?«

»Vielleicht bleibt doch etwas zurück?«, vermutete Alissa. »So ein Gefühl? Eine innere Stimme? Vielleicht eine andere Form von Wahrnehmung aufs Leben?«

»Aber das ist zu wenig!«, begehrte Hannes auf.

»Es ist wenig«, sagte Tamara. »Aber es ist auch nicht nichts. Was steht da noch, Leon?«

»Das wirkliche Leben weiß nichts von dem wahren und doch beeinflussen beide einander. Ein Schmerz, den man im wirklichen Leben erfährt, wird einem im wahren Leben im Nebel wieder gegenübertreten. Weil es aber kein wirkliches Leben ohne Schmerz gibt, seht ihr euch im wahren Leben auf verschiedenen Reisen immer wieder. Wer dem Nebel im wahren Leben ins Auge sieht, wird den Mut in sein wirkliches Leben mitnehmen. Wer im wahren Leben füreinander da ist, wird im wirklichen Leben die Stärke haben, auf andere zuzugehen. Wenn eure Zeit abgelaufen ist, werdet ihr in euer wirkliches Leben zurückkehren. – Alissa, Leon, Kora, Hannes, Tamara« Leon flüsterte: »*Wir* haben das geschrieben.« Er tippte mit dem Finger auf seinen Namen. »Wir selbst.«

* * *

»Aber – ich versteh das trotzdem nicht«, sagte Kora. »Im wirklichen Leben sehen wir uns also nicht? Wir kennen uns nicht mal? – Das ist schrecklich!«

»Wozu haben wir das dann alles gemacht?«, fragte Tamara.

»Es bleibt offenbar etwas zurück. Innerlich«, sagte Alissa.

»Wir haben den Nebel besiegt! Wir alle, gemeinsam. Glaubt ihr wirklich, dass wir uns an gar nichts erinnern? Ich kann mir das nicht vorstellen.«

»Und wenn wir es aufschreiben?«, fragte Hannes. Er war schon aufgesprungen, lief in der Kapelle hin und her. »Hier muss es doch irgendwas zu schreiben geben!«

»Was aufschreiben?«, fragte Leon.

»Unsere Geschichte«, rief Hannes. Er lief jetzt in einen kleinen Nebenraum. Kora hörte, wie ein Möbelstück verrückt, wie eine Schublade aufgezogen wurde. Dann rief Hannes: »Na also!«, und kam wieder aus dem Raum heraus. Er trug einen Karton, den er zwischen sie auf den Teppich stellte.

Leon sah als Erster hinein. »Briefpapier?«, fragte er und griff nach einer Handvoll orangefarbener Blätter. Auf jedem Blatt gab es ein anderes Stempelmotiv. Schielende Nilpferde, Hummeln mit Brillen, hässliche grinsende Frösche, rosa Elefanten mit winzigen Propellern am Rücken, Luftballons.

»Na, wer hätte das gedacht«, sagte Alissa trocken.

»Die ganze Kiste ist voll davon«, sagte Hannes. »Es gibt auch Umschläge, Stifte, Briefmarken. Keine Ahnung, wozu das hier ist.«

»Für uns«, sagte Tamara.

»Wir schreiben alles auf!«, sagte Hannes. »Jeder schreibt seine eigene Geschichte. Seine Reise.«

»Und dann?«, fragte Alissa.

»Dann schicken wir uns diese Geschichten. – Jeder an seine eigene Adresse. Ohne Absender, denn das würden wir sowieso nicht glauben, dass wir selbst uns das Ganze geschickt haben. Und auch einem Fremden würden wir nichts glauben. Denn wir wären ja wieder Fremde füreinander.«

»Und was machst du, wenn du so einen anonymen Brief bekommst mit einer fremden Geschichte, die von dir handelt?«, fragte Kora. »Du wirst dich ja nicht daran erinnern.«

»Vielleicht kommt sie einem innerlich ja gar nicht so fremd vor«, sagte Alissa. Dann sah sie Leon an und sagte: »Ich weiß jetzt übrigens endlich, wie auf der Reißinsel die Algen in die Baumkronen gekommen sind.«

»Wie denn?«, fragte Leon.

»Es war das Hochwasser. Die Bäume auf der Insel standen unter Wasser und …«

»… und als der Fluss dann wieder gesunken ist, hat plötzlich etwas an den Ästen in der Luft geflattert, was normalerweise tief unter Wasser ist«, flüsterte Leon. »Unsichtbar. Aber das ist … das ist ja …«

»… so ähnlich wie das, was wir jetzt tun werden«, sagte Tamara leise. »Das hier …« Sie beschrieb einen großen Bogen mit ihrem Arm, der alles einfasste, die ganze leere Welt und alle vergangenen Tage, »… ist das Hochwasser. Und das dort sind die Algen.« Sie zeigte auf die orangefarbenen Blätter – eine ganze Kiste voll davon. »Die Bäume sind wir.«

Einen Moment lang blieb es still und sie alle starrten auf die Kiste.

»Nur noch achtundvierzig Minuten!«, rief Hannes.

KORA

Samstag, 17. August, 15:08 Uhr, Schwäbisch Gmünd

Eins, zwei, drei …

Sie stand immer noch mit dem Gesicht zur Mauer, zählte leise bis zehn und wartete, dass Miriam, Susette und Kristina an ihr vorüberkamen, damit sie weitergehen konnte – in sicherem Abstand zu ihnen. Sie wollte mit keinem reden! Sie wollte ihre Ruhe! Sie brauchte niemanden!

… vier, fünf …

Sie stand und sah ihren Wal auf der Mauer an, den keiner als Wal erkannt hatte. Dabei ist es so deutlich, dachte sie. Wie er seine Fontäne in die Luft spritzt. Wie er da auftaucht aus dem Ozean: grau, groß und kräftig. Und so wunderschön.

… sechs, sieben …

Aber still, dachte sie plötzlich. Ihr Wal war still wie ein Stein. Er brachte nicht einmal das Wasser um sich herum zum Kräuseln. Vielleicht war das der Grund, dass alle ihn übersahen. Und dann war er auch noch allein. Es war der einzige Wal auf der ganzen Ozeanmauer. Warum hatte sie nur einen gemalt? Was sollte er als einziger Wal im Ozean?

Keiner bleibt allein!

Der Satz war plötzlich in ihrem Kopf. Was war das?

Sie musste … sie musste Hebrecht bitten, noch einen malen zu dürfen, dachte sie und fuhr mit den Fingern seine grauen Konturen ab, den gewölbten Rücken, der sich aus dem Wasser schob. Sein kräftiges Rückgrat. Gleich Montag. Noch einen. Oder besser: mehrere. Eine ganze Walfamilie.

… acht, neun …

Die Schritte von Miriam, Susette und Kristina waren jetzt direkt hinter ihr. Die drei waren ins Gespräch vertieft, sahen sie nicht, wie sie da an der Mauer stand, gingen an ihr vorüber, genau wie sie es gewünscht hatte, ließen sie in Ruhe.

Sie drehte sich um, und bevor sie richtig registrierte, was sie da eigentlich tat, ging sie die drei Schritte bis zu ihnen. Tippte Susette auf die Schulter. Die drehte sich erstaunt um.

»Wollen wir heute Abend während der Freizeit alle zusammen kochen?«, fragte Kora.

DANK

Ich danke der Stadtbibliothek Mannheim, der MVV und der Heinrich-Vetter-Stiftung für die Unterstützung der Arbeit an diesem Buch. Insbesondere danke ich Bettina Harling, die mir die Stadt nicht nur als Erste gezeigt hat, sondern mir mit ihrer nie versiegenden Begeisterungsfähigkeit, ihrer Gastfreundlichkeit und ihren tollen Tipps und Ideen während meiner vielen Aufenthalte in Mannheim diese lebhafte, farben- und kontrastreiche Stadt nahegebracht hat. Mannheim ist mir ins Herz gegangen.

Mein größter Dank geht an Manuela Lachmann, die diesen Roman von der allerersten Fassung an kritisch und überaus kreativ begleitet und die sich nicht nur viele Tage, sondern auch viele Nächte mit Lesen, Anmerken und Diskutieren um die Ohren geschlagen hat. Ohne dich würde es dieses Buch nicht geben!

ANTJE WAGNER wurde 1974 in Wittenberg geboren, ist bekannt für spannungsvolle Romane und Erzählungen für Jugendliche (»Hyde«, »Der Schein«, gemeinsam mit Tania Witte, unter dem Pseudonym Ella Blix). Nach einem Studium der deutschen und amerikanischen Literatur- und Kulturwissenschaften in Potsdam und Manchester leitete sie von 2012 bis 2014 das renommierte Schreibzimmer »Prosa« am Literaturhaus Frankfurt. Wagner erhielt zahlreiche Literaturpreise, u. a. den Phantastikpreis der Stadt Wetzlar 2019.